Inde du Nord, début des années 1980. De Delhi à Bombay, des campagnes du Madhya Pradesh aux plages de Goa, plusieurs personnes se cherchent et s'affrontent : un archéologue français que couve une mère envahissante ; un agronome américain cynique et brillant ; une petite mendiante de Bombay ; un professeur d'histoire de l'art à l'université de Calcutta ; une jeune fille révoltée de la haute société bengali... Plus quelques autres, dont le narrateur lui-même, fonctionnaire français aux Relations extérieures, déchiré entre sa fascination pour l'Inde et son incapacité à la comprendre.

Mais le vrai sujet de *Parias*, c'est évidemment l'Inde : *Mother India*. Une Inde imaginaire, fantasmatique autant que réelle, aimée autant que détestée et sur laquelle chacun projette sa peur, son enthousiasme, ses doutes ou sa colère. Une Inde dont les démesures et la misère n'effacent jamais la séduction magique, quasi merveilleuse qu'elle exerce sur tout étranger.

Sur cette terre, un homme va être l'instigateur d'un crime immense, répété, vécu comme une hallucination. Il se fera assassin par amour de l'Inde, proclamant le règne d'un nouveau messie de l'Humanité, semant la mort à travers les faubourgs des grandes cités, dans une sorte de mouvement romanesque qui oscille constamment entre la folie et la tendresse, la farce et l'horreur.

Pascal Bruckner est né en 1948 à Paris. Docteur en philosophie, il a publié des essais, dont le Sanglot de l'homme blanc, *et deux livres en collaboration avec Alain Finkielkraut, dont le désormais classique* Nouveau Désordre amoureux. *Il a écrit aussi des romans, dont* Lunes de fiel *(1981) qui connut un grand succès.*

Du même auteur

Pascal Bruckner

Parias

roman

Éditions du Seuil

**La première édition de cet ouvrage
a paru dans la collection « Fiction & Cie »**

TEXTE INTÉGRAL

EN COUVERTURE : photo Philippe Toutain

ISBN 2-02-009478-9
(ISBN 1re publication : 2-02-008732-4)

© ÉDITIONS DU SEUIL. MAI 1985

Pour Sylvia Noordtzij

« Ne scrutez pas trop profondément l'abîme de peur que l'abîme ne vous rende soudain votre regard. »

Nietzsche

« L'Inde, l'unique terre que tous les hommes souhaitent voir, et quand ils l'ont vue ou même entraperçue, ils ne donneraient pas cette vision pour tous les spectacles réunis du reste du monde. »

Mark Twain

Prologue
Un thé sur le Gange

Nous venions de tourner dans une venelle à l'odeur de papier. Des marchands, assis sur des piles de feuilles qu'ils vendaient à la pièce, repoussaient à coups de savates une vache, aux cornes ornées de boules, qui tentait d'attraper une liasse d'épreuves poussiéreuses et jaunies. La bête recula et bousa presque sur nos pieds quand une jeune fille, d'une extrême maigreur, un bébé sur les bras, nous aborda la main tendue.

— *Bakchich, Baba, bakchich.*

Elle remplissait la rue d'une litanie plaintive, la bouche tordue, pleine de sanglots refoulés. Des taches blanches et squameuses déparaient ses mains. Menviel s'apprêtait à l'envoyer promener, mais l'Américain lui fit remarquer les yeux vitreux du nourrisson. Le petit visage, emmailloté dans des chiffons douteux, était presque bleu. La tête, minuscule, dodelinait sur un cou trop maigre pour la soutenir. Une odeur fétide se dégageait de lui.

— Caressez cet enfant, ordonna l'Américain d'une voix blanche.

J'allais m'interposer. Déjà Menviel, si prompt à obéir, avait effleuré les joues de l'enfant.

— Il est tout froid.

— Et savez-vous pourquoi il est tout froid ? s'écria l'Américain. Il est tout froid parce qu'il est mort depuis deux ou trois jours et que cette jeune salope fait de l'argent avec son cadavre.

Nous sursautâmes. Il aboya un ordre en hindi et la loqueteuse, apeurée, s'enfuit dans la foule avec son sinistre fardeau.

— Vous le saviez ! Vous le saviez ! balbutia l'archéolo-

13

gue au bord du malaise, pourquoi m'avez-vous demandé de le toucher ?

— Pour vous faire toucher du doigt la réalité indienne. Il n'est pas meilleure initiation. Et cela vaut pour vous aussi, monsieur Frédéric.

Il prétendait nous donner une leçon, adoptait un ton cassant, magistral. Le vernis de courtoisie, entretenu depuis le matin, avait brutalement cédé. Menviel bredouilla des incohérences et j'étais moi-même à deux doigts de vomir. Habersham nous examina avec commisération.

« On rentre. C'est fini pour aujourd'hui, les explorateurs.

Il héla un taxi et nous poussa dedans sans même demander notre avis. Il nous tenait dans sa main, jouait avec nos nerfs ébranlés. J'étais fourbu d'avoir été traîné comme une mule dans la vieille ville. Et surtout, j'enrageais à l'idée que l'archéologue et moi devions former, à ses yeux, une belle paire de blancs-becs.

1

Pique-nique à bord

Nous étions arrivés à Delhi la veille dans la nuit. Et déjà j'éprouvais un sentiment de satiété devant un élément trop riche, trop plein pour être consommé. Diplômé de malais à l'école des langues orientales, ancien élève de Sciences Po, je m'étais spécialisé à Paris dans l'Asie du Sud-Est. J'avais vingt-quatre ans. Avide de courir le monde avant d'inaugurer une vie professionnelle stable, j'entrai en stage dans un hebdomadaire. Après quelques mois, le rédacteur en chef, satisfait de mes services, voulut me mettre à l'épreuve et m'envoya en Inde couvrir la réélection d'Indira Gandhi. C'était en janvier 1980, mon premier déplacement hors d'Europe.

Je me souviens du départ : toute mon approche de l'Inde s'est jouée ce matin d'hiver à l'aéroport de Roissy.

L'euphorie climatisée des lieux, les voix feutrées des hôtesses composaient une vaste chambre d'échos où confluaient, à dose homéopathique, les rumeurs du monde. J'avais déjà pris congé de la France et me laissais griser d'une jubilation proprement aérienne. A l'enregistrement se tenait devant moi un être grêle, androgyne, aux joues roses, avec une tête de renard, sous des cheveux trop longs et clairsemés, flanqué d'une petite femme d'une cinquantaine d'années vêtue d'un tailleur gris. Il lui disait à voix basse :

— Pourquoi es-tu venue ?

— Je n'ai pas pu te laisser partir sans t'embrasser une fois encore.

— Mais je t'ai vue hier soir.

— Et alors, quand on part trois mois, on peut bien revoir sa mère matin et soir. Je n'ai qu'un fils, après tout.

Je rejoignis le couple sur le trottoir roulant qui monte au terminal d'embarquement. Ils semblaient chétifs, tous deux pétris dans une même pâte incomplète. De loin le garçon évoquait une plume ébouriffée, il en avait la minceur, le frissonnement, la silhouette. Furtivement, la femme tentait de glisser dans son bagage un paquet de plastique blanc ; il lui retint la main.

— Mais je n'ai besoin de rien. On est nourris aux trois repas.

— Peut-être, mais sur les avions la qualité laisse souvent à désirer. Je t'en prie, prends ces sandwiches.

Ils chuchotaient, pareils à des espions qui échangent un message secret dans un lieu public. Le petit paquet blanc passait de l'un à l'autre, repoussé, offert, refusé encore, accepté finalement. Je les dépassai. Une file d'attente assez longue s'était formée devant les douanes. Ils arrivèrent derrière moi.

« Et surtout n'oublie pas cette règle d'or sous les tropiques : pas de fruits crus, pas de crudités, pas d'eau non bouillie.

— Je ne veux pas les mouchoirs.

Il crachait les phrases entre ses dents avec une violence à peine contenue.

— Si, si, garde-les par prudence. Tu es sûr que tu as pris assez de chaussettes ?

Je me retournai. Le jeune homme me regarda d'un air soupçonneux de ses yeux larmoyants, jaune clair, et il s'empourpra. Tandis que je tendais mon passeport au préposé, elle lui fit ses adieux. J'entendis le claquement sec des baisers, quatre détonations entrecoupées de conseils murmurés.

— Avancez, s'il vous plaît.

Il s'arracha à l'étreinte de sa mère : une mouche n'aurait pas eu plus de peine à se dépêtrer des confitures. Soudain elle parut dix ans de plus ; ses joues s'effondrèrent, des poches se gonflèrent sous ses yeux, son petit visage au menton aigu perdit sa force. Elle paraissait sur le point de se désintégrer, telle une poupée fêlée. Elle leva la main en signe d'adieu et cria par-dessus les guérites :

— Et surtout, mange les sandwiches.

Sans répondre, les yeux rivés au sol, il avait détalé vers la foule des boutiques hors douane.

Le hasard voulut qu'une heure plus tard, dans l'avion, je fus placé à côté de lui. Il examinait le contenu de sa serviette noire en cuir et fit celui qui ne m'avait jamais vu. A hauteur de Francfort, on nous servit un plateau-repas. Mon voisin panachait : tantôt il picorait de sa fourchette une bouchée dans le plateau et tantôt il mordait le pain d'un sandwich au fromage qu'il avait sorti de sa serviette. Au-dessus de la Turquie, il continuait à ingurgiter du pain à l'emmenthal et des barres de chocolat aux noisettes. L'entendre me mâcher dans les oreilles m'agaçait et je me voyais mal supportant un pique-nique de onze ou douze heures. Son menton luisait de beurre et ses doigts exhibaient des ongles rongés jusqu'au sang.

A l'escale de Bahreïn, un troisième homme, très grand, à l'allure athlétique, sanglé dans un tweed de bonne coupe, prit place près du jeune Français qui se recroquevilla d'un air excédé. A peine l'appareil avait-il décollé que ce dernier reprenait un sandwich au poulet dans son sac et commençait à écrire une lettre en mangeant. Sa capacité d'absorption m'étonnait, d'autant qu'il était d'une maigreur de moine. Il restait six heures jusqu'à Delhi, il fallait absolument que je dorme si je voulais être d'attaque le lendemain. Ce reportage me terrorisait : il me fallait écrire 25 feuillets sur un pays dont j'ignorais tout et la somme qu'on m'avait allouée — à l'époque une fortune pour moi — me rendait ce défi d'autant plus redoutable.

Le nouveau venu s'était penché sur le mangeur et lui disait avec une lueur de malice :

— Vous avez bon appétit, à ce que je vois. Vous n'êtes pas satisfait de la nourriture d'Air France ?

— Si, bien sûr, mais je n'étais pas certain d'aimer, alors, par précaution...

L'inconnu l'examinait insolemment. Il devait être un homme liant, genre de personne que, selon l'humeur du moment, on fuit ou on recherche. Ma première impression vint de ses yeux, d'un bleu extraordinairement délavé. Et ses yeux parcouraient avec attention les monceaux de miettes qui jonchaient la tablette. Le ton de sa voix était empreint d'amusement. On ne devinait pas s'il voulait entamer une conversation ou s'il trouvait l'autre d'une extrême drôlerie malgré lui. Il esquissa un large sourire puis, avec un culot qui me laissa pantois, se coucha sur notre voisin commun et se mit à lire à haute voix la lettre que ce dernier avait commencée :

— Ma petite maman, je suis en train de dévorer tes délicieux sandwiches...

— Enfin... ça ne vous regarde pas !

L'auteur de la lettre avait recouvert sa feuille avec le bras.

— Pardonnez-moi d'être aussi curieux, il est rare de rencontrer un bon fils à notre époque.

Le compliment n'avait pas rassuré le « bon fils » qui regardait autour de lui comme s'il cherchait un siège vide. Mais l'appareil était plein. Ses doigts s'étaient crispés.

« Car vous êtes un bon fils, n'est-ce pas ?

— Je ne sais pas. Et vous ?

Il avait posé cette question au hasard, gardant à peine la maîtrise de sa voix, jetant vers le hublot, l'allée centrale des coups d'œil qui exprimaient des souffrances aiguës.

— Oh, moi, il y a longtemps que j'ai cessé d'être un bon

fils. J'ai plutôt l'âge d'être un bon père et même un bon grand-père. D'ailleurs je suis marié avec une Française.

— Vous n'êtes pas français?

— Non, vous me flattez beaucoup. Je suis américain de l'Ohio.

Rarement, j'avais entendu un étranger parler notre langue aussi bien, mais quelque chose me dissuadait de continuer à écouter ces deux-là. Les lumières venaient d'être réduites et le 747 plongé dans une semi-obscurité. Mes voisins poursuivaient leur conversation dont m'arrivaient quelques bribes. Enfin, je réalisais mon bonheur d'être seul et d'aller vers un but. Bercé par les oscillations du jet, je finis par m'endormir. Je m'éveillai à 4 heures du matin alors que nous amorcions la descente. Déjà, des dizaines de milliers de lumières palpitaient en bon ordre sous les ailes du Boeing, galaxies fragiles et sans limite. Je quittai l'appareil avec une jubilation mêlée d'effroi. J'avançai vers le corps immensément réel de l'Inde comme on va à un rendez-vous avec une inconnue dont on ne peut même imaginer le visage.

Jamais je n'aurais noté ces détails si, par un fait exprès, mes deux compagnons de vol ne s'étaient retrouvés avec moi pour les formalités à la douane. Le Français semblait n'avoir gardé aucune rancune de l'abordage un peu cavalier de l'Américain. De longues queues de natifs, retour des Émirats, compliquaient à l'extrême les opérations. Tous les quarts d'heure, les douaniers, sikhs pour la plupart, la taille prise dans des uniformes kaki, portant turbans et décorations, fermaient leurs guichets et allaient boire une tasse de thé sans un mot. L'Américain fit une remarque à voix haute :

— Le bureaucrate a pour politique de ne jamais regarder en face la personne qui lui tend ses papiers. Échanger un regard reviendrait à reconnaître devant soi un être humain. Vous savez quel est le principe indien par excellence : pourquoi faire simple quand on peut faire compliqué ?

Le petit Français rit. A le considérer sous la lumière blafarde des néons, une légère barbe pointant déjà sur ses joues, je crus revoir sa mère à ses côtés. Elle s'était fondue en lui, l'accompagnait partout comme un double dont on sentait la sollicitude jusque dans la manière dont il dénouait son écharpe.

Au-delà des douanes, l'on apercevait un entassement invraisemblable d'hommes en pyjama, de femmes en sari, d'enfants arrachés à leur lit et qui pleuraient. Tous ces yeux vous fixaient et l'on regrettait presque d'être là tant se renforçait la certitude que cette foule allait vous happer, vous punir d'être arrivé ici.

L'Américain nous avait pris maintenant sous sa coupe et redoublait de charme à mon égard :

« Dans cette foule, messieurs, vous attend peut-être un saint prêt à vous offrir ses services. La plus grande industrie des Indiens est la fabrication des dieux. Ils en ont quasiment le monopole. Il y a autant de messies en Inde que de variétés de fromages en France. Et puis la faim donne au plus simple balayeur la pâleur fiévreuse d'un prophète.

Il tint absolument à des présentations. Lui s'appelait Victor Habersham. Agronome de son état, spécialisé dans la riziculture, il vivait à Delhi. Le Français, un certain Dominique Menviel, se disait archéologue.

— Frédéric Coste, journaliste.

J'avais adopté un ton sec pour couper court aux effusions. Ces deux-là me gâchaient la solennité de l'événement. Comble de malchance, ils descendaient au même hôtel que moi, l'Imperial. L'Américain y attendait le retour de sa femme retenue à Paris quelques jours et nous prîmes bien sûr le même taxi. Habersham ne manquait pas une occasion de converser en hindi avec le chauffeur.

— Évidemment, vous n'entrez pas aux Indes à dos d'éléphant au milieu des ors et des encens. Finis les lits de cristal, les palanquins, les trésors de Golconde, les trains en or massif et les panthères apprivoisées coiffées de bonnets brodés. Les Indiens auraient dû garder les maharajahs, au moins pour les touristes. L'absolutisme burlesque des princes, quel argument publicitaire !

Il parlait un français sans accent et Menviel ne cessait de le complimenter sur sa maîtrise de notre langue. J'avais hâte de mettre un terme à cette rencontre, due aux circonstances plus qu'à la sympathie. Qu'une anecdote aussi triviale serve de prologue à mon épopée asiatique laissait mal augurer de la suite. Et, tandis que je me couchais, je me promis de chercher, dès le jour suivant, l'occasion d'une plus riche compagnie humaine.

2
Le vautour et sa proie

Le lendemain, un dimanche, je m'éveillai vers 11 heures. Je n'avais qu'une hâte : partir dans les rues explorer la capitale, en dévisager les habitants, me familiariser avec les odeurs, les couleurs. En outre, il faisait frais et limpide, ce matin-là, et tout appelait à la découverte. On avait glissé sous ma porte l'édition dominicale du *Times of India* et je feuilletai avec respect cet épais numéro, plein de noms barbares, de sonorités inconnues que son format anglo-saxon rendait plus incongrus encore. Ma chambre, avec ses hauts plafonds, ses ventilateurs branlants, sa moquette arrachée, son téléphone qui grelottait régulièrement, offrait, elle aussi, un petit air de délabrement sympathique. Tout l'hôtel, ancien palace colonial où flottait un riche arôme d'encens et de pourriture humide, combinait la splendeur et l'abandon.

Mais le choc vint du jardin où j'arrivai après une enfilade de couloirs : c'était l'immensité calme d'un gazon à l'anglaise, bordée de palmiers et de fleurs tropicales, une vaste mer tachée de silhouettes blanches entre lesquelles passaient des serviteurs en turban, de hauts plateaux sur les mains.

Je me perdais dans la sérénité de cette verdure presque douloureuse pour les yeux à force d'éclat, quand une main se posa sur mon épaule.

— Vous aimez la jungle en pots de fleurs ?

C'était l'Américain. Je ne pus réprimer une grimace.

« Regardez qui est là-bas.

Il désigna une table un peu à l'écart. Menviel, identifiable à sa tignasse, écrivait, penché sur une feuille.

« Venez, allons le rejoindre, si, si, j'insiste, prenez le petit déjeuner avec nous.

Le petit Français se montra volubile. Une trousse de médicaments, ouverte près de sa tasse, débordait de gélules et de vitamines. On nous servit trois breakfasts à l'anglaise. Menviel parlait, un toast brillant de confiture à la main, quand du haut d'un palmier, rapide comme une pierre, un vautour se laissa tomber sur lui. Dans un souffle d'ailes, qui fit vaciller la théière, il lui arracha la tartine des mains et retourna se percher sur une cheminée de l'hôtel. L'agression de ce sac de déchets, immense et crochu, avait à peine duré quelques secondes. Le maître d'hôtel accourut pour présenter ses excuses ; l'Américain éleva la voix et trois autres déjeuners furent offerts en dédommagement.

« Savez-vous, Dominique, que je les comprends, ces vautours des villes ; la civilisation les a gâtés et ils préfèrent les toasts à la charogne.

Il affectait un ton d'ironique indulgence et nous assura du caractère inoffensif de ces oiseaux. Pour la première fois, je remarquais la versatilité de son visage. Sévère au repos, il s'animait dès qu'il parlait ; et ses yeux bleus s'illuminaient d'une lueur malicieuse, presque espiègle.

Quand je me levai pour prendre congé, il se récria : je n'allais pas m'élancer sans guide dans cette immense ville. Avais-je quelqu'un à voir ? Je n'eus pas la présence d'esprit de bien mentir. Eh bien, pourquoi ne pas me joindre à eux ? L'archéologue avait déjà accepté la veille son patronage. Je dus consentir : l'agronome dissimulait un caractère impérieux sous la plus exquise gentillesse. Il serait toujours temps de leur fausser compagnie plus tard.

Nous prîmes un rickshaw, un taxi-scooter pétaradant, aux sièges défoncés, dont la capote déchirée claquait au vent comme un fouet et qui nous emporta à grand train vers la vieille ville, zigzaguant entre les bus, les camions, les vélos et les bovins en vadrouille couchés à même la chaussée.

J'aurais préféré commencer par une pincée d'Inde plus modeste. Mais tout de suite je fus suffoqué comme sous l'effet d'un plat indigeste. En moins de deux heures nous avions visité la Grande Mosquée, le fort Rouge, ingurgité l'histoire de l'Empire moghol, la révolte des cipayes, le Raj britannique, les massacres de l'Indépendance et les noms, les dates, les chronologies se chevauchaient dans ma tête. Menviel souffrait d'un penchant un peu agaçant à tout admirer et, sous l'effet du décalage horaire, les jambes commençaient à me tirer. Les passants nous bousculaient en nous croisant, lançaient des commentaires dont j'étais incapable de dire s'ils étaient hostiles ou non. Je me sentais à des années-lumière de ces individus.

Dès la sortie du fort Rouge, un jeune garçon à demi nu, au torse couvert de croûtes, les yeux noircis de khôl, tendit la main vers moi. J'ignore pourquoi il m'avait élu entre tous. Je regardai mes deux compagnons et demandai stupidement :

— Que dois-je faire ?

— Mon cher, rétorqua l'Américain, vous êtes seul juge. Ce mendiant s'est adressé à vous. Je ne suis pas dans votre cœur. Si vous estimez qu'il mérite une aumône, exécutez-vous.

Soulagé par ce conseil, je donnai une roupie. Immédiatement, deux autres enfants s'accrochèrent à mes basques. C'étaient des gamins mi-quémandeurs, mi-bravaches qui portaient des bermudas déchirés, marchaient pieds et torse nus et pour qui la mendicité paraissait autant tenir du jeu que du besoin. Gêne suprême, ils me baisaient les pieds, montraient le ciel, se massaient le ventre d'une main et de l'autre faisaient le geste de projeter de la nourriture dans leur bouche.

— *Bapu, one roupie, bapu.*

— Que disent-ils ?

— Ils vous appellent « père », *bapu*. Je ne sais s'ils vous ont reconnu mais je vous félicite de cette lointaine postérité.

La fatigue, l'énervement me rendaient idiot. Le Français souriait.

— *Bapu, one roupie. No papa, no mama, me hungry, one roupie.*

— Mais j'ai déjà donné. Partagez avec l'autre.

Du doigt j'indiquai le premier solliciteur qui, tout sourire et lamentations l'instant d'avant, s'était rembruni dès qu'il avait empoché ma pièce. Je m'étais exprimé en anglais avec un terrible accent parisien. Je me sentais céder à la panique.

« Ils continuent à réclamer, qu'est-ce que je fais ?

Je déboursai encore deux autres roupies. Mais trois autres éclopés accouraient ; je me voyais déjà poursuivi par la meute de tous les nécessiteux du quartier. Ceux-là se jetaient de la poussière sur la tête en signe d'humiliation. Seul, je les eusse sans doute repoussés ; mais, face à mes deux mentors, je craignais de paraître égoïste.

« Accélérons, sifflai-je entre mes dents.

J'avais allongé le pas. Mais un perclus, un manchot et un unijambiste se mirent à mon diapason avec grande hâte et bruit. Habersham et Menviel étaient restés en arrière. Les trois infirmes, se bousculant à mes trousses malgré leur handicap, se mirent à me chanter leur chanson. Je me bouchai les oreilles. J'étais devenu l'objet d'assauts concentriques et bifurquai. Le perclus bifurqua, le manchot bifurqua, l'unijambiste aussi. Je me dégageai de leurs mains sales, n'osant croiser leur regard et rebroussai chemin vers mes amis.

« Mais pourquoi moi ? Il y a des dizaines de touristes ici.

Je me sentais faiblir et prêt à retomber dans des phrases toutes faites.

— Un conseil : avec les mendiants le dédain est un impératif vital. Un simple coup d'œil et c'est fini ; ils prennent cela pour un encouragement.

— Où faut-il regarder alors ?

— En l'air, vers le ciel. Les mendiants ne volent pas. Ignorez-les, traversez-les comme s'ils étaient transparents. Les hindous font cela depuis des siècles. A vous d'apprendre.

Je braquai mes yeux sur l'horizon, le menton raidi, ne voyant plus que le haut des crânes et le faîte des toits.

Deux bambins m'avaient pris par la main et je m'en débarrassai d'un coup brusque.

— *It's enough now.*

Habersham s'amusait visiblement de mon embarras. Pour finir, un policeman en short bouffant et bandes molletières arriva et dispersa les gosses en les menaçant de sa canne de bambou ferré. Les prédateurs malchanceux s'écartèrent.

— Voilà, vous avez eu votre baptême, s'écria l'Américain. Et pourtant vous n'avez encore rien vu.

Depuis le matin, il avait pris en charge notre emploi du temps. Il arpentait ces ruelles sales, se faufilait parmi le vacarme et la puanteur avec la désinvolture, la grâce d'un aristocrate. Il ne donnait aucun signe apparent de gêne ou de dégoût et évoluait au milieu des mendigots comme s'il détenait la clé de leur bonheur prochain.

Nous remontions Chandni Chowk, longue avenue rectiligne noyée sous un torrent de peuples. Une douzaine de races se coudoyaient, commerçaient dans les langues les plus étranges sans compter le flot des cyclistes, les carrioles médiévales, les bus à impériale dangereusement affaissée, les triporteurs, les guimbardes et toute la ménagerie habituelle des ânes, chèvres, chiens et vaches. Les bazars, cubes de béton et tôles mêlés, où trônaient de corpulents marchands, tels des saints dans leur niche, dégorgeaient sur les trottoirs des grappes de pantoufles, des batteries d'ustensiles en aluminium, des mètres d'étoffes aux teintes vives, des fioles de pharmacie verdâtres, des piles de comestibles et d'épices. A des balcons descellés pendaient d'immenses panneaux publicitaires et des affiches de cinéma violemment colorées, montrant des personnages gras et larmoyants figés dans le drame ou la compassion. C'était une monstrueuse coulée de piétons, coiffés de turbans, de voiles, de calottes blanches, de châles, un grouillement d'individus aux pupilles noires, toutes inscrutables, indéchiffrables. Dans ces légions superbement dépenaillées, je croyais lire de sombres complots et collais à notre guide.

Sur les trottoirs on se lavait au robinet public, on pressait la canne à sucre, on réparait rickshaws et bicyclettes, on trayait des bufflesses, on dormait sur des lits de corde, on disait la bonne aventure, on se soulageait, accroupi, dos face au public, seul ou en compagnie ; les barbiers rasaient leurs clients juchés sur des fauteuils en plein air, les cordonniers ressemelaient les chaussures avec des morceaux de pneu. Dans de minuscules boucheries surmontées de caractères en urdu, des agneaux, des moutons bombaient un torse noir de mouches bourdonnantes et fébriles, du haut des crochets de fer.

Partout cela brillait, scintillait, avec des tons criards qui brûlaient la rétine. Jusqu'aux taches rouges du bétel qu'hommes et femmes crachaient dans une averse de sang ininterrompue. Le suint des corps et du bétail, les dépôts d'ordures, les fruits et les fleurs putréfiés, les aromates douceâtres culminaient dans un relent de vie en décomposition qui resterait à jamais pour moi l'odeur de l'Inde.

Jamais je ne m'étais senti plus étranger chez aucun peuple. Le pullulement des êtres et des conditions contredisait toute mon expérience des hommes.

3
Les mangeurs de feu

Dès le premier jour, je sus que j'allais rater l'Inde parce que j'en attendais trop. Je passais mon temps en rendez-vous, appels téléphoniques, interviews. Levé de bonne heure, je dévorais les quatre ou cinq quotidiens de langue anglaise qui paraissent à Delhi, prenais des pages de notes. Je caressais le rêve fou de décrocher un entretien avec Indira Gandhi, nouvellement réélue, et rappelais chaque matin son secrétariat pour appuyer ma demande. J'étais un feu affolé : je ne sortais de ma chambre que pour m'engouffrer dans un taxi qui me déposait devant le siège d'un ministère ou d'un parti. Là, j'interrogeais une heure durant de graves personnages. Ils me répondaient sur un rythme de mitraillette dans un anglais impeccable qui soulignait les déficiences du mien, si bien que les trois quarts de l'entretien consistaient à les faire répéter.

Dès que j'avais une heure de battement, je partais en vadrouille dans les rues ou les parcs. Tout le monde toussait, une écharpe enroulée autour des oreilles au lieu du cou, ce qui donnait aux têtes les plus maigres la rondeur d'un œuf. Je demandais un renseignement : tout le monde savait, me répondait en donnant une direction différente. Je croyais me trouver au milieu d'un peuple d'instituteurs sans jamais pouvoir profiter de leurs enseignements. A chaque instant, des êtres obséquieux m'abordaient, me proposaient les services ou les trocs les plus saugrenus ; l'un tenait la clé de mon avenir dans la paume de ses mains ; un autre voulait échanger ma veste en laine contre un infâme pull-over troué ; un troisième prétendait me masser en plein air mais tenait à ce que je me mette en slip et confie mes vêtements à un comparse ; un quatrième entendait me curer les oreilles avec une longue aiguille à tricoter en acier mais en commençant par y introduire sans vergogne des paquets compacts de cérumen pour justifier l'intervention. Des magasins sortait une musique exaspérante, pareille au grincement interminable d'une porte qu'on aurait oublié de graisser ; ici les ténors, au lieu de chanter, se gargarisaient puis allongeaient la glotte et se chatouillaient l'œsophage. Je pensais à tous les Orients dont j'avais rêvé, l'Orient des tigres parfumés, des paradis de l'opium, des voluptés, l'Orient des mystiques, des révolutions et je n'en retrouvais aucun. J'étais là, la mémoire encombrée de relations savantes, et le pays me glissait entre les mains.

Je croisais souvent Menviel dans l'hôtel et il nous arrivait d'échanger nos impressions autour d'un thé ou d'un repas. Lui aussi avait eu plus que son compte d'émotions. Un racoleur qui lui avait promis un taux de change très favorable avait disparu avec son argent par la porte arrière d'un café où il l'avait invité. Une commune déception unit. Nous ne pouvions plus nous quitter. Sa faiblesse qui m'avait rebuté au départ me confortait maintenant.

Il vouait un véritable culte à l'Américain et brûlait

d'acquérir son savoir, son aisance, sa faculté de s'intégrer à une société aussi étrangère.

— Comment nous voit-il, d'après toi? Nous considère-t-il comme ses amis?

— Des amis, je ne sais pas, mais comme un auditoire certainement. Il a tellement besoin de gens auprès de qui briller. Même à leurs dépens.

— Tu es injuste. Il veut seulement nous aider.

Il se trouva que l'agronome — qui entre-temps avait quitté l'hôtel, sa femme étant rentrée — nous invita le lendemain soir au restaurant de l'hôtel Taj Mahal. Il tenait à nous initier à la grande cuisine indienne, à nous « baptiser au curry ».

Il nous attendait dans un décor des Mille et Une Nuits, mais si obscur qu'on voyait à peine ses voisins, très peu son assiette. Il fallait de longues minutes à l'œil pour s'accoutumer et distinguer des arcades de style indo-musulman et des serveurs déguisés en empereurs de carte postale.

— Savez-vous pourquoi les restaurants indiens sont si peu éclairés? Dans un pays où les trois quarts de la population souffrent de la faim, le repas en public est presque un acte clandestin. Le mangeur doit se dérober à la vue; ici on ripaille dans l'ombre.

M. Habersham nous avait commandé un *vegetable thali*, réunion des quarante spécialités de la cuisine végétarienne. Sur un plateau de cuivre voisinaient, dans des coupelles, des parterres de carottes, de concombres, de choux-fleurs, de navets, de courgettes, de tomates, des lentilles noires, du riz blanc, deux godets de curry et un paquet de galettes de froment brûlantes et fumantes. Les tons foncés des sauces, pareilles à des confitures qui variaient du rouge sang au miel doré, élevaient la table au rang de tour de Babel, de raccourci coloré de *Mother India*. Les plats étant petits, il fallait y piocher tour à tour, doser des saveurs nombreuses et non se limiter à l'uniformité d'une sensation unique.

Nous regardions le tout avec circonspection. Jusqu'à maintenant nous n'avions goûté de l'Inde que son thé et ses fruits soigneusement pelés. Je soupçonnais notre cicérone de vouloir porter la tempête jusque dans nos systèmes digestifs. Et tandis que nous mastiquions, éteignant la moindre cuillerée avec une rasade de bière locale, il dissertait, donnant à chaque bouchée la consistance d'une idée.

« Dans cette société très stratifiée, la cuisine représente un contre-modèle. Le système assigne chacun à sa naissance et à sa caste ; elle dit les joies du métissage, du mélange. Le curry symbolise l'Inde parce qu'il rassemble sous son toit tant de religions et de peuples divers. L'épice est un lubrifiant : elle accélère la digestion et fédère les aliments. Mais non sans les dissimuler. Dans ces ragoûts ténébreux se mijotent d'affreuses conspirations. On vous cache tout ce que vous mangez. Et tout devient digeste dès qu'il est enrobé par ces terribles ingrédients. C'est une nourriture pour aveugles. D'où l'incertitude légitime de l'Européen : quel est ce produit qu'on me sert ? Cette carotte est-elle une honnête carotte ? Ici, pas de cette franchise puritaine de la cuisine américaine qui doit toujours décliner son identité, son poids, son origine, sa date de naissance avant d'être jugée comestible. Au contraire des pays démocratiques, en Inde on mêle les denrées parce qu'on sépare les hommes.

Un majordome au visage grêlé vint nous servir un supplément de *chapatti,* de crêpes et des louchées de riz qui tombaient dans les plats en cônes de blancheur étincelante. J'avais envie de persifler, d'interrompre cet étalage de science. Victor Habersham dut s'en apercevoir car il m'adressa, tout en parlant, un clin d'œil, la mince ponctuation d'une paupière qui fit passer de lui à moi l'onde d'une complicité.

« Oh, la religion reprend vite ses droits. D'abord, toutes les castes ne mangent pas les mêmes plats et la question de savoir qui l'on fréquente et avec qui l'on mange prend une importance infinie. Les plus fervents s'attachent les services d'un cuisinier, tous les cuisiniers sont brahmanes, qui les suit partout, même à l'étranger. On peut être intoxiqué par une mauvaise fréquentation aussi dangereusement que par des bacilles tuberculeux. Partout l'impureté menace. Il reste que je vous défie d'identifier une pomme de terre, un petit pois, de l'agneau, du buffle ou du chien après qu'ils ont baigné des heures durant dans un *masala*. Le curry est un déguisement, un chausse-pied capable de faire entrer n'importe quoi dans le gosier, matière idéale pour des fraudeurs. Avec lui chaque mastication devient une devinette. De là cette division entre cuisine moghlai et cuisine du Sud, entre le grillé et le sauté qui recoupe l'opposition entre l'islam et l'hindouisme. La brochette, le *kebab*, est l'apport d'une religion avide de simplicité et de clarté à l'inverse du curry, lequel privilégie la confusion et le camouflage.

— En somme, chaque repas est un événement à haut risque ?

— Pour les intestins, oui. Cette cuisine qui a le défaut de tout noyer sous le même goût — mais quel goût ! — suscite une explosion terrible dans le palais. C'est un incendie qui commence aux lèvres, se propage aux organes et ne s'éteint jamais tout à fait car le lendemain, à l'évacuation, l'épice se venge encore et se rappelle à votre bon souvenir par ce dernier pincement à la muqueuse.

— Dites-moi, coupa Menviel que je sentais en proie à une certaine inquiétude, est-ce que ça ne détraque pas, tous ces piments ?

— Non, cela imprègne, imbibe la peau et l'organisme des mangeurs. C'est pourquoi tant de vieux hindous sentent la coriandre, le safran ou la cardamome. N'oubliez pas qu'ils mangent avec les doigts, ce qui permet d'apprécier la consistance, l'épaisseur, la friabilité du mets. Manger avec une fourchette serait comme faire l'amour par personne interposée alors qu'avec la main nue, la main droite uniquement, la table devient un temple : en avalant ces trésors parfumés, on communie avec l'univers.

Sans conteste, M. Habersham était impressionnant d'érudition et de brio. Il agissait un peu comme le curry, il pouvait nous faire avaler n'importe quoi pourvu qu'il usât de cette éloquence qui nous charmait et endormait nos facultés critiques. Il avait de cette terre et de ces gens une connaissance stupéfiante. Elle allait en profondeur, en sympathie et s'étendait aux mœurs, aux langages, à l'histoire, à la flore et jusqu'aux minéraux. En tant qu'agronome, il avait participé à la révolution verte au

Pendjab qui avait permis au sous-continent d'accéder à l'autosuffisance alimentaire. Avec lui, qui se flattait de reconnaître dans la rue un Marwari d'un Cachemiri ou d'un Marathi, de distinguer les castes à leurs habits et occupations, nous faisions le tour de la péninsule sans quitter notre fauteuil. Pourtant, il donnait le sentiment pénible de ne délivrer que des messages pour initiés. Comme si le fait de converser ensemble, en plein cœur de l'Asie, constituait un privilège qui méritait bien quelque obscurité.

Vers minuit, ce soir-là, il commença à nous tutoyer, à protester de sa vive sympathie pour nous. Je décelais dans sa déclaration trop de condescendance pour m'y abandonner. En fait, son savoir me déprimait. Feignant de nous révéler les secrets des races asiatiques, il ne faisait qu'en épaissir le mystère. Et plus il pérorait, haussait sa stature, plus je me sentais petit, limité. Je voyais Dominique Menviel, les yeux grands ouverts sur lui, gober chacun de ses mots, le regarder comme on regarde une source de lumière.

4

Le poil du prophète

Un après-midi, Dominique me présenta à son chef de mission, un certain Charles Orsoni, et à son homologue indien, Raghu Sen Gupta. Le premier, Corse d'origine, était un homme florissant, de haute taille, légèrement gonflé malgré un visage de légionnaire romain. L'Indien, plus petit, sensiblement du même âge, impressionnait par la douce autorité qui émanait de lui. Brahmane du Bengale, professeur d'histoire de l'art à l'université de Calcutta, il parlait un anglais extrêmement pur d'une voix mélodieuse qui vous mettait en confiance. Nous nous accordâmes tous quatre rapidement et nos deux aînés se proposèrent de nous montrer le lendemain dimanche

Agra, distante seulement de deux cents kilomètres de Delhi.

La journée fut un enchantement. Autant Victor avait pris plaisir à nous lancer dans des situations difficiles quitte à nous repêcher *in extremis,* autant nos deux guides se montraient prévenants, écartant les importuns qui ne manquaient jamais de surgir. C'était un régal de les entendre rivaliser d'intelligence sur les sciences horticoles, la poésie, les miniatures persanes et ressusciter pour nous le XVIIᵉ siècle moghol. De leur long commerce avec l'histoire et l'art indiens, ils ne tiraient aucun avantage abusif. Vers le soir, après une discrète allusion de Dominique, la conversation dériva sur Victor Habersham. Orsoni le connaissait bien :

— Dans la petite confrérie des amoureux de l'Inde, Habersham tient le rôle du leader ; il est une prodigieuse mécanique intellectuelle apte à tout engranger. D'abord, il rend exigeant, car il connaît les dossiers mieux que tous. Ensuite, il rend intelligent : pour lui répondre, il faut viser haut. Sa malveillance même réveille ses interlocuteurs : il sait se montrer prodigieusement injuste mais on lui pardonne ses erreurs. Pour lui, l'Inde a été une révélation suivie d'une conversion : il en est aujourd'hui citoyen par le cœur et l'esprit.

Sen Gupta tint à compléter et à nuancer le tableau :

— S'il reçoit l'admiration de la colonie européenne et de beaucoup d'Indiens, il fait aussi preuve d'une grande naïveté qui lui joue des tours. En bon Yankee, il croit qu'il existe une solution à chaque problème. Il ne comprend pas les atermoiements, les réticences d'une vieille société comme la nôtre, gouvernée par d'obscures forces souterraines. En s'imaginant que la raison peut tout éclairer, il a froissé plus d'une susceptibilité. Son intransigeance irrite. Pour lui, l'agronomie est une véritable discipline, presque une morale. Il veut des résultats immédiats, s'emporte, s'indigne souvent à tort et à travers, oublie les nuances. Mais il possède une qualité que les Américains ont rarement, à savoir le sens de l'humour. Il revendique le droit au mauvais goût, au canular douteux : il est arrivé, par exemple, à la fête de Thanksgiving donnée par l'ambassade, déguisé en hamburger, totalement nu, entre deux tranches de pain géantes et coiffé d'une tomate. Il se moque en public de son pays mais brocarde aussi bien les Français que l'establishment indien. Il est le seul à pouvoir être reçu partout et à dire à chacun ses quatre vérités sans être chassé comme un malpropre.

J'essayai d'emboîter le pas à ces critiques mais Sen Gupta ne me suivit pas : les défauts d'Habersham témoignaient encore en sa faveur ; il en voulait pour preuve cette histoire qu'on attribuait à l'agronome américain.

« Il y a un an environ, dans plusieurs villes indiennes, sunnites et schi'ïtes s'affrontèrent en combats fratricides. Les minoritaires, très influencés par les événements d'Iran, prétendaient imposer aux musulmans indiens la rigueur et la raideur de la révolution khomeinyste. Un jour, un fait divers défraya la chronique : en plein ramadan, dans le vieux Delhi, quartier traditionnellement islamique, l'assistante de M. Habersham, une ismaélienne, fut arrêtée dans la rue par de jeunes exaltés. Ils l'avaient vue mâcher subrepticement à midi : durant le ramadan, on n'a droit ni de boire ni de manger jusqu'au coucher du soleil. Ils lui ouvrirent la bouche de force et en fait d'aliment ne trouvèrent dans sa gorge qu'un chewing-gum. Sur-le-champ, ils la séquestrèrent et se constituèrent en tribunal islamique, pratique tout à fait illégale en Inde où le droit pénal ne relève en principe d'aucune confession. Ils l'interrogèrent quatre heures durant, le cas était difficile : elle mâchait, ce qui est coupable, mais n'avalait que sa salive, ce qui est innocent. Parce qu'elle mimait la mastication, elle fut pourtant condamnée à être fouettée sur-le-champ de quinze coups de lanière, pour l'exemple. Quand elle ressortit de là, plus morte que vive, elle porta plainte et fut hospitalisée. L'affaire alla en justice, le juge d'instruction était d'ailleurs lui-même un musulman et les agresseurs furent condamnés très sévèrement.

« Cette affaire avait excédé Habersham. Il détestait les fanatismes religieux et nous a toujours préférés, nous autres hindous. C'est alors, je pense, qu'a germé dans son esprit l'idée de venger son assistante et de jouer un bon tour aux mohammédiens. Il existe dans la Jama Masjid, comme dans toutes les mosquées du monde, une châsse où est conservé un précieux vestige du Prophète : en général un poil de sa barbe. Le souvenir, mis en valeur dans un tube de cristal fermé par un couvercle d'argent, était gardé à l'époque dans le coin ouest de la cour par un vieil homme qui l'exhibait aux visiteurs, moyennant modeste redevance. Le gardien, semi-aveugle, s'endormait facilement. Habersham, qui maîtrise l'hindi et l'urdu, avait su gagner sa confiance en lui rendant de nombreuses visites, affublé d'une moustache et d'un postiche qui le rendaient méconnaissable. Il se donnait pour un orientaliste allemand, il est d'ailleurs d'origine allemande, et avait persuadé le vieux qu'il voulait se convertir.

« Un après-midi, à l'heure de la plus grosse chaleur, il retourna à la Jama Masjid, réveilla doucement le gardien plongé dans sa sieste et lui demanda l'autorisation de contempler le poil du Prophète. L'autre acquiesça et retourna à son somme. Prestement, l'Américain força le couvercle de la châsse et substitua au poil véritable un poil de porc de même couleur, de même taille, de même consistance. Vous savez sans doute que le porc est un animal tabou dans l'islam. Un mois passa. Puis une petite annonce anonyme dans le *Times of India* et l'*Indian Express* suggéra que le gage pileux du Prophète gardé dans la mosquée n'était en réalité qu'un poil de cochon, tout juste bon à faire une brosse à dents. Cette révélation fit grand bruit. Des docteurs de la loi, des mollahs, certains venus de Malaisie ou du Pakistan, coururent au chevet du divin cheveu qui fut expertisé, contre-expertisé et finalement déclaré impie et brûlé en public. On ne pouvait imaginer plus grand sacrilège.

« Pour comprendre l'ampleur du problème, il vous faut savoir qu'en janvier 1964 la disparition d'un cheveu du Prophète de la mosquée d'Hatrabtal, lieu saint de Srinagar, capitale du Cachemire, avait provoqué une série d'émeutes communales dans tout le sous-continent. Le cheveu, un poil scellé par une pastille de cire au fond d'une boîte remplie de pétales de roses, fut retrouvé huit jours plus tard dans une cave de la mosquée. Cette fois aussi, les partis musulmans accusèrent les hindous et exigèrent la restitution immédiate du fragment saint. La situation s'envenima, le monde politique s'inquiéta d'une possible renaissance de la guerre entre communautés. Même Indira Gandhi, alors en pleine campagne électorale, promit de châtier les responsables du vol de façon exemplaire si elle était réélue et fustigea la mollesse du gouvernement Janata.

« Aussi furtivement qu'il avait disparu, le tortillon sacré fut rendu à ses propriétaires dans une petite boîte déposée un matin à la porte de la mosquée. Un coup de téléphone anonyme à l'imam l'avait prévenu de la restitution. L'enquête conclut au non-lieu et, depuis, la relique est gardée par un policier en armes. Victor Habersham, même en tête à tête, a toujours nié sa participation à cette affaire ; mais son assistante a retrouvé dans un tiroir de son bureau le postiche et la fausse moustache utilisés par le mystérieux visiteur. Elle n'en a rien dit à la police par amitié mais Victor sait aujourd'hui que nous savons tous.

— Il a fait ça ? s'exclama Menviel. Il est vraiment formidable ! Vraiment !

Orsoni et Sen Gupta approuvèrent en riant. A travers eux, la voix de la renommée élevait cet Américain au rang d'un mythe. On me conviait en somme à faire partie de sa cour ; mais ce héros m'enfonçait dans la médiocrité. J'étais fatigué de sacrifier aux dieux, je voulais aussi ma part d'éloges, d'aventures.

Le soir, tout à ma rancune, j'avais déjà oublié le mausolée du Taj, ses bulbes de marbre qui respirent et palpitent. D'Agra, je ne retenais que les écureuils à la queue tigrée qui nous avaient escortés tout le jour dans les jardins moghols, détalant en longs fuseaux souples de fourrure. Ils roulaient leurs petits en boule pour les transporter d'un arbre à l'autre et le diamant noir de leurs yeux avait la forme d'une noisette.

Il me restait deux semaines pour faire mes preuves. Mais je travaillais trop et n'avais plus le temps de voir. Dès que je sortais, attendant l'événement qui justifierait mon oisiveté, j'avais honte de perdre mon temps et retournais à mes livres et mes journaux. Par excès de zèle, je crus nécessaire de me rendre à Calcutta pour comprendre de plus près les soulèvements de l'Assam, province du Nord-Est qui refusait l'installation sur son sol d'immigrés népalais et bengalis. Des pogroms avaient déjà causé plusieurs milliers de morts. De Calcutta, je pris un second avion pour Siliguri, plus au nord, et tentai, en vain, de soudoyer des camionneurs pour qu'ils me transportent jusqu'à Gauhati, interdit aux correspondants étrangers. L'armée contrôlait les véhicules. De dépit, je décidai de monter jusqu'à Darjeeling qui me semblait un excellent balcon pour observer l'Inde ; un petit train conduisait à cette ancienne station climatique célèbre pour son thé. Hélas, c'était un tortillard abominable construit au début du siècle par les Anglais et qui mettait neuf heures pour parcourir cinquante kilomètres. Des amis m'avaient promis un panorama unique au monde ; l'ascension était noyée dans un épais brouillard. Je comptais me rattraper au sommet.

Déjà j'énumérais mentalement ce que la rumeur colportait sur Darjeeling ; qu'en sortant de la disette du Bengale, l'Himalaya est un festin, une superbe table d'hôte où les femmes sont belles, les enfants roses et ronds, les sourires généreux parce que la montagne purifie même la pauvreté. Mais à l'arrivée il pleuvait à verse ; on n'y voyait pas à plus d'un mètre. Je dormis mal, énervé par l'altitude, claquant des dents à cause du froid contre lequel je n'étais pas prémuni. Je ne pouvais même pas lire ou travailler, l'électricité étant coupée dans la région après 9 heures du soir. Le lendemain, le temps ne s'étant pas amélioré, je décidai de repartir ; en allant à la gare routière, j'eus le temps d'apercevoir un sherpa et un moine tibétain.

Je passais à côté de tout ; et de l'Inde profonde et de cette frange d'Européens qui s'y sont bien intégrés, l'aiment et me considéraient comme un oiseau de passage trop fragile pour être admis. Il ne me suffisait pas de buter à chaque instant sur l'opacité des langues et des mœurs ; j'étais complètement dépourvu d'expérience, j'ignorais tout des affaires indiennes et me sentais désespérément inapte à une synthèse claire et rapide de la situation. A

Calcutta, je fis en vain l'assaut de quelques personnalités en renom dont les signatures auraient pu valoriser mon papier. Le seul après-midi où je décidai de visiter le temple de Kali, je fus assailli par une bande de gamins à demi nus qui me réclamèrent chacun une obole, prétextant qu'ils m'avaient indiqué les accidents du terrain et les peaux d'orange. Je refusai. Le brahmane du temple m'avait déjà soutiré cent roupies. Je remontai dans mon taxi ; mes accompagnateurs se mirent à tambouriner sur les fenêtres et trois d'entre eux montèrent sur le coffre et le toit de la voiture. Le chauffeur prit de la vitesse et, dans un grand éclat de rire, pila brusquement. Déséquilibrés, les petits tombèrent sur la chaussée. J'étais mort de honte.

Alors, animé par je ne sais quelle burlesque mythologie du reporter, je poussai la naïveté jusqu'à faire un saut à Dacca, à peine distant d'une heure en avion, afin d'y étudier les répercussions de l'élection sur un régime voisin. En tout et pour tout, je vis deux responsables locaux qui me tinrent des propos lénifiants sur les relations de bon voisinage, etc. Le soir, dans le luxe de prêt-à-porter de mon hôtel international, je regardai des films américains en vidéo. J'étais venu si loin pour voir des navets de série B que la télévision française passait chaque semaine. Je vivais comme dans un bathyscaphe, sortais de ma chambre climatisée vers un taxi climatisé qui me déposait dans un bâtiment officiel lui aussi climatisé. Et dès que je marchais dans la rue, des rabatteurs, des rickshaws me proposaient drogue, *girls* ou *boys*. Des milliers de gens, de par le monde, voyageaient ainsi, consommaient la même cuisine internationale fade, répondaient aux courbettes arrogantes des serveurs et des portiers. L'absurdité de mon séjour me sautait aux yeux. Je rentrai à Delhi et m'enfermai dans ma chambre pour rédiger mon article. Je repartais à Paris trois jours plus tard.

5
L'amitié entre les peuples

Je n'avais aucune envie de revoir mes amis. Moins il m'arrivait de choses, plus leur aisance m'étouffait. Et j'aurais eu honte de leur avouer ma déception. Mais l'avant-veille de mon départ, Menviel, qui logeait maintenant dans les bâtiments de la Mission française d'archéologie, m'appela au téléphone ; nous étions invités le lendemain soir chez un coopérant français.

Quand j'arrivai dans un cottage à la lisière de la ville, la maîtresse de maison, une certaine Mme Cupillard, forte personne aux formes monumentales, déplorait de ne plus trouver de steak à Delhi devant un aréopage de Français, d'Allemands et d'Américains auxquels s'ajoutaient Orsoni et Dominique. Elle répugnait à acheter sa viande chez un boucher musulman ; manque d'hygiène évident, c'était en outre du buffle qui ulcérait les gencives, de la vraie semelle. Un employé de la Banque mondiale nous apprit que sa qualité d'Américain lui valait de recevoir des quartiers de bœuf entiers de Nouvelle-Zélande. L'information suscita un étonnement poli, vite éclipsé par la nouvelle que la femme d'un journaliste français annonça en ménageant ses effets : ils attendaient pour la fin de la semaine un arrivage de camemberts, saucissons et chocolats. Il y aurait distribution générale. Un Allemand de Mercedes ajouta qu'il accueillait lui-même le lendemain un couple de Stuttgart, porteur de plusieurs kilos de saucisses de foie. Ses yeux brillaient, mais les Français plissèrent le nez. Personne ne commenta l'événement. Charles Orsoni me souriait et la chaleur de son regard me fit du bien ; si j'étais resté plus longtemps, c'est vers lui et Sen Gupta que fût allée ma sympathie.

Soudain, un jeune chien bondit dans la pièce et sauta sur Menviel, le léchant d'abondance. L'ayant fêté, il recula, hésitant, la queue frémissante et, sans crier gare, laissa couler de son ventre une petite flaque. Mme Cupillard poussa un cri et son mari, un petit monsieur fringant au linge éblouissant, se jeta sur la bête qui s'enfuit en gémissant. Chacun dut convenir du manque d'éducation du chiot recueilli dans la rue une semaine plus tôt. Un domestique fut appelé pour nettoyer l'objet du litige et Victor entra à cet instant. Son arrivée, par sa simplicité, dégela les masques solennels, les mines outrées. Il avait l'air d'un grand jouet luxueux en beau tweed, avec une tête équivoque qu'on imaginait réservée à d'autres exploits que les rendements rizicoles. Il était beau d'une beauté tourmentée, travaillée par le temps, et rehaussée par une physionomie énergique et des manières un rien surannées. Ce faux endimanché allait de l'un à l'autre avec un sourire étincelant et rigidé. Sa présence détonnait comme un flambeau au milieu des convives et tous les regards s'étaient tournés vers lui.

— Mon cher Frédéric, dit-il en s'asseyant près de moi, vous aurez fait dix mille kilomètres pour rencontrer une famille obnubilée par les saletés d'un chien. Notez que je comprends ces soucis : nos amis sont des gens bien élevés. En Europe, ils seraient vendeurs de chaussures, ou courtiers d'assurances ; ici, ils font partie du gratin, ils ont un rang à tenir. Les êtres qui s'expatrient sont souvent, hélas, les plus médiocres.

Il se montrait affectueux, obligeant envers tous, mais son amabilité cachait mal l'air excédé de qui se fourvoie en mauvaise compagnie. On eût dit que toute la réception était organisée en sa faveur et qu'il s'en désolait. Dominique le dévorait des yeux et lui adressait de l'autre côté du salon des petits signes d'intelligence.

Nous mangions une salade lavée au permanganate de potassium que nous poussions avec du pain surgelé, et Mme Cupillard rapportait le dernier bon mot de ses enfants : ils avaient appelé le *chowkidar,* le gardien, le « chat qui dort ». Le correspondant de presse français racontait, scandalisé, que son journal refusait de lui rembourser une note d'eau minérale de plus de dix mille roupies. Était-ce sa faute à lui, s'il avait le foie fragile ? Puis il calcula avec sa femme, un coopérant du service national et Orsoni ses points de retraite, supputant de se retirer de la vie active dès cinquante-cinq ans grâce aux lois en vigueur. Un ingénieur d'Air France entretenait Mercedes des coutumes de la Bavière où il avait passé ses dernières vacances : là-bas les gens sont si croyants qu'ils baptisent leurs voitures. Et savez-vous ce que font les juifs ? Ils les circoncisent en leur coupant le bout du tuyau d'échappement. Mercedes, qui parlait français, rit bruyamment et Banque mondiale me pria de lui traduire la plaisanterie. Dominique demandait justement à M. Cupillard pourquoi aucun Indien n'était invité ce soir.

— Ah, je vous en prie, éclata Air France, pas de moricauds ici ; le week-end on reste entre nous. Il y en a assez dehors toute la journée. Dieu merci il existe au moins un endroit où nous sommes débarrassés d'eux.

— Vous êtes naïf, mon pauvre Dominique, coupa Victor ; la plupart des personnes présentes ce soir ne sont en Inde que pour une seule raison : le salaire augmenté de la prime d'éloignement. Il n'y a que les fous comme Charles Orsoni et moi qui restons ici par sympathie.

Au dessert, on servit un biscuit au chocolat dont la crème était brûlée, Mme Cupillard gémit sur l'incompétence des gens de maison.

— Si vous saviez le mal que nous avons eu pour leur faire préparer ce simple repas. Ils sont totalement rebelles aux finesses de la gastronomie française !

Et, comme pour ajouter le geste aux commentaires, elle agita frénétiquement une clochette. Une fille ronde en sari, au teint d'un chaud marron foncé, arriva de la cuisine en courant.

« *Rosie, what is that ?* demanda Mme Cupillard en exhibant une partie du biscuit dont la croûte avait attaché au fond.

— *Chocolate pie, madam.*

— Non Rosie, *this is* de la merde, au chocolat peut-être, mais de la merde.

— *Yes, madam.*

Il y eut des rires, surtout chez les épouses.

— *Rosie, call Kumar.*

Il s'agissait de l'aide-cuisinier, un Népalais de petite

taille qui s'approcha, les épaules rentrées. Dix minutes durant, un chapelet franco-anglais de reproches s'abattit sur eux : les enfants avaient trouvé une pierre dans la purée, la sauce de la viande était trop grasse, les toasts brûlés, le vin pas assez chambré. Les deux coupables se balançaient gauchement d'une jambe sur l'autre. Kumar tenta de se défendre mais Mme Cupillard le coupa brutalement.

— Votre anglais s'améliore, chère madame, commenta Victor. Je suis même arrivé à vous comprendre. C'est curieux, quand vous autres Français parlez anglais, on entend toujours le drapeau tricolore qui claque dans vos gencives et vous donne cet accent si particulier.

— J'ai d'ailleurs pour principe, poursuivait la matrone, de ne jamais me servir un verre d'eau moi-même et j'ai interdit aux enfants de le faire. Nous avons du personnel et nous le payons assez cher. Pensez que je suis obligée comme tout le monde ici, à cause des castes, d'engager un homme de main pour la cuisine, un autre pour la table, un troisième pour nettoyer par terre ; et, pour les WC, je dois encore faire appel à la sous-caste de ramasseurs d'excréments qui ne vient que la nuit. Cela double les salaires et retarde les tâches ménagères. Et ils sont si lents !

Ces propos éveillèrent chez les convives une vague de plaintes et de rancunes. En tête de la flotte cinglait Air France, toujours l'anecdote à la bouche, sa petite moustache frémissante d'indignation. Sa femme, une Vosgienne à l'accent traînant, essayait de le calmer mais il s'emportait, condensant à lui seul les frustrations des ménages présents.

— Quand nous étions en poste à Colombo, nous dînions un soir chez l'ambassadeur. Nous parlions alcool pour déplorer le manque d'approvisionnement régnant dans l'île. J'avais dans ma cave un cognac rarissime rapporté de France avec le plus grand soin. L'ambassadeur étant un fin gosier, je priai mon chauffeur d'aller me chercher la bouteille. Il revint une demi-heure plus tard : il n'avait rien trouvé. Je lui réexpliquai posément où se trouvait la bouteille, dans quel meuble à liqueurs. Il repart, revient une demi-heure plus tard, encore bredouille. L'ambassadeur commençait à être fatigué et je dessinai à l'intention de mon chauffeur le meuble en question. Une heure plus tard, je dis bien une heure plus tard, nous entendons un bruit épouvantable. J'aperçois de loin dans le vestibule mon chauffeur, aidé du jardinier et du cuisinier, poussant un objet qui a l'air lourd. Je me lève et vois, dans l'entrée de la résidence, devinez quoi ? tout mon meuble à liqueurs transporté à bras d'hommes !

— Il y a quelque temps, dit à son tour le correspondant de presse, j'ai demandé au cuisinier de plumer un poulet qu'on nous avait offert lors d'une tournée dans un village d'Uttar-Pradesh. Le soir même, dans la cuisine, j'entends des gloussements étouffés. J'ouvre le frigidaire et retrouve mon poulet, nu, mais vivant et grelottant de froid.

Alors on fit assaut d'historiettes où servants et employés de maison étaient croqués dans des situations propres à souligner leur niaiserie, leur inaptitude et parfois même leur malhonnêteté.

— Incroyable ! commentait Mercedes.

— Mais si, mais si, l'esprit démocratique les a corrompus, répétait M. Cupillard.

A mon étonnement, Victor prit part au concert :

— Vous savez ce qu'on m'a raconté à Calcutta ? Les hommes de peine, les valets des membres du corps diplomatique, de mèche avec les compagnies de réparation qui leur reversent une commission, détraquent une fois par mois les frigidaires et les appareils domestiques.

— Putains de larbins, rugit Air France, ils sont bien à l'image de leur foutu pays. Et encore, on ne sait comment les appeler. Au moins en Afrique, c'est Abdou, au Moyen-Orient, Mohammed. Mais ici !

— Écoutez ce que je vous propose, coupa Victor : nous allons désormais baptiser nos domestiques du nom de personnages de bandes dessinées. Au lieu d'Hampo, de Kumar, de Lal, ce sera Mickey, Haddock, ou Donald. Vos enfants seront ravis, les domestiques aussi qui raffolent des patronymes américains, et vous verrez que l'usage s'en répandra même dans la bonne société indienne.

La proposition fit l'unanimité, on porta des toasts et chacun baptisa à sa convenance son chauffeur, sa gouver-

41

nante, son balayeur. Un technicien d'IBM, jusque-là resté silencieux, fit le calembour le plus applaudi de la soirée : si l'on appelait le chien de la maison Krishna, on pourrait le siffler en disant : Hurry Krishna ! Orsoni gardait un visage douloureusement crispé. Victor au contraire arborait un sourire ravi et se délectait du tumulte créé autour de son idée.

« Eh bien, me lança-t-il, vous ne semblez pas prendre plaisir à notre nouveau jeu de société ? Oh ! je devine : vous pensez déjà au retour de nos amis en France, contraints de laver eux-mêmes leur vaisselle, rabroués par des garçons de café, égaux devant tous ! Rassurez-vous, pour continuer à jouer les nababs ou les bégums, ils ne rentreront plus et supplieront leurs boîtes, leurs ministères de les envoyer ailleurs, en Afrique ou en Océanie, partout où la main-d'œuvre est soumise et bon marché.

Pour la première fois depuis trois heures, on s'avisa que j'existais.

— Vous venez enquêter sur l'état de l'Inde, dit Air France. C'est tout simple : elle coule.

Tous acquiescèrent : Mme IBM souligna combien les Indiennes manquaient de tendresse envers leurs enfants. Mercedes déplora la paresse des hindous entravés par une religion archaïque. Le coopérant se demanda comment on pouvait se fier à des gens qui ne rougissent jamais et s'habillent dans des rideaux. Une jeune stagiaire de l'ENA fit remarquer la mauvaise odeur des employés indigènes de l'ambassade qui sentent tous l'ail et la sueur. Le correspondant de presse clôtura le tour de table par quelques phrases bien senties sur l'anarchie et la corruption. Par esprit de contradiction, je m'interposai mais on me cloua le bec : en trois semaines je n'avais rien pu voir.

« Je vous en prie, dit Air France, ne tombez pas comme tous ces fadas dans une dévotion irraisonnée envers l'Inde. Faites votre boulot, touchez votre fric et repartez. De toute façon, vos lecteurs s'en tamponnent, des hindous. Ne cherchez pas à comprendre : cela nous dépasse.

Il avait tempêté, le visage cramoisi, la moustache hérissée. Gentiment, Dominique tenta de venir à ma rescousse. Hélas, il se trompa sur les dates, les sigles, les partis, accumula les bourdes. Le correspondant de presse n'en fit qu'une bouchée.

— Cessez de dire n'importe quoi ; commencez par vous informer.

— Je ne voudrais pas verser de l'huile sur le feu, conclut M. Cupillard, mais quand on sait que le précédent chef d'État, Morarji Desai, se vantait de boire chaque jour un verre de sa propre urine pour rester en bonne santé, il en proposa même au président Carter lors de sa visite ici, on a une belle image du pays.

Charles Orsoni gardait les yeux baissés et jouait nerveusement avec ses doigts. Et Victor paraissait si à l'aise, si détendu. Je lui chuchotai à l'oreille :

— Comment supportez-vous cela ?

— Mais très bien, je vous remercie.

Il avait répondu à haute voix si bien que tous les regards convergèrent instantanément sur nous. Il me regardait avec un air de défi et s'adressant à tous :

« M. Coste me demande comment je peux supporter votre caquetage. Il voudrait peut-être que je fasse un éclat, un scandale ?

Je l'aurais giflé ! Je me sentais rougir, mes oreilles brûlaient et je souhaitais disparaître sous terre. Sa voix monta d'un cran :

« J'imagine bien ce que vous attendez, Frédéric : une sortie héroïque, une péroraison outragée. Vous voudriez que je dise à nos amis qu'ils me font l'effet d'un bouillon de culture perdu dans l'immensité de l'Asie ; qu'ils restent en Inde pour engueuler leurs boys et se faire cirer leurs chaussures ; qu'ils évitent soigneusement de rencontrer des Indiens de même niveau social qu'eux pour garder l'illusion de leur supériorité ; qu'ils repartiront de ce pays sans en avoir rien compris, remâchant leurs griefs en petits cénacles jusqu'à ce qu'on les affecte ailleurs où ils trouveront de nouvelles raisons de critiquer, de déplorer ; que même entre eux il n'existe qu'une fausse camaraderie, une complicité de surface, l'alcool seul les retenant d'en venir aux mains ; qu'en hindi ou en urdu, s'ils les parlent, ils ne connaissent qu'un temps : l'impératif, pour donner des ordres ; qu'il leur suffirait de peu, finalement, pour aimer

43

ce pays, mais qu'à se calfeutrer dans leurs villas, à verser l'aigreur dans la futilité, ils se condamnent à ne jamais vivre autre chose que la routine ? Voilà, c'est cela que vous vouliez entendre ? Et bien c'est fait : êtes-vous heureux, monsieur le redresseur de torts ?

— Qu'est-ce que ça veut dire ? demanda Air France, vous nous attaquez ?

— Ce n'est rien, c'est M. Habersham qui mouche le petit.

Victor toisait la compagnie avec un mépris évident ; c'est tout juste s'il gardait un dernier semblant de politesse. Il était odieux, splendidement odieux, il pouvait tout se permettre. Il se tourna vers moi avec une sorte de raideur :

— Savez-vous, Frédéric, ce qu'il y a de plus stupide qu'un Européen qui déteste l'Inde ? C'est le Blanc qui adore l'Inde et se croit indien par adoption, par conviction, le Blanc qui attrape l'Inde comme on attrape le paludisme ; comme votre imbécile de conseiller culturel qui mâche du bétel et récite par cœur dans les dîners la liste des castes. Ne vous hâtez pas de juger nos amis ; après quelques mois ici, vous deviendriez comme eux. Ils en profitent, c'est normal ; ce pays inégalitaire les a corrompus. Mon attitude vous étonne ? Que voulez-vous : je cours avec les lièvres et j'aboie avec les chiens ; et puis nos hôtes ne sont pas rancuniers ; je suis leur procureur officiel, la sévérité et la raillerie font partie de mon rôle. Mes invectives les rassurent et ils me réinvitent toujours, n'est-ce pas, madame Cupillard ?

— Oh, monsieur Habersham, il n'y a pas une soirée sans vous, nous rions tellement avec vous !

Les femmes pouffèrent et Victor se servit à boire. Un sourire étirait ses lèvres, un sourire de carnassier, découvrant des dents très pâles sous des yeux d'un bleu de glace.

6

L'Inde ne me parle pas

Le beau rêve était fini ; je n'étais pas transfiguré. Il y a trois semaines, arrivant ici, j'avais cru renaître ou mourir. Je revenais chargé d'une mémoire inutile. Aucune sagesse, amère ou triomphante, ne couronnait mon périple. J'avais rempli mon contrat, rédigé une honnête copie à laquelle ne manquait pas une statistique, pas un iota. C'était l'Inde, mais ça aurait pu être le Danemark ou l'Argentine. Et je n'avais fait que compiler des articles de la presse locale !

Trois semaines durant je m'étais répété que j'avais plus de goût pour les hommes que pour les monuments. J'avais raté les uns et les autres. Pour moi, le plus beau paysage entrevu restait le jardin de l'hôtel Imperial, cette relique à façade blanche où papotaient les douairières à l'heure du thé. Et puis mes géographies d'élection me portaient vers les petits pays, non vers les vastes continents.

C'était mon dernier jour. J'en étais quitte pour une fin de parcours sans agitation. A midi, je déjeunai avec Dominique dans le jardin ; il avait gentiment tenu à me dire au revoir. Lui aimait l'Inde, il me l'avoua franchement. Elle l'avait intoxiqué, il avait le sentiment d'avoir vaincu l'Everest. Ce bleusard débarqué avec les sandwiches de maman n'en revenait pas d'être allé aussi loin et de survivre ! Il se croyait maintenant invulnérable ; il tranchait, moquait, jugeait avec un aplomb qui m'étonna ; il en savait plus que moi dont c'était le métier. Il fumait *beedie* sur *beedie,* ces petites cigarettes apparentées au cigare par leur cape, à l'eucalyptus par l'arôme. Cela constituait sa première victoire sur l'Orient dont il diluait l'étrangeté dans des nuages de fumée.

L'Inde me parle, lâcha-t-il au dessert. En tout cas, elle lui déliait la langue. Une noria de serveurs, turbans colorés, ceinture de soie verte à la taille, jodhpurs de coton blanc, s'affairait autour de lui pour servir un gâteau et je m'attendais à voir le maître d'hôtel le nourrir à la petite cuillère. Il était comblé, choyé : il avait retrouvé une maman en six personnes. J'enviais son optimisme.

— C'est Victor qui m'a fait aimer ce pays. Depuis que je le connais, j'ai l'impression de m'être agrandi, je perçois les êtres et les choses avec une dimension supplémentaire.

A ce que je pouvais saisir, M. Habersham l'intriguait, l'éblouissait, le charmait et le révoltait à la fois. Il avait précisément rendez-vous avec l'Américain dans une demi-heure, ici même. Il me remit une lettre très épaisse pour sa mère et me demanda de l'appeler à Paris afin de la rassurer. Je le quittais pour aller faire quelques emplettes quand, à la sortie de l'hôtel, je tombai pile sur Victor qui arrivait. Il tint à m'accompagner un bout.

— Et votre rendez-vous ?

— Il attendra. Il ne se risquera même pas à sortir cinq minutes de peur de me rater.

Obligeamment, il marchanda pour moi auprès des commerçants, très impressionnés par son hindi. Cette négociation m'en imposa, j'appartiens à cette classe de gens qui préfèrent se faire voler que de marchander. Je repartis avec un ivoire ciselé de Chine représentant un rat qui hume un œuf et une boîte à bétel en forme de cœur éclaté à trois compartiments. Ensuite, l'agronome insista pour m'emmener prendre le thé dans les jardins de l'hôtel Ashoka, non loin de l'aéroport. Il désirait connaître les conclusions de mon enquête. Je brûlai d'abord de lui montrer mon brouillon, puis me ravisai et, pour finir, lui lâchai tout à trac :

— Tout ce que je sais de l'Inde pourrait tenir sur une carte postale. J'ai collé un œil à la serrure : cela m'a suffi. J'ai entrevu tant de misère et de superstitions !

J'espérais presque une colère, un énorme coup de gueule. J'avais besoin d'être secoué, contredit.

— Vous avez peut-être raison, Frédéric. Il y a ici des choses sur lesquelles il vaut mieux laisser tomber le voile. Ne revenez pas en Inde, oubliez-la : c'est un trop gros morceau, elle vous digérerait avant même que vous l'ayez apprivoisée. Pour moi, il est trop tard.

Je lui demandai de s'expliquer ; il éluda en riant. Il avait éveillé l'absurde attente d'un événement et l'avait douchée. Je devinais en lui quelque chose du chat, le don de sentir des phénomènes impénétrables aux humains, mais aussi la faculté du putois d'empoisonner ceux qui l'approchent. Mon esprit se tendit dans un indéfinissable soupçon. Je n'insistai pas, sachant que les amateurs de civilisations forment des fraternités dont ils se plaisent à exclure les profanes.

Le soleil avait baissé, l'ombre des palmiers s'allongeait. Des pétales de rose, poussés par le vent, tombèrent dans ma tasse de thé. Le fantôme d'une vague menace planait sur le tintement des cuillères contre la porcelaine. Dans l'argent poli de la théière, j'aperçus une figure renflée qui présentait avec moi un certain air de famille. A Paris, j'allais devoir faire croire que j'avais changé, tressailli au contact de l'ailleurs. Petite imposture que personne n'irait vérifier.

Près de nous, une élégante en sari se pinça le nez, pencha la tête et, avec un grand hochement, vida sa morve sur le sol, si vite que j'eus à peine le temps de le remarquer. Victor Habersham évoquait une vie que j'aurais pu connaître mais ne regrettais pas. Je sentais les délices de l'Orient enveloppées d'ombres trop obscures. A ces idoles ambiguës, je laissais le bénéfice du doute.

1
Chasseur de pauvres

1
Le marché aux images

Il fallut un incident technique, une panne de réacteur qui obligea le long courrier de la Thaï International à se poser à Delhi pour qu'un an plus tard, presque jour pour jour, je retourne en Inde. Je revenais de Djakarta via Kuala Lumpur et Bangkok où j'avais effectué une mission pour le compte du Quai d'Orsay.

Entre-temps, en effet, j'avais quitté sans regret le journalisme et passé un concours d'entrée aux Relations extérieures qui m'avait promu secrétaire d'Orient. Ce nouveau métier me plaisait. Trois semaines durant, dans l'archipel indonésien, je m'étais gorgé de grâce et de beauté ; la placidité aimable des visages asiatiques me reposait de l'empreinte ardente et pathétique des Indiens.

Ce n'est pas sans surprise que j'arpentais maintenant avec une centaine d'autres passagers le hall verdâtre et glauque de l'aéroport de Delhi. Nous étions bloqués là pour vingt-quatre heures et la compagnie nous offrait, avec ses excuses, une chambre à l'hôtel Ashoka.

Dans cette forteresse néo-moghole, aux portes assez larges pour livrer passage à trois éléphants, je repensai à mes amis de l'année précédente. Je les avais perdus de vue. A mon retour en France, j'avais appelé Mme Menviel. Elle m'avait gardé au bout du fil une heure et bombardé de questions sur Dominique : mangeait-il à sa faim, mettait-il un chapeau au soleil ? Elle avait fustigé sa négligence, son désordre. J'avais décliné son invitation à venir prendre le thé et nous en étions restés là. Dominique

51

m'avait écrit une ou deux fois ; je m'étais gardé de lui répondre. J'avais vécu mon premier séjour en Inde comme un semi-échec et n'avais qu'une envie mitigée d'entretenir des liens avec les témoins de ce fiasco.

Pourtant, ce matin-là, je réussis à joindre par téléphone Charles Orsoni qui arrivait lui-même du Madhya Pradesh, où débutait un important chantier de fouilles. Une affaire extraordinaire. Menviel et le reste de l'équipe atteindraient Delhi par train dans l'après-midi. Rendez-vous fut pris pour le soir même. Orsoni m'avait parlé comme si l'on s'était quitté la veille et sa cordialité m'alla droit au cœur.

Je passai ma journée à me gaver de tout ce qui m'avait échappé l'année précédente. La brièveté de l'escale rendait chaque minute précieuse. Je flânai avec gourmandise, j'allai d'un lieu de culte à l'autre, égrenant les religions comme les pois d'un chapelet ; d'un temple sikh où des gaillards en turban et robe mousseline se prosternaient devant un livre noyé sous les jasmins et les œillets ; à un temple hindou où des brahmanes onctueux et gras tentaient de soudoyer des dieux grimaçants ; jusqu'à la Grande Mosquée où j'entrai à l'heure de la prière. Des milliers de fidèles, tous en blanc, se jetaient avec discipline le front contre terre, formant un resplendissant tapis de neige. Partout éclataient l'orgueil d'appartenir à la vraie foi et l'ombrageuse amertume d'une minorité autrefois dominante. La multitude des idoles chez les hindous renforçait la hantise du Dieu invisible chez les musulmans. J'aurais dû être éconduit ; mon teint mat, mon collier de barbe et mes cheveux noirs me valurent peut-être d'être accueilli avec bienveillance. J'étais l'incroyant mais il eût suffi que je prie pour devenir aussitôt le frère. Cette possibilité me troubla.

L'immense escalier de la Jama Masjid était noir d'hommes et d'enfants. Jusqu'au fort Rouge, c'était un gigantesque étalage d'échoppes, de boutiques improvisées, de tentes, de campements de nomades, de huttes en carton ou en chiffons où dormaient parias, réfugiés, paysans, voleurs, au milieu des chèvres, des ânes et des chameaux. Une vaste cité orientale s'étendait là, un périmètre de siècles pétrifiés sur lesquels l'histoire n'avait pas mordu. Autour du fort se tenait une sorte de foire à l'intérieur de laquelle toute une engeance accroupie sur des tapis de fortune exécutait des tours de magie. Tibétains, Népalais, Indiens, Pathans, Cachemiris regardaient bouche bée un fakir qui s'amusait à sortir d'une secousse son œil du globe oculaire et à le laisser pendre sur la joue, minuscule bille oscillant au bout des muscles et des nerfs, semblable à une prise de courant arrachée d'un mur. Puis il remettait tranquillement l'appareil en place au soulagement de l'assistance qui se frottait les yeux. Un autre se transperçait les joues avec des pointes d'acier, un troisième exhibait des ongles longs d'un mètre qu'il agitait lentement comme des plumes : il ne s'était pas coupé les ongles depuis quinze ans et, à en croire le panneau posé devant lui, ces pédoncules fragiles lui coûtaient plusieurs milliers de roupies par an. Plus loin, deux frères, des Tamouls au torse grêle et bronzé, attiraient une foule nombreuse ; le premier, le corps couvert de cendres, prétendait boire un verre de lait à travers le fondement, par la seule contraction de ses sphincters ; mais le sage se concentrait et l'heure de l'aspiration n'était pas encore venue. Son frère, aux cheveux plaqués à la bouse de vache, avait pendu à ses testicules énormes et violacés deux poids de plusieurs kilos. Ce n'étaient partout qu'anomalies spectaculaires, inépuisable variété de dérèglements propres à des cerveaux détraqués par la chaleur ou l'hystérie mystique.

J'allai au crépuscule sur les bords de la Jamuna, près des *ghat*. Dans les eaux basses du fleuve, réduites en hiver à d'étroites veines séparées par des bancs de sable, deux chiens, le museau sanglant, des excréments collés au pelage, les pieds sur les débris fleuris d'un bûcher de crémation, dévoraient le bras à demi calciné d'un mort. Et je ne savais trop que penser d'un pays qui, à chaque pas, me jetait ensemble le chaud et le froid, la splendeur et l'outrance en pleine figure.

2
Le faune et l'eunuque

Ce fut le soir, dans un restaurant en plein air du vieux Delhi, que j'appris la vérité sur Victor Habersham. Orsoni m'informa en quelques mots.

— Vous l'avez connu insolent, brillant, sans égard, disant son fait à chacun. Alors puissance et fortune lui faisaient cortège et on lui passait tout. Mais les dieux ne tolèrent pas que ces occurrences se prolongent au-delà d'un instant. Il a commencé à décliner : il semblait avoir perdu le goût de vivre : est-ce la maladie de sa femme atteinte d'une affection cardiaque incurable ou un échec personnel, nous n'avons pu le savoir. Son franc-parler est devenu grossièreté, son impertinence de l'acrimonie. Il a traité publiquement ses amis, les Cupillard, chez qui nous avons dîné, de « pillards de culs » et de « culs pouilleux ». Ceux-là, remarquez, je ne les plains pas. A la suite d'une obscure querelle sur les eucalyptus avec des agronomes indiens, il a rompu avec la plupart d'entre eux et quitté son job à la FAO. Il s'est mis à boire, a rejeté nos offres d'aide ou d'assistance et toutes les portes se sont fermées devant lui.

Sen Gupta, talonné par je ne sais quel tenace ressentiment, se hâta de préciser en anglais le chef d'accusation.

— Ses plaisanteries, son agressivité ont lassé. Lors d'une réception de très haut niveau, il a pris à partie le ministre de l'Agriculture parce que ce dernier avait un chauffeur. Il a brisé plusieurs bouteilles de champagne et distribué à chaque invité des mandarines moins coûteuses, disait-il, pour le peuple. Il a pris l'habitude de commettre partout des esclandres, d'apostropher de petits fonctionnaires ou bureaucrates, de les accuser d'être gagnés au mode de vie occidental parce qu'ils écoutent un transistor ou portent une cravate.

De toute évidence, l'archange était devenu pestiféré.

J'avais du mal à comprendre un changement aussi brutal, mais préférais ne pas m'étendre. D'autant que cette brève digression n'avait pas entamé la bonne humeur de notre tablée. Je sympathisai vite avec les membres de la mission, dont quatre nouveaux venus, trois Français et un jeune Indien de Pondichéry. Tous ne parlaient que de la découverte, l'affaire du siècle à les en croire.

Ce fut Maryse Robin, fille vive et maigre, diplômée en techniques de la conservation, qui m'en rapporta les principaux épisodes. Ils prospectaient depuis un an dans un coin du Madhya Pradesh, quand par hasard, sur le point d'abandonner les recherches, ils avaient débusqué, au fond d'un ravin, un temple dédié à Kali et dont aucun registre ne mentionnait l'existence. C'est un glissement de terrain, consécutif aux pluies de mousson, qui avait exhibé l'entrée de l'édifice bâti dans des grottes naturelles. Jusqu'alors, le culte de Kali n'avait donné lieu à aucun monument marquant, hormis les temples de Daboi dans le Gujarat et de Bindhachal dans l'Uttar Pradesh, près de Mirzapur, où avaient lieu des suicides collectifs pour honorer la déesse. D'après les premières analyses, il se pourrait que cette construction remonte au xviie siècle et soit l'œuvre d'un groupe de thugs repentis.

— Vous connaissez l'aventure des thugs, Frédéric ? demanda alors Paul Poulbois, l'épigraphiste du groupe. Cela ressemble à une bande dessinée. Pourtant, ils ont réellement existé. Les étrangleurs de Kali, comme ils se baptisaient eux-mêmes, apparaissent dans un document rédigé dès 1356, sous Firuz Shah, à propos de la capture à Delhi vers 1290 d'un millier de leurs membres. Pour eux, l'assassinat par strangulation à l'aide d'un mouchoir, ou *roomal*, était une pratique religieuse en même temps qu'une profession dont ils tiraient des profits en volant leurs victimes. Fait rare dans l'histoire indienne, les thugs adoptaient en surface les religions dominantes et réunissaient aussi bien des musulmans que des hindous. Bien que les Anglais aient eu tendance à baptiser « thugs » tout opposant à l'Empire, ils avaient pratiquement éliminé la secte au milieu du siècle dernier, grâce à un système habile de dénonciations, d'amnisties et de réhabilitations. Plusieurs milliers de meneurs furent pendus. Mais, selon certains spécialistes, leurs pratiques se poursuivraient de façon clandestine chez les *dacoit*, les bandits de grand chemin, et même dans certains groupes de guérilla comme les naxalites au Bengale.

Alors que tout le monde parlait, chacun coupant l'autre de façon anarchique pour apporter un détail ou faire un bon mot et que même Sen Gupta, si réservé d'habitude, dominait le concert de son anglais châtié, Menviel gardait le silence. Comme pour excuser sa réserve, Orsoni cita en exemple son zèle au travail.

— C'est vrai que ce gringalet abat la besogne de trois, me souffla en aparté Jacques Fouras, gros poupon aux cheveux gominés, professeur à l'université d'Aix-Marseille.

Maryse Robin ajouta sur lui d'autres détails : au lieu d'utiliser les feuillées du camp, Dominique se soulageait dans les champs avec les paysans. Il avait déjà appris assez d'hindi pour converser avec eux. Chaque soir, il disparaissait : on avait cru à un rendez-vous galant avec une jeune beauté en sari. Mais non ! Monsieur allait aider les bouviers à rentrer leurs vaches et passait de longs moments à regarder les ruminants boire à l'étang.

Si je devais comprendre entre les mots, le fils à maman s'était parfaitement adapté et s' « indianisait » même trop au goût de ses camarades. Je ne pus réprimer une légère envie, souffrant de rester trop obstinément moi-même où que je sois, de mal m'intégrer. Dominique, cependant, répondait à peine aux taquineries de la jeune fille.

— Vous savez qu'il est devenu plus indien que moi, lança le jeune Tamoul de Pondichéry.

Il s'appelait Sundaraj Subramanian et son visage d'un noir de bronze semblait frappé dans une médaille.

— Je l'ai pourtant connu français jusqu'au bout des ongles, répliquai-je, et Dominique ébaucha un pâle sourire dans ma direction.

Le dîner touchait à sa fin et nous avions tous une verve de convives en goguette, ce laisser-aller familier des repas joyeux. Nous nous étions régalés de poulet *tandoori* badigeonné de piment, macéré dans le yaourt et cuit au four, de *kebab* de mouton, de crêpes farcies aux légumes, la bière avait coulé à flots et nous sirotions des *lassi*, des laits caillés, légèrement sucrés. Dans l'euphorie d'une digestion heureuse, chacun s'abandonnait à la plus réjouissante des surenchères, se vantait, s'indignait, riait sans écouter son voisin et déjà j'étais ravi de mon escale inattendue. Tout d'un coup, Dominique se leva et, nous désignant un point dans la salle, s'écria :

— Là-bas, regardez, Victor Habersham ! Je vais le chercher.

Il avait à peine gardé la maîtrise de sa voix et s'élançait, fébrile ; il n'aurait pas couru plus vite s'il s'était agi de sa fiancée. Toute la bonne humeur de la table se dissipa. De loin, ces retrouvailles entre le Français et l'Américain ressemblèrent tout de suite à une querelle d'ivrognes : au lieu des sourires, des poignées de main attendues, Habersham avait agrippé Dominique par sa chemise et semblait lui réclamer quelque chose d'un air menaçant. L'autre hochait la tête, se laissait secouer comme un paquet et je crus que Victor allait le déchirer, le scalper, l'écorcher vif. L'archéologue prenait un air suppliant ; Habersham tonitruait, le rembarrait. Enfin, tiré plus que conduit par Dominique, il approcha.

Il avait laissé dans mon esprit un sillage de lumière. Il était presque méconnaissable : pas rasé, très amaigri, les pieds nus dans ses chaussures, les cheveux en bataille, les yeux cernés, vêtu d'un pantalon sale, d'un chandail violet déchiré, d'une veste décolorée aux endroits où l'imprégnait la sueur. Plus que son accoutrement, c'est la méchanceté de son regard qui me frappa ; il portait l'hostilité sur la figure. Qu'il fût ivre était évident, à son équilibre incertain, à sa peau plombée sous la couperose. Je me levai pour l'accueillir.

— Salut, fouille-merde, grommela-t-il entre ses dents.

Il empestait un mélange de bière et de whisky. Il s'écrasa sur une chaise, sans répondre aux bonsoirs des autres. Il avait l'air d'une machine survoltée prête à exploser à la moindre étincelle. Ce fut Dominique qui joua le rôle du détonateur. Lui, muet tout à l'heure, accapara la parole et décrivit en de confus développements la découverte du temple. Victor, les yeux moitié fous, moitié rieurs, avait saisi une bouteille de bière encore à demi pleine et la vidait à même le goulot. Il rota avec un affreux bruit de caverne et se mit à nous dévisager l'un après l'autre.

« Alors, les franchouillards, on s'est payé une bonne louche d'exotisme ? On a vendu ses téléphones et ses Mirage. Après les armes, l'alibi culturel... Oh, mais que vois-je ? (Il s'était arrêté sur Sen Gupta.) Nous avons à dîner des personnalités extrêmement haut placées. Cet Indien n'est pas n'importe qui. En tant que brahmane, il est tout de même l'égal des dieux. Tous ces macaques sont des dieux, je ne sais pas si vous l'avez remarqué ; ça leur permet de traiter les autres en sous-hommes.

Sen Gupta, qui comprenait mal, nous demanda de traduire. Les traits de Dominique s'étaient tendus. Il tenta encore de placer un mot.

« Ta gueule, l'eunuque, coupa Victor. Garde ta salive pour mâââman.

Je crus que Menviel allait se mettre à pleurer. Le sang lui était monté aux oreilles, sa face se marbra de traînées rouges. Il se tut subitement comme un robinet dont on coupe le débit. On entendait sa déglutition. Chacun retint son souffle : une stupeur de catastrophe s'étendit sur notre petite société. L'Américain buvait encore : son cou rouge, rugueux, palpitait et sa veine jugulaire était tendue.

« Mais parlez, nom de Dieu, continuez à parler.

Nous étions paralysés tels des mannequins de cire. Je n'aimais pas ces situations, sachant d'instinct comme elles sont difficiles à négocier. Orsoni intervint avec douceur.

— Arrêtez de boire, Habersham, vous êtes déjà trop nerveux.

Pour toute réponse, Victor reprit une longue rasade. Dominique, à côté de lui, tremblait, pareil à un chien battu.

Alors se produisit l'incident, d'une méchanceté, d'une âpreté incroyables. Victor s'était penché sur Maryse Robin et l'examinait avec dégoût comme on examinerait un arrivage de viande avariée.

— Ah ! le beau faciès de guenon !

58

Abasourdie par cette agression verbale, la jeune fille s'effondra en larmes. Sen Gupta se précipita pour l'entourer aux épaules.

— *Don't cry, my dear. What did you tell her, you bastard ?*

Victor éclata de rire et donna une grande bourrade dans le dos de Dominique qui piqua du nez dans une assiette. Je pouvais entendre les sarcasmes de l'Américain voler dans la pièce avant même qu'il ouvre la bouche ; il usait de sa voix comme d'une lame de rasoir à laquelle nous nous couperions tous.

— Alors toi, le brahmane, tu aimes bien les visages clairs, j'ai l'impression ?

Il avait saisi Dominique sous le menton et lui pinçait les joues.

« Tu apprécies cette peau d'endive fadasse — il nous désigna chacun tour à tour —, ce teint de pêche blette, cette trogne de beefsteak saignant, ces joues à gaufrures de cochon, ou peut-être la gueule de cette pâle enculée posée sur son paquet d'os ? Je parierais, l'hindou, que tu rêves d'être blanc : blanc, rose, gris, jaune, les quatre coloris de la race des purs. Ce n'est pas comme notre ami Orsoni — il montra du doigt Sundaraj — qui penche nettement pour les teints basanés, spécialement ceux des jeunes garçons, n'est-ce pas Orsoni ?

— Foutez le camp, Habersham, ça suffit maintenant.

Orsoni s'était levé, blême, les poings serrés. Sundaraj le pressait de ne pas s'énerver. Sa fureur cachait une vulnérabilité secrète, un peu exaltée. Il ne faisait pas le poids devant l'Américain qui le dominait d'une bonne tête. Habersham saisit une bouteille et fit mine de la lancer au visage d'Orsoni. Dominique tenta de s'interposer, mais l'autre lui plaqua la tête contre la table et lui renversa la bière sur le visage.

— Tu as fini de jouer aux dons Quichottes ! Tiens, l'eunuque, voilà un shampooing gratuit.

Orsoni lui avait saisi le bras et lui intima une fois encore l'ordre de déguerpir. Toutes les tables autour de nous s'étaient vidées. L'Américain mima une grande frayeur et s'écria :

« Pitié, monsieur Orsoni, ne me frappez pas, je ne dirai plus que vous préférez les jeunes gens.

Il lâcha Dominique, se leva en titubant, renversa une chaise d'un coup de pied, jura ensuite en anglais puis en hindi, me sembla-t-il, nous traita une fois encore de minables, attrapa une autre bouteille à demi pleine et s'engagea à pas chancelants vers la sortie en adressant d'affreuses grimaces aux familles regroupées derrière le patron du restaurant. Nous commencions à respirer mais Dominique, encore tout luisant de bière, les cheveux trempés, se leva à son tour.

— Où vas-tu ?

— On... on ne peut pas le laisser partir dans cet état, il est trop saoul.

— Vous êtes fou, Dominique, vous n'allez pas aider ce salaud ?

Il avait déjà filé.

— J'ai toujours pensé qu'il était dingue, commenta Jacques Fouras en s'épongeant le front.

— *What's the matter again ?* interrogeait Sen Gupta, la main sur l'épaule de Maryse Robin.

— C'est ignoble, c'est ignoble, répétait Sundaraj.

— Allez le chercher, me demanda Orsoni, je redoute le pire.

Je me levai à mon tour.

— Dominique, reviens.

Victor chaloupait à quelques mètres devant nous, se frayant un passage dans la foule qui s'écartait peureusement. Je courus et attrapai Dominique par le col. Il me pinça la peau pour se dégager. Cela tournait à la farce. Les Indiens nous regardaient, mi-excités, mi-terrifiés. Il criait, tout en se débattant :

— Victor, attendez-moi, je vais vous raccompagner.

L'Américain s'était retourné et nous contemplait d'un air ahuri :

— Alors, mes mignons, on se chamaille ?

— Victor, attendez-moi, je vous ai écrit.

— Laisse-moi, l'eunuque, retourne chez mâââman.

— Victor, laissez-moi vous raccompagner, vous ne pouvez pas conduire dans cet état ; je vous ai écrit.

Il glapissait son « Je vous ai écrit », à bout de souffle, comme un argument irréfutable, une preuve ultime de l'existence de Dieu. Je l'avais saisi à bras-le-corps et nous roulâmes à terre, étroitement emmêlés, juste devant la voiture de l'Américain. Je l'adjurai de cesser toute résistance. Un rassemblement s'était formé autour de nous. Il n'entendait rien, il était sorti de ses gonds. Sur le moindre signe de l'autre, il se serait roulé dans la poussière. Je parvins à lui bloquer le bras et au bout d'un moment, tordu par la douleur, il ne bougea plus. Je l'aidai à se relever, nous haletions tous deux. Victor s'était installé au volant. Dominique se mit à tambouriner sur la vitre avec ses mains. De guerre lasse, je le laissai faire. Victor baissa la vitre et hurla :

— Je t'interdis de toucher à ma voiture, espèce d'ivrogne !

— Victor, je vous en supplie, laissez-moi entrer.

— Tu es trop laid.

— Quoi, Victor, que dites-vous ?

— Tu es trop laid et trop con.

Dominique cligna des paupières et ravala sa salive.

— Victor...

L'Américain lui rota en plein visage un mélange épais d'ail, d'épices et d'alcool qui parvint jusqu'à moi.

— Dis-moi, crevure, est-ce que tu m'admires ?

— Oui, Victor, oui.

— Je suis une personne intéressante ?

— Oui, Victor, oui.

— Intéressante seulement, pas géniale ?

— Si, Victor, si.

— Dis-moi que je suis génial.

— Victor, vous êtes vraiment génial.

— Tu es vraiment minable.

— Victor, je ne vous reconnais plus.

— Tu ne me reconnais plus. Tu ne m'as jamais connu, espèce d'imbécile.

Et puis soudain, il y eut ce renversement de situation qui fit tout basculer. Victor m'interpella.

« Frédéric, montez !

— Moi ?

61

— Oui, vous !

— Mais pourquoi ?

— J'ai à vous parler.

— Me parler ? Pour me dire quoi ?

— Montez, nom de Dieu.

J'étais pris de court, effaré, incapable de désobéir. Je lui en voulais d'avoir humilié Dominique, et pourtant je me retrouvai tout de suite à ses côtés dans l'auto. Menviel était resté dehors, achevé par cette ultime trahison, frappé de plein fouet, le visage décomposé, encadré de cheveux filasses que le vent poussait en arrière, dégageant un arpent de crâne blanc. Il ne cilla même pas quand Victor démarra en trombe sur Netaji Subhash Marg, manquant de renverser un rickshaw qui n'avait pas de feux de signalisation.

3

Le poing et l'invective

A peine avions-nous roulé quelques minutes que je voulais déjà sortir. J'avais agi de travers, trompant celui que j'étais supposé secourir, et me retrouvais ligoté dans un jeu absurde. Je devais supporter les propos orduriers de l'Américain :

— C'est terrible d'être adoré par un imbécile : cela vous rabaisse dans votre propre estime. Cette espèce d'invertébré me pollue avec ses coups d'encensoir. Il croit me plaire en m'imitant alors que j'ai horreur des perroquets. Il est à la recherche d'hommes remarquables : pauvre type ! Je le hais de s'être mépris à ce point.

— C'est vous qui êtes allé le chercher, l'année dernière, dans l'avion.

— Un allié d'une telle anémie intellectuelle, on le supporte par complaisance : à condition qu'il n'en n'abuse pas.

Il continua en jurant en anglais sans se soucier de me

répondre. Il conduisait vite, doublait à droite et à gauche les bus, les camions, terrorisait les cyclistes et les cyclopousse en klaxonnant sans trêve. Il traversa à vive allure le terre-plein circulaire de Connaught Circus, brûla un feu, mais il était moins gris que je ne l'aurais cru et il maîtrisait bien son véhicule, une Ford cabriolet qu'il poussait à fond, dépassant les petites Ambassador, lentes et poussives, qui cahotaient à l'allure d'un scarabée.

— Où allons-nous ?

— Je suis bien trop saoul pour rentrer seul ; alors vous me raccompagnez.

C'était dit avec une telle sécheresse qu'une objection n'avait pour ainsi dire plus de sens. Au même instant, il lâcha un pet si concentré, si lourd que j'aurais presque pu le peser dans ma paume. Je m'en voulais de ne rien dire. Nous avions dépassé l'hôtel Imperial et, engagés sur Janpath, entrions dans la ville nouvelle, un monde d'espace, de verdure et de calme.

A hauteur du Parlement, un brouillard très dense se leva, une vraie purée humide qui sentait le feu de bois et les gaz d'échappement, interdisant toute visibilité à plus de quelques mètres. Parcs, jardins, allées cavalières étaient noyés dans une bourre cotonneuse et les réverbères brillaient à des années-lumière de la route. Victor accéléra encore, non sans noter avec une joie mauvaise mes mains crispées sur mes jambes.

« Voilà le seul souvenir durable que les Anglais aient laissé dans ce pays : leur *fog*.

Il éclata de rire et prit encore un peu plus de vitesse. Nous roulions le long de villas, de résidences que les bancs de brume déguisaient en châteaux de féerie, effaçant leurs contours. Je me taisais, ne pouvant croire tout à fait à ce qui arrivait : le revirement brutal de ce personnage tenu, il y a peu, pour un héros me paraissait trop invraisemblable. Le moment viendrait sans doute où l'homme policé reprendrait le dessus et me présenterait ses excuses.

Mais les événements s'enchaînèrent trop vite pour que je pusse les enregistrer. Au beau milieu d'une rue où le brouillard se déversait telle la vapeur d'énormes chaudières, Victor Habersham coupa les gaz sans pour autant freiner. La massive carrosserie avançait sur la vitesse acquise, sans un bruit, gondole noire glissant dans la nuit. Ce silence brutal suggérait je ne sais quel fauve à carapace de métal qui progressait, sournois et invisible. Il me fallut longtemps pour distinguer ce que Victor avait déjà aperçu : entre les nuages qui montaient du sol, une silhouette vêtue d'une chemise de nuit, un sac sur la tête, traversait la route ; une silhouette en guenilles blanches qui se dressa dans la lumière agonisante des phares, alors que la voiture fonçait droit sur elle. Je poussai un cri et tirai le bras de Victor.

L'apparition, plus agile que je ne l'aurais cru, fit un bond de côté. L'Américain pila brusquement, ralluma les moteurs et repartit en marche arrière.

— Sale pygmée, tu ne t'en sortiras pas comme ça.

— Mais, arrêtez, vous ne voulez tout de même pas...

La Ford buta contre le trottoir, repartit en avant dans un crissement de pneus mais l'autre s'était déjà évanoui dans l'obscurité.

— Imbécile, vous avez tout fait rater.

— Rater, mais rater quoi ? Je ne comprends pas.

— Vous allez comprendre très vite, je vous assure.

Il respirait et avalait rapidement sa salive ; son haleine, chargée d'alcool, tournait à l'aigre.

« Vous m'avez fait rater un mendiant, vous mériteriez une punition. Je ne sais pas ce qui me retient.

— Victor, je ne saisis plus, vous parlez par énigmes.

La brume s'était presque levée, et par les trouées je reconnus vaguement la tombe d'un empereur et un panneau qui indiquait la direction de l'aéroport.

— Ne faites pas l'imbécile. Vous saisissez parfaitement. Je vous avais dit l'année dernière de ne plus revenir en Inde ; il ne fallait pas vous mêler de tout cela.

— Je ne suis là que pour vingt-quatre heures et tout à fait par hasard. De quel droit me donnez-vous des ordres ?

— Je ne veux pas le savoir. Maintenant, c'est moi qui commande et vous allez m'écouter jusqu'au bout.

Il inspira profondément, le visage agité de tics incontrôlables.

« Tout a commencé il y a quatre mois, en fin de

64

mousson. Nous rentrions un soir, ma femme et moi, d'une réception donnée par un chef d'entreprise indien. Le jour même, j'avais appris l'échec d'un projet de coopérative que nous avions lancé conjointement avec la Banque mondiale et des associations d'agriculteurs dans le Bihar et qui regroupait à peu près cent mille personnes : l'incurie des responsables, des conflits entre deux castes hostiles depuis des décennies, des inondations particulièrement redoutables avaient réduit à néant cette entreprise originale. Ma femme avait eu une autre alerte cardiaque et sortait à peine de l'hôpital. Les médecins ne m'avaient laissé aucun espoir sur l'issue de la maladie. La légèreté, l'égoïsme des propos tenus ce soir-là par quelques-uns des membres les plus en vue de la classe dirigeante indienne m'avaient mis hors de moi. Enfin, comme je m'arrêtais quelques instants sur Connaught Circus pour acheter des cigarettes, j'aperçus deux minuscules bambins qui, des ordures d'un restaurant, avaient extirpé une boîte pleine de carcasses de poulet qu'ils couraient déguster dans un coin sombre, sans doute pour ne pas avoir à partager avec d'autres.

« La rage au cœur, je me remis au volant, roulant vite sous une pluie battante, une de ces averses terribles qui asphyxient les hommes et la terre en quelques minutes. Les traînées de pluie sur le pare-brise me semblaient être les larmes que la colère exprimait de mes propres yeux. Soudain, un choc assez fort à l'avant ébranla l'auto qui fit une embardée et faillit emboutir un arbre. Un homme était allongé sur la route sans chaussures. Un de ces pauvres hères comme ce pays en compte tant. Je l'avais fauché de plein fouet sans m'en rendre compte. Près de lui gisait une besace d'où avait roulé un gobelet en fer-blanc. Selon toute vraisemblance, il s'agissait d'un mendiant. Nul ne nous avait vus, la nuit était d'un noir d'encre et le déluge d'eau retenait chacun chez soi. Je mis ma femme au courant et nous rentrâmes rapidement. Dans le garage, je redressai d'un coup de marteau le pare-choc à peine embouti. La boue qui avait giclé par-dessus avait amorti la trace de la collision.

— Ce genre d'accident arrive souvent. Je comprends votre émotion.

— Vous ne comprenez rien du tout. Taisez-vous. Ce que vous ne savez pas, c'est que le lendemain, je me levai avec le sentiment d'avoir accompli une bonne action. Je l'avouai à mon épouse qui m'approuva et convint avec moi qu'il n'y avait pas d'autre solution.

— Pas d'autre solution ?

Je l'interrogeais avec prudence, prenant encore son épanchement pour un racontar d'ivrogne.

— Je vous explique. Nous voici arrivés.

Un gardien emmitouflé dans une couverture nous ouvrit le portail d'une maison à un étage, construction récente au milieu d'autres lotissements dans le quartier de Defence Colony.

Je commençais à trouver la plaisanterie un peu longue.

— Victor, je préfère rentrer. Je me sens fatigué. Maintenant que je vous ai raccompagné, appelez-moi un taxi.

— Foutaises, vous restez et vous m'écoutez ; vous n'avez plus le choix. Je vous préviens que vous n'êtes pas près de dormir.

— Mais vous n'avez pas le droit. C'est plutôt à vous d'aller dormir et cuver votre alcool.

Sans mot dire, il m'empoigna par le col, me traîna à travers le hall et me jeta dans le salon sur un fauteuil. Le tout avait pris à peine dix secondes. J'étais suffoqué et regardais ses mains. J'essayai d'ouvrir la bouche sans pouvoir émettre un son. Victor criait, sa voix lui échappait pour grimper de quelques octaves, il mêlait à ses phrases des mots d'argot en anglais.

— Écoutez, Frédéric, il est des circonstances où l'on ne peut plus se dérober. Je vous avais mis en garde, je ne voulais pas vous entraîner dans des événements trop forts pour vous. Ce soir vous avez croisé mon chemin et vous êtes embarqué avec moi. Ce que je vais vous dire, personne ne l'a entendu à part ma femme. Je vais vous dévoiler un secret après lequel vous ne serez jamais plus le même.

66

— Mais pourquoi moi, et pas Dominique ? C'est lui votre admirateur.

— Dominique ?

Il s'arrêta une minute et se mit à rire.

« Je croyais vous l'avoir déjà dit : sa médiocrité est une glue où je m'empoisse. Son esprit borné par d'étroites conventions serait incapable de recevoir la grandeur de mon message. Je me confie à vous car je vous connais à peine et car vous avez toujours su garder vos distances.

Il se servit à boire. Des gouttes de sueur perlaient sur son front. Il prit successivement de la Bénédictine, un whisky soda, ouvrit une bière et pour finir noya le tout dans un fond de cognac. Je le regardais engloutir cet affreux cocktail qui m'aurait tué.

« Surtout, ne croyez pas que je sois devenu fou, au contraire : je suis trop lucide. J'aime l'Inde plus que les Indiens eux-mêmes. Je connais les potentialités du pays, ses richesses uniques qui, mieux gérées, pourraient en faire le géant de l'Asie. Je connais son peuple, travailleur et ingénieux, ses élites d'une intelligence, d'un raffinement inouïs, avec une capacité à la spéculation mathématique autant que métaphysique dont témoignent depuis des millénaires les grands textes sacrés de l'hindouisme.

« Quand je me suis installé ici, il y a sept ans, j'ai appris l'hindi et l'urdu pour être au plus proche des gens et me suis lancé à corps perdu dans les projets. Après l'affreux prosaïsme de l'Amérique, la bêtise de ses majorités, quel bonheur d'évoluer dans une société où le sacré gouverne intimement la vie de chacun, où le moindre paysan peut réciter des strophes entières de la Bhagavad Gîtâ ou du Ramayana ! Je travaillais avec optimisme, me cachant la misère, l'injustice, la ségrégation qui fondent les rapports humains et n'ont rien à envier à l'apartheid sud-africain.

« Je travaillais dans l'espoir d'arracher ce peuple à sa terrible disgrâce, certain que l'effort, la raison pourraient gommer les pesanteurs du passé et l'héritage du système colonial. Je tins bon cinq, six ans. Quand tout devenait trop dur, je buvais ou retournais mon agressivité contre la communauté européenne dont la médiocrité frileuse m'exaspérait.

« Puis mes programmes capotèrent les uns après les autres ; dans un village, on laissait pourrir un matériel neuf et coûteux car nul ne savait s'en servir ; ailleurs, les intempéries avaient détruit les récoltes à peine sur pied ; ailleurs encore, les brahmanes, craignant pour leur pouvoir, avaient interdit aux agriculteurs de suivre les recommandations d'un étranger ; dans d'autres coins, les fondamentalistes musulmans voyaient d'un mauvais œil la promotion des femmes ; presque partout, une natalité délirante avait anéanti les efforts de plusieurs années.

« Un jour, je sentis que ce pays n'avait plus rien de commun avec moi : toute proportion avait disparu. J'avais tenté d'irriguer le désert avec un verre d'eau. Mes croyances devenaient ridicules. La misère persistait, plus forte qu'avant. Trop longtemps, je m'étais caché la vérité ; et maintenant que je l'entrevoyais, l'angoisse me faisait trembler.

« Au lieu de m'inciter au découragement, ce constat me mit en fureur. La compassion n'était plus de mise ; c'est la haine qui commandait. Vingt ans de terrain en Asie ne font pas une intelligence conciliante ; une si longue fréquentation engendre des éponges ou des tueurs, parfois les deux dans le même homme. L'Inde me posait une question si grave que je n'aurais pas trop d'une vie pour y répondre. Dans ce laboratoire de la dégradation humaine, je me demandais : que faire ? Car nous devons faire quelque chose. Vendre tous mes biens et secourir quelques dizaines de crève-la-faim ? Simple expédient. Continuer une politique de réformes au ras du sol ? Mais l'énorme croissance démographique n'est pas absorbée par le développement de l'industrie et de l'agriculture. Voyez les chiffres dans leur terrifiante sécheresse : plus de 750 millions d'habitants, 60 à 100 millions de riches, 200 millions de gens qui vivotent, 300 millions qui survivent et 100 millions au moins de semi-agonisants. Bref, un pays malade ou plutôt la maladie faite peuple. Alors que faire ? Partir et survivre, le remords chevillé à la conscience d'avoir vu l'enfer et de n'avoir rien tenté pour l'apaiser ?

Impossible. Je passai bien des nuits blanches à me demander quel jugement serait porté sur un monde qui autorisait un tel état de choses.

« J'étais las de voir les hommes traîner par terre leurs membres disloqués, las de leurs stupides et inutiles souffrances, de leurs ventres creux, de leurs misérables combines pour prolonger leur survie, j'étais las d'avoir honte et d'avoir pitié. Pendant des mois je rêvais que je descendais dans la rue, un revolver à la main, et que j'abattais un par un tous ces infirmes. Je me sentais gagné par une terreur homicide. Une telle société ne devait plus être tolérée : il fallait la changer de l'intérieur. Je ne croyais pas au communisme qui reconduirait l'état de choses antérieur rebaptisé d'un autre nom. Je savais qu'en Inde, la révolution, ce serait toujours l'injustice plus les pannes de courant. Peu à peu une intuition se fit jour en moi. Puisqu'on ne pouvait chasser la misère, il fallait que les miséreux cessent de contribuer à l'existence. Je dis bien les miséreux et non les pauvres : ceux-ci travaillent, produisent, fertilisent alors que les premiers parasitent le corps social, oublient leurs traditions et sombrent dans la marginalité. Et je rajoute les miséreux citadins ; dans ce pays, la laideur est uniquement urbaine ; mêmes indigentes, les campagnes ne dégagent pas l'épouvante noirâtre des grandes agglomérations. Le cœur de l'Inde authentique bat dans les villages.

« Or, la seule manière pour un mendiant de ne pas aggraver la paupérisation de son pays, c'est de disparaître. Quatre personnages, vous le savez, ont déterminé le Bouddha à renoncer à la vie profane : un vieillard, un malade, un mort et un religieux. Pour moi l'illumination fut du même ordre quoique mes finalités diffèrent : je devais consacrer mon énergie à supprimer les morts vivants qui pullulent dans ce pays de cauchemar. Et puisque dans la péninsule tout enfantement est marqué par la mort et qu'on procrée par routine, sans se soucier d'assurer un destin décent à ceux qui naissent, je ne ferais jamais qu'exécuter des condamnés.

Depuis le début de la soirée, j'avais senti monter le désastre. D'abord ma soumission ridicule aux ordres de l'Américain, ma lâcheté dans la voiture, j'aurais dû ouvrir la porte, descendre en marche mais je ne pouvais pas. Une mise au point eût été nécessaire ; ce fou me terrorisait. Sa force, son humeur avaient de quoi décourager les plus téméraires. Longtemps je crus qu'il était seulement égaré par l'alcool, se plaisait à déclamer des histoires défavorables sur son compte. Dans ses descriptions, je décelais même, pour me rassurer, un certain goût de la provocation. A un détail, je compris cependant qu'il ne plaisantait pas ; pour la première fois il reprenait l'accent américain. Sous le coup de l'émotion, la langue maternelle remontait à la surface. Stupidement, je profitai d'un de ses silences pour l'interroger comme si nous devisions tous deux d'un film ou d'un livre.

— Mais enfin, vous l'amoureux de l'Orient, vous ne croyez pas que vous noircissez un peu le tableau ?

Il me jeta un regard d'un souverain mépris.

— Ouvrez les yeux, Frédéric, ouvrez les yeux : en Inde, le scandale est la même chose que la perception. Voir c'est s'indigner. Les photos mentent qui ne peuvent rendre le sordide où l'on baigne en permanence. Et la chaleur, la pourriture montante, les squelettes ambulants qui vous cernent tissent autour de l'étranger une toile dont il ne peut fuir l'ensorcellement. La pauvreté, la dèche imprègnent jusqu'à l'air qu'on respire, pervertissent l'oxygène, submergent les quartiers les plus riches. Même les grands palaces, les villas luxueuses sont des esquifs que lèche l'ordure à leurs portes. C'est pourquoi, où il y a beauté en Inde, il y a compassion pour la simple raison que la beauté meurt jeune et doit mourir sous la fange. Ici, tout endroit décent est un espace gagné sur la saleté, conquis et préservé de haute lutte par des murs ou des barbelés. *La beauté barbelée :* c'est le contraire de l'Europe qui met des barrières autour des prisons et des camps, alors que l'Inde en rajoute autour des palais, des musées, des jardins, des statues. Les classes aisées ne peuvent maintenir des poches de splendeur sans qu'aussitôt les pauvres s'y agglutinent comme des mouches sur le miel. Comment ne pas acquérir ici la haine des hommes nombreux dont les extravagantes maigreur, clameur et agitation donnent aux sites les plus majestueux des allures d'îlots assiégés ?

« Voyez un paysan indien, un coolie, un manœuvre : ces torses ratatinés, ces jambes d'allumettes qui s'agitent huit à dix heures par jour pour quelques roupies : ce sont des nains, des forçats, des rescapés des camps. Et dans ce champ de ruines, ces spectres se reproduisent, excrètent, hurlent, enfreignent les lois, manifestent, se battent, s'entre-tuent, appellent existence une prodigieuse agonie collective. Il existe deux mouvements parallèles en Inde : un premier mouvement d'arrachement aux horreurs du monde, aux injustices, aux infortunes ; puis un second mouvement pervers de justification du détachement ; pour légitimer la haine de la vie on s'efforce de la rendre haïssable, on ruine, on enlaidit à plaisir, partout on met en place une gigantesque entreprise de démolition ; dès lors, seule l'aspiration à l'ascétisme, au néant peut rendre la détresse, la promiscuité, la faim tolérables. Cette fameuse puissance d'absorption dont on crédite cette culture, censée désarmer et avaler tous ses envahisseurs, ce n'est jamais qu'une force d'inertie démultipliée par la masse des centaines de millions d'êtres qui la peuplent. C'est la force molle du nombre et non la puissance des métamorphoses. De toutes les nations de la terre, l'Hindoustan semble l'objet d'une malédiction particulière. L'époque où l'on venait ici pour s'extasier devant l'extravagance des rajahs, des Moghols, est bien morte. Aujourd'hui, on va aux Indes pour s'indigner. Le pays des tigres, des perles et des éléphants caparaçonnés est devenu le chancre de la planète, le plus vaste musée de l'infamie.

« Que vous dire encore ? Il ne suffit pas que ce continent millionnaire en crimes détienne l'impressionnant monopole de la cruauté et soit le berceau de tout-puissants fléaux ; il ne suffit pas que ce peuple barbare se divise en castes et rejette au bas de l'échelle les mal-nés, leur conférant un statut inférieur à l'animalité ; il fallait encore que ces pygmées justifient leur faillite, invoquent les dieux et célèbrent la misère comme un bienfait. Ce n'est pas seulement la pauvreté qui est avilissante ici, c'est le

71

bonheur, la volupté avec lesquels les êtres s'y vautrent, c'est ce consentement au dénuement qui est révoltant. L'Indien aime ses pauvres et se réjouit de se découvrir des subalternes. Lui-même d'ailleurs quand il aura fini sa vie renoncera à tous ses biens et finira en mendiant. Les indigents le confortent dans l'idée de sa supériorité, il se repaît de leur ignominie, aime barboter dans cette bassesse. Il ne voudrait pas des foules d'enfants rieurs et bien portants ; à la place il mettra des doigts tranchés, des yeux révulsés, des moignons sectionnés dans une arrière-cour par des parents pressés de faire travailler leur progéniture ; toujours dans une famille il dissémine un boiteux, un borgne, un manchot, un hydropique, un aveugle, un cul-de-jatte ; puis il distribue les infirmités : à l'un la lèpre, à l'autre la tuberculose, au troisième le cancer, aux autres la syphilis, des ulcères, des plaies suppurentes. Quand il les a bien affaiblis, il taille ici, recoupe là, atrophie un bras, brise l'échine, casse les coudes, retourne le pied, supprime le torse, réduit la tête. Toujours il considère le nécessaire comme du superflu : les hommes se sustentent d'un demi-bol de riz, se promènent sur une moitié de jambe, les chiens n'ont que trois pattes, quatre est un luxe réservé aux animaux étrangers. Partout la vie se réduit au minimum.

« Qu'est-ce qu'une pareille nation, sinon une vraie fosse d'aisance où les grands sages, plutôt que de prêcher l'amour du prochain, sont obsédés par leurs intestins. Même Gandhi, même lui. Voilà ce que seule une pensée prêchant la négation de la vie, au lieu d'une solidarité active entre les hommes, pouvait engendrer. La subjugation de la souffrance humaine par la passivité, la respiration ou la contraction de l'abdomen ! La République indienne n'est certainement pas une terre de contrastes. Ici aucun conflit entre l'ancien et le nouveau : ce qui se donne comme neuf est déjà si poussiéreux et vieillot qu'il est avalé par la tradition. Incontestablement, les Indiens sont les meilleurs antiquaires, les seuls à pouvoir donner à un immeuble en construction une apparence de ruine. Rien n'est moderne, pas même les réacteurs atomiques rafistolés avec des bouts de ficelle, comparables à des épis de maïs moisis. Et les enfants eux-mêmes ressemblent à des petits vieillards ; et pour cause : pour la plupart, ils ne dépasseront pas la deuxième ou troisième année.

« Je vous le dis, Frédéric, l'Inde est un long poème qui commence dans l'azur et finit dans l'égout. C'est le contraire de l'alchimie poétique : donnez-moi de l'or et j'en ferai de la boue. Temples souillés d'excréments, palais profanés, sanctuaires qu'enlaidissent d'immondes taudis collés à leurs murs, tout concourt à la nausée. Placé entre l'abject et l'ignoble, on ne survit que dévorant ou dévoré, sans autre relais qu'un égoïsme farouche, une indifférence altière au sort d'autrui.

« Quels crimes l'humanité a-t-elle donc commis pour expier dans la Grande Puanteur qui émane de ce cône d'Asie centrale ? Il me semble que je me le serais reproché jusqu'à la fin de mes jours si j'avais continué à supporter le drame sans tenter de l'enrayer. C'est pourquoi je suis devenu chasseur : je tue par amour des hommes, je me dévoue à l'Inde, grande reine défigurée par ses avortons, je suis son premier bourreau philanthrope. Qu'est-ce que vous voulez, il n'y a pas d'autre issue, j'ai tout essayé mais je n'en vois qu'une : éliminer les meurt-de-faim. En les tuant, on crée de l'avenir en vrac. Il fait nuit pour tous les êtres, je suis le seul à être réveillé. J'interviens partout où l'ordre du monde défaille. Le nombre des sacs de riz ne rattrapera jamais celui des berceaux. Pour éteindre l'inadmissible, il faut fusiller : on ne respecte une idée que si elle sème la terreur. Et je veux m'inspirer d'un principe inverse à celui de l'adoption : au lieu de recueillir un enfant abandonné, je le supprime.

Maintenant, j'étais uniquement occupé à méditer sur l'horreur de la conjecture. Je me frottai les yeux. Était-ce la fatigue, le poids énorme de l'Asie trop lourd pour mes épaules ? Était-ce moi qui souffrais d'un dérangement du cerveau ? Je me sentais sans force pour lui répliquer ou même l'interrompre. J'étais glacé et brûlant, ma peau se couvrait de picotements aussi douloureux que des piqûres d'épingle. Une énorme pierre me bouchait la gorge et remontait vers mes lèvres. Il était si grand, si vigoureux, une sauvagerie instinctive émanait de sa seule présence.

Parfois, l'effort de parler troublait son équilibre. Il restait essoufflé, à vaciller d'avant en arrière, se traînait jusqu'à un fauteuil où il s'effondrait lourdement, un bras pendant, l'autre jeté en travers du menton comme pour se garantir d'un ennemi invisible. Ses paroles mouraient dans un sanglot puis, du néant, il revenait à la conscience, reprenait pâteusement et soudain lucide, rechargé en énergie, n'ayant rien oublié des développements précédents, repartait dans sa péroraison. L'ivresse déterminait chez lui un sang-froid supérieur ; il ne buvait pas pour s'égarer mais pour se concentrer.

Derrière lui, sur le mur où courait la fresque d'un batik, se dessinait sa silhouette démesurée, tout le détail de son attitude grossie de façon effrayante. Parfois il collait son nez à même le mien, si près que je distinguais les pores de sa peau en gros plan et les pousses de sa barbe. J'étais suffoqué comme au tournant d'une rue quand vous recevez en pleine figure un grand coup de vent qui vous fait chanceler. D'autant qu'il cherchait moins à me choquer qu'à me convaincre, et prenait le ton d'un professeur.

4
La Croisade

« Celui qui possède une conviction, Frédéric, a un pouvoir sur tous ses proches et sur le monde entier. Encore faut-il se donner les moyens de la réaliser. Je ne me sens plus exister que dans la haine qui est devenue une façon paradoxale de vivre. Telle est ma maladie : de ne plus supporter cette maladie incurable qui s'appelle l'Asie. Cette complaisance à la misère ; cette cohabitation amoureuse avec l'ordure ; ce respect du pauvre honoré comme un dieu et privé des moyens d'échapper à sa condition : voilà ce que j'ai pris en aversion. Aussi cette nuit à Delhi me fut-elle une révélation : je devais exterminer tous ceux qui pratiquent la culture intensive de la sébile, gommer de la terre cette mafia de charognards.

« Mais comment faire ? Je ne pouvais rôder en voiture, trop dangereux, trop voyant ; la police patrouille beaucoup à Delhi et le brouillard est volatile. Fabienne, ma femme, avec qui j'en discutai longuement, me souffla la réponse en me glissant dans la poche un minuscule revolver que je lui avais offert lorsque nous habitions New York. Je partis donc un soir, seul, en auto, laissai le véhicule devant le fort Rouge à l'abri des regards indiscrets, me noircis le visage, me couvris d'un vaste foulard et, enveloppé d'une sorte de poncho, avançai dans la vieille Delhi.

« D'absurdes scrupules me retenaient encore : comprenez-le, c'était mon premier meurtre prémédité. Je marchais au milieu d'un vaste fouillis de maisons serrées, d'un amas de logements noirs comme des caries. Qu'est-ce qu'une rue dans une grande ville indienne ? Une longue litanie d'abjections. Dans ce dédale de venelles, tout un campement de malades, de larves aux visages tavelés, prenait ses quartiers de nuit, me frôlait, gémissait dans la semi-obscurité de faibles réverbères. Beaucoup dormaient déjà, allongés sur des *charpoy* ou roulés dans des couvertures de fortune. A chaque pas j'étais confronté à l'insurmontabilité des choses indiennes. L'horrible, l'abominable se donnaient la main pour me narguer, m'accompagner de leur grotesque cortège.

« Bon Dieu, pourquoi avais-je quitté Harvard et ses magnifiques bibliothèques ? Je me sentais infiniment seul et las. Un moment je fus près de renoncer, de rentrer en Amérique. N'était-ce pas aux Indiens eux-mêmes de se prendre en main ? Et puis le sens du devoir, de la solidarité internationale me rappela aux réalités. J'avais une mission, je devais vouer ma vie à la réconciliation du genre humain. Mais, pour réconcilier les hommes avec eux-mêmes, il faut en détruire certains. C'est un trésor inestimable que de déclarer la guerre en vue de la paix.

« Longtemps, je déambulai dans un labyrinthe de sentines et de cages à poules où des familles s'entassaient à

75

huit ou neuf sans compter les vaches et les dieux. Mon courroux se nourrissait de ce spectacle navrant, je me promenais pareil à un limier qui flaire la pestilence et se promet de lui tordre le cou. Comme je sympathisais avec Sanjay Gandhi qui avait tenté dans les années 70 de détruire au bulldozer ces baraques et de stériliser, par la manière forte, des centaines de milliers de pauvres ! En voilà un que j'aurais pu convertir s'il n'avait disparu prématurément. Souvent, j'éprouvais l'envie de vider mon barillet sur le premier venu : aux Indes, tout honnête homme rêve d'un génocide. La terrible leçon de ce pays veut qu'on puisse rarement y identifier un criminel ou une victime, tout le monde ayant un motif plausible de tuer ou de mourir.

« Après quelques heures de marche, j'arrivai à la gare de la vieille Delhi. Ici, vous le savez, les gares sont des morgues en plein air, remplies de gisants abonnés aux chemins de fer : comme si le départ des trains devait favoriser, par analogie, le Grand Départ, en rendre l'échéance moins pénible. Ce soir-là, les quais étaient vides et les salles d'attente, gardées par des soldats, bourrées de vagabonds, de voyageurs endormis à même le sol.

« Je me dirigeai vers les latrines pour hommes, certain d'y trouver pâture, maintenant pressé de consommer. Je ne me trompais guère : une espèce de noiraud en guenilles, pieds nus, était vautré à même l'urine qui débordait des canalisations crevées. Au-dessus de ce corps assoupi trônait la figure sinistre d'un Vishnou pacificateur avec le sourire béat des dieux indiens qui cautionnent le pire du haut de leur Olympe. Je profitai du sifflement d'un diesel pour viser en plein où les haillons laissaient à vif la peau. Le tremblement qui me possédait depuis le début me quitta comme un vêtement qu'on laisse tomber. Le déchet porta les mains à son ventre et se mit à gigoter à la façon d'un chat qui veut se débarrasser d'un papier collé à ses pattes. Il gémit faiblement avant de se raidir tout à fait. Je repartis, parfaitement calme. Je n'avais nulle peine à feindre une assurance qui m'habitait vraiment. Je savais maintenant que je pourrais en faire autant avec des

centaine... ...é chez moi, j'embrassai le sol de
l'Inde e... ...ion pour les services
que j'a... ...s je devenais
un vér...

« Ja... ...lie avec une
marge... ...s pas de ces
vulga... ...iques sous. La
gran... ...er silencieux et
som... ...qu'il brûle une
cert... ...er en public de
tou... ...Le lendemain,
j'a... ...i et urdu. J'avais
ga... ...e tuerais bien sûr
qu... ...malédiction d'être
transparen... ...as. Les mendiants
ont ceci de commu... ...es d'eau qu'ils se
ressemblent tous. La disparition de quelques milliers de
bouches inutiles ne fera pas plus de bruit que l'écrasement
d'une mouche sur une vitre.

« Dans l'extrême concentration des foules, la mort est
facile à prodiguer ; l'espace surpeuplé est la même chose
qu'un espace vide : le trop-plein garantit l'immunité. De
plus, en Inde, l'unité linguistique n'existe pas, la diversité
des dialectes crée de véritables frontières d'État à État.
Les statistiques officielles prouvent que seuls 15 % des
crimes commis viennent à la connaissance des autorités.
Quant à la police, elle est à vendre au plus offrant. Le
temps nécessaire à la mise sur pied d'une enquête et
surtout l'absence d'indices me mettaient à l'abri du
soupçon : dans les tropiques bondés, je disparaîtrais
facilement.

« Voyez l'impunité dont a pu jouir ce criminel franco-
vietnamien, Charles Sobraj, avant de tomber pour une
maladresse. C'est d'avoir tué des Blancs, des gosses de
riches qui l'a perdu. Les familles ont réclamé une enquête.
Moi, je ne faucherais que les absents, les obscurs, les sans-
grade. Il m'importait que les gueux ne sachent pas qu'ils
étaient marqués d'une mystérieuse croix, que leur exécu-
teur les attendait un par un pour ratifier la sentence.
Pendant quelque temps, je menai de front mon activité

d'agronome et ma nouvelle mission, double jeu difficile, je l'avoue. Je réussis alors quelques coups spectaculaires dont je ne me souviens pas sans fierté.

J'étais si anéanti qu'aujourd'hui encore, je serais incapable de décrire la pièce où nous nous trouvions. Je me souviens seulement du tic-tac d'une petite horloge dont la pulsation se répercutait dans un silence presque tangible. S'agissait-il de l'homme que j'avais connu un an auparavant ? La faible lumière d'un lampadaire dramatisait ses traits, remplissait d'ombre les creux de son visage, allumait des reflets sur ses tempes et, pendant des heures, je dus lutter pour faire coïncider les deux images. Nous étions-nous trompés à ce point ? Quand il commença à me narrer par le menu ses « nettoyages », comme il les appelait, j'allai rendre dans la salle de bains.

J'espérais lui échapper, m'évader, ne plus entendre ses insanités, mais il m'attendait à la porte de la pièce et me reconduisit de force dans le salon. J'étais son prisonnier. Il me força à boire un verre de gin pur et, les deux mains posées sur ma poitrine, appuyant à m'étouffer, continua à me prêcher son terrible sermon. Ses yeux étincelaient de fureur et il m'ordonna de ne lui opposer aucun argument humanitaire. Il les connaissait trop, ils ne valaient rien. Je n'avais qu'un droit, celui de me laisser convaincre, j'étais jeune encore et lui avait découvert la solution aux maux de l'humanité. Je trouvai quand même la force de lui dire :

— Je suis sûr qu'il s'agit d'un malentendu, d'un affreux malentendu.

A ces mots, il grimaça un sourire dont l'effet fut affreux à voir. Après une longue pause, il demanda :

— Qui êtes-vous donc pour oser m'objecter ? Qu'est-ce que vous savez de la situation ici, hein, qu'est-ce que vous en savez ?

— J'ai lu un peu, j'ai...

— Des conneries, tout ça, vous ne savez rien. Rien du tout.

Je l'aurais juré, il avait envie de me frapper, de me réduire en bouillie, mais le propagandiste l'emporta provi-

78

soirement sur la brute. Il se resservit à boire, arpenta de long en large le salon et reprit :

« Je me trouvais à Bangalore, État du Karnataka, un dimanche après-midi. Désœuvré, j'errais dans le parc municipal et m'assis sur un banc. La perspective était grandiose, un ensemble d'essences rares et bien fournies formait une frondaison harmonieuse, le long d'une allée tracée au cordeau. Mais l'Inde vous impose toujours sa beauté comme un fardeau, les plus nobles panoramas y sont gâchés par quelque vision effrayante, placée là pour vous rappeler à dessein la laideur de l'existence. En l'occurrence, cette nature exubérante, disciplinée par la main d'un artiste, était flétrie par un demi-cercle de visages brûlés et de lépreux en haillons qui exhibaient leurs extrémités sectionnées comme si on les élaguait pour qu'elles repoussent au printemps prochain. Cette table ronde de scélérats, aux faces charbonneuses, me laissa accablé.

« En Inde, les hommes ont remplacé la jungle qui a presque disparu. Ils forment une immuable nuit où s'engloutissent les générations et offrent une trompeuse apparence de vitalité, puisant leurs ressources des mourants et des morts. L'existence ne semble qu'un parasite provisoire de la pourriture. J'allais partir, encore une fois convaincu de la justesse de mes décisions, quand se traîna vers moi, sautillant et grotesque, ce qui restait d'un homme. Jeune encore, quoique très abîmé, il était difficile de distinguer s'il marchait ou rampait. Une expression de peur diffuse crispait son visage. Il m'interpella dans un anglais très recherché : l'agrément de ce pays, c'est que les mendiants y font toujours la moitié du chemin comme une femme qui vous aborde et vous enlève l'angoisse des premiers mots. Naturellement, il venait pour une aumône mais j'étais curieux de savoir ce qu'il trouverait pour arriver jusque-là.

« Me saluant, il déposa son baluchon et me demanda la permission de s'asseoir. Il voulait me raconter sa vie. Du revers de la manche, il essuyait fréquemment ses yeux larmoyants, résultat de quelque conjonctivite jamais soignée. Ses gencives, décolorées, saignaient, ses dents

étaient brisées et ses joues, rompues de cicatrices, faisaient de lui un ramassis d'ossements qui tenait debout par
on ne sait quel miracle. Il arrivait donc de Rangoon où sa
famille, de niveau aisé, venait d'être chassée par le régime
du général Ne Win. Grands négociants dans le teck et les
bois précieux, ses parents comptaient parmi les dernières
victimes des campagnes anti-indiennes régulièrement lan-
cées par les autorités birmanes. Leur but étant d'expulser
par la menace ou la terreur tous les Tamouls et Pakistanais
importés au siècle dernier par le colonisateur britannique.
Sa famille, arrêtée un matin, accusée de sabotage de
l'économie socialiste et de collusion avec la guérilla *karen*,
fut torturée et jetée en prison. Lui-même passa deux
semaines dans une geôle près de Rangoon où on le
supplicia jour après jour. Il me montra des traces : ongles
arrachés à chaque doigt, rotule du genou disjointe,
brûlures de cigarettes et de pointes incandescentes sur le
ventre. Toute l'histoire semblait vraie.

« Expulsé en Inde, il y a un mois, il errait à Bangalore,
malheureux, affamé, tracassé par la police, tenu en
suspicion par la population dont il parlait à peine la
langue. Il maudissait les Indiens, leur manque de charité et
regrettait sa Birmanie natale. Son rêve était de pouvoir
émigrer en Angleterre où il avait fait ses études. Je
m'apitoyai sur ses malheurs et l'invitai à formuler sa
requête. Bien sûr, il voulait que je crache au bassinet et lui
offre une somme substantielle pour manger.

« Quelque chose pourtant me disait qu'il était plus
qu'un ancien prisonnier affamé ; il n'arrêtait pas de se
gratter. Je demandai à voir le creux de ses bras. Ils étaient
lisses. Après tout, il souffrait peut-être d'un psoriasis qui
le démangeait en permanence. Nous fîmes quelques pas
ensemble vers un marchand de *paratha*, de crêpes farcies.
Il se grattait de plus en plus et tremblait : tous les
symptômes du manque. J'eus alors une intuition : je
relevai ses pantalons et vis en haut du mollet, dans la
saignée du genou, une peau criblée de piqûres. Pareil sur
l'autre jambe. La seringue avait provoqué de part et
d'autre des hématomes violacés. Il grimaça et s'effondra :
il avait besoin d'une injection tout de suite sans quoi il

tomberait affreusement malade. Il avait contracté ce goût à Rangoon où l'héroïne, venant du Triangle d'or par caravane, restait très bon marché. Il s'était fait désintoxiquer deux fois, deux fois était retombé. Je le calmai, l'assurai de mon soutien, je ne le dénoncerais à personne. J'étais même prêt à lui acheter une dose. Qu'il me mette vite en rapport avec son dealer.

« Je crus qu'il allait me baiser les pieds. Il trottina vers un autre coin du parc, ramena une gouape en bottines, aux semelles compensées, tout aussi efflanquée que lui, avec qui je négociai l'achat d'un gramme de *smack*. Mon va-nu-pieds sortit une vieille seringue de son sac, la nettoya dans une sorte de ruisseau qui courait le long des arbres, et se piqua derrière un bosquet. A partir de là, ses heures étaient comptées, j'en fis le serment.

« Je rachetai une autre dose au dealer, c'était cher même pour l'Inde alors que la poudre, j'en étais sûr, était coupée de strychnine ou de farine. Je restai avec lui jusqu'au coucher du soleil. Je lui offris à manger mais il cala au bout de quelques bouchées. Je m'imprégnais de son calvaire, lui faisais répéter en détail les sévices subis à Rangoon, la mort de ses parents, l'exode forcé et maintenant la soif torturante chaque fois que le manque se faisait sentir. Il toussait avec son petit thorax d'oiseau et la maigreur faisait saillir ses tendons comme des cordes.

« Quand tout fut dit et que nous eûmes pleuré de concert sur les malheurs du monde, je lui préparai une dose d'où il ne reviendrait pas ; devant moi, il lava sa seringue dans l'eau saumâtre d'un bassin, la désinfecta à la flamme de mon briquet. La nuit était tombée, il ne vérifiait plus rien, j'étais son bienfaiteur. Une fois qu'il se fut piqué, ses yeux s'illuminèrent, son affreux masque se détendit, son corps brisé se relâcha et il passa doucement entre mes bras, un sourire de béatitude sur les lèvres.

Comme si je n'avais pas assez de motifs d'inquiétude, je redoutais maintenant les conséquences d'une telle révélation : on ne se confie pas impunément à n'importe qui, et je craignais de payer cher ma position de confident. J'avais mal à la tête, me sentais oppressé par ces murs sombres. Je fermai les yeux un instant. Victor donna soudain un violent coup de poing sur la table et une pile de journaux glissa à terre.

« Écoutez-moi, nom de Dieu, ou vous voulez que je vous réveille à ma manière.

— Je vous écoute, je suis très attentif.

Il eut une expression ironique et se laissa tomber sur un fauteuil, les jambes croisées haut, les deux mains derrière la nuque.

— Voyons, où en étais-je ? Vous m'avez fait perdre le fil.

Il resta un moment pensif, étendit ses longues jambes et reprit :

« Une autre fois, je traversais le marché de Crawford à Bombay, immense halle de boutiques et de bazars en plein centre ville, kilomètres de pyramides de poudre de curry rose, rouge, orangé, jaune, de monticules gluants de dattes, de montagnes de piments, de mandarines, de papayes, de citrons, de tomates, de pains de sucre, conchiés de mouches, qu'on casse à coups de marteau.

« J'étais allé prendre quelques photos des abattoirs tenus par les musulmans, ex-intouchables convertis à l'islam à la suite des persécutions des hindous de caste. Plusieurs dizaines de buffles et de moutons pendaient à des crocs. Les têtes des bêtes, couvertes de corbeaux qui les déchiquetaient, étaient posées en tas triangulaires sur le sol, parmi des rigoles de sang. C'est alors qu'elle survint ; nerveuse, dix ans à peine, les yeux noircis de khôl, maigre à pleurer, la main tendue. Son regard était humble et doux, plein d'une espérance famélique. Je la sentais prête à tout pour une poignée de *dal*, de lentilles ou un morceau de galette.

« De la tête, je fis non. Elle insista. Je m'en allai, longeant des éventails magnifiquement colorés de bananes, de mangues, de raisins qui dégageaient un arôme enivrant à tomber surtout pour un estomac vide. Elle me suivait toujours, me tapant sur le bras, réclamant une roupie. Un petit garçon étique, aux longues pattes d'échassier et qui toussait à s'arracher la gorge, se joignit à nous. Après quelques refus de ma part, il partit. Elle se cramponnait. Elle savait d'instinct que les Européens finissent toujours par céder, au contraire des Indiens, plus endurcis. Je lui soufflai en hindoustani : ne me suis pas, cela te portera malheur. Elle ne tint aucun compte de l'avertissement. Je sortis enfin sur Tilak Road, énervé, fâché de n'avoir rien pu acheter parce que ce microbe me talonnait.

« De ce côté du marché, la circulation est intense, cinq grandes artères s'entrecroisent dans l'anarchie la plus complète malgré la présence d'un agent réfugié dans sa guérite. J'eus alors une idée de génie et, résolu à prendre un risque, coupai le flot des voitures au point le plus dense. Je m'avançai donc au milieu du trafic, entre rickshaws, charrettes à bras, bus et camions, espérant que ma taille et ma qualité de Blanc me vaudraient la prudence des conducteurs. Parvenu au centre de la chaussée, assourdi par les klaxons, étouffé de vapeurs d'essence, je me tournai et appelai la petite restée sur le trottoir. Dans ma main gauche, j'agitais une poignée de billets de cinq roupies qui palpitaient comme des papillons mauves. La bestiole sourit et s'élança vers moi. J'ai toujours pensé que sa petitesse l'avait défavorisée. Un autobus à impériale, surchargé et penché à verser, survint, roulant à une vitesse folle. Vous devinez la suite. Il y eut un choc, le bruit d'un paquet qui retombe. Je courus au secours de l'enfant déjà inconsciente. La foule prit à partie le chauffeur qui dut s'enfuir et mit le feu au bus. La petite étant orpheline, je pris à ma charge les frais de l'enterrement. Ce fut une belle crémation dans le meilleur style indien et j'eus ma photo dans le *Blitz* et l'*Indian Express*. Vous voyez, Frédéric, ce type de « suppressions » a pour moi exactement la structure du *dourian :* son écorce exhale une puanteur atroce mais, dès que le fruit arrive dans la bouche, son délice fait oublier le premier relent.

J'eus un geste équivoque qui pouvait signifier l'assentiment autant que le scepticisme. S'il avait su ce que je pensais! Il s'était plongé dans une profonde méditation avec un air de contentement sur le visage. Tout à l'orgueil du travail accompli, il se frottait les mains.

« La chance m'a encore souri une autre fois. Cette histoire-là, je crois que vous allez l'aimer, elle est vraiment formidable. Depuis longtemps, j'avais conçu un dégoût prononcé pour les moines hindous, les *saddhu*, avec leur idéal d'affreux détachement qui vont par les routes en bandes, à demi nus, le corps couvert de cendres, les cheveux laqués de bouse de vache. *Sannyasin* en robe ocre, shivaites armés d'un trident, fakirs musulmans en pagne et turban, yogis émaciés, tous m'apparaissent comme de sombres escrocs dévirilisés, sales. Toujours je m'étais promis de faire un sort à ces ligues d'accroupis qui profitent de la crédulité de la population pour vivre à ses crochets.

« Le hasard devait me seconder. Cela se passait près d'Agra, à une dizaine de kilomètres sur la route de Fathépur Sikri, non loin du mausolée de l'empereur Akbar. Je m'étais rendu là en voiture pour la journée afin de visiter une coopérative agricole. Il pouvait être 4 heures de l'après-midi quand, sur une route, dans une zone de vergers et de jardins, je rencontrai le plus étrange équipage qui soit. C'était un yogi à demi nu, enduit de sirop de sucre, avec un simple linge roulé autour de la taille, qui cheminait sur une mule. Monture et cavalier étaient tous deux escortés d'un essaim de mouches. Sur les flancs de la bête reposait tout le bric-à-brac des accessoires religieux : cloche de cuivre, gong, brûle-parfum, cuillère à long manche, bâtons de santal. L'ascète se soumettait à cette pénible épreuve afin d'échapper au cycle de la vie, la chaleur et les insectes devant rendre cette pénitence particulièrement douloureuse. La verge de l'homme, elle aussi trempée dans le sirop, se balançait dans un plumetis de poils, les bourses élevées à hauteur des cuisses, pompons de couleur qui attiraient plus que le reste la convoitise des parasites.

« Je saluai le saint homme et lui demandai en hindi où il allait. Il comptait passer la nuit dans le jardin du mausolée et repartir à l'aube avec sa cargaison bruissante et bourdonnante. Alors me revint un souvenir : j'avais, il y a un

84

an, visité ce mausolée et me rappelai un détail qui pourrait m'aider le moment venu. J'accompagnai donc la loque sucrée jusqu'au monumental portail de grès rouge surmonté de quatre minarets blancs.

« Je l'entretenais de sujets pieux, me déclarant curieux de mieux connaître sa religion. Flatté qu'un Américain parle sa langue et prête attention à lui, il m'invita à entrer à ses côtés. Une pyramide d'arcades, d'écrans et de pavillons s'élevait au centre d'un parc ombragé et verdoyant. Dans une calme cour de marbre blanc, le cénotaphe de l'empereur reposait, solitaire, sous le soleil déclinant de cette fin d'après-midi. Nous étions entourés de perroquets verts et de geais ; des paons trottaient gravement et des singes palabraient au pied des arbres. Nous cheminâmes quelque temps dans l'immense jardin désert. Insensiblement, je dirigeais mon homme vers l'endroit propice et feignais de me laisser circonvenir par son verbiage. Nous discutions philosophie, astrologie, magie noire, tout ce qui peut intéresser un Blanc dans l'Orient et ses mystères. Ma patience fut remarquable, le vermineux fakir me prêtait ses mouches avec générosité et je devais écouter son insipide homélie sur les vertus de la douleur et la vanité du moi. Enfin, derrière un tertre noyé sous la végétation apparut un édifice aux murs de stuc décrépi et qui servait autrefois de pigeonnier aux Moghols. Ma mémoire ne m'avait pas trompé : l'intérieur du portail en forme de fer à cheval était habité par un véritable rideau bourdonnant de millions de guêpes qui avaient bâti leurs nids dans les moellons disjoints et dont les essaims, longs de plusieurs mètres, pendaient en forme de monstrueux ganglions, au flanc des murs. Toute la ruine résonnait de leur grondement furieux.

« Heureusement, le pieux renonçant, aveuglé et assourdi par les mouches qui l'environnaient, ne se doutait de rien. Nous étions à moins de cinq mètres de la formidable ruche qu'il ne nourrissait encore aucun soupçon. Seule la rosse manifestait quelque nervosité et risquait de tout faire capoter. Alors, jouant le tout pour le tout, j'agrippai sa bride et, courant à côté d'elle, la lançai de toutes mes forces sur la nuée fuligineuse. Quand elle eut reniflé les guêpes, il était trop tard. Celles-ci avaient senti le sucre et, enivrées par ce moine caramélisé, s'étaient jetées sur lui : on eût dit le vrombissement d'une escadrille, une tenture soulevée par un courant d'air. En quelques secondes, le mage et l'animal furent submergés sous la fourrure venimeuse. Je n'eus que le temps de prendre mes jambes à mon cou, alors que la mule poussait un hennissement à fendre l'âme. Aussitôt je prévins les gardiens du tombeau, leur montrai quelques traces de cloques sur ma peau, stigmatisai leur négligence et courus prévenir la police au hameau voisin, heureux d'avoir débarrassé l'Inde d'un fieffé sacripant, certain en outre de lui avoir épargné le fardeau d'une dizaine de réincarnations.

Victor se resservit à boire comme pour fêter une bonne nouvelle. Il arborait un large sourire et, sur son visage tiré, passa une expression d'énergie, d'optimisme.

« Ne me dites rien, je sais ce que vous pensez. Évidemment, vous êtes trop orgueilleux pour l'avouer, mais votre silence est éloquent. Vous commencez à comprendre.

Il se remit à arpenter la pièce.

« Bien sûr, je rêve grand avec des moyens dérisoires et jamais ces petites gouttes réunies ne feront un lac. Je devais donc m'organiser. Déjà Fabienne m'avait déconseillé le revolver, trop facilement identifiable, d'autant qu'il s'agissait d'un modèle rare en Inde. Je consultai les annales de la criminalité indienne ; je m'informai notamment sur les thugs, ces fameux criminels du siècle dernier. De leur méthode, je retins la patience persévérante dans le dépistage du gibier, l'obligation d'acquérir le détachement et de perdre tout sentiment de compassion au moment de frapper.

« J'étais jaloux de leurs prodigieuses performances, du million de victimes que leur attribuait leur persécuteur, le général Sleeman. Je me fixai ce chiffre comme un idéal inaccessible, sachant que, seul, je n'arriverais à rien. J'en avais assez de bricoler et ne pouvais plus me contenter de tels expédients. Il me fallait des lieutenants, sinon une véritable armée. Il me fallait aussi des partisans dans le monde entier, des sections à l'étranger ; je voyais mon organisation déborder sur d'autres pays du tiers monde, s'implanter en Europe, en Amérique, contre la pègre, les voyous, les clochards. Partout je déclarerais la guerre à l'ignoble, au vil, au sordide.

« Pour commencer, je rédigeai une charte et posai quatre conditions à mes liquidations futures. J'abattrais sans condition toute personne, homme, femme ou enfant :

« 1) qui subsiste sans ressource aucune et vit en parasite sur son pays ;

« 2) qui a recours pour survivre à des moyens illicites tels que l'automutilation, l'apitoiement des passants, l'exhibition de quelque infirmité honteuse ;

« 3) qui a contracté un vice majeur tel que l'abus d'héroïne, d'opium, de *ganja,* de *bhang,* le poussant un peu plus vers la mendicité et le décourageant de gagner sa vie par des moyens plus honorables ;

« 4) et qui enfin, au nom d'arguments religieux, politiques ou nihilistes, encourage le culte de la pauvreté et de la sainte mendicité.

« Vous constatez que ce tableau est assez vaste pour couvrir, avec un souci d'équité maximale, toutes les catégories de déchets humains, à quelque race, ethnie, religion qu'ils appartiennent. Je savais que, dès l'instant où le crime se raisonne, il prolifère et devient le bras séculier d'une cause plus élevée. Jusque-là j'avais travaillé à la diable, certain d'avoir toujours, même au sein du paysage le plus rieur, ma provision d'éclopés à piétiner, de rebuts et de lépreux à faire passer. Maintenant, je devais en priorité me concentrer sur les grandes porcheries de Bombay, Madras, Kanpur, Calcutta, Patna, Delhi. J'établis une carte détaillée de l'Inde, cochai les lieux où j'avais sévi, chaque point noir représentant un indésirable effacé.

« Et, pour rester fidèle à l'esprit du pays, je puisais dans l'hindouisme des arguments capables de justifier mes actes. Du Shiva tricéphale d'Elephanta, montrant les trois visages de la création, de la conservation et de la destruction, je décidai d'honorer le dernier, le Terrible, un serpent à la main et ornant sa chevelure des symboles de la mort. Je me construisis un petit culte portatif et privé qui m'encouragerait dans mes opérations.

« Pour mieux me consacrer à ma tâche, je démissionnai de la FAO, prétextant un souci légitime de soigner ma femme condamnée et promettant de revenir dans le sérail après un an de réflexion. Qui pourrait me soupçonner, moi un agronome américain, grand ami de l'Inde et célèbre pour ses prises de position en faveur du tiers monde ? J'avais la réputation d'un libéral parmi mes confrères, c'est-à-dire presque d'un homme de gauche selon les critères américains, et je riais à l'avance de leur déconfiture s'ils apprenaient la vérité. Je coupai les ponts avec toutes mes connaissances. Je savais que pour le restant de mes jours je n'aurais plus autour de moi de véritables camarades ; je n'aurais que des complices ou des ennemis. Devant l'urgence de la tâche, je dois suspendre tout lien affectif. Eh bien, Frédéric, je vous ai tout expliqué, mais dites-moi franchement : qu'en pensez-vous ?

5
La tombe du potier

Il fallait arrêter là ce flot d'obscénités. Que Victor souhaite voir les sans-abri du monde entier s'aligner en une seule tête pour les abattre d'un coup était déjà monstrueux ; mais qu'il cherche à me convaincre de la justesse de son choix, qu'il me consulte comme un éventuel partenaire dépassait la mesure. Il m'exposait ses opinions avec une tranquillité parfaite et ne mettait pas en doute la possibilité d'une discussion, d'un débat entre gens de bonne compagnie. Je dus battre le rappel de toutes mes ressources physiques et morales pour avoir le courage de lui répondre :

— Je ne vous crois pas : vous avez tout inventé.

Ma phrase n'était pas achevée que je reconnus ma bévue, tentai de la rattraper. Une brusque terreur m'enveloppa, comme si mille mains glacées avaient fondu sur moi. Il y eut un instant terrible de silence. Victor s'était arrêté de marcher. Une voiture klaxonna au loin sur la route et la pendule eut un hoquet. Saisi d'une rage meurtrière, il se mit à hurler. Son vacarme me crispa le cœur. Il avançait vers moi la bouche entrouverte, l'œil dilaté, en proie à une de ces crises qui font commettre l'irréparable. Son délire avait grossi, sa masse énorme fondait sur moi.

Je repliai mes genoux, couvris ma tête de mes mains et criai :

« Si, si, je vous crois, je vous crois…

Son poing m'atteignit en pleine figure et mon nez craqua comme du petit bois fendu. Cent mille étoiles de flammes dansèrent devant mes yeux, je tombai en avant sans connaissance.

J'étais évanoui, j'entendais des voix, le bruissement d'une conversation. J'avais la tête lourde et manquais du simple courage de lever mes paupières. Une ombre se tenait agenouillée devant moi. Je fis un effort pour secouer ma torpeur et entrouvris les yeux : tout près de mon visage un autre visage, flou, déformé, me regardait. Ça ne pouvait être que lui qui voulait m'achever. Je refermai mes paupières dans un frisson et m'évanouis à nouveau. Je fus réveillé une seconde fois par une main qui me nettoyait les lèvres avec un coton imbibé d'une solution amère qui piquait.

— Vous avez eu tort de le provoquer. Il s'est affolé et maintenant il ne se contrôle plus.

La voix me parlait doucement dans un français sans accent. L'aura d'un corps de femme se fit sentir, accompagnée des effluves d'un parfum coûteux. Mon col était défait, des filets d'eau coulaient sur mon menton. De la cloison nasale montait une cuisante douleur. A quelques mètres, dans un semi-brouillard, j'apercevais Victor qui faisait les cent pas, une bouteille à la main. De loin, son visage encadré de poils gris respirait la férocité.

« Lavez-vous, dit l'inconnue en me tendant une bassine pleine d'eau. Vous êtes tout sale. Voilà une serviette pour vous essuyer.

— Qu'est-ce qui m'est arrivé ?

Je nasillais, le moindre mot me coûtait.

— Il aurait pu vous tuer à coups de poing. Vous le provoquez, le traitez avec une légèreté intolérable. Ne vous étonnez pas qu'il se fâche. Comment a-t-il pu se confier à vous, un gamin ? Dès que je le laisse seul, il fait des bêtises.

Elle parlait d'une voix mélodieuse, et cette égalité de ton me terrifia plus encore que les vociférations de l'Américain tout à l'heure.

— Je suis Fabienne, sa femme. Mon Victor a raison : il y a en Inde une saison de trop qui accompagne l'hiver, l'été et la mousson : c'est la misère.

Elle ne devait pas être âgée de plus de quarante ans, mais ses yeux creusés d'un voile mauve, sa peau très pâle la vieillissaient. Elle haletait entre les phrases. Seul un petit nez mutin, retroussé, lui donnait un air de jeunesse trompeuse. Elle avait dû être belle, mais à cet instant la question importait peu. Je ne voyais devant moi qu'une créature échevelée en robe de chambre, des savates aux pieds, et qui laissait filtrer entre ses cils un regard sans aménité. Sa faiblesse physique jurait sur ses propos : avec ses manières angéliques, elle trahissait un fanatisme déconcertant.

« Vous ne pouvez pas comprendre. Je crois que Victor s'est trompé sur vous.

Elle repoussa ses cheveux en arrière, soupira longuement.

« Mon seul regret est de ne pouvoir collaborer avec lui. Je suis trop faible pour ce genre d'opérations. Je me contente de le conseiller. Un jour pourtant, moi aussi...

Elle redressa la tête, fièrement, et partit d'un rire charmant de jeune fille qui s'amuse d'un bon mot. Puis elle toussa, sur un rythme saccadé, comme si elle avait couru trop longtemps. Elle dut faire un effort énergique pour respirer, reprendre ses sens.

« C'était il y a un mois à peine. J'étais allée à Bénarès accompagner une cousine de passage. Elle continuait sur Calcutta. Je devais moi-même rentrer sur Delhi, mais les avions étant complets je trouvai une place en première classe sans air conditionné sur un rapide de nuit. Le wagon était presque désert. A deux compartiments de là se trouvaient une famille de marchands gujarati avec leurs domestiques et au bout du couloir un couple de jeunes sikhs, en voyage de noces probablement. Il faisait étouffant. J'ouvris la fenêtre pour avoir un peu d'air et, lasse de tant de chaleur, m'endormis. Je dus m'assoupir une heure ou deux. Je ne m'étais même pas déshabillée. Je m'éveillai dans une gare faiblement éclairée que l'arrivée du convoi avait ranimée comme un clairon. Je refermais les yeux, allais m'assoupir à nouveau quand une espèce de caresse râpeuse toucha mes joues. Je sursautai, me levai d'un bond ; près de moi, à hauteur de nez, s'agitait un poing incomplet couvert de blessures que prolongeait un bras gros comme une ficelle. Une voix à peine audible demandait de l'argent. Cette dégoûtante chose m'avait frôlée, c'était une mendicaille particulièrement gratinée ; un lépreux sans mains, au nez sectionné sur lequel on avait posé une gaze, un monstre abject ignorant le langage articulé et qui se courbait pour marcher ; ses pieds déjà rongés n'étaient plus que deux poteaux enveloppés dans des linges tachés.

« Vous savez que tous les wagons indiens sont protégés par des barreaux qui permettent juste d'entrer une main. Devant ces barreaux se tient un rideau de fer qu'on peut rabattre pour se protéger de la lumière ou du soleil. L'affreux vagabond insistait : son poing mutilé exigeait un don. Il avait repéré la première classe et la femme blanche. Je lui criai de partir, terrorisée. Il n'en fit rien et sa plainte montait vers moi, inlassable, pareille à un relent nauséabond qui s'infiltre partout. Le train allait repartir. Une fois encore, je le suppliai de me laisser. De guerre lasse, incapable de supporter plus longtemps ce spectacle, je sortis dans le couloir et m'installai dans le compartiment d'à côté, vide. Malgré l'obscurité, la chose m'avait repérée et revint me supplier : son morceau de poignet avait glissé sous les barreaux, tel un ignoble reptile. On siffla le départ. Une idée folle me gagna : l'homme était engagé dans le compartiment jusqu'au coude. Jetant un coup d'œil derrière moi pour m'assurer que j'étais seule, je rabattis d'un coup brusque le store de fer et coinçai son poing. Le train démarra. J'appuyai de toutes mes forces sur le rabat pour éviter que le moignon ne se dégage. Le rapide prenait de la vitesse et j'entendais de vagues couinements qui montaient du quai. L'avant-bras s'agitait, exprimant toute la stupeur de son propriétaire. Il y eut un choc assez violent, je relâchai ma pression et retournai en toute hâte dans mon compartiment. J'appris la vérité le lendemain par la presse : traîné par son bras, le malheureux avait été tiré le long du quai avant de s'écraser sur un poteau de signalisation. Détail macabre : sectionné à hauteur de l'épaule, le bras ne fut retrouvé que plusieurs centaines de mètres plus loin, sur les voies. Victor refusa de me croire jusqu'à ce que la police vienne m'interroger, une semaine plus tard, en tant qu'occupante du wagon. Naturellement, on ne me soupçonna pas un instant. J'étais si heureuse !

La corruption de son mari s'étendait jusqu'à sa façon de parler ; elle utilisait les mêmes expressions, les mêmes tournures, presque les mêmes mots. Jusqu'à cette façon malsaine de se vanter d'une action particulièrement lâche. J'avais devant moi la traduction féminine de M. Habersham. Ce dernier prit place près de sa femme et la serra contre lui, la couvrit de baisers.

Elle répéta d'une voix brisée, cisaillée, la tête cachée dans son épaule :

« J'étais si heureuse d'avoir pu collaborer, moi aussi.

Elle tenta de se relever, fit un pas en avant, fléchit les genoux, et retomba dans les bras de son époux.

— Fabienne, qu'est-ce que tu as ?

— Un étourdissement, je me sens si faible. Mon cœur, il s'emballe encore, il est irrégulier.

— Calme-toi, il va revenir à la normale. Tu t'es surmenée. Tu aurais dû rester couchée.

— Tes cris m'ont réveillée. Je me suis inquiétée pour toi. Et je ne verrai même pas ton triomphe !

— Ne dis pas cela, tu vivras.

Il la souleva sans effort, la porta sur un sofa, étendit une couverture sur elle. Elle respirait péniblement, à petits coups saccadés. Elle se calma peu à peu, se moucha.

— Tu as pris tes médicaments ?

— Oui, j'ai même doublé la dose. Ils ne me font plus d'effet. Je t'importune, avec ma santé ?

— Pas du tout.

— Si... si... il est temps que cela finisse.

— Ne dis pas des choses pareilles. Il y a encore un espoir.

— Tu sais bien... que non.

Elle se redressa, pointa le doigt vers moi et reprit son souffle.

« Fais attention à lui... il te trahira. Je... je le sens et je ne serai plus là pour te protéger. Il te trahira, il te tra...

Elle avait presque crié et retomba sans force dans un gémissement. Son accusation me figea sur place. Deux ennemis pour moi c'était trop. J'espérais profiter de leurs attendrissements pour décamper mais j'étais loin de la porte. Maintenant j'avais peur, peur des représailles, peur d'une vengeance. Le sang de mon nez avait séché, mais celui-ci restait douloureux et ma lèvre supérieure me brûlait. Les deux époux, enlacés, complotaient à voix basse. J'aurais juré qu'Habersham récitait une prière. Enfin, après un temps qui me parut interminable, il se releva.

— Elle dort. La crise est passée. Je vous ai fait mal ?

— Oui, un peu.

— Il le fallait.

— Pourquoi ?

— Vous ne me croyiez pas.

— Si, je vous crois, je vous crois.

— Venez, je vais vous montrer la preuve de ce que j'ai avancé.

— Venir ! Mais où ?

— Venez, ne discutez pas.

Il m'arracha plus qu'il ne me tira du sol et, me tenant par la main, me fit sortir de la maison. Nous montâmes dans sa voiture. De nouveau, une sensation d'épouvante, contre laquelle je tentais de lutter, m'envahit. Je devais absolument me taire, ne pas lui donner l'occasion de parler. Chez lui, tout commençait par la parole : il se soûlait de mots, le simple son de sa voix le mettait en fureur, était lourd d'une menace d'explosion. Je demeurai prostré, n'osant deviner ce que nous allions faire. Une petite pluie fine tombait. Nous roulâmes près d'une demi-heure en silence sur la route de l'aéroport avant de tourner à un embranchement et de nous arrêter en pleine campagne. Il n'y avait pas âme qui vive à plusieurs kilomètres à la ronde, la nuit était noire et l'on entendait seulement le grondement des jets qui décollaient au loin. Victor sortit du coffre une pelle et une torche. Puis il me regarda droit dans les yeux : l'effet fut celui d'un choc électrique mais encore plus désagréable. Il émit un son qui pouvait être un rire, me saisit par le bras et me traîna à côté de lui. Il marchait à grandes enjambées et je devais courir pour soutenir le rythme.

Le pinceau lumineux de la lampe dansait dans sa main, éclairant de minces touffes d'herbe trempées par la pluie. Les yeux d'un chat s'allumèrent un instant comme deux minuscules ampoules électriques avant de se fondre dans les ténèbres. Je butais sur des mottes de terre et des pierres. Un reste de dignité me retenait de me jeter à genoux et d'implorer sa pitié. Des épineux s'accrochaient à mon pantalon, me trempaient, me glaçaient les jambes. Le terrain descendait. Victor s'arrêta et me dit :

« C'est ici, creusez.

Cette fois, c'était la fin ; j'allais creuser ma propre tombe. C'en était presque comique dans l'horreur. La lanterne était posée à terre et Victor allait et venait dans le halo dansant. Je me ressaisis, jetai la pelle à terre et me croisai les bras.

« Qu'y a-t-il ?

— Je ne creuserai pas ma propre tombe.

Je respirais avec peine, ma langue était sèche, mes bras pendaient, lourds comme le bronze.

— Votre propre tombe ?

— Tuez-moi maintenant, je refuse de coopérer.

— Bougre d'imbécile, il ne s'agit pas de vous tuer, mais de vous convaincre.

Je tressaillis. Il m'arracha la pelle des mains et se mit à évacuer la terre avec frénésie.

— Vous ne comprenez donc rien !

94

Il creusait maintenant avec les ongles comme un animal qui en cherche un autre dans son terrier.

« Avancez.

Je fermai les yeux.

« Ah, vous pensiez que le vieux avait pris un coup de bambou sous les tropiques ?

La lanterne sous la pluie rendait le tableau encore plus sinistre. Cette scène et le paysage qui l'entourait, le ciel rayé d'eau, les pierres ruisselantes, la terre boueuse restèrent photographiés dans ma mémoire. Victor laissa échapper un grognement de satisfaction. Il m'attrapa par la main et me fit tomber à genoux dans la glaise froide et trempée. Il souleva la lanterne et la tint au-dessus du trou.

« A vous maintenant de creuser, on y est presque.

Je refusai de regarder, imaginant déjà ce qui m'attendait derrière cette mince couche de terre : la figure rongée de quelque mort, peut-être encombrée d'adhérences, de chairs ratatinées. L'insupportable vision d'un cadavre qui me laisserait à jamais les tripes nouées et un goût d'écœurement dans la bouche. Il me semblait déjà sentir une odeur terrible qui montait du trou. J'eus un saisissement et me détournai pour vomir une bile amère.

« C'est ça, videz-vous, videz-vous, cela vous aidera à bien regarder.

Il me prit la main et me fit mettre le doigt sur quelque chose de dur et pointu. Je hurlai, j'avais touché le bras ou le nez du mort et retirai ma main.

« Imbécile, c'était une branche !

Victor arracha de la glèbe un bout de bois dont l'extrémité fourchue m'avait fait croire à quelque organe.

— Non, Victor, je vous en supplie, je ne veux pas voir, je ne veux pas.

Il avait ramassé une poignée de terre et la laissait couler entre ses doigts.

— C'est bon, je ne vous obligerai pas. Au moins, vous me croyez, maintenant ?

— Oui, Victor, je vous le jure, je vous crois.

— Je ne vous en veux pas d'avoir douté, c'est bien naturel. Mais il fallait que vous sachiez à quel point l'action et la pensée vont chez moi de pair. J'ai comme principe absolu de traduire toutes mes idées en actes.

— Je sais.

J'étais prêt à acquiescer à tout ce qu'il disait.

— Celui-là, il y a quinze jours qu'il est là, déjà. Bien nettoyé, je pense : la vermine est la seule entreprise diligente en Inde. Vous voyez, j'ai retenu une autre coutume des thugs ; j'enterre certaines de mes victimes chaque fois que je le peux, mais prends soin de les larder de coups de couteau afin d'éviter que les chairs ne gonflent et ne surélèvent la terre bien tassée. C'est un vieux truc.

Il se tut quelques instants. Je frissonnais, il faisait glacial, une aube dépenaillée, emplie de rafales, se levait insensiblement. Victor souriait : une éponge avait effacé de son visage tout ce qui le marquait au coin de l'âge ou de la fatigue. Agenouillé, il baissa la tête sur la tombe.

« Celui-là était de la caste des potiers dans le Pendjab. Au bout du rouleau à vingt-six ans : endetté auprès de l'usurier kabouli, maison effondrée après la mousson, ses trois ânes morts, sa petite fille emportée par une pneumonie. Quand je l'ai rencontré, il n'avait mangé depuis trois jours qu'un petit lézard ; il avait vendu sa femme dans un bordel de la vieille Delhi, 40 roupies, à peine 5 dollars. Sa chemise, huileuse et noire au col, formait comme une seconde peau sur la première.

« Assis sur une meule de foin, les jambes pendantes, il ne réagissait ni à la chaleur du jour ni aux vents du soir, laissant les mouches se désaltérer aux commissures de ses lèvres craquelées. Mon Dieu, comme il m'a ému, je l'ai accompagné jusqu'à son dernier souffle, j'ai souffert de sa souffrance comme si elle était la mienne. Nous avons prié le dieu des pauvres, Daridranaraya, dieu présent dans tout être déshérité et dont les actes honorent sa gloire. Puis ses deux yeux démesurément agrandis se sont fichés dans les miens. Je me suis glissé derrière lui... il a roulé à terre avec un caquètement étranglé, il n'a pas souffert. L'ensevelir ne me fut rien : c'était comme de porter un nuage, si fragile était ce paquet d'os. Parfois il me semble l'entendre parler à mon oreille et me remercier de l'avoir délivré.

Il reprit la pelle et se mit à lancer de lourdes mottes de

terre avec régularité, soufflant un peu après chaque pelletée. Quand il eut fini de tasser le sol et qu'il eut caché l'emplacement de la tombe avec des broussailles hâtivement jetées dessus, il rassembla ses outils et m'invita à le suivre. Il avait abandonné son expression de bête traquée et parlait avec calme. Nous serions revenus d'une gardenparty qu'il n'eût pas été plus détendu.

« Voyez-vous, Frédéric, avec chacun d'eux, il faut être infiniment doux et patient, surtout patient, car on a affaire à des êtres traqués que le moindre geste de bonté effraie. Il faut cajoler son pouilleux, câliner sa souillon. Certaines mises à mort prennent des semaines ; il m'est arrivé de passer plusieurs jours de voyage avec un mendiant, mangeant, dormant, faisant mes dévotions près de lui, vivant à ses côtés sur un pied d'intimité parfaite jusqu'au jour où, ayant endormi sa méfiance, je trouvais enfin l'occasion. Combien de ces punaises, de ces gouffres à microbes ai-je caressés avant de les expédier ? Voyons, laissez-moi calculer.

Il comptait sur ses doigts.

« Oh qu'importe, je m'y perds, j'en oublie. Disons une quinzaine, au moins une quinzaine. Mais c'est peu, trop peu. Il suffit qu'un misérable échappe à la réforme pour que tout l'édifice s'effondre comme un tricot qui se démaille. Une seule distraction et mon épuration est ratée, tout est à reprendre.

Il s'adressait à ma place les objections et les réponses comme s'il avait encore besoin de se convaincre du bienfondé de son entreprise. Il soulignait la vanité de sa croisade et se rétorquait, après un délai de réflexion, que doute et désespoir ne sont pas permis quand on prépare un attentat contre un continent. Je cherchais en vain chez lui l'indice d'une hésitation. Sa conversation n'était qu'un froid palmarès de tueries racontées les unes après les autres sur un ton professionnel. Il s'éveillait seulement lorsqu'il arrivait aux détails d'un épisode particulièrement délicat où il avait dû faire preuve de ruses extraordinaires et d'une dissimulation sans bornes.

Il avait admis la légitimité de son objectif, il ne s'agissait plus que d'en peaufiner les détails techniques afin d'assurer le rendement maximal. Chez lui, le tortionnaire et le prophète marchaient toujours de front, alternant la sécheresse et le lyrisme.

Quand nous arrivâmes à la voiture, un gros vautour était perché sur le capot, une branche d'arbre dans le bec. Sa tête rouge, gercée comme des fesses de nourrisson, ses yeux noirs enchâssés, son jabot lui donnaient l'air d'un voyou endimanché qui médite un mauvais coup, à l'abri d'une apparence respectable. Il nous fixa, moitié ridicule, moitié inquiétant, et ne s'envola que lorsque Victor eut posé sa main sur la poignée de la porte.

« Vous savez, Frédéric, l'esprit indien a accepté des siècles durant les pires abus comme découlant de l'ordre des choses. C'est pourquoi il reste tant à faire aujourd'hui si l'on veut réinjecter des vitamines dans ce pays. Je me sépare des hommes mais c'est pour mieux les réunir. Plus tard, on m'élèvera des statues, on me fleurira comme on fleurit Gandhi et Nehru.

6
Le sang fertile

Nous revenions lentement vers la capitale dans la grisaille du petit matin. De très vieux arbres, lourds et moussus, surgissaient de la brume, retenant à leurs branches des lambeaux de vapeurs. Le vert des plantes et de l'herbe semblait altéré d'une moisissure blanchâtre, comme si la végétation pourrissait sous l'humidité des cieux détrempés.

Nous longions une voie ferrée dont les rails brillaient. Toute une foule d'employés, de banlieusards emmitouflés dans de gros pull-overs de laine, se pressait déjà à pied vers la cité, tandis qu'alentour des marchands de thé, de bonbons, de cacahuètes, de bétel dressaient leurs éventaires. Victor conduisait d'une main ferme, tranquille, malgré la nuit blanche et l'alcool englouti. Il me jetait de temps à autre un coup d'œil bienveillant.

— Vous savez ce qui me manque, Frédéric ? Un collaborateur, un homme jeune, dynamique, qui sache appliquer vite mes décisions, que je puisse consulter le cas échéant. Aidez-moi, restez en Inde. Je pourvoirai à vos besoins matériels. Soyez mon second, mon lieutenant. Vous êtes intelligent, très intelligent même. Je discerne en vous une disponibilité, un besoin d'imprévu. Je devine vos réticences, j'y souscris. Je dirai même que j'y applaudis. Une âme noble se doit à un tel examen de conscience. Mais, croyez-moi, l'Inde mérite une bonne leçon. Ce serait une honte de déposer les armes tant qu'un seul homme tendra la main pour sa subsistance. Joignons-nous l'un à l'autre pour purifier cette société, jeter sur elle une énorme toile d'araignée qui ne laissera aucun malheureux échapper à ses filets. Lançons des escouades d'éventreurs et d'éboueurs à l'assaut du lumpen.

La transpiration me reprit, j'eus le sentiment d'avoir été trempé par la pluie. Sa manie criminelle avait occulté en lui tout esprit de vraisemblance.

« Je ne vous sens pas totalement persuadé, et encore une fois je respecte vos réserves. Mais voici quelque chose qui pourra emporter votre adhésion. Regardez donc ce journal.

De sa boîte à gants, il sortit un magazine en anglais. C'était *Drapeau rouge,* revue du parti communiste chinois datée du mois de septembre. Un long éditorial en quatre colonnes était souligné à l'encre noire et ponctué d'annotations dans la marge. L'expression « exterminer les déchets sociaux », qui revenait à trois ou quatre reprises, était entourée d'une bulle noire.

« Oui, reprit-il, les Chinois l'ont compris : ils ratissent leurs villes, entassent sans pitié dans des camions les marginaux, les prostitués, les délinquants, les petits voleurs et même les chiens et les envoient dans des camps de réforme par le travail quand ils ne les fusillent pas en public dans les stades. Les Indiens avec leurs stupides scrupules ne sont pas moins cruels. Ils ne tuent pas les miséreux mais les laissent mourir, trop indifférents à leur

99

sort même pour leur nuire. Et ils vous infligent le spectacle de ces pauvres bougres, escomptant que vous en tirerez une leçon de morale sur l'illusion de ce monde. Pour ceux qui souffrent, le mal est le même. Ce que les Chinois ont fait au nom du communisme, pourquoi ne pas le faire ici au nom de la décence, d'un avenir harmonieux ?

Je choisis de ne rien répondre. Il avait perdu la tête. Je guettais l'occasion d'un feu rouge pour ouvrir la porte et m'enfuir. Mais, au coin de Wellington Crescent, non loin de la résidence du Premier ministre, il ralentit, gara la voiture le long du trottoir. Il me tendit la main.

« Vous n'êtes pas obligé de me dire oui tout de suite. Retournez en Europe au besoin. Vous saurez toujours où me joindre. Mais pensez-y : dans deux ou trois ans au plus, j'aurai réussi et le règne de la justice sur terre sera arrivé. Quelques mois à peine me séparent de mon idéal. Quelques mois, et le sixième de l'humanité est sauvé ! Ces mises à mort sont des enfantements.

Son visage s'éclaira d'une étrange douceur. Il vint me prendre la main droite et la serra fortement. Je me laissai faire. A nous voir, un policier en aurait conclu à une accolade entre deux complices. C'était cela : nous venions de signer un contrat ! Il ne manquait plus que de sabler le champagne.

Je descendis sans un mot. J'étais donc libre, il m'avait laissé partir ! Je me retournai plusieurs fois. Il m'adressa de petits signes d'amitié et fit demi-tour. La secousse avait été trop forte. Je ne pouvais plus tenir sur mes jambes. Je me sentais entravé, mon corps bougeait au ralenti. Mon estomac était noué. Devant la villa d'Indira Gandhi, gardée par de véritables géants sikhs à la moustache brillante d'huile, de simples paysans en *dhoti*, de riches marchands, des personnages en turban et manteau d'astrakan attendaient dans le jardin pour être reçus à l'audience du petit déjeuner. L'un tenait une cruche à la main, l'autre une poule, d'autres encore des châles ou un sari. Je les contemplais, hébété par le choc de la nuit, puis, heureux de retrouver des gens normaux, me perdis dans la foule des *babu,* des fonctionnaires qui allaient au bureau en bras de chemise ou en veston. J'avais envie de les embrasser, de les serrer contre moi. Enfin des gens normaux, des êtres humains !

Je passai le Lokh Sabha, le Parlement de Delhi, immense gâteau de sucre rose couvert de chantilly. A hauteur de la place Motilal-Nehru, au croisement d'Akbar Road et de Jan Path, des travaux de voirie avaient rétréci la voie piétonnière à la taille d'un étroit chemin entre la chaussée et le sentier. L'espace était barré par la forme d'un mendiant, étalé de tout son long, que les passants enjambaient avec indifférence.

Je m'apprêtais à passer à mon tour, mais le misérable m'agrippa au mollet, grommelant des suppliques. Le contact de cette main décharnée réveilla ma peur. J'essayai de m'y soustraire, elle s'accrochait. Je bloquais le passage, une double queue s'était formée devant et derrière moi. On me regardait. Je fis une nouvelle tentative ; une autre main, cousine de la première, vint renforcer l'étau. Je levai le pied et, d'une détente brusque, le rabattis sur les deux crochets. Ils lâchèrent prise aussitôt, et se retirèrent sous les haillons comme deux tentacules blessés. Les passants regardaient, ni hostiles ni choqués, avec une certaine commisération, comme si j'avais surtout besoin de repos. Un homme d'un certain âge, de grosses lunettes d'écaille sur le nez, me frappa sur l'épaule et me dit dans un excellent anglais :

— *You're too nervous. Eat too much meat. Try vegetarian food.*

Je poursuivis mon chemin, honteux. Ce pays m'horrifiait autant que je m'horrifiais moi-même. La boue qu'avait répandue Victor Habersham commençait à s'interposer entre mes yeux et le monde.

J'arrivai à l'hôtel en transe ; mes tempes battaient à chaque pas, des flèches de feu me rentraient dans la tête, ma vision se troublait. Une barre douloureuse me pesait sur les yeux, m'élançant jusqu'au fond du crâne. J'étais d'humeur rebelle, peu propice au sens des proportions. Dans la salle de bains, je tombai sur un gros cafard qui courut se cacher derrière la cuvette des cabinets. Je m'armai d'une chaussure et le pris en chasse. Plusieurs fois, je frappai de toutes mes forces sur le carrelage blanc et ces ratages intensifiaient ma colère. La blatte m'évitait, détalait avec vélocité, raclant le sol de ses pinces. Enfin je la coinçai dans un angle et réussis à lui broyer la moitié de l'abdomen. Sa carapace éclata avec une petite explosion d'où gicla un jaune de mucus. Elle se traînait encore sur les pattes de devant et je l'achevai jusqu'à la réduire en un confetti collé à ma semelle.

Je tremblais, j'étais en train de perdre la raison. J'aurais voulu épuiser mon corps jusqu'à ce qu'il sombrât de fatigue et enfouît tout souvenir. Je commandai un thé dans la chambre et absorbai des tasses et des tasses pour me purifier.

Vers 7 h 30, on frappa à ma porte. Un bruit agressif, un martèlement de poings dont la force allait en augmentant. Je n'avais aucun moyen de m'échapper, j'étais fait, j'allais payer. Les coups redoublaient. J'ouvris, prêt à tout.

C'était Dominique, les yeux rouges, injectés de sang, la face gonflée. Ses cheveux, jetés en plaques en tous sens, avaient l'air de bandages appliqués sur son crâne.

— Je sais tout, je sais tout. Où est Victor ? Où avez-vous passé la nuit ?

Je le fis asseoir de force, il se débattait, mon départ avec l'Américain avait soulevé en lui un flot de sentiments hideux que je pouvais lire à livre ouvert sur son visage. Il me faisait une scène. Le soupçon le défigurait. Il examinait la pièce et ma personne, cherchant des preuves, des pièces à conviction. Il regarda la cicatrice de mes lèvres, presque avec envie.

« Qu'est-ce qui t'est arrivé ?

— Je me suis coupé en me rasant.

J'étais suffoqué qu'il soit si loin de la vérité et inventai pour le calmer un mauvais mensonge : j'étais allé danser à l'hôtel Taj Mahal après avoir raccompagné l'Américain, et venais de rentrer. Mais il ne me croyait pas. Soudain, il éclata :

— Victor nous dépasse tous, tous ; il trône très haut, au-dessus des lampistes et des gagne-petit de l'existence. Les médiocres ne lui pardonnent pas, ils veulent l'abattre mais je le protégerai contre tous.

Il cacha son visage entre ses mains, et fondit en sanglots

102

convulsifs. Comment pouvait-on se fourvoyer à ce point ? Je l'entraînai vers la salle de bains et lui baignai la tête d'eau tiède. Peu à peu, la crise s'apaisa.

— Pourquoi m'a-t-il traité d'eunuque devant les autres ? Qu'est-ce que je lui ai fait ?

— Victor n'est pas celui que tu crois.

— Qu'est-ce que tu veux dire ?

Il avait levé vers moi un visage empreint d'inquiétude et d'incrédulité. J'aurais tant aimé lui dire ce qu'il en était de son idole mais l'aveu ne put sortir de mes lèvres. Il ne m'aurait pas cru.

— C'est l'alcool et le chagrin qui l'ont jeté dans cet état. Tu ne dois pas lui en vouloir.

Je passai encore une heure à consoler cet archéologue transi, lui laissai un mot d'excuses pour Charles Orsoni, et appelai un taxi. Un moment, l'idée de prévenir la police me traversa, mais je préférai fuir.

Dans les salles d'attente de l'aéroport, je sursautai chaque fois qu'un Blanc parlait anglais derrière moi. Et je ne soufflai qu'une fois le jet de la Thai engagé sur la piste d'envol.

2
Nonchalants voyageurs

Deux mois après mon retour, un soir de mars, le téléphone sonna. Quand je décrochai, vint la friture caractéristique des appels internationaux. Puis une voix, que je reconnus sans hésitation. Une voix qui exhumait des souvenirs que j'aurais voulu étouffer à jamais.

— Frédéric, c'est Victor Habersham.

L'écouteur tremblait à mon oreille. Je ne pus réprimer un frisson.

« Je vous appelle pour m'excuser. Je me suis conduit comme une brute. Oubliez mes propos, je ne savais plus ce que je disais. La maladie de ma femme m'avait rendu fou ; d'ailleurs Fabienne est morte une semaine après votre départ.

Il y eut une pause : son humilité me gênait, son malheur m'attrista. Du coup, j'en bafouillais presque des condoléances.

« Bien entendu, mes intentions d'éliminer les pauvres relèvent de la plaisanterie, de très mauvais goût, j'en conviens. Quant au cadavre, c'était du bluff : une mise en scène destinée à vous impressionner : heureusement que vous m'avez supplié de ne pas creuser, j'avais choisi l'emplacement par hasard et il n'y avait rien sous la terre. Je quitte l'Inde et retourne en Amérique.

Sans me laisser le temps de répondre, il raccrocha. Je reposai l'écouteur avec soulagement. En France, cette affreuse nuit avait brûlé en moi à la façon d'un abcès. Je n'en avais parlé à personne, m'imaginant parfois l'avoir rêvée. L'abcès venait de crever, me libérant d'un poids énorme. Enfin, j'étais rendu à moi-même : le repentir de Victor Habersham abolit instantanément les images de cette horrible farce. Ma répulsion se transforma en pitié pour cet homme que le sort accablait après l'avoir tant gâté.

Peu de jours après, je reçus une lettre de Dominique qui demandait pardon à son tour pour la scène faite à l'hôtel Ashoka. Lui aussi avait perdu la tête. L'Américain était venu en personne lui présenter des excuses, ainsi qu'à Orsoni, Sen Gupta et le reste de l'équipe. Il me confirma le départ de l'agronome pour New York. Lui-même demeurait en Asie jusqu'au début de la mousson et y retournerait l'automne suivant. Les fouilles avançaient lentement, il restait un énorme travail de terrassement à accomplir. Si je désirais revenir, je serais le bienvenu, tous m'accueilleraient avec joie.

Du coup, ma perception de l'Inde se modifia elle aussi. J'y repensais avec indulgence, presque remords pour m'être trompé sur elle. Je l'avais confondue avec l'image négative donnée par Victor et brûlais de me rattraper.

1
Les voleurs d'âmes

Plusieurs mois passèrent. Je travaillais d'arrache-pied et mes supérieurs hiérarchiques, satisfaits de mes services, me laissaient miroiter une promotion pour l'année à venir. A la fin de l'été, en récompense de mon zèle — je n'avais pris aucunes vacances —, on me chargea d'une mission à Bangkok et Kuala Lumpur ; je devais au retour faire escale à Delhi. On m'accordait en outre quinze jours de détente dans le pays de mon choix, payés sur les frais de mission. Sans hésiter je décidai de m'octroyer ce congé en Inde, d'y réussir ce que j'avais raté il y a deux ans. Un bref échange de correspondance avec Dominique m'assura que j'étais encore attendu. Je les rejoindrais, lui et les autres, à leur camp de Deori, dans le Madhya Pradesh, à quatre cents kilomètres de la capitale.

Arrivant de Bangkok, j'atterris à New Delhi au début du mois d'octobre. Devant l'imminence d'un nouveau débarquement, mes paniques s'évaporèrent d'un coup. Je jubilais, tout vibrant de curiosité allègre ; après deux essais infructueux, j'allais enfin découvrir la péninsule, me perdre dans cette haute mer de sang noir.

Un matin à six heures, je montai à bord du Karnataka Express, un convoi d'une longueur immodérée composé de plusieurs dizaines de voitures, si bien que si vous aviez loué une place en tête, vous aviez le sentiment d'avoir déjà accompli la moitié du chemin. Je choisis la seconde classe, sachant que la première serait aussi sale avec l'inconvénient d'être au double du prix. Officiellement, la troisième classe n'existait plus ; mais une société qui raffole des hiérarchies ne peut se satisfaire de deux catégories. Aussi, à côté d'une seconde avec bancs de bois, équivalente à l'ancienne troisième, trouvait-on une seconde à air conditionné avec rideaux et couchettes, beaucoup plus chère ; la première à son tour se subdivisait en air conditionné et sans air conditionné, l'une luxueuse, l'autre médiocre. Sans compter une *coach-class* en première et seconde sur les trains rapides et qui ressortissait encore à une autre tarification. En définitive, les chemins de fer indiens proposaient six classes différentes. Leur seul point commun était la malpropreté et l'encombrement. On restait tout de même en démocratie.

Dans mon wagon, qui tenait du fourgon à bestiaux et de la prison, tout l'effort consistait à se garder de la contamination du voisin. Les hommes avaient troqué leurs pantalons pour des pyjamas amples et leurs vestes pour des chemises flottantes. Ils s'étalaient les uns sur les autres. Il me fallait lutter pouce à pouce pour ne pas perdre à chaque instant le peu d'espace qui m'était alloué. Les passagers étaient assis à sept ou huit sur une banquette prévue pour trois, certains couchés à même le couloir au milieu de malles en acier, de literies déchirées, de jarres pleines d'eau.

Dans les compartiments, infectés de relents de *toddy,* de gnôle indienne, des grappes humaines s'entassaient, formant une tapisserie de membres, d'yeux, de vêtements, de cheveux. Beaucoup dormaient : le sommeil les avait pétrifiés dans l'abandon et la colère. Des ronflements dialoguaient à voix basse avec de temps à autre un reniflement ou un soupir qui haussait le ton. Les bras pendaient, tragiques, éperdus, ballottés par le mouvement du train. Les pieds nus, au bout de jambes inanimées, se balançaient, et tous ces moignons entraient en sarabande dès que le convoi accélérait. Il n'y avait plus de personnes vivantes, seulement des extrémités détachables dont la chorégraphie évoquait le pêle-mêle d'un massacre. Chaque wagon comptait son lot de cadavres et l'on pouvait suivre la tuerie à la trace. Mais, aux stations, ces morts sombres se convulsaient, s'étiraient, ressuscités par une meute piaillante de garçons et de fillettes qui proposaient thé, café, bananes, beignets farcis, cacahuètes salées, noix de cajou et pistaches. Des musiciens aveugles, guidés par un enfant, se hissaient à bord en demandant l'aumône, en chantant des mélopées d'une voix éraillée. Le supplice culminait lorsqu'ils s'arrêtaient devant moi.

Tous les regards convergeaient pour voir si je glisserais une obole dans la sébile. Pas un instant de ce long périple, je n'échapperais à ces prunelles fixées sur moi comme des ventouses. Quoi que je fasse, j'étais exposé. J'avais beau feindre l'indifférence, je me sentais décortiqué. J'avais tenté au début d'ouvrir un journal et de m'échapper à l'abri de ce mur de papier. Une crampe m'obligea vite à baisser les bras. Dès lors, je me résignai à n'être qu'une proie. En pays féodal, la vue constitue l'organe démocratique par excellence, celui par qui chacun appartient à tous. C'est pourquoi l'Indien est spectateur-né : un étranger relace-t-il ses chaussures dans la rue ? Ils s'attroupent à une dizaine pour le voir faire. Se gratte-t-il l'oreille ? Ils souffrent avec lui jusqu'au fond du tympan. Ce sont des gloutons optiques toujours affamés de nouveaux tableaux, de nouvelles figures. J'étais venu pour voir et c'était moi le spécimen, l'exotique. Bon Dieu, me disais-je, n'ont-ils pas eu les Anglais assez longtemps pour se repaître de visages pâles ? Et, comme si cet appétit insatiable ne leur suffisait pas, toujours l'un d'eux, le plus instruit, celui qui baragouinait deux mots d'anglais, se penchait sur moi et d'un ton terriblement autoritaire demandait :

— *Where do you come from, what is your name, what is your salary, are you married, how many children?*

Je répondais, agacé, aux éternelles questions, soumis à une pression innombrable, incessante qui me mettait les nerfs en pelote. Et je devais endurer tant bien que mal le voyage-antienne, le voyage-interview au milieu d'un peuple inquisiteur jusqu'à l'hypnose. Sans compter les hommes qui pétaient, rotaient sans vergogne, crachaient par terre, semaient autour d'eux épluchures et débris, les enfants hurleurs, les porteurs qui nous bousculaient, les resquilleurs qui se cachaient. Et puis les odeurs d'urine, cuite et recuite, réduite à de l'essence d'ammoniaque, les effluves d'encens, de curry, d'épices, de graillons, odeurs stupéfiantes, affolantes se combinant pour en produire de nouvelles, toujours inoubliables, comme si un alchimiste s'amusait à faire des expériences avec vos narines.

Dans ce remugle organique qui mettait pour ainsi dire le système digestif de chacun à la disposition de tous, je me surprenais à prendre mes aises à mon tour, à vivre le transitoire du voyage comme un domicile définitif. Le train rampait plus qu'il ne roulait, s'arrêtant tous les quarts d'heure en rase campagne, une vaste plaine pareille à une peau de bête mise à sécher sous le soleil avec ici ou là le plumeau d'un palmier solitaire et les taches jaunes des champs de moutarde, déjà haute. Aux Indes, les chemins de fer appartiennent à la famille des chenilles. J'avais abandonné toute patience, si la patience est encore une ruse de l'espoir, et ne calculais plus en heures mais en années-lumière. Notre déplacement ne relevait plus du système métrique et encore moins de la division en tranches horaires. Insensiblement, j'échappais à la tyrannie de la distance, m'habituais à la flexibilité du temps. L'important, c'était d'apprendre à réduire la flamme, à brûler à petit feu, à goûter des intensités lentes et durables afin d'apprivoiser l'immensité. Et quand le lendemain, après une autre correspondance à Jabalpur, je repris un bus tout bringuebalant et cliquetant, où les femmes tâtaient ma peau comme un échantillon de tissu, je

compris obscurément que quelque chose allait m'arriver
ici. Je faisais déjà partie du pays, j'en étais captif.

A Deori, gros bourg campagnard, aux ruelles pleines de
déjections, des policiers, bouclier à la main et gilet pare-
balles sur leur chemise, patrouillaient par groupes de trois
ou quatre. Provisoirement, je m'installai dans l'unique
hôtel du lieu, un bloc de béton bariolé en vert et jaune
dont le toit, hérissé d'armatures de fer, laissait prévoir la
construction d'un second étage, si la prospérité le permettait. Je me rendrais plus tard au camp, distant de quinze
kilomètres. Ma chambre était un petit cauchemar verdâtre
avec pour lit une planche de bois recouverte d'un drap que
la sueur et la crasse avaient presque empesé. Un minuscule réduit pour les douches et les toilettes était dévoré par
un orifice assez large pour accueillir le derrière d'un
éléphant. Il n'y avait d'eau chaude qu'entre 5 et 6 heures
du matin, et, le reste du temps, le robinet de la douche
gargouillait longtemps avant de cracher un violent jet
couleur de rouille qui se taisait complètement après cinq
minutes.

La ville semblait avoir été dévastée par le passage d'un
cyclone. Je m'informai auprès du propriétaire, un sikh à la
barbe maintenue dans une résille. Il me confirma à
contrecœur qu'hindous et musulmans s'étaient affrontés
deux jours auparavant. La police était venue pour empê-
cher de nouvelles émeutes à l'occasion de la fête de
Muharram, premier mois de l'année musulmane, qui
tombait cette année le jour même de Dasara, fête en
l'honneur de Durga, épouse de Shiva. Maintenant, les
troubles étaient terminés.

— *No problem, no problem.*

J'étais prêt à lui faire confiance. Mais, le soir, je me crus
dans une salle de concert, juste sous la fosse de l'orchestre ; dès le crépuscule, des chants de dévotion, des
beuglements de trompes, des sons de cloches et de gongs,
des mélopées interminables, semblables à des cris de chats
en rut montèrent du quartier hindou, plongeant le bourg
dans le vacarme jusqu'au milieu de la nuit.

A peine ce tintamarre terminé, une sono très puissante
diffusa depuis la ville musulmane l'appel du muezzin.

Aussitôt, les enfants pleurèrent, les chiens hurlèrent, vaches et buffles meuglèrent. Deux heures plus tard, une nouvelle prière nous réveillait à nouveau et, à partir de 6 heures du matin, des haut-parleurs transmirent sans interruption les sourates du Coran.

« *No problem, no problem*, répétait le lendemain mon propriétaire, ses yeux gonflés par l'insomnie.

J'étais son unique client. Il me conjura presque de rester et fit mine de refuser mon argent si je partais déjà.

2
L'archéologue et l'écureuil

Dominique avait changé, cela crevait les yeux. Il s'était profondément adapté à l'Inde, avec un reste de gratitude pour son initiateur, Victor. Dès le premier jour, il s'en était expliqué avec moi. Le passage fugitif de l'Américain dans son existence lui avait donné le sentiment qu'une certaine vie plus haute, plus forte lui était permise et lui deviendrait accessible à certaines conditions. Mais l'agronome s'était révélé un faux géant, indigne de l'admiration qu'on lui portait. Dominique lui pardonnait mal de n'avoir pas tenu ses promesses. S'il rendait hommage à l'auxiliaire de la première heure, il le voyait aujourd'hui tel qu'il était : un feu follet brillant et fragile que brisait la moindre adversité. Sans doute n'égalerait-il jamais son expérience, mais il ne luttait pas sur ce terrain et s'efforçait d'aimer ce pays seul, à sa manière. Un instant je fus tenté de tout lui avouer sur la nuit de janvier et les revirements successifs de son héros. Je me ravisai. Inutile d'entamer plus le peu de crédit que l'Américain gardait à ses yeux. Le jour viendrait peut-être où, toute passion apaisée, cette confidence s'imposerait.

Autre changement de taille. Dominique n'écrivait plus à sa mère. Sa soumission butée s'était transformée en révolte. Chaque fois qu'il retournait en France, pour l'été et le printemps, il tolérait un peu moins de retomber sous sa coupe. Il avait goûté à l'indépendance et ne désirait plus perdre son énergie à la reconquérir chaque fois. Il devait à tout prix se tenir à l'écart de cette atmosphère hystérique et tendue que sa mère tissait autour de lui. Elle l'avait rendu incapable d'affronter la réalité par excès de sollicitude. Il savait qu'à Paris il ne parviendrait jamais à lui échapper. Cette décision donnait à la succession des jours une terrible densité. Pendant des années, la vie n'avait été qu'une longue préface qu'ordonnait et dirigeait le regard de cette femme. Même de loin, elle essayait de le culpabiliser ; il avait eu beau lui écrire jusqu'à trois fois par semaine, jérémiades et griefs n'avaient pas cessé. Alors, à l'abri des 10 000 kilomètres qui les séparaient, il avait tranché le lien et n'allait plus chercher le courrier en poste restante qui s'accumulait à Deori. Le facteur lui apportait une fois par semaine des paquets d'enveloppes qu'il ne décachetait pas et laissait moisir dans un coin. Par dérision, il en ouvrait une quelquefois et me la lisait. Ces missives réveillaient chez Menviel une rancœur insatiable et le confortaient dans sa résolution. Il se servait de moi comme d'un instrument de vengeance et je le laissais faire, heureux de le voir abandonner la part la plus vulnérable de lui-même, donner congé à un tas de compromis douteux.

Et puisqu'aucune passion ne disparaît sans être aussitôt relayée, Dominique avait fait de l'Inde entière sa nouvelle famille, qui remplaçait l'ancienne. Pour lui, l'agrément de ce chantier en pleine nature était de pouvoir vivre quelques mois en osmose avec le monde rural, dans la simplicité des grands rythmes saisonniers. Cette année-là, en effet, Orsoni et Sen Gupta avaient décidé de ne plus loger l'équipe en ville en raison des émeutes communales entre hindous et musulmans. Comme prévu, la fête de Muharram avait dégénéré en batailles de rues. Il avait été convenu que les hindous célébreraient leur *Puja,* leur adoration, jusqu'à minuit, et les musulmans après. Mais à 2 heures du matin, de longues cohortes de shivaïtes défilaient devant la mosquée en prière, redoublant de tapage tandis qu'ils passaient le portail d'entrée. L'imam était sorti en leur intimant de faire silence. « Faites insonoriser la mosquée », avaient répondu les brahmanes. Alors les fils du Prophète s'étaient armés de coutelas et de gourdins. Et les adorateurs de la vache, criant que Durga avait été insultée, avaient brandi poignards et *lathi*. La police n'avait pu disperser les manifestants qu'à l'aube. Ce matin même, une dizaine de porcs avaient été lâchés dans le quartier musulman et trois têtes de veau empalées sur les grilles du temple de Shiva. Les autorités craignaient l'arrivée en ville des jeunesses du RSS, du parti intégriste hindou, qui voulaient casser du « mohammedan » à tout prix.

Un mois plus tôt à peine, un missionnaire australien était venu chercher refuge dans le camp, à demi mort de peur. Il espérait faire le plein d'âmes avec les déçus des deux communautés et avait adopté la tactique du « diviser pour régner », jouant l'agent double auprès des brahmanes et des ulémas. On avait tout de suite repéré ses aller et retour entre la mosquée et le temple et les frères ennemis s'étaient réconciliés pour le chasser. Sa Jeep avait été brûlée et il n'avait dû la vie sauve qu'à ses longues jambes.

D'autre part, les multiples incursions des *dacoit,* les bandits des grands chemins, depuis les monts Satpura, contraignaient à une surveillance constante du chantier. Le maintien du groupe à demeure aurait un effet dissuasif sur les éventuels pilleurs de tombes. D'ailleurs deux *chowkidar* armés nous avaient été alloués. Les membres de l'expédition logeaient dans des tentes prêtées par l'armée indienne. Je partageais avec Dominique un abri aussi vaste qu'un chapiteau.

Il faut dire que l'endroit était splendide. On se retrouvait là dans une sorte d'Inde lumineuse, fondamentale, avec des gens aux traits fins, aux visages d'une pureté ascétique et des corps racés d'un acajou lisse. La nature gorgée d'eau explosait dans tous les tons du vert : depuis les rizières inondées jusqu'aux feuilles de bananiers qu'on aurait dit laquées tant elles brillaient. Et les palmiers *toddy,* les *neem,* les *pipal,* les manguiers lançaient leurs gerbes d'oriflammes où les oiseaux avaient édifié de véritables cités. Il y avait quelque chose de glorieux, il y avait du triomphe dans cette lumière intense et chaude, dans cette végétation luxuriante. Les racines aériennes d'un banian retombaient en un réseau de veines noueuses et fibreuses, dessinant une voûte d'ombre superbe au-dessus de nos têtes. Plus loin, au milieu des taches rouges des champs de piment, des jardins de papayes, d'ananas, subsistait un échantillon de forêt vierge, énorme bouquet de persil fiché sur une colline. Sur des mares stagnantes, des hérons picoraient des lotus blancs épanouis. Des paons se dandinaient sous de vastes ombrelles de fleurs pourpres.

Chaque jour, au lever du soleil, un barbier venait nous raser alors que nous étions encore endormis. Je m'habituais difficilement à cette convention. Il nous barbouillait de mousse, et pour nous faire tourner la tête nous chatouillait ou nous caressait doucement la joue. Je redoutais toujours qu'il ne nous égorge, par mégarde. Ces soins matinaux m'étaient doublement un supplice. Dès le rasage terminé, le figaro commençait à nous masser, nous écrasait les paupières, nous pinçait la peau, pressait les yeux et finissait par des paires de claques bien administrées qui nous réveillaient tout à fait. Il fallait beaucoup d'indulgence pour se découvrir, un peu plus tard, une immense sensation de bien-être. Et il ne partait jamais sans une série de courbettes ponctuées de « salam » cérémonieux. Puis arrivait l'instant favori, le petit déjeuner, et le matin qui nous apportait le frisson pénétrant de l'automne, la plaine encore blanche dans la laiteuse clarté d'un premier soleil, les oiseaux qui ébouriffaient leurs plumes ou battaient des ailes, les légions de perroquets qui filaient en cohortes stridentes au plumage de pourpre et d'ivoire. Les pieds nus des coolies résonnaient sans écho, aussitôt absorbés par l'irréalité de l'aube. Les branches de tamaris aux feuilles poudrées de sable se courbaient sous le poids de corbeaux gras et insolents, gavés mais toujours alertes et qui polluaient nos tympans par leurs croassements, nous ordonnant de manger vite pour débarrasser la table. Si nous tardions à finir, ils s'impatientaient et lâchaient autour de nous des fientes rageuses qui nous obligeaient à leur laisser la place. Dominique ne protestait jamais, heureux de composer avec ces volatiles dont le sans-gêne avait quelque chose d'ahurissant. Puis les *dhobi,* les blanchisseurs, venaient chercher le linge, évitant soigneusement de croiser la route des *bhangi,* caste des vidangeurs et des balayeurs qui revenaient de nettoyer les cabinets d'aisance, installés de façon rudimentaire près d'un cours d'eau. Un peu plus tard, dans un concert de klaxons, approchait le camion-citerne qui ravitaillait le camp en eau et que le cuisinier, un bouddhiste du Népal, faisait aussitôt bouillir dans des chaudrons. Un téléphone de campagne grésillait de temps à autre avec un bruit de cricket, le ronron des moteurs des puits tubés vibrait dans les alentours. Les paysans, certains avec un simple mouchoir sur les fesses, venaient nous vendre tomates, aubergines, gombos, bananes, oranges, pommes de terre. La plupart mâchonnaient des branchettes de *nim* pour se laver les dents. Les manœuvres qui travaillaient au chantier étaient des Gonds, des aborigènes de petite taille, à la peau très sombre, les cheveux hirsutes, très résistants, rapides et agiles, qui pratiquaient un hindouisme encore teinté d'animisme. Leurs femmes, qui portaient des tatouages sur les jambes exécutés avec une épine et de la suie, tentaient toujours de nous vendre de fausses pièces de monnaie à l'effigie du roi Bhoja ou des statuettes anciennes de Krishna et Vishnou, artificiellement vieillies et fabriquées en série dans les ateliers du Rajasthan.

A l'instar de l'hindouisme, qui voit une âme réincarnée dans chaque fleur ou insecte, Dominique pratiquait une insinuante fraternité envers toutes les formes de vie. Non content de manger végétarien, il recueillait toutes les bêtes à poil et à plume qui rôdaient autour du camp et avait apprivoisé un écureuil de Corée, un rat palmiste qui venait manger sur sa table, s'installait sur son épaule et trempait parfois son museau dans sa tasse de thé. Ils passaient des journées entières ensemble, partageant tout, dans le silence confiant d'une parfaite harmonie. Les chiens parias, créatures extravagantes et faméliques brûlées d'ulcères, qui rôdaient la tête basse comme s'ils cherchaient à se rappeler les crimes commis dans une vie antérieure, accouraient chaque soir après dîner pour recevoir les restes que Menviel avait collectés pour eux. Il recueillait les miettes pour les oiseaux, nourrissait les rongeurs de fruits frais spécialement achetés à leur intention. Cette familiarité, cette promiscuité avec la nature, considérée comme un temple du divin, présentaient quelque chose de magique pour un Européen tel que moi habitué au divorce de la ville et des campagnes, au divorce entre l'homme et les bêtes.

Le soir, juste avant le coucher du soleil très bref — en Orient les ténèbres descendent comme un rideau —, la terre prenait des teintes suaves d'aquarelle et les couleurs vivaces du jour s'adoucissaient. Nous allions au bord d'un lac tranquille, large bloc de turquoise au pied du tombeau d'un saint musulman, prendre place sur les pierres encore chaudes comme un pain qu'on sort du four. Un embouteillage de charrettes, de *gharri,* de calèches, d'ânes, de chevrettes, de bovidés, se pressait sur les berges dans une débauche de sonnailles aériennes et de tintements de clochettes. Des files de femmes à la démarche sautillante, avec de lourdes charges dans leur panier à balancier, rentraient des champs. Quelques chameaux, arrivés sans bruit sur leurs sabots de velours, lappaient la crème jaune sans un regard pour les larges buffles, au pelage ruisselant de vase, qui pataugeaient jusqu'aux naseaux dans les flots boueux, recrachant l'eau en minuscules geysers de vapeur. Pendant leurs ablutions, ces statues de bronze, à la croupe noire et brillante, redevenaient des monstres puérils et rêveurs. Et leurs faces préhistoriques de rustres ravis y gagnaient presque une certaine majesté. Je sentais Menviel envieux de leurs ébats, prêt à barboter avec eux si un reste de pudeur et sa qualité d'étranger ne l'avaient retenu. L'enfant unique qui portait dans ses flancs le futur amoureux de l'Inde s'était arrimé solidement à ce sol. Je l'avais quitté humilié, désemparé ; je le retrouvais gai, enfantin, presque toujours inspiré par ses nouvelles passions.

De toute évidence, l'objet des fouilles le laissait froid. En heures de présence, il travaillait beaucoup mais il choisissait volontairement les activités les plus rudes, les plus dénuées de sens : excavation de la terre, traction des brouettes, étayage, consolidation qui ne demandaient ni réflexion ni compétence spéciales. Il sympathisait avec les manœuvres dont il partageait souvent la pitance, aimait brasser de ses mains la terre rouge et noire, se sentant comme une sage-femme qui va chercher la tête du bébé dans le ventre de la parturiente. La vérité, c'est que Menviel, peu captivé par l'archéologie, prenait rarement part aux débats savants de datation ou d'identification. Et, tandis que les autres brumisaient les pièces sous un fin nuage d'eau, numérotaient, dessinaient les plans, photographiaient, lisaient et citaient Pannikar, Sylvain Levi, Coomaraswamy, Madeleine Biardeau, Louis Dumont, lui s'occupait du gros œuvre, bêchage, décapage, déblayage, ou passait des après-midi entiers à gratter à la spatule, délicatement, cette glèbe ingrate pour dégager un vague caillou qu'il nettoyait à la brosse à dents avant de le remettre à ses déchiffreurs. Un soir, lors d'une polémique un peu cuistre sur les origines de l'image du Bouddha, les uns la situant dans l'art du Gandhara, les autres dans l'art Kushana de Mathura, Dominique, qui en avait pourtant fait sa thèse de doctorat, ne pipa mot, en dépit des encouragements d'Orsoni. Le reste de l'équipe finissait par le traiter en quantité négligeable et moi de même puisque j'étais son ami. Ils moquaient son engouement pour les bêtes et lui trouvaient toujours une odeur de ménagerie.

Maryse Robin se montrait la plus acerbe à son égard. Je l'avais entrevue deux heures neuf mois auparavant ; elle tenait de l'échassier par la minceur du cou et de l'étourneau par la petitesse du crâne. Tout en elle était menu, pointu ; quand elle vous embrassait, on eût dit qu'un moineau vous picorait une miette sur la joue. A voir son visage anguleux, ses mains diaphanes, son incroyable maigreur qui donnait à son buste la forme d'un portemanteau, on se demandait comment Dieu pouvait se montrer aussi ingrat envers le genre féminin. Mais en retour c'était une lame d'énergie, pétrie de nervosité, qui supplantait tous les garçons. Le fait d'avoir travaillé sur les sites de Tikal au Guatemala, de Taxila au Pakistan, d'avoir visité Angkor lui conférait une auréole, un pouvoir dont elle abusait sans vergogne. Son visage de porcelaine, de potiche chinoise ne s'animait que pour parler mode et cuisine d'une voix étranglée de distinction. Incollable sur les étoiles des restaurants, les collections des grands couturiers, elle dédaignait tout autre sujet ou n'y consentait qu'à regret. Elle recevait par la poste, avec plusieurs mois de retard, la presse féminine en français et en anglais ainsi que des revues de gastronomie dont elle cochait les bonnes adresses. Elle avait cette froideur des personnes adonnées à la frivolité, à la religion des apparences toujours changeantes. Elle ouvrait quelquefois une de ses valises et nous montrait sa garde-robe : manteau de tweed chiné bleu et gris, robe de soie à rayures, veste de cachemire bleu marine, chapeau aile-de-pigeon, robe noire chamarrée avec fourrures et dorures, bustier de dentelles. Elle ne les mettait pas mais les gardait près d'elle soigneusement enveloppés et protégés par du papier de riz, les respirait avec volupté, comme si elle humait la France condensée dans une malle. Elle portait le faubourg Saint-Germain sur la peau même à dix mille kilomètres du VIIe arrondissement. Elle jetait dans notre petite société une note de mondanité surannée et profitait admirablement de sa situation de femme unique pour nous tyranniser. Nul ne résistait à ses diktats, surtout pas Sen Gupta qui la vénérait, lui adressait des poèmes en bengali et pour qui elle devait représenter, je suppose, la quintessence de la Parisienne de bonne famille. Il avait commencé à apprendre le français, et je saurais plus tard, par une indiscrétion de Jacques Fouras qui la détestait sans oser l'affronter, que l'universitaire indien était devenu son amant depuis quelques semaines. En retour, elle lui vouait une foi sans bornes, considérant qu'il était l'Inde et qu'il avait raison sur tout. Toujours maquillée et coiffée, même après de rudes labeurs, pleine d'un dynamisme fureteur qui forçait le respect, Maryse Robin manifestait un mépris féroce envers Dominique chez qui tout la rebutait. Elle le coupait dès qu'il ouvrait la bouche et l'avait baptisé « le Putois » à cause de son goût pour les bêtes et de l'ail qu'il avalait en grande quantité, même entre les repas. Menviel ne trouvait guère plus de sympathie auprès des deux garçons, Paul Poulbois et Jacques Fouras, qui profitaient de leurs moindres loisirs pour se raconter des histoires salaces ou courir les paysannes locales dont ils cherchaient en vain à mouler les avantages dans le plâtre afin de les ramener en France comme des trophées de collection.

De tous, c'était Sundaraj qui m'intriguait le plus. Il était d'une taille au-dessus de la moyenne, les hanches étroites et une peau qui semblait aussi douce que celle d'une jeune fille. Il éclatait de santé et de vigueur et le rayonnement de sa vitalité se communiquait jusqu'à vous. Lorsqu'il travaillait au soleil, son corps luisait comme un poignard d'obsidienne et la sueur faisait briller ses cheveux qui se ramassaient en filaments noirs, lumineux. Sa façon si particulière de manger, de fumer, de s'étirer semblait codifiée par des siècles de prescriptions. Chacun de ses gestes révélait une tradition dont l'héritage le façonnait, le sculptait plus encore que la couleur de sa peau. Il m'était impossible, par exemple, d'imiter sa manière de dire oui avec la bouche en faisant non avec la tête, mouvement qui donnait à ses réponses une délicieuse ambiguïté.

Il condensait ce qu'il y a de plus noble, de plus naturellement artistique chez son peuple. J'admirais particulièrement sa façon de travailler, d'emmailloter, de soigner les reliques avec les scrupules d'un chirurgien qui sait que le moindre souffle peut réduire en poussière ces fleurs miraculeusement préservées.

Il présentait un autre trait original : il changeait de personnalité chaque fois qu'il parlait une nouvelle langue. En tamoul, son dialecte natal, il redevenait un villageois qui agglutinait les mots à grande vitesse, en remuant à peine les lèvres. Il s'exprimait en hindi avec réticence, mauvaise grâce, en régionaliste braqué contre la suprématie d'un idiome national loin de faire l'unanimité. Dès qu'il abordait l'anglais, il se glissait dans la peau d'un gentleman, usait de tournures désuètes, de mots précieux. Mais c'est en français que sa métamorphose devenait la plus spectaculaire : alors il s'encanaillait, prenait une voix aigrelette, flûtée, comme si la nature de ses amours lui commandait cette forme d'intonation. Je n'avais jamais connu chez personne ce don pour la métamorphose.

121

Chaque langue éveillait en lui une facette différente selon la vision du monde qu'elle lui offrait. Il passait de l'une à l'autre avec une faculté d'adaptation immédiate et l'on ne pouvait isoler son caractère réel de son caractère joué. Je n'arrivais pas à mesurer le préjudice ou l'enrichissement psychologiques de ces emprunts. Tout désignait Sundaraj comme un être multiple, écartelé, un animal caméléon et cosmopolite. Avec sa beauté d'éphèbe et sa féminité placide, il semblait même appartenir à un troisième sexe. Son élégance naturelle jurait avec le maniérisme affecté de Maryse Robin. Orsoni le couvait en père et en amant et le surveillait étroitement.

3
Lugubres divinités

Les fouilles elles-mêmes étaient loin de souder cette petite communauté si prompte à la division. Il s'agissait d'un projet archéologique commun entre le CNRS et l'Archeological Survey of India pour dégager un ensemble de temples bâtis dans des grottes situées en contrebas d'un ravin. Les ruines avaient été littéralement scellées à la suite d'un glissement de terrain. Les matières imputrescibles avaient servi de bouclier protecteur à une partie de l'édifice et permis d'éviter que les micro-organismes ne détruisent le bois et les matières friables des ciselures et des linteaux. Du dehors, cela ressemblait à une habitation de troglodyte avec de minuscules meurtrières d'où l'on pouvait surveiller les alentours. Retirée des campagnes, dissimulée par la dépression au fond de laquelle on descendait par un étroit sentier, la caverne demeurait invisible non seulement aux voyageurs de la grand-route mais aussi aux pâtres et aux bergers. Orsoni et Sen Gupta s'épuisaient en hypothèses contradictoires sur l'origine des constructions, en désaccord formel sur l'éventuel rôle qu'y auraient joué les thugs.

Quand j'arrivai à Deori, les trois quarts de la première grotte avaient été dégagés. On y accédait par un trou réduit qui permettait à peine le passage d'un homme ; on n'osait ouvrir une brèche plus large dans la roche, de peur d'entraîner des éboulements à l'intérieur ; un plan incliné creusé de marches débouchait dans une petite salle d'où partait un faisceau de couloirs qui se perdaient dans la nuit du caillou. Des dizaines de chauves-souris léthargiquement pendues au plafond par une griffe piaillaient dès qu'on braquait une lampe sur elles. De petites chapelles creusées dans les murs abritaient des sortes de démons grimaçants à qui la patine et le temps avaient donné l'allure d'embryons humains, d'avortons morts à l'air féroce. De là, on s'engageait dans un étroit corridor qui descendait lentement sous terre et conduisait à une seconde salle plus vaste. Des poteaux surgissaient de l'ombre comme des géants, formant une espèce de vestibule en ligne droite au bout duquel trônait la reine des lieux, la déesse Kali.

D'abord, on ne voyait qu'elle. Malgré les avatars dotés de vingt têtes et de vingt bras qui l'entouraient, certains déboîtés dans des postures grotesques, d'autres enlacés avec des griffons ou des animaux, elle dominait cette mêlée compacte du haut bloc de grès rouge où elle était taillée, lequel, légèrement penché en avant, produisait un effet de gouffre qui va se refermer sur vous. Kali, qui engendre et qui tue avec son collier de têtes humaines autour du cou, sa ceinture de serpents sur les hanches, Kali qui voit tout et darde trois yeux d'or sur les hommes, Kali aux bras multiples, l'un tenant une tête coupée, l'autre une épée, l'autre une coupe pleine de sang, Kali aux crocs acérés, aux cheveux crépus, qui danse et rit sur le cadavre de son époux Shiva, Kali enfin, aux pieds de laquelle reposent un tigre et un chacal, compagnons des charniers, distillait une laideur de cauchemar.

On croyait d'abord au méchant décor d'un film d'épouvante. Mais non ! L'effet était saisissant, surtout quand, au gré de la flamme des torches, des ombres dansaient derrière elle, créant une autre géante, exagérément grande, qui se contorsionnait et semblait prête à bondir sur les étourdis qui avaient osé l'approcher.

Animée d'une vie occulte, cette sculpture était repoussante à frémir et je n'aurais jamais pénétré seul dans cet inquiétant secteur d'ombre. Même guettée par le ridicule du sanguinaire, elle dégageait une indubitable force rappelant sans trêve la mort, la maladie, tout ce que la nature a de fatal dans son manque absolu de mansuétude. On sentait la divinité véritablement incarnée dans la pierre. Cette météorite dotée d'attributs terrifiants existait de façon tangible.

Émanation irritée de Durga, épouse de Shiva, Kali représente l'aspect destructeur de la *shakti*, l'énergie féminine par quoi l'Absolu se manifeste. On compte jusqu'à treize de ses manifestations, dont certaines sont bienveillantes. Mais cette théologie sanglante nous rebutait tous. A commencer par Sen Gupta, de rite vishnuite, qui tenait Kali pour une divinité aborigène, indigne de l'hindouisme, et ne voyait dans ce temple que l'affreuse solennité d'un rite avilissant.

— Traduit en religion populaire, disait-il, l'hindouisme donne souvent naissance à des cultes barbares qui dégénèrent en pitreries ridicules ou répugnantes. Au moment où notre pays gagne une stature sur la scène internationale, je regrette que nous déterrions ces vestiges d'une époque douteuse au risque de réveiller, à l'étranger, des mythologies infantiles ou déplaisantes.

Bien entendu, Maryse Robin se rangeait de son côté, l'hideuse effigie contrevenant à toutes ses idées sur l'art et la beauté, et elle militait discrètement parmi nous pour l'arrêt des travaux. Sundaraj soulignait l'épaisseur des formes et des traits de la déesse qui révélaient un art incapable d'invention, un art de pure répétition. Seul Orsoni, mollement soutenu par Fouras et Poulbois, défendait sa découverte, rappelant le culte fervent dont Kali était l'objet au Bengale, notamment de la part d'un mystique comme Ramakrisna. Il nous décrivait avec passion l'idole traitée et honorée comme un être humain du plus haut rang, sa vie organisée dans une routine quotidienne : lever, petit déjeuner, audience auprès des guerriers en partance, déjeuner, sieste, sacrifices, danses, dîner et excès de toutes sortes, le temple représentant le microcosme du monde.

Divisés sur la grande diablesse, nous nous accordions mieux sur la qualité des fresques qui ornaient murs et colonnes. Dès que le regard se détachait de la déesse, il découvrait tout un peuple de pierre qui prenait la pose, gesticulait, grimaçait, se cambrait dans l'ivresse des tueries et des procréations. Les parois bourgeonnantes s'animaient alors de centaines de personnages. On était suffoqué. La peur de manquer d'espace jointe à l'envie de tout montrer expliquaient cet entassement. Les artistes avaient enfermé le monde dans ces grottes, colonisant l'absolu à coups de ciseaux. Ces fresques, d'un art touffu, exubérant, formaient un univers oppressant plein d'un érotisme de frénésie et d'angoisse qui donnait libre cours aux fantasmes de dévoration. Elles racontaient, outre la mythologie de Shiva et Parvati, déguisés en ascètes noirs et nus, dansant sur les cadavres, les faits et gestes des thugs : ce n'étaient que voyageurs assaillis, riches marchands égorgés, dépouillés puis enterrés afin d'éviter que la police ne découvre les corps, cérémonies religieuses rendant grâce à Kali. Orsoni détaillait avec orgueil la moindre composition, me montrait les rituels propitiatoires, la désignation des victimes qu'on enjôlait pour mieux les fourvoyer, le partage des richesses, puis le retour à la maison au milieu des acclamations du village et de la famille. Selon lui, il s'agissait à l'évidence d'une pédagogie du meurtre destinée à favoriser les rites de passage des candidats. Partout, la profusion, le jaillissement de la vie servaient à alimenter la mort. Toutes ces scènes donnaient aussi une peinture extrêmement réaliste de l'Hindoustan au XVIIIe siècle ; les soldats anglais et français, aux physionomies proches des nôtres, représentés en culottes de cheval, perruques et favoris, les canons, les armes, les mousquets et jusqu'aux *adivasi*, primitifs à demi nus qui servaient les armées des rajahs et ressemblaient aux ouvriers du camp dont ils étaient probablement les ancêtres.

— Voyez-vous, disait Orsoni, l'archéologie s'apparente

à une investigation policière : reconstituer un tout à partir de quelques indices. Mais ici, il n'y a que des victimes car le coupable est connu d'avance : l'assassin est le Temps. D'où le soin prodigué aux objets les plus insignifiants, aux rebuts, avec la certitude que personne ne pourra confirmer ou infirmer le diagnostic.

Et, marchant au milieu des bustes décapités qui avaient roulé dans la poussière, éveillant de ses bottes des sonorités sépulcrales au cœur du labyrinthe, il fixait avec bravade l'énorme poupée confite dans la haine. Il y avait dans ce face-à-face un défi, presque un blasphème, comme s'il se jurait de lui arracher coûte que coûte son secret. Mais plus il la narguait, plus il paraissait petit, vulnérable. Et tout renforçait cette impression de fragilité, d'autant que l'on devinait derrière la déesse un réseau de boyaux et de crevasses encore obstrués où grimaçaient probablement les faces furieuses d'autres démons, d'autres créatures fardées, s'alignant en rangs tourmentés, dans un carnaval sans fin d'effroi et de nuit.

4
La fugue

L'idée me vint dès le troisième jour ; insinuante d'abord, impérieuse ensuite : pourquoi rentrer à Paris ? J'avais besoin d'un intervalle entre l'étude et l'âge adulte, j'avais besoin de merveilles, d'un peu de liberté et de surprise volées à une vie déjà trop quotidienne, pleine de vains stratagèmes et de chicaneries. La France, la petite France frileuse et chagrine, me faisait horreur. Cette fois l'Inde me recevait bien, la greffe prenait. Personne ne me connaissait, j'étais sans image ni passé, prêt à prendre un nouveau départ. Qu'avais-je à perdre ? Des raisons de vivre qui n'étaient plus que des raisons de me résigner, le grignotage dérisoire des échelons et des grades de la carrière, des ambitions mûries dans le périmètre des ministères et déjà mortes au contact d'une réalité plus vaste. Et chaque heure s'amoncelait derrière moi comme une barrière qui me fermait à l'Europe et à mes occupations ; jour après jour, l'Inde m'imprégnait davantage, me pliait malgré moi à des façons nouvelles de voir, de sentir, de comprendre. Je me détachais vite d'habitudes qui me tenaient à cœur il y a encore peu. Après l'ultime sursaut d'une conscience déjà conquise, j'annonçai mes intentions à Menviel. Il nourrissait les mêmes projets depuis longtemps et se félicita de ma décision.

Justement l'ambiance du camp, déjà tendue par la controverse sur les fouilles, se dégrada. Dominique ne faisait presque plus rien. Il détestait la Kali, tout juste bonne, selon lui, à jouer l'épouvantail dans un champ de moineaux et s'absentait du chantier sous le moindre prétexte pour des après-midi entiers. Il allait porter ses dévotions à une autre Inde, plus apaisante, plus familière, celle des génies qui peuplent la campagne, les uns secourables et paternels, les autres tatillons et farouches, génies du vent, de la pluie, de la terre fertile, de l'arbre, que les paysans abandonnent ou jettent en prison s'ils n'en n'ont pas obtenu les bienfaits demandés. Ceux-là, il les préférait mille fois à tout ce peuple de pierres monstrueuses et méchantes qui occupaient le temple.

Puis, une fin de journée, il disparut et ne revint que le lendemain à midi ; il avait passé la nuit dans un village voisin à participer à une fête des moissons pour la *rabi crop*, la récolte d'hiver du *paddy*, du riz non décortiqué. Orsoni ne lui tint aucune rigueur de son escapade mais le reste du groupe, déjà excédé par son manque d'allant, le prit carrément en grippe. Fouras l'accusa de saboter le travail et de manquer de compétence. Il exigea même de voir ses diplômes, s'il en avait vraiment. Cette brève étincelle déclencha une série d'incidents. A leur tour, Orsoni et Sen Gupta eurent une explication orageuse à la suite d'une interview pour *India Today* où l'archéologue indien avait mis en doute l'intérêt des recherches. Maryse Robin avait pris fait et cause pour son amant et demandait l'arbitrage d'une commission d'experts ou d'une sommité de l'art asiatique. Orsoni, déjà en relation avec un éditeur français pour la publication d'un album sur l'expédition, ne décolérait pas et on l'entendait le soir se quereller avec son amant Sundaraj, lui interdire de se promener toujours jambes et torse nus, à la façon d'un coolie, et d'aguicher ainsi les autres hommes.

Nous avions souvent la visite du *sarpanch,* le maire d'une localité voisine qui venait avec deux de ses assistants et trois chaises. Dans les villages alentour, les castes des notables qui vénéraient déjà les dieux des castes supérieures, en plus de leurs propres dieux, avaient élu la chaise comme signe de prestige et les importaient à grands frais depuis Delhi. C'étaient des sièges cannés, très raides, dépourvus de tout confort et qui brisaient le dos après quelques minutes, mais ils s'obligeaient à rester assis dessus pour marquer leur rang. Le *sarpanch* connaissait nos différends et ne savait encore pour quel camp opter ; Orsoni soulignait les profits que son village tirerait de l'extension des travaux et lui promettait de n'engager que des hommes de sa communauté à condition que lui-même soutienne le chantier auprès du député de la circonscription, l'ancien prince de Gwalior, Madavarao Scindia, qui faisait campagne sous la bannière du Congrès en se déplaçant en hélicoptère. Les élections générales approchaient, l'affaire prenait presque un tour politique.

Un soir, je déambulais avec Sen Gupta. Il m'expliquait une fois encore ses doutes sur la validité des objets découverts. Il ne retrouvait pas dans ces grottes la structure habituelle aux temples indiens qui s'étagent en autant de passages successifs jusqu'au saint des saints, dans une démarche initiatique qui va du plus matériel au plus spirituel. Il ne voyait dans les cavernes de Deori qu'un débarras, un refuge où bandits et malfaiteurs entassaient leur butin.

— Non, croyez-moi, nous sommes là en présence d'une supercherie et nous allons nous couvrir de ridicule aux yeux du monde scientifique. Si seulement je pouvais convaincre Orsoni qui a pris l'affaire tellement à cœur !

Nous étions assis sur une roche plate, bercés par les cris des crapauds et des roquets qui aboyaient méthodiquement en chœurs nocturnes et se prenaient pour des

128

chacals. Soudain, Sen Gupta adopta l'immobilité d'un insecte aux aguets.

« Écoutez, écoutez.

Il avait enlevé ses lunettes comme si leur présence devant ses yeux affaiblissait son ouïe. Une clameur, qui n'était pas d'origine animale, montait du ravin, depuis l'intérieur du chantier, en principe fermé la nuit. Nous réveillâmes les *chowkidar* et, sans allumer le groupe électrogène qui éclairait les salles, pénétrâmes à l'intérieur des ruines avec nos torches.

Au fond d'un étroit dédale, dans une petite pièce encore remplie de terre fraîche qui venait d'être excavée, trois Gonds égorgeaient des porcs en offrande à Kali, poussant l'artère carotide de l'animal pour en faire jaillir le sang sous pression à la manière d'un tuyau d'arrosage. Ils avaient grossièrement modelé une statuette de la déesse, et, dans cette cave si basse de plafond qu'on devait s'y tenir voûté, on eût dit des termites au fond de l'enfer. Une humidité de tombeau donnait l'illusion du froid. Pour ajouter au macabre, l'un des adorants s'était tailladé les joues et le cou et baignait l'idole de son sang. Cette terre enceinte de monstres avait agi comme mémoire des rites. Depuis quelques jours déjà, des fleurs fraîches étaient déposées le matin à la porte d'entrée des catacombes. Le cœur le plus caché de Kali, qui travaille dans l'obscurité, avait rameuté ses fidèles et ressuscité un culte toujours vivace chez les aborigènes.

Il n'y eut pourtant ni sanction ni renvoi. Sen Gupta demanda simplement aux manœuvres de construire à quelques mètres du camp une réplique en terre de la divinité et de ne plus faire leurs dévotions sur leur lieu de travail. Mais l'anecdote avait laissé un sentiment pénible. Le doute s'infiltrait dans les esprits et personne n'osait descendre seul dans la dépression. Il grandit encore lorsque la caméra vidéo du chantier, un engin d'une extrême précision, disparut en même temps que d'autres appareils électroniques. On s'accusa réciproquement de négligence et, pour éviter une dispute générale, Maryse Robin dirigea les soupçons sur Dominique qui ne tenta même pas de se disculper. Elle proposa son renvoi et me sonda pour savoir si j'appuierais sa requête auprès des chefs de mission.

Pour ajouter au désagrément, la pluie, pourtant rare en hiver, s'était mise de la partie. Orsoni, que Mme Menviel, frustrée par son fils, bombardait maintenant de télégrammes, ordonna à Dominique de répondre à sa mère. Il repartait le lendemain en France rechercher des crédits d'urgence auprès du CNRS et exigea de Menviel au moins une petite lettre qu'il posterait à Paris. Ce dernier lui remit une enveloppe cachetée et vide. La mauvaise humeur devint générale, chacun se cloîtrant dans sa tente. Les clans complotaient les uns contre les autres avec l'ardeur haineuse que développent les petites associations. Atmosphère sinistre qu'augmentaient l'affreuse aubade des corbeaux, glorifiant la mort et la pourriture, et le concert des oiseaux de proie perchés dans le banian, tout de noir vêtus, pareils à des chanoines en conclave. Ici, l'ordure avait son clergé et ses pompes pas moins solennelles que les autres.

Un dimanche après-midi, nous étions seuls au camp ; Sen Gupta et Maryse s'étaient rendus la veille en voiture au parc national de Khana, l'une des plus belles réserves de tigres de l'Inde ; Sundaraj, Fouras et Poulbois étaient partis au cinéma à Deori voir un film tamoul. La pluie glissait sur les feuilles des arbres avec un bruit d'étoffe. Nous grelottions de froid ; la toile mal imperméabilisée, tendue comme une peau de tambour, laissait filtrer les gouttes qui coulaient sur nos sacs de couchage. Dehors, la végétation était comme gommée par la buée qui montait de la terre. Les gardiens, les paysans et les chiens s'abritaient sous les arbres. Spectacle navrant que ces pauvres gens, petits et sombres, qui cachaient leur semi-nudité sous des sacs de jute déchirés.

— Écoute, me dit alors Dominique, je n'en peux plus. Partons. J'ai rencontré avant-hier à Deori, en accompagnant Orsoni jusqu'au bus, un couple de Suisses au volant d'une camionnette Volkswagen. Ils se disent courtiers en œuvres d'art et rôdent autour du chantier dans l'espoir de glaner quelque antiquité. Sur le coup, j'ai refusé. Maintenant je me dis qu'il y a peut-être de l'argent à gagner dans

130

leur proposition, et surtout un moyen d'échapper à ce travail.

Il m'exposa un plan très simple. Ces fouilles lui devenaient un supplice. Il ne supportait plus d'être le bouc émissaire des autres. Il allait demander un congé à Sen Gupta pour convenances personnelles. Quant au reste, il avait pris ses précautions.

« Regarde ! »

Il extirpa de son sac de couchage, soigneusement emballées dans des pull-overs, deux statues de danseuses d'un demi-mètre de haut en grès pur, aux seins gonflés, aux paupières lourdes, parées de pendentifs et de colliers, deux pièces d'une belle facture avec des visages canoniquement stylisés.

« Je les ai sciées hier soir et les ai dissimulées dans des brouettes pleines de la terre qu'on va déverser au-dehors. Personne ne remarquera leur disparition, il y a déjà tant de figurines et de sculptures entassées ! Au pire, Orsoni ne me dénoncerait jamais à la police : le déshonneur rejaillirait sur lui. Nous partirons donc ensemble après-demain ; pour ne pas éveiller la méfiance, tu porteras les statues enveloppées dans tes propres bagages. Nous rejoindrons les Suisses non pas à Deori mais à une cinquantaine de kilomètres d'ici, dans une autre ville. »

Il me fallut vingt-quatre heures avant de réaliser que cette combine n'était rien moins qu'un vol en bonne et due forme. En Inde, où le dérèglement est la règle, chacun perd le sens de la mesure. Ce larcin, passible en France des rigueurs de la justice, devenait une chiperie. L'éloignement ôtait à l'acte tout caractère de gravité ; voler, c'était exercer le privilège de l'étranger, irresponsable et soustrait aux lois.

Alors les plus couards gagnaient l'audace des grands fauves et même un vieux bébé enjuponné pouvait se transformer en détrousseur de sépultures. L'Orient indien avait révélé à eux-mêmes beaucoup de visiteurs, et puérilement j'espérais une place dans ce palmarès, faire partie de ce petit nombre d'élus à qui le sous-continent prodigue en abondance l'aventure et le merveilleux.

Je fis donc mes adieux à l'équipe, prétextant mon retour

131

en France ; Menviel promit de revenir dès que les passions se seraient apaisées mais personne, hormis Sen Gupta, ne vint le saluer. Dans la ville voisine de Salipati, nous retrouvâmes le couple suisse, une paire de Zurichois boutonneux et blonds à l'accent tudesque qui nous entreprirent sans interruption sur le végétarisme et les bienfaits du légume.

La marchandise devait être livrée à Bombay, à un antiquaire spécialisé dans ce genre de transactions. Nous roulâmes jour et nuit, traversant des villages qui végétaient à la limite de l'inexistence, des landes brûlées, des terres grisâtres que parcouraient des charretiers mérovingiens, d'immenses forêts de teck où busards et milans, les serres enfoncées dans les branches, dardaient leurs becs acérés et s'abattaient du haut des arbres avec une parabole parfaite. Nous croisions ici et là des détachements de police armés jusqu'aux dents qui partaient sur le front du grand banditisme d'autant que la reine des *dacoit,* Phoolan Devi, avait été signalée dans la région. A Bhopal, capitale du Madhya Pradesh, nous prîmes en stop un Alsacien rose, roux et rond qui se vanta de vivre en Inde depuis deux ans avec moins de trois roupies par jour. Fier de son exploit, il énumérait les trucs pour manger gratuitement, dans les temples spécialement, les *gurudwara* sikhs, qui tenaient cuisine ouverte pour les étrangers, dormir à l'œil dans les gares, voyager pour rien avec les routiers et resquiller dans les trains. Il méprisait tout voyageur qui vivait sur un pied plus élevé que le sien et son souci d'économie tournait à l'obsession. Quand nous l'avertîmes qu'il devait payer sa part de l'essence, il redescendit et nous insulta dans son patois germanique qui fit taire un instant les corbeaux des environs.

5

Bonheurs de Bombay

Au début des années 80, Bombay constituait l'une des villes les plus folles de l'Asie ; huit millions d'habitants, neuf millions de rats, les loyers les plus élevés de Beyrouth à Hong Kong, d'énormes fortunes dont celles des princes arabes chassés du Liban par la guerre, une concentration de toutes les races qui s'égrènent de Suez à Tokyo, une langue unique, mélange de gaujrati, de marathi, d'anglais et d'hindi, un contraste de richesses indécent et surtout les plus grands bidonvilles du monde occupés par près de la moitié de la population. Dans cet archipel en forme de tenaille — Bombay ressemble à une pince de crabe ouverte —, l'Inde avait réussi une synthèse unique entre son génie propre et les contraintes d'une grande métropole financière et commerciale. La ville avait ceci de fascinant que, contrairement à Delhi, classes et conditions y étaient mélangées, la pègre côtoyant la haute industrie, l'extrême religiosité la plus basse prostitution, dans une sorte d'espace voyou où l'on n'était plus sûr de rien. Les frontières entre le vice et la piété, le matérialisme et la spiritualité flottaient.

Dans ce creuset de races énigmatiques, les vautours, rassasiés, ne mangeaient plus les cadavres trop gras des *parsi* abandonnés sur les Tours du Silence ; les catholiques allaient brûler à la Vierge des cierges en forme d'organes correspondant aux parties malades du corps et un autel spécial dans l'église de Mount Mary était illuminé de dizaines de pénis en cire offerts par les impuissants. Les chauffeurs de taxi, une fois l'an, décoraient et fleurissaient leurs véhicules pour les remercier de les avoir servis ; et, si la rumeur voulait qu'on n'édifiât jamais un immeuble sans sacrifier un ou deux enfants, il existait aussi, fait unique dans le pays, une importante communauté homosexuelle qui se rassemblait le soir sur la plage de Chowpatty. Même l'orgueilleux Taj Mahal, fleuron de l'hôtellerie indienne, pâtisserie de luxe au bord de la mer d'Arabie, avait des dealers d'héroïne et d'opium à ses portes et des demi-mondaines dans ses salons. C'était là l'origine de la vitalité de Bombay : la réunion des déracinés qui la peuplaient en avait fait un lieu de recherche insatiable, la ville du nouveau à tout prix ; malgré les castes et les classes, les nombreuses collectivités étrangères, les religions diverses, un même fluide circulait du haut en bas de l'échelle, qui poussait tous les individus à être plus actifs, plus entreprenants, à développer des antennes, atrophiées ailleurs. L'instinct de survie excitait l'intelligence et l'ingéniosité de chacun ; les petits mendiants vous abordaient avec un riche bagage linguistique : « *Guten Tag, buongiorno, how do you do, what is your name, stronzo, va fare l'enculo, fuck you,* bonjour, ça va, ras-le-bol, casse-toi » ; près de Victoria Terminus, la grande gare en forme de palais, ils imitaient à s'y méprendre, en faisant trembler leur menton, le bruit du *shenai,* de la clarinette et du sitar ; dans les grandes avenues, on voyait les culs-de-jatte posés sur leur caisse à roulettes accrocher leur canne à l'arrière des autobus et se laisser tirer en riant ; et même les gnomes noirauds qui tiennent un bébé nu par une main et se grattent de l'autre, les fillettes enroulées d'une serpillière qui vous maculent de leurs mains grasses, les petits comédiens qui simulent une crise d'épilepsie, se vautrent dans la poussière et s'enfuient en riant, possédaient un air, absent ailleurs, de vivacité. Les voleurs avaient la spécialité de pénétrer entièrement nus dans les appartements, le corps couvert d'huile, glissant entre les mains de ceux qui tentaient de les attraper. Les *soap-burglers* comme on les appelait, les « cambrioleurs-savons », terrorisaient les possédants qui s'endormaient chaque soir en se poudrant les mains de talc pour assurer une meilleure adhérence. Dans cette ville de *banya,* de marchands cossus et filous, les ravaudeurs de matelas appelaient leurs clients en jouant de la harpe et les restaurants iraniens qui servaient des pilafs huileux affichaient : « Prière d'aller vomir dehors. »

Mais, en Inde, la prospérité est toujours une malédiction et la Mecque de l'entreprise privée se voyait chaque jour envahie de milliers de misérables. Victime de son opulence, Bombay sombrait lentement dans le marécage de ses foules. Un demi-million de paysans vivaient dans les rues à même les trottoirs soumis à une spéculation farouche. Les bidonvilles eux-mêmes se divisaient en quatre zones : une première avec télévisions et vidéos, habitée par les classes moyennes, une seconde avec Frigidaire et radios, une troisième sans électricité mais avec un toit, la dernière enfin sans eau ni lumière, composée de huttes de boue et de haillons bâties sur des marais pestilentiels. Les plus mal lotis devaient payer une redevance aux quatre propriétaires correspondant aux quatre murs de l'habitation et réglaient une taxe aux *dada*, mafiosi locaux qui, non contents de rançonner les habitants, servaient aussi d'hommes de main aux partis politiques.

Bref, la ville entière atteignait un niveau de saturation complète. Sur Marine Drive, le « Collier de la reine », la Croisette au bord de l'océan, taxis et autobus dégageaient une telle fumée que de loin on croyait les voir prendre feu. Une moisissure noirâtre et verdâtre, telle une langue qui souille tout, montait à l'assaut des édifices indo-sarrasins et rongeait les crépis et la brique. La pierre, l'océan et les arbres avaient interverti leurs qualités ; la mer, polluée, semblait rouillée sur toute sa surface, les arbres prenaient la teinte grise du ciment, quant aux immeubles, leur béton succombait à des éruptions cutanées. Et l'on sentait, tapie sous les roues des Mercedes et des limousines, sous les gratte-ciel de verre et d'acier, sous les porches des palais, la présence furtive de la vieille Inde prête à bondir sur le xxᵉ siècle pour recouvrer ses droits séculaires et lui faire rendre gorge. Tout cela n'empêchait pas les clubs de fleurir, plus exclusifs qu'autrefois, la bourgeoisie d'inscrire ses enfants dans les écoles catholiques, et une petite élite émancipée de flirter délicieusement avec l'union libre et les amours de groupe. Conjonction de sordide et de sublime, Bombay restait une fête et la vie, menacée de naufrage, y gagnait une intensité rare dans le sous-continent.

Les deux statues du temple de Kali furent vendues à un antiquaire célèbre qui avait pignon sur rue juste derrière le Taj Mahal. Nous en reçûmes 5 000 dollars, déduction faite des frais de route et de la part allouée à nos chauffeurs suisses. Comparé à ce qu'on les revendrait en Europe, cinq ou six fois le prix, c'était peu ; pour l'Inde, cela représentait de quoi subsister un an ou deux sans soucis, Par acquit de conscience, j'envoyai à mes supérieurs à Paris un certificat médical assurant qu'une jaunisse grave — le médecin, se piquant de parler français, avait écrit « une hépatite virile » — m'interdisait tout déplacement pour plusieurs mois, formalité qui me garantissait du côté des Affaires étrangères. Nous prîmes un hôtel sur Apollo Bunder, près de la Gate of India, le Shelley's, maison victorienne de style gothique anglo-musulman à trois étages avec terrasse sur la mer et peuplée de Yéménites, de Syriens, d'Indiens d'Afrique du Sud et d'Ouganda.

Je me retrouvais dans une situation étrange : Dominique était maintenant mon initiateur comme Victor l'avait été pour nous deux ans plus tôt. J'aimais Menviel parce qu'il était transparent ; et, à travers cette vitre, je voyais l'Inde comme je n'aurais jamais pu la voir seul. Je l'ai déjà dit, il s'était « indigénisé » à un point qui devenait presque inquiétant. Du pays, il n'avait retenu d'abord que l'immense tolérance organique. Il n'éprouvait aucune honte à se soulager en plein air, partout où cela lui prenait, dans les ruisseaux, les caniveaux, les bosquets, fût-ce au vu et au su de tous, aimant à se torcher à l'orientale, sans papier, avec les doigts de la main gauche trempés dans un peu d'eau. Il buvait à l'indienne sans laisser le verre toucher ses lèvres, l'eau tombant droit dans la bouche, se grattait le nez à tout instant sans vergogne, devant tous, se tripotait les testicules, les remontait, les roulait dans ses paumes comme s'il craignait qu'ils ne tombent sur le sol. Pire, il avait appris à expectorer à la manière des autochtones en se raclant le fond de la gorge, en coagulant la morve au bout de la langue de sorte que le jet reste bien groupé et y forme une belle bulle en atteignant le sol. Souvent aussi il ravalait ses glaires, douces, disait-il, comme du lait condensé, ou encore se mouchait sans mouchoir en se pinçant la racine du nez entre le pouce et l'index, expulsant la matière d'un souffle bref, avec un son explosif. Mais il lui manquait le coup de main et trop souvent encore cela retombait sur ses pieds ou son pantalon. Bref, il était devenu indien dans le sens le plus superficiel du terme. J'étais un peu surpris par ces nouvelles habitudes, les attribuant tantôt à l'indécence délibérée du vieux garçon, tantôt au contexte oriental qui autorise un tel laisser-aller.

— Si tu étais un Shiva aux sept bras, ce serait plus commode pour toi de te gratter le nez, le nombril et le reste d'un seul mouvement puis de porter ces index empuantis à ton nez, de les respirer longuement, suavement.

Heureusement, il n'était pas qu'un adolescent tardif et négligé : il appréciait aussi les joies de la gastronomie et me conduisait en explorateur dans la variété des cuisines locales. Il me révélait, notamment, les multiples plats issus du lait, les dérivés du yaourt, les variétés du caillé, salé ou sucré, les friandises à base de noix de coco, d'eau de rose, de muscade. Ensemble nous savourions la gamme du crémeux, de l'aigre-doux, du lacté, du fade, du mielleux, du mousseux, et sur ce plan nous nous accordions comme larrons en foire.

Nous allions dans les marchés déguster avec les yeux ce que nous mangerions ensuite : d'énormes choux gonflaient leurs joues, une seule de leurs feuilles aurait pu servir d'assiette, de nappe et même de couverture, les carottes tendaient un index pointu, des montagnes de piments rouges séchaient, amas de poignards écarlates et brûlants, les crêpes de *nan*, en forme de raquettes, brillaient d'huile et de beurre, les poudres de curry moutonnaient en dunes de sable brun, jaune ou orange et les grenades dégorgeaient leurs pépins comme du caviar.

Parfois je salivais et rêvais d'une merveilleuse selle d'agneau grillée. Je me consolais avec un mouton mijoté au beurre et aux bananes, du riz au safran semé de cardamomes, du poisson au yaourt parfumé au gingembre et au curcuma, des pâtes feuilletées au curry, à la girofle, à l'ail et aux oignons que nous dégustions dans ces restaurants clos et noirs comme des tombes où le repas est d'abord un rite social. Des bibendums en culotte courte, des femmes, dont le dos, dénudé grâce au sari, était une seule paire de fesses qui part de la nuque et s'arrête aux genoux, attaquaient de leurs doigts grassouillets des piles de plats fumants qui s'entassaient sur la table comme autant de signes extérieurs de richesse. Naturellement, Dominique mangeait avec les doigts, à la délectation des serveurs qui s'étonnaient de sa dextérité. Au bétel seul, je restai réfractaire, n'ayant jamais pu m'accoutumer à l'amertume de la noix d'arec, servie avec un mélange d'épices et de chaux que Dominique mâchait pour le simple plaisir de la recracher en larges taches rouges sur le trottoir.

6
Patriarches somptueux

Par-dessus tout, nous devenions goûteurs de foules et partions par les longs après-midi vérifier la loi indienne de la compression illimitée des individus. Nous trottions à travers les venelles et les rues enchevêtrées comme les entrelacs des vaisseaux sanguins, pris en charge par la multitude maternelle qui se bousculait en flots intarissables. Sentiment insolite : on était entre hommes, dans un harem de mâles où la femme était rare, sinon invisible. Nous fraternisions avec un million d'inconnus en une rassurante promiscuité masculine. Nous nous frottions à la foule comme un chien se frotte à la jambe de son maître et dilate ses narines pour mieux en respirer l'odeur. Torse contre torse, haleine contre haleine, nous pataugions dans l'immense ébriété des masses. Du beige crème au café au lait, du noir clair à l'ébène métallique, presque bleu, l'éventail des pigmentations défilait devant nous. Des spectres élégants coiffés de turbans multicolores, des princes à demi nus, habillés de peau sombre, des vieillards dignes en pyjama ou en pagne, des traîtres de comédie à la moustache effilée, des bellâtres bouffis, souvent laids mais de cette laideur qui n'est jamais sans caractère, nous doublaient, nous croisaient dans une grande orgie pudique de frôlements et de caresses. Tout avait la beauté d'un monde en péplum. La meute avait vaincu l'automobile, réduite à rouler au pas : le piéton restait roi, ses jambes étaient les colonnes de l'Empire.

Nous oubliions l'angoisse du noyé, l'envie brutale de nous tailler un chemin dans cette pâte à coups de hache. Nous oscillions constamment entre le ravissement et la terreur, la joie d'épouser une vie foisonnante et la sensation de fuir avec d'autres un cataclysme. Ce fleuve nous enseignait l'ivresse des mouches et des fourmis, le pilonnage des sens, le mitraillage des couleurs et des sons. Quelquefois les hordes se coagulaient en longs rubans gluants, pareils à ces pâtisseries orientales faites de milliers de grains agglomérés. Ou bien, quelque part, une digue se rompait, une déferlante nous entraînait. Les crues et les étiages perdaient leur régularité, les remous nous engloutissaient, nous disloquaient.

Rudement ballottés, il fallait batailler pour garder le pas. Chacun suivait ses caprices, et pourtant la somme de ces coups de tête avait une cohérence logique : la densité n'empêchait ni la bienveillance ni une politesse un peu guindée. Lentement, nous acquérions l'instinct du nombre qui n'est pas, comme chez nous, le conformisme du troupeau mais le don de vivre ensemble à plusieurs dizaines de millions. Au sortir de ce capharnaüm, nous nous sentions vidés comme après une étreinte amoureuse, certains d'avoir frôlé cette inexprimable illumination que chacun cherche ici plus ou moins confusément.

Le soir, dans la quiétude du soleil couchant qui allégeait l'atmosphère, il faisait bon être assis dans le jardin d'un temple. Le parfum des roses et des œillets, mêlé aux odeurs de la terre surchauffée, embaumait. Les dômes étincelaient en cristaux de sel ou en blocs d'argent et les corps luisants et poisseux des dieux exhalaient une vague

senteur de beurre rance et de sucre caramélisé. Les *pandit,*
drapés dans les plis d'une mousseline blanche, conversaient calmement en hindi ou en sanskrit et nous les
écoutions, sans les comprendre, évoquer des sujets aussi
impalpables que la non-dualité ou l'état de délivré-vivant.
Ces vieillards avaient recueilli le meilleur de la vie et les
soies argentées de leur longue chevelure encadraient des
visages d'une somptueuse beauté. Le temps, leur épar-
gnant le délabrement du grand âge, les avait mûris en
noblesse, et à les voir nous nous sentions transis de
sérénité, envahis d'un respect qui écartait toute mélanco-
lie. La ravissante coutume de planter partout des tiges
d'encens, les ribambelles d'enfants qui se poursuivaient en
riant ajoutaient encore à l'exaltation. Nous comprenions à
peine ce qu'ils disaient mais, pour quelque mystérieuse
raison, leurs voix nous confortaient. Bercés par un flot de
mots montant et descendant qui donnait aux échanges
l'allure d'une incantation, nous nous grisions, heureux
d'absorber sans répondre, tétanisés dans une sorte de
béatitude. Ces patriarches parlaient d'un ton doux, égal,
comme si chaque parole prononcée était une pierre
précieuse qu'ils délivraient avec parcimonie. Certains
aéraient leurs phrases pour mieux les distinguer, d'autres
articulaient à peine, craignant de déranger le dessin de
leur bouche. Ou bien ils psalmodiaient les Veda, sans
inflexion, avec un chantonnement monotone, toujours
égal, pareil à l'eau, au devenir multiple à la surface de
l'Être. Et ils gardaient les yeux mi-clos comme ces
bouddhas de pierre qui regardent en dedans d'eux-mêmes.
  Chacun d'eux était une flamme qu'on avait envie de
prendre avec soi, certain qu'elle garderait à la vie son
quotient d'élévation et de sagesse. Ils détenaient le
privilège de faire de leurs gestes une œuvre d'art et leur
austérité faisait honte à notre vulgaire bagage de soucis.
Acquittés de leurs devoirs de caste, délivrés des vanités de
l'existence, ils quittaient doucement le monde des
hommes, des ancêtres et des dieux. Les regarder suffisait à
nous grandir, à nous purifier, à nous imprégner de valeurs
immuables. Ils nous apportaient le message de l'Inde

éternelle, le détachement des tracas, des amours, des liens qui enchaînent l'homme à sa souffrance.

Et cela se passait dans ces temples analogues à des pièces montées où l'on converse d'égal à égal avec des divinités qui se désarticulent dans des moulinets de bras et de jambes ; où les brahmanes marmonnent, sans révérence excessive, des prières qui ressemblent à des additions, en agitant une cloche ; où des zébus, fleuris et maquillés, lèchent les idoles graissées de beurre en arrachant leurs colliers de roses et d'hibiscus. Ces oasis de paix, loin des avenues bruyantes, garantissaient des pensées qui élèvent, des pensées qui tranquillisent. Bien sûr nous ne méditions sur rien, ne pensions pas, mais le cadre était là qui nous suffisait. Et, par ces fragments de spiritualité effleurée plutôt qu'adoptée, l'Inde s'insinuait en nous comme une tentation. Après ces extases, nous nous sentions affamés et nous régalions d'une louche de pois chiches très pimentés, posés sur une feuille de banane.

Notre seule concession à l'Europe était le rituel du thé, coutume à double titre exotique puisque anglaise et pratiquée sur le sol asiatique. J'aimais en Inde tout ce qui rappelait le Raj britannique, le croisement d'un vieux pays féodal et d'une monarchie constitutionnelle, unis dans l'attrait réciproque de l'étiquette, du protocole et de la ségrégation des impurs.

Durant l'époque coloniale, les brahmanes avaient trouvé une caste plus élevée et méprisante que la leur : les Anglais. D'où leur empressement, une fois l'occupant parti, à reprendre le whisky, le cricket, le tennis et surtout les clubs, ces temples du despotisme blanc, devenus, après l'indépendance, les nouveaux bastions des bien-nés qui en interdisaient l'accès à leurs compatriotes, avec une énergie décuplée par un siècle de mise à l'écart. Aux mille complications du système des castes, les Indiens avaient rajouté les manies et marottes de leurs anciens maîtres devenues partie intégrante de leur patrimoine. A coup sûr, comme le voulait une boutade, s'il restait encore des gentlemen authentiques dans le monde, c'était en Inde : au point que la rencontre d'un flegmatique sahib brun à l'accent d'Oxford avec quelque punk ou cockney londonien prenait presque l'allure ironique d'un conflit de générations.

Nous allions donc boire le thé le plus souvent à l'hôtel Taj, tourné vers la mer d'Arabie, avec ses perrons arrondis et ses balcons de pierre, montant une garde coloniale très victorienne tandis que des serveurs enturbannés glissaient sur des hectares de moquette, noyés dans l'air polaire d'une climatisation déréglée. Les loufiats en uniforme Empire qui nous ouvraient la porte s'inclinaient avec des marques de respect exagérées et ce luxe nous amusait pourvu qu'il fût provisoire. Nous devenions les êtres d'une double allégeance. Nous échafaudions des compromis gourmands et allions une heure par jour pousser une pointe vers le pays natal sous forme d'un breuvage aromatique et de gâteaux spongieux noyés dans l'alcool et le sucre, dégoulinants d'une crème qui semblait la transpiration même de la pâte et dont les rondeurs, les boursouflures de centrales atomiques ou de blockhaus vous pesaient sur l'estomac rien qu'à les regarder.

Prendre un café en Inde me semblait inconcevable ; cette dynamite convenait à des sociétés du temps rare pour qui chaque minute compte : seuls des hommes pressés avalaient ces tasses d'explosif dont l'amertume opaque énerve et dessèche. Le thé, au contraire, boisson de peuples cérémonieux, s'apparentait à la mousson, aux pluies moites. Apaisant et excitant à la fois, il appelait la palabre, la détente, surtout quand on l'arrosait d'une délicate aspersion de lait. Dans sa transparence brûlante infusaient lentement les idées, les traditions, alors que le marc noir du café envoyait à l'esprit des secousses aussi fortes qu'éphémères.

A Paris, boire un thé au lait, c'était boire l'indolence des tropiques ; le même thé à Bombay superposait les deux hémisphères, déroutait la mémoire. Cette retraite dans le confort avait le charme d'un dépaysement. Le plaisir était plus grand encore de retrouver, au sortir des salons, la touffeur et le désordre des rues.

7

Les Indes désirables

Au bout d'un mois dans cette ville, j'avais cessé de m'intéresser à l'Europe. De loin en loin, je restais en relation épistolaire avec mes proches sans donner la raison de mon séjour prolongé, ne la connaissant pas moi-même. Il m'arrivait d'entrouvrir un journal français abandonné par un touriste ; je le laissais tomber après deux minutes, insensible à des nouvelles qui ne me touchaient pas.

Je m'étais mis entre parenthèses de mon pays et ne pensais même plus à Paris. Retrouver le numéro de téléphone de mon domicile et jusqu'au numéro de ma rue me prenait de longues minutes. Je ne cherchais pas plus à comprendre cette terre d'Asie qui chez d'autres provoquait une exaltation malsaine ou un dégoût prononcé. L'Inde offrant une multitude de visages, à l'instar de ses propres divinités, chacun peut en quelque sorte choisir celui qu'il préfère. Comme Dominique, j'adoptai deux ou trois coutumes qui me convenaient et abandonnai le reste.

Je devinais d'instinct que la péninsule indienne est une soupe chaude qu'il faut avaler à petites gorgées. Et je savais que pour la conquérir il fallait d'abord se laisser conquérir par elle, se laisser englober en douceur, aspirer par une succion presque maternelle qui faisait de vous, rapidement, un enfant de cette terre.

Nous avions surtout opté pour le miraculeux désœuvrement, fascinés par la vie stagnante qu'on menait là. Je sentais les émanations de ce pays m'envahir subtilement, m'insuffler non de la force mais de la faiblesse. Une invincible nonchalance nous poussait à ne résister à rien, à nous installer dans une sieste permanente. Pris d'une fringale de paresse, nous faisions le vide en nous afin de nous rendre poreux à l'environnement. Sous la direction de Dominique, expert en ce domaine, j'avais appris à ne me soucier de rien ni de personne, à voir mon intérêt se dissoudre dans l'instant.

Et la vie prenait ses racines, son cours et sa routine parmi les décors et les personnages d'un songe. Notre hôtel lui-même était une ruche d'inactivité. Le portier se querellait avec le réceptionniste qui complotait avec le cuisinier contre la patronne, une sang-mêlé de la Réunion qui parlait au moins cinq langues et passait son temps dans l'entrée à fumer des *cheerots*, de gros cigares birmans qui empestaient. Les garçons d'étage riaient fort, se soûlaient à l'alcool de palme avec le *chowkidar* et se pliaient en deux pour nous saluer d'une révérence insolente.

Les plantes vertes se fanaient par lassitude, les ventilateurs, où des perruches avaient fait leur nid, tombaient en panne aux heures les plus chaudes de la journée, l'ascenseur ne marchait plus depuis des mois mais le liftier ne quittait jamais sa casquette et les murs se lézardaient. Tout un bataillon de déités capricieuses bivouaquait dans les robinetteries et les compteurs et en régentait le fonctionnement : l'eau coulait quand on la fermait, l'électricité s'allumait et s'éteignait à tout bout de champ et le reste à l'avenant. C'était l'intrusion de la magie dans l'univers de la technique moderne.

La plupart des clients passaient des heures à méditer, à digérer dans des fauteuils pelés dont des générations d'oisifs avaient arraché le cuir, la bourre et même le crin. A chaque étage, une centaine d'Orients se coudoyaient dans une même apathie bienveillante. Parfois une porte s'entrouvrait sur une rangée de matrones teintes au henné qui se gavaient de loukoums en écoutant Warda, Oum Khalsoum ou Farid el Atrache.

Personne ne levait jamais un doigt. Les chambres étaient balayées une fois par semaine et la poussière jetée sur les balcons du dessous qui recevaient ainsi double ou triple travail. L'obtention d'une serviette pour la douche demandait au moins une matinée. Le verre d'eau réclamé le lundi arrivait le mercredi au plus tôt et, commandé le matin, le petit déjeuner parvenait à l'heure du dîner à son destinataire entre-temps rendormi.

Dès que nous sortions se formait immédiatement un

attroupement de solliciteurs. Matin et soir, ils disaient pour nous une messe au rite invariable où officiaient dans l'ordre :

— les changeurs d'argent au noir ;

— les rabatteurs de bijoutiers, de marchands de sari ;

— les déboucheurs d'oreilles, les masseurs, les racleurs de langue surchargée, les épileurs de sourcils ;

— les aveugles de père en fils qui crèvent les yeux à leurs bambins et les envoient à la porte des grands hôtels, un torchon sur les paupières ;

— les commis du stupre payant, les entremetteurs, vendeurs de photos érotiques ;

— les maigrichons, ouvreurs de portes de taxi ;

— les faux guides qui montrent le ciel en disant : *this is sky* et la mer : *this is sea* et vous font douter de vos capacités intellectuelles ;

— sans oublier la sous-caste des tire-bourses, des tapeurs de toutes sortes, les inutiles de mèche avec d'autres inutiles, les chenapans désœuvrés et bien sûr le monstre de service au mufle vérolé, un peu tortue, un peu crapaud, dont le cou se dévisse comme un périscope, plus une demi-douzaine d'enfants de chœur qui apprenaient le métier et nous appelaient par notre prénom.

L'escorte ininterrompue de ces écornifleurs avait ceci de bon qu'elle nous épargnait l'épreuve de l'isolement : avec eux nous nous sentions partout en famille, entourés d'une sorte d'anneau bienveillant. Et c'est en frères que nous saluions ces raseurs, ces fâcheux, ces filous, prêts à nous prodiguer leur temps dans l'espoir de glaner quelques roupies, de s'attacher à nos pas pour le restant du séjour.

Dans une société où chacun appartient à tous, à travers la caste et le clan, la solitude était une aventure impossible, même dans la mort tout de suite prise en charge par la classe diligente des charognards. Ainsi le bakchich comme le vol révélaient une forme de déférence, de candeur plus touchante que comique. Parfois un pickpocket parvenait à nous soutirer, à notre insu, quelque monnaie. Nous le rattrapions : il éclatait de rire, « *sorry Sir, sorry* ». La règle du jeu voulait qu'on volât les riches ; c'était son devoir de caste, son destin : il percevait l'impôt. Il nous aurait de même asséné un coup de poignard avec un sourire d'excuses et de protestations désolées.

Ici l'homme blanc n'était rien : une poussière dans la tornade et ceux qu'on apercevait, apeurés, austères ou fouineurs, nous semblaient les échantillons d'un monde plus lointain que la planète Mars. Nous n'aimions pas les autres touristes : ils nous volaient le privilège d'être là, nous renvoyaient à notre nature d'Européens. Que valait ce que nous faisions puisque eux le faisaient aussi ? Expatriés, nous gardions l'illusion de changer de personnalité et préférions nous croire les seuls, petite fraude sans conséquence.

Et, dès que nous retournions à l'hôtel, nous appréciions le privilège de vivre dans des pièces bien ventilées avec la compagnie des oiseaux et de quelques singes qui grimpaient par les gouttières et nous chipaient un flacon d'after-shave ou une bouteille de mercurochrome qu'ils avalaient cul-sec. De petits lézards se chauffaient l'après-midi dans un rayon de soleil qui perçait à travers les lattes d'un volet, des colombes venaient picorer nos miettes et roucoulaient longuement, de grosses blattes sortaient le matin du lavabo d'un pas digne, nous laissant l'usage de la salle de bains après une longue toilette, des perroquets d'un vert éclatant, au collier de rubis, se perchaient sur une chaise pour nous réciter quelques Upanishads du yoga avant de repartir en cohortes ailées. Même les microbes nous rongeaient en langue étrangère. Dans cette partie du monde, la crainte de l'homme n'existait pas et les espèces cohabitaient en bonne intelligence. La mer, où croisaient navires marchands, bâtiments de guerre et boutres de pêche, nous gratifiait d'une vaste respiration harmonique. Le seul problème venait du ventre : les plus paresseux en voyage, ce sont les intestins. On souffrait les affres de l'enfantement juste pour se soulager et, quand l'un de nous avait ses douleurs, il s'allongeait sur le lit pour laisser faire le lent travail de la parturition. J'y voyais là l'indice d'une maternité dérisoire impartie aux deux sexes.

Nous n'avions plus besoin de distractions, ayant oublié l'ennui. Il suffisait de prendre un livre en main pour s'assoupir immédiatement. Nous dormions à n'importe

146

quelle heure de la journée, d'un sommeil profond, sans rêves, exténués comme si nous avions besoin de trésors d'énergie pour affronter ce continent millénaire. Nous apprenions la lenteur et la valeur du temps perdu parce que prodigue, s'offrant à profusion. Ni tout à fait debout ni tout à fait couchés, nous avions la faiblesse de prendre notre lymphatisme pour le signe annonciateur d'une mutation. Nous nous sentions libres et sans crainte, au-dessus des lois et des mœurs, sans sujet d'irritation ou d'anxiété. Aucune journée ne survivait à l'approche de la nuit, aucune nuit n'assombrissait l'arrivée du jour prochain. Une bienheureuse incertitude planait sur chaque moment. Et nous vivions des semaines de bonheur clos, seulement ponctuées par les borborygmes d'une pipe à eau ou le frottement des pieds nus des balayeurs sur le carrelage.

3
La femme absente

1
La fièvre de l'art

Après un mois de cette vie, l'argent vint à se raréfier et nous quittâmes l'hôtel Shelley's pour le Rex, situé dans une rue adjacente. Un simple changement d'une centaine de mètres et nous entrions déjà dans un autre monde. Naguère quartier général des routards, le Rex n'était plus aujourd'hui qu'un cimetière de destins naufragés. La délicieuse anarchie de l'établissement précédent cédait la place à un état d'abandon total : les fenêtres aux verres brisés étaient remplacées par des feuilles de journal graisseuses collées au scotch, les stores craquelés pendaient aux tringles elles-mêmes tordues ; un vague rideau s'effilochait devant la porte, semblable à des pans de poussière agglomérés et mis bout à bout.

Tout était vermoulu, ressorts de lit brisés, fauteuil défoncé, chaise crevée, douche cassée, waters bouchés et fermés pour un temps indéfini, murs couverts de taches noires comme des éclaboussures de sang jaillies de seringues mal contrôlées. La clientèle se composait surtout de junkies et les dealers indiens passaient deux fois par jour, offrant de la morphine fraîche de Bénarès. La lumière, petite ampoule au bout d'un fil, loin d'éclairer la pièce, contribuait à en épaissir la nuit. Autour du bulbe défaillant se concentrait un énorme poids de ténèbres. Heureusement, l'électricité était coupée à partir de 22 heures et nous allumions des bougies qui enjolivaient cette turne sordide et dont la flamme vacillante étouffait même les cris des toxicos en manque ou des couples qui se querellaient à l'étage. Partout l'on marchait sur quelque chose de plat et qui craquait ; outre les cancrelats et les cloportes qui pullulaient dès l'extinction des feux et que Dominique m'interdisait de tuer, des rats traversaient notre chambre chaque soir. Ce n'étaient pas des rats ordinaires, mais des dignitaires graves et fourrés, des prélats au poil brillant qui processionnaient sans hâte et sans crainte, tenaient table ouverte à chaque étage, certains de trouver partout bon accueil et bonne chère. Averti de leur passage, le gérant de l'hôtel installa une cage au milieu de la pièce et plaça dedans un morceau de fromage puant ; les rats venaient plus nombreux encore déguster le fromage et repartaient. Si l'un d'eux, trop plein, s'endormait sur les lieux mêmes du festin, le gérant le reconduisait poliment à la cave et le rongeur remontait immédiatement avec lui par l'ascenseur. Alors on nous prêta un chat, une bête efflanquée aux poils ternes, à l'air sanglotant. Dès la première nuit, il eut si peur des mulots qu'il s'oublia sur notre lit.

C'est au Rex, et dans l'échoppe glauque qui lui faisait face, le Dipti's, que nous fîmes connaissance pour la première fois de cette colonie, si particulière en Inde, des drogués blancs et arabes. Dans cette rue, une seule musique chantée en mauvais anglais par des Indiens poursuivait le piéton : « *Haschich, ganja, tcharass, kashmiri, afghani, smack, coke, brown sugar, white sugar, morphine, methadone, mexedrine, mandrax, opium, datura.* » Bombay, plaque tournante de tous les trafics internationaux, représentait pour de nombreux itinérants occidentaux le début et la fin de la route. Quiconque s'y installait plus de quelques semaines avait peu de chances d'en ressortir. Une soirée au Dipti's constituait une véritable légende du siècle. On y recensait, dans l'ordre, le lépreux indigène au nez rongé, le cul-de-jatte sur sa planche à roulettes qui chausse ses mains de souliers, l'enfant sans bras ou sans pieds, la prostituée de treize ans accrochée à la morphine et que le manque fait transpirer, et dans cette misère nauséeuse l'homme blanc qui insérait son faux dénuement, son prétendu mal de vivre. La chaleur était intense, visqueuse, l'air de la nuit charriait l'odeur des corps imprégnés d'une saleté âcre, des caniveaux noirs, du croupissement fétide des sentines. Des corps torturés, malingres, qui jamais ne dépasseraient quelques pieds, étaient allongés sur une natte à même le sol ; à quelques mètres à peine, un enfant étique se soulageait en pleine rue tandis qu'un chien galeux, couvert de pelade, attendait pour dévorer l'excrément. Mêlés aux Indiens, assis en cercle ou en ligne, les routards faisaient tourner les shiloms, les yeux mi-clos, le verbe indécis, certaines faces dégageant un état d'hébétude avancée. Quand le lépreux aux doigts corrodés tentait d'attraper le cône fumant, on le repoussait, la solidarité des ivresses n'allant pas jusqu'au risque de contagion. Presque chaque soir éclatait une bagarre : un Italien avait giflé un gosse qui tirait la queue de son singe apprivoisé et le frère de l'enfant avait voulu tuer le singe, deux dealers, un Allemand et un Sud-Américain, s'affrontaient à coups de poing pour un contrat non respecté, une brute corrigeait un infirme qui ne lui avait pas rapporté son dû de la journée. C'était l'Inde racontée par Victor mais tournée vers les Blancs. De pénibles histoires circulaient : un morphinomane anglais, à qui sa mère, femme de ménage, avait envoyé vingt livres dans une lettre, se les était vu subtiliser par les postiers qui avaient ouvert et refermé l'enveloppe (il existait à la *GPO*, la Grande Poste de Bombay, un service « spécial vapeur » chargé de décacheter les lettres des touristes) ; un joueur de rock à Goa s'était tout fait voler par son meilleur ami, un bassiste italien qui ne lui avait laissé qu'un pantalon et ses nu-pieds ; un Hollandais avait eu l'épaule dévorée par un rat, un soir, alors que, trop défoncé pour réagir, il s'était écroulé dans une cage d'escalier ; chaque semaine, l'un d'eux mourait d'overdose ou d'épuisement et beaucoup s'installaient maintenant dans les bidonvilles de la ceinture, moins chers et mieux achalandés. Ils sombraient donc de façon singulière et abjecte dans le vaste évier de Bombay, devenaient fous, étaient enfermés dans un hôpital psychiatrique qui leur arrachait leurs derniers lambeaux de raison. Ils allaient jusqu'à ce qu'ils arrivent au dernier cercle de l'Enfer par un chemin long, tranquille, inéluctable.

Nous ne fraternisions guère avec ce milieu. Au bout d'une semaine, Dominique dénicha pour une somme identique une très belle *guest-house* repeinte en blanc, à cinquante mètres de l'hôtel Taj et donnant sur la mer, le Samson's. Nous disposions d'une grande pièce claire, sans insectes, avec un carrelage propre et des draps dont les trous n'étaient pas assez larges pour nous refroidir mais assez nombreux tout de même pour nous aérer. Une cordialité calme émanait de cette chambre à laquelle le paysage et la mer donnaient un volume supplémentaire. Nous vivions la plupart du temps avec les autres locataires sur la terrasse, allant jusqu'à y dormir par les nuits chaudes.

Un matin, au petit déjeuner, Dominique et moi collec- tions miettes et restes de confiture pour les oiseaux quand un jeune homme de haute taille, très mince, une pile de livres et de journaux sous le bras, surgit brusquement derrière nous. Il nous avait entendus converser.

— Tiens, vous êtes français ? Moi aussi.

Il se disait écrivain, se nommait Julien Nyeges et parlait avec une fièvre, un frémissement qui se communiquait à ses auditeurs, les secouait, les surprenait surtout quand ils l'entendaient répondre à des questions qu'eux-mêmes n'avaient pas posées. Garçon de belle prestance, avec des yeux sombres, des cheveux noirs épais, des traits réguliers de type italien, il parcourait la péninsule du nord au sud depuis plus de deux ans sans oublier le Népal et Ceylan, et séjournait maintenant à Bombay en quête d'un bon sujet de livre. Il espérait que l'Inde serait pour lui ce que l'Italie avait été pour Stendhal, un exotisme au bon sens du terme, un lieu où alimenter son imagination.

« Il existe quatre groupes de gens qui s'intéressent à ce pays : ceux qu'anime un idéal de charité, les plus nom- breux. Les pèlerins en quête de Lumières, il en reste. Les mélancoliques que ronge un chagrin perpétuel et qui s'installent ici parce que la vie est bon marché ; enfin tous ceux comme moi qui viennent chercher des émotions, des couleurs, un décor flamboyant pour une œuvre.

C'était un drôle de pékin qui griffonnait en permanence sur un calepin, un stylo-bille glissé dans sa poche revolver.

Il se disait le martyr de la phrase et, au nom de cette souffrance, avait l'indélicatesse de prendre des notes quand on lui racontait une histoire, comme s'il craignait de laisser perdre une perle. Grâce à cette méthode, prétendait-il, nous passerions peut-être à la postérité, par son truchement. Il consignait également ses reparties les plus fines et je le soupçonnais de parler à tort et à travers par simple souci d'entraînement, afin d'extraire de son cerveau, de façon automatique, les pépites qu'il pourrait ensuite coucher sur le papier. Il avait donc choisi le milieu cosmopolite d'une grande cité orientale pour inventer une belle histoire.

« Le pays des épices culinaires et spirituelles devrait garder mon esprit en état d'éveil permanent.

A l'en croire, ni la philosophie ni le document ne pouvaient rivaliser en force et intensité avec un roman bien tourné. Sa chambre, encombrée de livres en anglais et en français entassés au petit bonheur sur le lit, la plupart griffonnés, la couverture froissée, les pages jaunies, marquées de doigts graisseux, ressemblait à un placard et sentait l'encre, le tabac éventé. Ses bagages, quoique usés et incrustés de poussière, étaient ceux d'un enfant de bonne famille.

Sur la table, il était difficile d'ignorer la magnifique machine à écrire, une Enfield de 1940, achetée ici même au Chowr Bazar, rutilante et aussi bien astiquée que des cuivres, monumentale par son poids, son volume et l'archaïsme de la frappe, mais dont l'ancienneté même devait garantir aux yeux de son propriétaire des phrases de bonne qualité. A côté reposaient une rame de papier indien, plein de rugosités, mal coupé, qui buvait l'encre, que la plume déchirait, des crayons, des feutres, neufs et pourtant secs, des classeurs couverts de gribouillis, tout un matériel qui parlait de soirées agitées, d'idées intermittentes.

« Tout jusqu'à mes crayons est indien, disait Julien. Par ce biais, j'espère surprendre mieux l'âme du pays.

Il se sentait heureux d'avoir des Français comme voisins de chambre, ayant longtemps désespéré de « capter une oreille » portée sur la littérature. Dès le premier jour, il nous soumit à une conversation, éblouissante parfois, éreintante souvent tellement il abusait des rapprochements inattendus, passait du coq à l'âne, au milieu d'une phrase, pour la beauté du geste. Il n'évitait pas plus un certain pédantisme, tics d'étudiant fraîchement émoulu, expressions rares qui lui semblaient l'apogée du chic, ou encore calembours de potaches du genre : Qu'est-ce que je mets aujourd'hui, la cravate en soie ou la cravate pour soi ?

Il pensait avoir trouvé un moyen infaillible de décrire l'Inde : aimer une femme qui l'incarne et la symbolise. Il lui fallait un objet qui soit à la fois un détour et une introduction au sous-continent, trop vaste pour être abordé tel quel. Il appelait cette opération le « velours noir », du nom que les colons britanniques donnaient au XVIIIᵉ siècle à l'acte de frayer avec des filles indigènes. A vrai dire, cette recherche relevait presque de la gageure, dans une société où la femme est à peu près inaccessible, il avait opté délibérément pour la situation la plus inconfortable qui soit :

« L'Inde est peut-être un paradis pour les homosexuels mais un purgatoire pour les autres. Vivre ici, c'est revenir au XVIIIᵉ siècle européen, quand les interdits sur le désir obligeaient les individus à déployer des trésors d'ingéniosité pour arriver à leurs fins. L'islam verrouille ses femmes, l'Inde les montre et les soustrait en même temps. C'est une fausse liberté que la leur ; elles ne portent pas un voile comme les musulmanes mais, pire encore, un invisible filet, tendu autour d'elles et qui les rend intouchables. " A quoi bon la femme extérieure, j'ai la femme intérieure en moi ", dit la Kundalini. L'hindou se féminise lui-même et fait de sa patrie un ventre maternel. Dans ce monde clos, fusionnel, la femme cesse d'être angoissante ; on l'a éliminée. Éternelle sacrifiée, elle est dès sa naissance accueillie sans joie. Quand les filles se succèdent, c'est une malédiction car les noces ruinent leur père. Mariée, la jeune épouse vit sous la coupe de sa belle-mère et risque d'être brûlée vive par sa famille d'adoption si sa dot se révèle insuffisante. Veuve, la société la rejette, une croyance la tient pour responsable de la mort de son mari, et ne lui laisse d'autre issue que la mendicité, la prostitution ou la mort. Ici, la présence de la femme n'est qu'une des formes de son absence.

« Pensez à l'époque, pas si lointaine, où l'Orient signifiait volupté et licence! Il fallait tout l'aveuglement du colonisateur pour entretenir un tel mythe. En Inde, la liberté de mœurs est une supercherie et l'amour une sorte de purification sans fin. L'érotisme, lisez le *Kama-sutra,* n'est pour les hommes que la hantise de leur intégrité corporelle. Les textes expliquent comment récupérer sa semence, le *bindu :* soit en suçant la femme après éjaculation, soit en avalant directement le liquide séminal à sa propre verge. Entre parenthèses, je ne vous conseille pas d'essayer si vous craignez le tour de rein.

— Pourquoi cette peur de perdre son sperme?

— On lui attribue tant de vertus que le répandre équivaut à un suicide. Dans le même ordre d'idées, les prostituées sacrées, qui officiaient autrefois dans les temples, étaient supposées détenir des pouvoirs magiques grâce aux hommes qui s'étaient dilapidés en elles.

Ce thème inspirait Julien, lui dictait de brusques flambées de lyrisme. Si nous le contredisions, il se gardait de s'emporter et mettait à nous convaincre un vrai talent de pédagogue.

« Vous comprenez, cet Orient, accusé de blesser les bienséances, souffre d'un étrange anachronisme, même sur ses voisins d'Asie du Sud-Est. Ici, le choix des conjoints est encore fixé par les parents dès la naissance, les liaisons entravées par la surveillance de tous sur chacun. Pour les neuf dixièmes des jeunes gens, ne reste que le débouché de la prostitution, profession héréditaire de mère en fille. Cela explique la naïveté des Indiens sur le plan sexuel, les ravages de l'impuissance chez eux doublée d'une obsession qui s'exprime à chaque instant par la profusion des revues semi-pornographiques où des créatures lourdement fardées écartent les cuisses mais en gardant leur slip.

Ce que Julien nous cacha au début, c'est qu'il enregistrait lui-même des cassettes porno pour des clients indiens, cassettes qu'il disait importées d'Amsterdam, de Paris, de

Londres mais qu'il bricolait dans sa chambre, tenant le rôle de l'homme, de la femme, du troisième et quatrième larron, profitant du registre étendu de sa voix pour contrefaire tous les partenaires. Il imitait à la perfection les roucoulades, les gémissements, les soupirs et le bruit mouillé des organes en action. D'un claquement de langue, il pouvait même suggérer la succion d'un sein ou des baisers plus intimes. Il tirait de ce commerce clandestin de confortables bénéfices. Il profitait de l'ignorance crasse de ses commanditaires et de ce que le cinéma lui-même entretenait un climat grossièrement allusif.

« Vous savez que le premier baiser à l'écran ne fut montré qu'en 1978 : encore était-ce un baiser chaste, lèvre contre lèvre : manger la bouche de l'autre serait immédiatement censuré. Les films regorgent de scènes de viol toujours représentées par l'image d'une bielle animant un piston. Et il existe, paraît-il, quelques films *hard* locaux, en telugu ou en malayalam, qui circulent sous le manteau. J'aimerais bien voir ça.

— Pourtant je connais beaucoup de touristes femmes qui ont été importunées par les hommes.

— Bien sûr, l'Indien ne connaît le plus souvent qu'un seul geste : le tripotage furtif dans les bus ou les trains bondés, ce qu'ils appellent l'*Eve teasing* (taquiner l'Ève). Presser une fesse, pincer un sein constitue la débauche maximale pour ce peuple d'onanistes.

— Quand même, ils font l'amour comme tout le monde, puisque leur population ne cesse d'augmenter ?

— L'Indien ne fait pas l'amour avec sa femme, il procrée, perpétue l'ordre cosmique. Le plaisir, il le connaîtra en principe avec des courtisanes ou, s'il a de la chance, des étrangères synonymes de débauche. Autrefois, avoir une Européenne comme favorite constituait pour les maharajahs un signe de réussite au même titre que posséder une Rolls Royce. Les Indiens s'imaginent tous l'Occident comme le paradis de l'amour libre. Ils croient qu'aux douanes de nos aéroports de grands panneaux indiquent « free-sex et économie de marché ». Ils voient dans les Européennes des femelles faciles, insatiables et dangereuses. Même si toute une tradition exprimée

158

dans le tantrisme attribue à la vie et au corps une place éminente, l'Inde ne connaît ni l'épicurisme ni la sensualité, au contraire du Népal ou de la Birmanie. Tu avales à longueur de jour des poudres à réveiller les morts et cela pour rien, pour une abstinence accrue, une frustration permanente.

Selon lui, les frises fornicatrices des grands temples constituaient une énigme et une mystification. Les scènes de sodomie, de zoophilie et d'orgies de Khajurao juraient avec la pruderie sinistre de la vie quotidienne. Il accusait les impérialismes musulman et anglais d'avoir freiné cet élan libérateur. Partout fleurissaient les vestiges hideux de l'islam : par exemple, l'habitude de cacher son épouse, les *purdha ladies* qui vivent recluses et ne se reçoivent qu'entre elles. Entre la place que la religion hindoue accorde au deuxième sexe, symbole d'activité et de dynamisme, et le rôle effectif de la femme, bête de somme, pondeuse et souffre-douleur, le hiatus semblait infranchissable.

« Pour immuniser les individus contre les tentations du désir charnel, l'Inde n'a rien trouvé de mieux que de pratiquer la non-coopération civique entre les sexes. A croire qu'ici garçons et filles sont tous devenus frères et sœurs selon le vœu de Gandhi, lui-même tellement travaillé par la question qu'il s'entourait de nymphettes pour mieux résister à l'envie.

— Je ne te comprends pas, lui objectais-je. Quel plaisir de rechercher l'étreinte dans une société aussi puritaine ?

— Je vais t'expliquer. L'Inde est un monde sans femmes où l'homme domine, infuse des rites dans sa vie et se rassemble en fraternités complices. Ce pays me fascine parce qu'il est débarrassé des hypothèques de la séduction. Que la convoitise soit bannie et le désir bridé m'encourage donc à les rechercher avec ardeur. Être libertin dans une société chaste ou chaste dans une société libertine engendre des contrastes féconds. Je veux transformer ces handicaps en avantages, parvenir à la clarté de l'expression à travers la nuit des interdits et des empêchements. L'adversité seule, j'en suis certain, peut alimenter les aventures de l'esprit. Et l'obligation de recourir à des

moyens indirects me forcera à inventer un langage
nouveau.

Julien avait beau célébrer la frustration comme une
vertu pour le style et les idées, il ne désespérait pas de
s'unir à quelque Bovary sombre rêvant de cours princières
et d'altesses romantiques ou mieux encore de séduire une
vedette du cinéma indien, une habitante de Pali Hill, le
Hollywood local, assez riche et émancipée pour qu'il
puisse s'installer chez elle. Il avait déjà tourné comme
figurant dans quelques productions indiennes et de telles
choses restaient dans l'ordre du possible. Il avait connu
une seule aventure avec une épouse volage, la nuit, dans
un train, sur une banquette de deuxième classe entre
Calcutta et Puri, pendant que le mari l'entretenait des
avantages des chemins de fer indiens. Mais la femme était
laide, grasse et poilue et il n'avait retiré aucune fierté de
ces ébats ferroviaires.

Il était difficile de savoir s'il cherchait une liaison avec
une Indienne pour la raconter ou si le roman en chantier
servait de prétexte à cette poursuite. Derrière chacun de
ses actes se profilait l'ombre portée du volume qui les
rachèterait mais « le roman, cette passion périmée »,
comme il le disait, semblait d'abord une excellente excuse
à la passion tout court. Et Julien devint pour nous, de
façon indiscernable, un homme en quête d'une femme
étrangère et un romancier en quête de sujet sans qu'on
puisse savoir qui avait priorité sur l'autre.

2
Le roman introuvable

Quand je lui demandais des précisions sur ce fameux
ouvrage, il le décrivait comme un récit de l'apprentissage
impossible où la somme des expériences, loin de débou-
cher sur un savoir constitué, ravivait seulement la faculté
enfantine de s'étonner. Ce serait une confluence entre le

trois-pièces cuisine de la fiction française et les grands vents du livre d'aventures. Il choisirait, selon la recommandation d'Henry James, un nombre impair de personnages, afin de s'épargner les pesanteurs de la symétrie. Il était difficile d'en savoir plus, tant la théorie et le projet semblaient remplacer chez lui la substance même du texte. Pour l'instant, il caressait l'idée même de l'écriture et renvoyait à plus tard la véritable rédaction.

— Mais pourquoi, lui demandais-je, mener cette œuvre à bien en Inde plutôt qu'en Chine ou en Afrique ?

— Parce que l'Inde seule offre l'horrible et le sublime, jamais le médiocre, que l'ordinaire y est assez riche pour être vécu comme de l'extraordinaire. Elle forme le continent romanesque par excellence, où les contradictions coexistent, où les temps des différentes castes se juxtaposent sans déchirures. Le seul risque que coure l'écrivain ici n'est pas la mutilation, mais la noyade, l'indigestion, l'incapacité à choisir entre une surabondance de matériaux.

— Tu pourrais dire la même chose de l'Afrique, de l'Océanie.

— Au contraire de l'Afrique, que nos pères ont administrée, l'Asie anglophone constitue pour un Français un continent neuf, sans passé ni mémoire, où tout nous est étranger, même les physionomies. Les autochtones n'ont pas l'air de travailleurs immigrés rentrés chez eux.

— C'est une raison négative.

Julien voulait absolument se convaincre et nous convaincre qu'il avait fait le bon choix en s'installant ici.

— Pourquoi l'Inde ? Parce qu'on y est à la fois heureux et malheureux et qu'on y alterne les engouements et les aversions. Il est vrai que les Indiens sont exaspérants, qu'on tombe constamment sur des escrocs minables qui vous brisent les nerfs, vous font douter de tout ; mais on y rencontre aussi des gens si charmants, dévoués, fidèles, intelligents qu'on est pris de court et qu'on abandonne sa colère, contraint d'admettre que ce pays a des côtés miraculeux.

Je ne sais si Julien croyait lui-même à l'utopie qu'il avait ainsi bâtie, mais elle lui servait à écrire. Il utilisait ses idées

161

plus qu'il n'y adhérait, prêt à les abandonner si d'autres se présentaient, plus séduisantes. La seule vérité, c'est qu'il adorait l'Inde et qu'elle le fascinait, le révoltait, le surprenait et le bouleversait à la fois. Il disait lui-même : « Je voue un culte à l'Inde le matin, l'exècre à midi, l'aime à nouveau après déjeuner, la méprise au crépuscule et l'adore une autre fois le soir. » Son attitude était celle d'un sceptique épicurien. Avant de s'en indigner ou de s'en réjouir, il voulait se remettre du choc que ce pays lui avait envoyé. Il n'était pas là pour donner des leçons, simplement pour cueillir le meilleur et fermer les yeux sur les aspects déplaisants ou monstrueux. Selon lui, un romancier est moins pressé de juger des coupables que de comprendre des itinéraires. Il avait quitté la France d'abord pour être bousculé.

« L'erreur de la plupart des auteurs est de croire le progrès fait seulement d'études et de patientes lectures, alors qu'il est fonction de ruptures et de scandales. Pour être fécondés, nous avons besoin d'être dérangés. Il y a quelques années, on parlait beaucoup, à propos d'une certaine classe d'âge, de la " génération perdue ", trompée dans son idéal et flouée dans ses résultats. C'était là, je crois, un contresens magistral. S'il y a un drame des générations de l'après-guerre, il réside dans un mal exactement inverse : un confort excessif, une vie trop calfeutrée, l'impossibilité de se perdre, un tête-à-tête éternel avec soi-même. Nous devrions tous chercher d'une manière ou d'une autre à nous égarer, à sortir de notre cocon. En me confrontant à un monde différent du mien, je me mets en demeure d'exprimer et peut-être d'échouer à traduire une pensée et une sensibilité aux antipodes des miennes. J'essaye de garder une fenêtre ouverte sur le monde.

Le paradoxe voulait qu'il passât les trois quarts de son temps dans les livres, notamment à la bibliothèque de la Royal Asiatic Society, où les volumes, gonflés d'humidité, pourrissaient en tas tandis que les gardiens avaient tressé des corbeilles de papier avec les œuvres de Tagore, dans lesquelles ils emballaient également leurs casse-croûte.

« Il est vrai, reconnaissait-il, que je tiens plus du rat de

bibliothèque que de l'aventurier. Ce n'est qu'une contradiction apparente. Le temps libre qui me reste est encore
si plein qu'il passerait partout ailleurs pour de l'aventure.
Même les moments profanes ont ici pour moi le caractère
du jamais vu.

Julien possédait une qualité rare chez un homme : il
était gracieux. Toujours impeccablement soigné, il s'efforçait de garder bonne apparence et lavait chaque jour ses
cheveux, abondants comme ceux d'un adolescent. Délicat
parfois jusqu'à l'excès, il passait des heures à harmoniser
une chemise et ses chaussettes, à choisir le pantalon du
jour. Il avait apporté de France plusieurs paires de
chaussures patiemment sauvées des moussons, des cha-
leurs et de la boue par un cirage et un brossage quotidiens.
Dans un monde où les trois quarts des hommes vont à
demi nus ou en haillons, il tenait à garder le respect de soi,
et voyait dans le délabrement physique le prélude à la
chute. S'il l'avait pu, il aurait repassé ses livres, ses feuilles
et ses revues.

Il avait également subi l'influence des superstitions
locales ; il lui était difficile, dans l'ambiance indienne, de
résister au surnaturel. Considérant, avec Kipling, qu'à
l'est de Suez l'homme blanc passe sous le pouvoir des
génies et démons de l'Asie, il s'était persuadé d'écrire sous
protection et d'implorer l'aide de quelque dieu indigène. Il
rendait pour ce faire un culte à Ganesh, le dieu-éléphant,
fils de Shiva et Parvati, patron des intellectuels et divinité
tutélaire de Bombay. Son Ganesh était une statuette en
ivoire jauni à la trompe mutine d'un demi-mètre de haut
qu'il traitait en personne vivante. Il lui parlait, le baignait,
le nourrissait, l'emportait dans ses poches et parfois lui
lisait ses manuscrits.

« Ne croyez pas que j'ai perdu la boule. Il existe ici des
esprits pour tout, un dieu qui est la divergence dans la
controverse et un autre qui est l'accord dans la concilia-
tion. Je suis sûr qu'il existe même un dieu qui est celui du
scepticisme à l'égard des dieux. L'essentiel est d'invoquer
la bonne divinité au bon moment. J'ai choisi Ganesh parce
qu'il rayonne de bonhomie, de bienveillance, c'est le
Babar indien, son ventre rebondi est une oasis où l'on a

163

envie de se blottir. Je trouve géniale l'idée d'avoir donné à un pachyderme une posture humaine, de l'avoir assis, couché, mis debout, fait danser. C'est l'un des croisements les plus prodigieux entre le règne humain et le règne animal.

A l'en croire, son Ganesh vivait, sa trompe attrapait les cacahuètes, venait manger dans sa main, il se régalait d'un bon bain dans le lavabo et même d'une douche à l'occasion. Quand Julien réfléchissait, il fixait sur lui son attention jusqu'à ce que l'animal bouge, s'anime et lui délivre un conseil judicieux. Dès que le temps fraîchissait, il l'enveloppait dans une écharpe de laine, le maquillait pour sortir et le repeignait chaque mois avec soin. Si son manuscrit était un jour publié, il s'était juré d'acheter un autel à son éléphant et surtout d'acquérir une longue corne d'ivoire sculptée et dorée, lorgnée chez un antiquaire, où son idole favorite reposait dans une barque en compagnie de Vishnu et d'une multitude de jeunes personnes. Dominique partageait avec lui ce type de lubie pieuse, et depuis ce jour, cherchait à son tour activement une déité locale à vénérer.

En dépit de ce patronage rassurant, Julien observait vis-à-vis de son œuvre à venir un comportement contradictoire : il en parlait incessamment, y travaillait chaque jour d'arrache-pied et pourtant s'affirmait d'avance indifférent aux résultats. Il se servait de la *Bhagavad Gîtâ* pour prôner une liberté intérieure à l'égard du succès et prétendait que l'homme d'action doit se soustraire aux conséquences de sa participation au monde tout en continuant à agir. Je ne pouvais décider si ce comportement marquait l'expression d'un doute radical ou d'un détachement serein.

En fait, Julien brûlait de réussir. Mais il conjurait un échec éventuel par de nobles sentences sur le renoncement. Trop souvent ce dandy, obsédé par le salut littéraire, prenait la pose et parlait comme un auteur consacré au soir de sa carrière. Il soutenait, par exemple, qu'aucune œuvre ne peut faire l'unanimité, la passion destructrice poussant toujours un esprit malveillant à chipoter tel ou tel passage, à jeter bas l'édifice que tous ont encensé. C'était la rançon d'un métier dont une part plus ou moins importante du salaire consiste en admiration publique, laquelle met l'écrivain en situation de dette vis-à-vis de ses lecteurs. Ceux-ci restent les vrais détenteurs du pouvoir et l'exercent sans merci, capables de le priver du jour au lendemain de ces gratifications de prestige dont il est si friand.

Mais, en attendant le jour où Julien déverserait sur le marché un flot d'œuvres scandaleuses ou controversées et deviendrait prisonnier de son public, il devait pour survivre rédiger un certain nombre d'articles à vocation alimentaire. Il les appelait son mercenariat littéraire. Aux journaux catholiques, il envoyait des papiers sur les missions et les bidonvilles ; aux journaux de gauche, sur les grèves, la classe ouvrière et le mouvement communiste local ; aux magazines grand public, de longues chroniques sur la vie des derniers maharajahs ; aux revues politiques, de pertinentes analyses sur la situation géostratégique du sous-continent ; enfin, pour quelques feuilles littéraires, il rendait compte des plus récents ouvrages indiens parus en langue anglaise. Comme beaucoup de journalistes, il se contentait de repiquer des articles locaux et concluait par des inventions de son cru.

« Sur l'Asie, les Français goberaient n'importe quelle ânerie.

Il ne menait à bien que de rares enquêtes qui l'aidaient à approfondir son sujet, à s'infiltrer dans tous les échelons de la société, à entrer en contact avec des personnalités diverses. Ces piges qu'il signait d'un pseudonyme pour ne pas « gâcher » son nom d'auteur ne représentaient qu'une propédeutique au travail littéraire, mais lui permettaient d'accumuler une masse impressionnante de documents sur le pays. Elles préludaient aux édifices de la maturité.

« Ecoute, me disait-il souvent, tu vas me croire mégalomane mais si seulement je pouvais faire de cette satanée ville l'équivalent de ce qu'a été Alexandrie pour Lawrence Durrell, New York pour Miller, le Mississippi pour Faulkner...

— Tu ne vises pas un peu haut, pour un débutant ?

— Je sais, tu as raison, hélas. Figure-toi que l'anagramme de mon nom, Nyeges, donne Génie.

— Heureux présage.

— Je l'ai cru longtemps moi aussi et me raccrochais à ce fragile indice jusqu'au jour où j'ai découvert que l'anagramme de Conrad faisait Conard et celle de Naipaul, Pale Niais. Depuis, j'ai cessé d'espérer.

3
Promenades parmi les ombres

Les journées en sa compagnie ne manquaient jamais d'imprévu. Nous étions réveillés le matin par le tapage de sa machine à écrire stridente comme une sauterelle. Il se levait à 6 heures, allait courir au bord de la mer sur Apollo Bunder, prenait son petit déjeuner dans une gargote et travaillait jusqu'à une heure, faisant preuve, face à notre torpeur, d'une activité délirante. A 11 heures, il tapait sur la porte de notre chambre en criant un sonore :

— Je bande !

C'était son mot de passe favori. A force de l'entendre chaque matin répéter la même chose, les tôliers avaient fini par adopter cette formule pour nous saluer, confusion qui ravissait Julien, surtout quand des touristes de Paris s'entendaient gratifier d'un joyeux « Je bande » en approchant de la réception. Mais Julien était réellement affligé d'une érection au milieu de la matinée, phénomène où il détectait la vraie bêtise de l'homme, toujours à contretemps, ferme quand on ne lui demande rien et flasque au moment crucial. Selon les jours, il nous criait derrière la porte :

« Aujourd'hui, je l'ai aussi mince et arquée que l'épine dorsale d'un chien !

Ou bien :

« J'ai l'outil dur comme un séquoia, un bois d'enfer.

A l'heure du déjeuner, que nous prenions en général ensemble dans un bistrot, il nous racontait ses aventures de la veille. Tantôt lors d'un cocktail en plein air, près des Tours du Silence, sur Malabar Hill, un doigt lâché par un vautour était tombé dans le verre d'un diplomate. Ou bien à la YMCA de Mme Cama Road, il avait rencontré une Française qui avait la tête de Placide dans le journal de *Pif* ou le sourire de Clarabelle dans *Mickey* et avait passé la nuit avec elle, à parler des filets de Concarneau, de crêpes et de cidre dont elle avait la nostalgie, étant bretonne ; ou bien c'était une Américaine obèse, venue faire retraite en Inde et qui s'était donnée à lui comme une dernière concession aux plaisirs terrestres ; ou encore une paumée suisse, allemande, hollandaise, italienne qui « faisait la route » et se laissait sauter par le premier chat coiffé pour ne pas rester seule. L'Europe exportait ses laiderons et Julien les consolait.

Loin de se vanter d'une chance infaillible, il aimait à souligner ses petits fiascos qui lui donnaient l'occasion d'entrer dans les détails et de décrire plus complètement des choses intimes. Il dressait de ces nuits un bilan narquois et sentimental, même s'il s'abandonnait parfois à une certaine aigreur :

« Celui qui prétend " J'aime les femmes " pourrait immédiatement en citer cent dont le visage, le corps et la peau le hérissent et avec qui l'idée d'un commerce physique lui donnerait la nausée. On aime quelques femmes dont le charme et la beauté se confondent avec la féminité.

Il partait souvent dans ses virées avec un jeune musicien indien que nous appelions le « maharajah alcoolique » et qu'il avait rencontré lors d'un concert donné par Shivkumar Sharma et Zakir Hussein au Rangh Bhavan de Bombay. Indar Jit Singh, grand garçon dégingandé, n'était en fait que l'arrière-petit-neveu de l'ex-maharajah de Kapurchetra, prince excentrique et francophile qui se prenait pour la réincarnation du Roi-Soleil et avait bâti dans son État une réplique exacte de Versailles, remplie de sèvres et de gobelins, acheminés par cargo. Ce prince obligeait ses ministres à s'exprimer dans la langue de Molière et se prétendait l'ami de toutes les têtes couronnées de son époque, de François-Joseph à Nicolas de

Russie. A la cour, les précepteurs enseignaient l'épigramme et la prosodie. Des proverbes latins étaient peints sur les murs. Indar se souvenait encore qu'enfant on l'habillait en page Louis XV et qu'il devait porter une perruque blanche par 45° à l'ombre. Il en avait conçu une haine farouche de la monarchie et de notre pays, était parti à Londres faire ses études, s'était d'abord lié à quelques groupes d'opposants, avait appris les rudiments du catéchisme révolutionnaire puis, dans une surprenante bifurcation, avait contracté le double goût du whisky et de la musique.

A l'aristocratie du sang, il prétendait substituer celle de l'art et du talent et avait opté pour un domaine ou il devrait tout à son travail et rien à ses pères. Il avait choisi pour instrument le *santoor*, sorte de luth à cordes tendues que l'on fait résonner avec des baguettes de noisetier et qui rappelle le cymbalum hongrois. Revenu en Inde, il avait étudié sous la direction d'un maître qui l'avait chassé peu après à cause de son penchant pour la boisson.

Décidé à poursuivre seul, il avait alors rompu avec sa famille, elle-même ruinée après l'intégration de l'État dans l'Union indienne, et subsistait d'une maigre allocation paternelle dans un gourbi de Bombay. Pendant dix ans, il avait travaillé sur le même son, afin de regagner l'estime de son gourou. Ce son lui était un monde qu'il avait décomposé en une multitude de petits univers mélodiques qui avaient acquis l'ondoiement et la fluidité d'un fleuve. Par sa pratique, il avait développé une oreille d'une extraordinaire finesse : il entendait non seulement des quarts et des huitièmes de ton mais aussi des symphonies où nous n'entendions que du silence.

Quand il était assez sobre pour tenir debout, Indar ne dédaignait pas de courir le jupon en compagnie de « Jouliane », « *the only nice frenchman I ever met* ». De ses origines radjpoutes, il avait gardé certains travers obscurantistes et notamment son fantasme de la « femme blanche ». Une seule fois il avait évoqué devant nous son grand-oncle, tyranneau gonflé de roupies et de kebabs qui faisait venir de France ou d'Allemagne de pauvres filles appâtées par de mirifiques promesses, qui traversaient l'océan Indien en cabine close, surveillées par un garde-chiourme, se retrouvaient prisonnières dans le *zenana*, le harem du prince qui les convoquait une fois par semaine pour les martyriser et les renvoyait après une année, sans un sou, avec un billet de seconde classe. Elles portaient plainte auprès des autorités britanniques qui le plus souvent étouffaient l'affaire, le rajah étant un ami de la Couronne.

Bien qu'Indar se dise révolté par ces procédés, il était lui aussi envoûté et scandalisé par la liberté amoureuse des Européennes. En bon Oriental que la virginité obsède, il se promettait de ne jamais épouser une de ces filles qui se donnaient à lui, éblouies par ses dons de musicien. Julien avait beau lui expliquer qu'elles s'offraient en personnes indépendantes, libres de leur corps et de leurs pulsions, il n'en démordait pas. Et son succès renforçait sa peur et son dégoût. Au contraire de notre ami qui déployait des trésors d'éloquence, lui n'avait nul besoin de parler pour plaire : il jouait ou se taisait, fixant sa proie de ses yeux noirs. Julien enrageait parfois de cette facilité et nous racontait comment « Sa Hauteur » lui avait soufflé une conquête sous le nez. Mais Indar était aussi le seul à l'encourager dans sa recherche d'une bien-aimée indienne, et à lui vanter les charmes et l'agrément de ses compatriotes.

Après le déjeuner, Julien nous lisait généralement une ou deux nouvelles rédigées le matin. C'étaient des histoires farfelues qui ne manquaient pas d'un certain charme mais ne pourraient jamais fournir matière à un roman. Cela allait de la pochade pour enfants — un zèbre qui s'ennuyait d'être rayé passait en teinturerie et devenait moucheté — à la fable philosophique : dans un imaginaire royaume, le roi décidait un jour de réformer le système judiciaire. Il voulait faire de son pays un monde où l'idée de culpabilité, à force d'être partagée et démocratisée, ne pèserait plus. Au lieu d'incarcérer les coupables et de laisser les innocents en liberté, il trouvait plus équitable d'emprisonner tout le monde à dates fixes. Chaque citoyen était convoqué dans les geôles pour un laps de temps déterminé. Ainsi plus d'erreurs judiciaires, plus de justes

...pçonnés à tort : on reversait sur l'ensemble de la ...iété la méchanceté et le vice de quelques-uns. La police n'enquêtait plus sur les meurtres, certaine que l'assassin, tôt ou tard, payerait son crime d'un séjour en prison. Chaque année, les citoyens faisaient leurs classes de cachot et aucun étranger n'entrait dans le royaume sans un petit mois passé à l'ombre. Vols, hold-up, voies de fait continuaient comme avant ; mais la justice s'exerçait désormais avec sérénité dans une véritable redistribution de la faute et du châtiment.

Ou bien, dans le style des mythologies orientales, c'était le récit d'un aventurier loué par un souverain birman pour retrouver la dent de Bouddha volée dans la pagode Schwedagon de Rangoon par des soldats anglais. Des Chinois sans scrupule multipliaient les fausses dents pour l'égarer et il se battait à mort avec un prothésiste thaï. Son serment de ne pas se laver la bouche tant qu'il n'aurait pas réussi lui valait d'être jeté en prison en raison de son haleine chargée. L'aventurier jouissait à nouveau des faveurs de son protecteur grâce à un dentifrice magique, dénichait la précieuse canine dans le nid d'un aigle et tout finissait pour le mieux. Je voyais mal le lien de ces narrations avec son grand roman sur l'Inde, mais Julien nous suppliait d'être indulgents et d'attendre.

Puis, quand il n'allait pas s'enfermer dans une *public library*, arrivait l'heure des promenades culturelles. La ville entière devenait l'illustration de chapitres de livres, qui traversaient les siècles et les continents et s'approfondissaient les uns par les autres. Les lieux ne valaient que si un auteur illustre avait écrit dessus.

Dans tel bâtiment de Colaba, Kipling avait commencé sa carrière de journaliste ; en 1931, Mircea Eliade quittait l'Inde par Bombay après trois ans de séjour à Calcutta, grâce à une bourse du maharajah de Kasimbazar. C'est sur Marine Drive qu'en 1927 Henri Michaux, alors simple marin, recevait son premier choc de l'Asie ; c'est dans un hôtel de cette même avenue que Mark Twain, au début du siècle, en provenance d'Australie, inventait sa célèbre définition de la saison froide en Inde : « Cette expression conventionnelle passée dans l'usage pour permettre de distinguer la saison où la chaleur arrive à faire fondre un bouton de porte de celle où elle se contente de le ramollir. » Dans les rues de Bombay, Alexandra David-Neel promenait entre les deux guerres son regard sceptique d'Européenne convertie au bouddhisme tandis qu'en 1936 Jean Cocteau, qui effectuait un tour du monde en 80 jours pour un journal du soir, décrivit les gens de la ville comme « des chefs-d'œuvre humains de houille et de diamant ».

Il n'existait bien sûr aucun moyen de vérifier l'exactitude des propos de Julien, mais, lorsqu'il me disait : « A l'hôtel Taj Mahal, Pasolini pensait déambuler dans le ventre d'une contrebasse alors que Louis Bromfield se croyait dans un pénitencier de luxe », notre balade prenait rang d'épopée et se trouvait rehaussée par les fantômes de ces illustres personnages. Partout, il trouvait matière à rappel, évocation : en 1950, Arthur Koestler, sortant de la cabine pressurisée de son avion, sur l'aéroport de Bombay, avait eu l'impression de respirer « une couche de bébé humide et malodorante » ; en 1961, Moravia avait ressenti la présence de la mort, à travers les simulacres en sable de Kali, construits à marée basse par les enfants sur la vase grasse et gluante de Chowpatty Beach ; à Victoria Station, V. S. Naipaul avait redouté de se noyer dans la foule tandis que son ami Paul Théroux, qui traversait l'Asie en chemin de fer de Londres à Tokyo, y retrouvait l'allure ravagée des quartiers pauvres de Chicago. Dans cette même gare où Phileas Fogg et Passepartout s'étaient embarqués pour Bénarès, Jack Thieuloy et Babu son protégé avaient vécu, dormi et mangé plusieurs semaines tandis qu'à la même époque Charles Duchaussois violait les Tours du Silence et tuait dans un combat singulier un souteneur des *slums* dont il avait séduit la femme. Au Dipti's, dans les bars des hôtels President et Taj Mahal, le génial criminel Charles Sobhray abordait ses futures victimes et se proposait comme guide en se disant courtier en bijoux. Sur l'îlot d'Elephanta, André Malraux avait longuement médité devant le Shiva à trois têtes ; à Bombay, Allen Ginsberg avait commencé les premiers vers de son poème « Howl Kaddish », E. M. Forster jeté les fondations de son célèbre roman *Passage to India*, et George Orwell fait escale en 1922 et vu les premiers coolies battus par des colons blancs. Julien essayait d'imaginer aussi le parcours dans cette ville d'autres poètes, prosateurs ou dessinateurs qu'il appréciait, Octavio Paz, Frederic Prokosh, Claude Levi-Strauss, Vitold de Golish, Nicolas Bouvier, Ceppi, mais, faute de renseignements biographiques sur eux, il en était réduit à des suppositions.

Bref, il avait le don d'éveiller des paysages anonymes et transportait dans les coins les plus reculés son amoureuse fédération d'auteurs qui éclairaient et illuminaient son travail. Il était assez cultivé pour me tenir en haleine longtemps et moi assez courtois pour l'écouter. Il y avait en lui un côté Gotha, volonté de ne dialoguer qu'avec les Grands même s'ils étaient morts ; il les convoquait impérativement, les haranguait par-delà les années et les siècles, comparait ses observations avec les leurs, vérifiait des passages de leurs textes, au besoin pour les corriger, et les consultait à tout propos.

Dans ces moments-là, il se montrait délicieux, passionnant, s'oubliait pour parler des autres avec une tolérance, un feu qui donnaient envie de tout abandonner pour les lire. Il les admirait sincèrement, brûlant de faire partager ses enthousiasmes, les citant avec abondance, discutant la diversité de leurs points de vue. Il estimait jusqu'aux écrivains qui haïssaient l'Inde, soutenant que cette aversion constituait un lien plus fort que l'amour, un lien qui demandait à être démenti et contenait en lui une attente bénéfique. Dans l'indignation obsessionnelle des déçus de l'Inde, il décelait encore la ténuité d'un attachement. Tous ces littérateurs, loin de l'intimider, formaient les pilotis sur lesquels il comptait édifier sa propre œuvre.

Il lisait énormément sur le sous-continent en anglais et en français ; il avait un ami libraire à Bénarès, du nom de Bujijan Mall, qui venait une fois par mois lui proposer des livres rares, un petit bonhomme à la moustache raide, qui aimait trop les ouvrages pour les lire et connaissait le nom des auteurs par leur nombre de pages. Il riait chaque fois qu'il en plaçait un et il avait beaucoup ri avec Julien car il lui avait vendu l'ensemble des in-folio en français de la

bibliothèque personnelle du maharajah Tagore de Calcutta, tous reliés en pleine peau. C'étaient surtout des œuvres d'Alphonse Daudet ou de Pierre Loti dont les dédicaces respectueuses : « A Votre Majesté, admirateur et connaisseur des lettres françaises, cet humble hommage de son ami, A. D. »,
ou bien : « A Votre Excellence, protecteur des arts et ami des Lumières, ce recueil de son fidèle serviteur, P. L. », faisaient rêver Julien. Il se voyait déjà, comme Pierre Loti l'avait été à Travancore dans le Kerala, attaché à la cour d'un rajah, pensionné à vie, poursuivant la rédaction d'un travail monumental, somptueusement logé, partageant avec son mécène les faveurs de quelques courtisanes, se convertissant par politesse à l'hindouisme et s'initiant à l'art du sitar avec le concours des plus grands musiciens du pays. Il n'osait confesser ces enfantillages à Indar, qui répudiait avec hauteur l'Inde féodale et tolérait mal notre nostalgie de cette époque.

N'eût été le problème du transport des livres — il n'avait pas comme Somerset Maugham des boys pour l'aider à charrier partout avec lui une librairie dans un énorme sac de toile —, Julien eût dévalisé les bouquinistes de la cité. Car il connaissait et lisait aussi la littérature indienne et avait eu l'occasion d'en rencontrer plusieurs représentants : Salman Rusdhie, très british et brillant, tout plein de la morgue que lui conférait son titre mondial de nouveau Marquez de l'Asie ; Raja Rao, fragile et brûlant, ancien ami de Malraux et pour qui l'écriture participait de l'accomplissement intérieur ; Kushwant Singh, de religion sikh, mondain et rieur, amateur de femmes et de bonne chère, éclatant d'humour et de talent ; V. S. Naipaul enfin, le grand renégat, à qui allaient toutes ses faveurs, tour à tour génial ou exaspérant, trop occidental pour son peuple et trop hindou pour un Européen, jouant à merveille de cette confusion pour fourvoyer ses interlocuteurs.

4
Un charivari d'enfants

Julien nous emmenait souvent à des concerts. Il adorait la musique indienne et se sentait à l'entendre délivré des liens de la pesanteur, poussé dans une extase faite de légèreté et de désincarnation. Il pouvait rester des nuits entières à se griser de *ragas,* rattaché au monde par l'ouïe seule, goûtant jusqu'à l'étourdissement ces sonorités qui frisaient le néant et parvenaient à rendre le silence audible. Un soir, lors d'un récital de Shoba Gurtu, Julien nous présenta Kiran, une frétillante petite créature noire, une chrétienne de Poona, aînée d'une famille de onze enfants, et qui dormait sur un trottoir en face du Prince of Wales Museum. Cette gamine de dix ans, qui avait appris l'anglais avec les touristes, pétillait d'intelligence et de malice. Elle tenait de la souillon et de la romanichelle, était d'une minceur, d'une fragilité surprenantes, mais si finement bâtie qu'elle semblait ciselée. Elle saisissait tout avant nous, comprenait les sous-entendus, lançait des remarques insolentes qui frappaient par leur justesse, sentait les tensions, savait les prévenir et raisonnait déjà comme une femme de tête. Nous n'avions jamais rencontré une petite drôlesse comme elle.

Elle avait mis au point une méthode infaillible pour aborder les étrangers : au lieu de les importuner avec sa misère, elle complimentait les femmes sur leur beauté, les hommes sur leur bon goût ; une fois qu'ils étaient bien embobinés, flattés, ils s'empressaient de la remercier avec quelque monnaie ou cadeau. Elle recevait les offrandes avec un sourire qui n'était pas exempt de dédain si bien que les donateurs se sentaient presque en dette à son égard.

Elle pratiquait aussi toutes sortes de métiers : à la gare, elle sautait dans les trains en formation, occupant deux places qu'elle louait ensuite aux enchères aux voyageurs.

Elle vendait des fleurs volées dans les temples, les nouait en bouquets multicolores et jetait ces guirlandes autour du cou des touristes. Mais elle détestait son pays, et surtout les policiers, les ambulanciers et les camelots, qui à plusieurs reprises avaient tenté de la violer. Elle était capable de déjouer une poursuite par une nuit de pleine lune dans les venelles les plus mal famées. Amoureuse, je pense, de Julien, elle rêvait dans une autre vie de renaître en France ou en Angleterre, et se demandait ce que nous trouvions à l'Inde, elle qui n'aspirait qu'à en sortir.

Elle patientait. Et cette douleur de n'être pas encore européenne imprimait à ses traits un air détaché un peu absent, comme si cette vie n'était qu'un préambule un peu désagréable à un monde meilleur. Julien lui apprenait le français à ses moments perdus et elle faisait des progrès surprenants, ne butant même pas sur l'accent, répétant chaque mot nouveau comme un fruit exotique. Elle nous racontait à longueur de jour la légende et les chroniques de la rue qu'elle connaissait sur le bout du doigt et servait à Julien d'informatrice. La police, qui raflait périodiquement les enfants errants pour les dissuader de mendier, l'avait souvent emprisonnée et battue. Certains loupiots étaient gardés trois ou quatre ans si personne ne les réclamait. Ils prenaient une douche glacée le matin et recevaient deux fois par jour une ration de riz à l'eau à moitié cuit. Certains gardiens exerçaient des sévices sexuels : le viol, elle le disait drôlement, est un sport national en Inde, surtout chez les forces de l'ordre. Julien l'avait déjà sortie une fois du bloc, muni d'un solide bakchich et d'une collection de *Playboy* surannée qu'il avait glissée sur la chaise d'un brigadier, aux jambes noueuses comme son stick de bambou, avec la promesse que ses hommes ne la tracasseraient plus à l'avenir.

Kiran nous apprenait aussi comment l'Orient place ses estropiés. Elle nous emmena chez le directeur d'une école de mendicité, réplique tropicale d'un roman de Dickens. Il enseignait aux petits à varier leur boniment, à entretenir leurs plaies, à soigner leurs pustules et leur allouait une zone selon les capacités de chacun, les obligeant à travailler jusqu'à la fermeture des cinémas, heure à laquelle ils avaient le droit de manger. Un camion les déposait chaque matin et les ramenait chaque soir. Le maître d'école nous proposa de nous prêter un de ses élèves, quelques semaines, moyennant un pourcentage.

Kiran nous présenta les gosses mutilés par leurs parents : l'un d'eux avait les bras sectionnés à l'épaule et, attaché à une horrible femme par un câble, devait faire le singe pour stimuler les largesses des passants ; un autre avait eu le crâne comprimé dans une boîte dès sa naissance ; aujourd'hui microcéphale, rabougri et débile, presque muet, il ne savait que tendre la main ; il bourrait ses poches de bonbons, sucreries, bouts de ficelle, épluchures de fruits, petits cailloux et passait des heures à examiner ses reliques ; un troisième avait eu le dos brisé à force de coups par ses parents et promenait sa bosse, tel un Quasimodo miniature ; un autre encore, bras et jambes désagrégés en multiples morceaux, sa tête juste soulevée par un pied retourné qui lui servait d'accoudoir, exécutait des reptations sur un morceau de chiffon. Le soir, son père l'enroulait dans son chiffon et le ramenait comme un paquet ; une petite fille, dont les jambes attachées à un arceau s'étaient développées en forme de losange, marchait en boitant de droite à gauche, à la façon d'une goélette ballottée par la houle ; d'autres, plus chanceux, n'avaient perdu qu'un bras, un pied ou quelques doigts. Il existait aussi à Bombay, comme dans toutes les grandes cités, des professionnels de la mutilation enfantine. Les parents leur amenaient leur rejeton le plus paresseux ou le moins rentable pour le dresser. Ils travaillaient à la hâte sans anesthésie ni cautérisation, avec du matériel de boucherie et retaillaient les gamins à la convenance. Kiran ignorait où ils officiaient et de toute façon n'en eût rien dit. Il s'agissait là d'une affreuse industrie que les pauvres entretenaient pour survivre et qui ranima dans ma mémoire les colères de Victor.

Kiran, quoique fille, s'était imposée grâce à son intelligence et à son savoir à toute une troupe de coursiers, mendiants, cireurs, miochons qui évoluaient comme des pages ou des poissons pilotes autour d'elle, continuellement à portée de voix. Il fallait l'entendre, avec son visage sale et mobile, ses dents rougies par le jus de bétel, lancer un ordre et voir ses lieutenants, recrutés parmi sa famille proche, le répercuter à toute une marmaille qui s'empressait d'y obéir. Elle dirigeait sa légion de garnements sans faiblesse, rendait une justice expéditive et exigeait beaucoup d'eux, sans distinction d'origine, de caste ou de religion. A tous elle apprenait à extorquer de l'argent aux riches et d'abord à classer les touristes selon leur degré de générosité : les Italiens en premier, suivis des Français, des Allemands, des Américains et, loin derrière, les Russes, les plus pingres et pourtant les plus gros. Parmi les Indiens, les juifs, les catholiques et les *parsi*, hélas minoritaires, se montraient les plus libéraux envers eux.

Julien adorait ces enfants pour ce qu'il y avait en eux de précaire. Dans de meilleures conditions, ils auraient pu devenir grands poètes, savants, mathématiciens de haut niveau. Ici, ils étaient talonnés par la mort dès leur premier souffle, la mort régnait sur eux et leur faisait parcourir au galop les étapes de la vie. Un mystérieux joueur de flûte les emportait un jour aussi soudainement qu'ils étaient venus. Mais ces condamnés affables ne perdaient ni le sourire ni la spontanéité. La vivacité explosive de leurs yeux exhalait une insouciance heureuse. Ces rois et ces reines en haillons avaient la douceur d'une rémission. Ils étaient la force de l'existence dans son premier élan, la pulpe tendre du fruit avant que la faim et la misère l'aient desséché.

D'ailleurs, à Bombay, Julien ne se disait sensible qu'aux basses classes, plus accessibles selon lui que les hautes castes, toujours sur le qui-vive, redoutant à chaque pas un danger de pollution. Plus l'on descendait l'échelle sociale, plus grande était la liberté de mœurs.

Le Welcome 92

Julien pratiquait un luxe déplacé dans ce pays : la ponctualité. Il arrivait à l'heure à tous les rendez-vous, ce qui amusait beaucoup les Indiens, pour qui vingt minutes de délai sinon une heure constituait le minimum exigible de la part d'un honnête homme. Il poireautait donc et, en prévision, apportait toujours un livre ou une revue sous le bras. Il n'y pouvait rien : on l'avait élevé dans la tyrannie de l'horloge et il perpétuait cette névrose familiale, même outre-mer. C'était le seul trait sérieux de ce garçon fantaisiste et bohème à l'extrême.

Le soir du 1er décembre, après trois heures éprouvantes d'un « curry-western » au cinéma, il nous emmena pour la première fois dans une fumerie de Sukulaji Road, proche du quartier réservé, derrière le marché aux voleurs.

C'était une méchante venelle, défoncée, riche en nids-de-poule profonds comme des puits, bordée de masures borgnes à un étage et de boutiques grandes comme des cubes, où rôdaient des patibulaires musclés qui semblaient évaluer notre état de fortune d'un coup d'œil.

J'avais imaginé une suite de longues pièces richement ornées, des panneaux lambrissés, au décor propice à l'oubli et au vertige ; cela se réduisait à une niche pisseuse, remplie d'Arabes du Golfe, d'Iraniens et de quelques Australiens, avec des nattes posées à même le sol et des cloisons constellées de chiures de mouches. Dans une petite armoire à pharmacie, fermée à clé, il y avait assez de poudres, de pilules, d'amphétamines et de buvards d'acide pour faire sauter la tête d'une ville entière.

La coupe d'opium, de *chandoo,* coûtait trois roupies. Sai Baba, la reine Victoria et J. F. Kennedy trônaient sur des murs noircis par la fumée. Dans une pièce voisine, quelques seigneurs de la contrebande locale fêtaient une heureuse rentrée en sablant le champagne.

Il s'agissait d'une des fumeries les plus populaires de Bombay et, le week-end, les ouvriers des filatures, les coolies piétinaient devant la porte pour avoir leur dose. Chaque paillasse portait sa cargaison de visages émaciés flottant dans une épaisse vapeur. Chacun marchait à un narcotique différent, selon les origines nationales : les Iraniens abonnés à l'héroïne côtoyaient les Saoudiens amateurs de chanvre indien, toléraient les sniffeurs de cocaïne yéménites et les Blancs mangeurs de pavot. Tout le monde s'entretenait à voix basse, par interjections brèves et rares.

Et, tandis qu'un préparateur, à demi nu, tenant dans ses mains une pipe de teck à embout d'ivoire, faisait griller sur une flamme une goutte épaisse d'un noir d'ébène, Julien, toujours un peu trop spirituel, un peu trop paradoxal, évoqua le mythe du fumeur d'opium dans la littérature, de Kipling à Max Olivier-Lacamp. A son avis, aucun de ces écrits n'atteignait la puissance de conviction du *Lotus bleu* d'Hergé.

— Ce sont des bandes dessinées qui m'ont donné envie de voyager. Pour moi, tous les paysages de l'Inde et de l'Orient resteront empreints de la marque et des personnages de Tintin ; c'est avec lui que j'ai appris à lire le monde, c'est lui que je retrouve partout. Que veux-tu ! J'appartiens à la civilisation du café-crème et des albums de Casterman ! Pendant des années, alors que nos aînés luttaient pour la réunification du mouvement communiste international, moi je priais pour la réconciliation des Beatles.

Il s'arrêta un instant, recracha un énorme nuage de fumée âcre et amère. Les vapeurs de l'opium me brûlaient les bronches comme une piqûre de guêpe et je me demandais comment Julien pouvait encore parler.

« Tu sais, Frédéric, je crois que nous allons en Inde pour retrouver les rêves de l'adolescence. Par peur du " une fois pour toutes ", afin de préserver l'âge ingrat. Ici rien n'est joué, la porte reste ouverte sur l'inconnu.

Je toussai pour m'éclaircir la voix.

— C'est vrai de tous les voyages, non ? Pourquoi toujours l'Inde ?

179

— Parce que ce vieux pays neuf donne le sentiment de sortir des eaux de la Création. Il ne représente ni le passé ni le futur de l'humanité mais son bain originel. On y respire partout une odeur de placenta, l'odeur des nouveau-nés.

— Bel euphémisme pour dire que ça pue la merde à tous les coins de rue.

— Écoute, on se sent tous des enfants dans cette civilisation maternelle ; la caste, la famille entretiennent autour de chacun une sorte de bulle et, jusqu'au seuil de la vieillesse, les individus baignent dans une chaleur matricielle. D'où l'infantilisme fanfaron de la plupart des mâles qui se pavanent comme des gosses gâtés et dorlotés. Une société qui adore la vache ne peut engendrer que des générations de téteurs et de nourrissons. Même l'hindi, avec ses *o* et ses *a*, ses voyelles enfantines, reste la langue d'un peuple buveur de lait et vénérateur de mamelles. Ici, tout le monde est le fils de quelqu'un et l'immaturité n'est pas une anomalie mais un mode d'être social. Tiens, regarde Dominique...

Dominique précisément, qui n'avait aspiré sur sa pipe que du bout des lèvres, venait d'acheter une portion de riz au patron pour une souris qui se faufilait derrière les bat-flanc. Cette puérilité, presque inconvenante, ne m'étonnait pas. Depuis que nous avions rencontré Julien, Menviel s'était refermé sur lui-même. Le dépit de n'être plus mon seul compagnon et surtout les inclinations particulières de l'écrivain l'avaient incité à se replier. Au contraire de notre camarade, lui se réjouissait du puritanisme ambiant ; aux Indiennes en sari moulant qu'on croisait dans la rue, à ces rares visages découverts, il préférait de beaucoup les silhouettes voilées et grillagées des musulmanes. A ses yeux, la femme représentait une contrée lointaine dont il était protégé ici ou, plus exactement, une espèce en voie d'extinction. Les références continuelles de Julien au deuxième sexe le blessaient dans ses choix les plus intimes. Se sentant excommunié par notre couple, il prenait ombrage de l'amitié qui se développait entre nous et ne m'adressait presque plus la parole.

Vers minuit arriva un Français à la face graisseuse de fœtus, dont la peau d'un blanc malsain, comme bouillie dans un ragoût, ne cessait de suinter. On l'appelait l'Angoisse, il émanait de lui quelque chose de repoussant, toutes les affres d'une vie dédiée à l'alcool et aux stupéfiants d'autant qu'un bec-de-lièvre, mal opéré, tirait ses lèvres en un perpétuel rictus. C'était pourtant un garçon serviable, dévoué et très fidèle. Il traînait en Inde depuis cinq ans, avait pratiqué tous les métiers et travaillait pour l'heure dans un racket local. En s'allongeant pour fumer, il sortit de son pantalon cinq passeports français qu'il jeta par terre. Il en était à deux grammes d'héroïne par jour et se plaignait que l'opium ne lui fasse plus d'effet. Pendant les quelques heures que nous passâmes ensemble, il fuma deux paquets de cigarettes et ingurgita quatre litres de bière. Et il restait toujours lucide, avide de plus de sensations. Il boitait pitoyablement : il avait tenté plusieurs fois de faire cavalier seul, de doubler les gros bonnets de la mafia locale et, pour le punir, la police, de mèche avec cette dernière, lui avait cassé la jambe à coups de marteau. Il s'était rétabli et se promettait de recommencer ses petits trafics dès qu'on l'aurait oublié. Julien se targuait avec fierté de son amitié : ce type de canaille lui en imposait et il admirait leur façon de flamber.

Ce soir-là, l'Angoisse était en fonds, suite à une bonne vente à un groupe d'Américains, et il nous régala d'une autre tournée d'opium qui me chavira l'estomac. Puis, toujours grand seigneur, il nous proposa une virée dans un bordel voisin pour, disait-il, « nous dégorger le poireau ». Cette expression, qui m'aurait choqué d'habitude, traversa mes oreilles à la façon d'une merveilleuse trouvaille, d'un fragment d'anthologie. A travers elle j'entendais la France me parler et se matérialiser devant nous comme si ces quelques syllabes possédaient la vertu d'un charme, d'un sortilège. Et nous nous les répétions, tel un mot de passe, soudés les uns aux autres dans un même étonnement.

L'Angoisse était ravi de l'effet produit par sa petite phrase. Il gardait en stock et répétait chaque jour un certain nombre de tournures d'argot, par entraînement,

181

même en face d'interlocuteurs étrangers. C'était sa manière à lui de se sentir encore français. Ces morceaux choisis, appris par cœur, constituaient son vrai passeport, plus réel que l'autre, déjà mille fois trafiqué et revendu.

Malgré les fortes réticences de Dominique qui me suppliait de rentrer avec lui, nous nous retrouvâmes peu après au Welcome 92, un clandé peint en vert sur un premier étage qui offrait des *white women*, entendez des gamines népalaises au teint pâle dont la plus vieille ne devait pas dépasser seize ans. Quand nous arrivâmes, la moitié des filles sommeillaient, chavirées de fatigue. Des marins russes et roumains trinquaient à la bière, forçant leurs favorites à boire au goulot. Dans un coin gisait la maquerelle, rombière énorme enveloppée de gaze, de tulle, de soierie et parée jusque dans les ailes du nez de joaillerie indigène. Elle nous soumit les prix d'un air las :

— *Dirty hole, very cheap, clean hole, not expensive. Condoms, one roupie.*

En Europe, même de la maison de passe la plus minable émane une mystérieuse atmosphère de dessous intimes, de murmures secrets, de chairs invincibles. Mais cet antre suintait la misère, le besoin hâtif, réduit à une scorie. Encore était-ce l'un des établissements les plus huppés du quartier : les racoleuses des rues qui travaillaient dans les cages avaient une vie plus difficile. Leurs passes commençaient à trois roupies, trois francs. Elles formaient la lie de la profession et se trouvaient méprisées par toutes les autres. En somme, dans la prostitution de Bombay, la hiérarchie, très simple, suivait l'architecture : le rez-de-chaussée était réservé aux parias et la noblesse montait les escaliers.

Il flottait donc au Welcome 92 une impression d'écœurement, d'épuisement : les *girls*, petites et rieuses, portaient leurs cheveux gras plaqués sur le crâne et retombant librement sur les épaules. Blanchi sous une épaisse couche de fard — toujours l'attrait des teints clairs —, leur visage se détachait du cou comme un masque de plâtre. Enfarinées de la sorte, elles évoquaient des travestis maladroits et on se prenait à s'interroger sur leur sexe.

Elles avaient des yeux vifs et très noirs et leurs lèvres

peintes en rouge, leur minois impubère, artificiellement vieilli, les grimaient de façon morbide. C'étaient de jeunes poupées plus propres à accomplir quelque rite funéraire qu'à éveiller les sens, des cadavres maquillés jusqu'aux oreilles et qui butinaient le client avec une douceur acide.

Il eût fallu être aveugle pour discerner dans ces pouliches népalaises, numérotées aux fesses, une invitation à la débauche. Leur museau de fouine, leur corps miniature, leur allure fourbue, tout se coalisait pour doucher le désir et j'avais presque envie de prendre mes jambes à mon cou.

— Pense qu'elles ont une chatte et des seins et tu banderas, me souffla Julien.

— Ici, c'est le marché de la viande. Tu choisis ton morceau et tu te vidanges, renchérit l'Angoisse.

Ses mains gonflées, rougeâtres, rampaient comme des limaces sur les corps menus. Il soupesait les minces poitrines dans ses paumes et, cette fois, il ne se retenait plus ; notre encouragement de tout à l'heure lui avait tourné la tête et l'incitait à des plaisanteries ordurières dont l'obscénité s'éventait en un instant ; elles lui tenaient lieu de libido et j'apprendrais plus tard qu'en matière amoureuse il ne dépassait jamais le stade verbal ; la drogue l'avait laminé.

Les vingt-cinq malheureuses, assises autour de la tenancière, se démenaient, se marchandaient — *What is your price, tell me your good price* — avec l'énergie lasse de qui se trouve flétrie de naissance. L'une d'elles se blottissait contre moi ; tandis qu'une seconde, de l'autre côté, fouillait dans mes poches à la recherche de billets. La plupart avaient été vendues par leurs parents, par villages entiers, à des rabatteurs, ou enlevées dans les champs et venaient de zones tribales ou de castes d'intouchables. Certaines filles étaient apportées cousues dans des sacs et vendues au poids. Quelques veuves qui ne pouvaient s'habituer à une vie de deuil travaillaient aussi dans les maisons d'abattage. C'est à elles, basses entre toutes, qu'on réservait les clients africains, somaliens, djiboutiens, soudanais, zaïrois, les Indiens ayant une sainte horreur des peaux foncées. D'une suite de chambres voisines où caleçons et soutiens-gorge pendaient sur des fils, le hurlement d'un bébé monta. Une petite fille toute nue, exhibant des pieds ravissants, apparut et chacun s'en empara pour la câliner, la bercer, l'embrasser. On vivait en famille, les pensionnaires élevaient leurs enfants sur leur lieu de travail.

Le principal attrait du Welcome 92 venait des concerts qui s'y donnaient jusqu'à l'aube. Une chanteuse, accompagnée d'un petit orchestre, y poussait des roucoulades dignes d'une scierie en pleine activité. Si elle flanchait un instant, c'était pour réattaquer par un gros sanglot qui devenait tumulte, propre à vous assourdir. Et pourtant ces jacasseries ne manquaient pas de tenue : venait un moment où la chanteuse, sur le point de finir, tenait les auditeurs en haleine, dans une impatience admirablement entretenue d'un retour du thème. Et l'affaissement chromatique de sa voix, à peine soutenue par le pincement d'une corde, préludait à la naissance d'une nouvelle variation.

Les spectateurs indiens en pleuraient presque de joie, balançant leur tête, poussant un cri après chaque performance. Sur ce râle doux et pathétique, des gitanes alertes et rondes dansaient, en faisant cliqueter leurs accessoires de chaînes, de colliers et de bracelets. Le moindre clignement de l'œil produisait chez elles un tintement de grelots. Sous l'ogive satinée de leur peau, on voyait travailler les muscles des ventres nus que la sueur patinait.

Toutes les heures, à l'intention des clients arabes, une grassouillette exécutait des numéros de strip-tease sur des morceaux de musique égyptienne. Elle se déhanchait avec gêne, projetait en avant ses seins lourds comme des courges et abandonnait peu à peu ses voiles jusqu'au slip pailleté qu'elle devait pousser vers le bas tant ses cuisses étaient épaisses et serrées. Puis, dans une semi-pénombre, elle tortillait ses deux fesses l'une après l'autre, faisait osciller son postérieur vers l'auditoire qui retenait son souffle. Et, dans la fumée des narghilés et des *hooka,* le fracas des violons et des cuivres, elle dressait sa montagne de chair comme une idole à la nudité plantureuse et sauvage.

Dominique était depuis longtemps reparti à l'hôtel et je l'aurais suivi si l'opium ne m'avait ramolli et rendu tolérant. Julien et l'Angoisse insistèrent pour m'offrir une fille un peu plate, avec un gros visage boudeur. Sous son masque de craie, elle ressemblait à un petit démon, hélas fort peu lubrique. Ils négocièrent longuement son prix avec des mimiques, des allusions grossières, puis Muntaz, c'était son nom, m'emmena dans un réduit fermé par un rideau. Des mains de fatma, des phallus et des vagins grossièrement esquissés égayaient les murs, un bébé dormait sur une planche et une bassine d'eau trouble trônait près du lit.

Tout fut rapide et simple, si simple. La fille alluma de petites graines d'encens, la pièce se remplit de fumée lourde, asphyxiante ; puis elle se déshabilla, s'allongea, me mit la main entre les jambes, sans convoitise, juste pour vérifier que j'étais prêt et me hissa sur elle, comme on ramène une couverture sous son menton. Mon corps réagissait normalement, détaché de moi-même. Muntaz était extraordinairement grave mais sans émotion aucune et gigotait vaguement avec une haleine rance de bétel et de curry. Une odeur de bois de santal et de noix de coco flottait autour de ses cheveux.

Une coucherie est en général inséparable de l'idée de sensualité. Ici non, pas l'ombre d'un débordement. Tout le temps de notre petite affaire, ma partenaire garda les yeux ouverts sur un point fixe au plafond. Un peu de sueur s'accumulait au-dessus de ses lèvres, humectant une légère moustache. Julien m'avait donné la consigne : uriner après les rapports pour chasser les éventuels bacilles logés dans l'urètre. Et j'expédiai mon laborieux exercice, pressé d'évacuer les germes que j'avais pu y amasser. Des chambres voisines sortaient des cris aigus, des voix étouffées de femmes.

J'entendis l'Angoisse pousser des jurons d'une indécence monotone et il surgit dans la pièce, échevelé, nu, hurlant que cette salope d'à côté n'était même pas capable de l'exciter. La tête bouillante, les yeux rouges, il aurait pu plaider la folie. Mais il n'était pas fou : juste en plein décalage. Il ne se résignait pas à son rôle d'amant platonique. Il m'offrit encore une bière et un joint et à 5 heures retourna se coucher.

Je me levai, ouvris la fenêtre. Une nuit graisseuse, épaisse enveloppait la ville. Les trottoirs ressemblaient à des morgues : des hommes allongés sur des *charpoy*, des lits de corde, formaient dans la pénombre des entassements d'où émergeaient des bras, des jambes, tels des branchages sectionnés. Chiens et rats circulaient, fouillant les tas d'ordures dans un esprit de bon voisinage. Deux ombres en pantalon bouffant entraînaient sans bruit une troisième d'un trou d'ombre à un autre trou de ténèbres.

Plus rien ne me repoussait. Ma compagne elle-même était une charmante momie, tassée sur sa couche, recroquevillée. Je respirais avec délices l'air chargé d'une puanteur aigre où flottaient des relents d'essence de rose et de musc. C'étaient les ténèbres chaudes, les ténèbres humides d'un ventre accueillant. Dans l'ombre on entendait le bruit sourd des mâchoires de buffles broyer les pousses de canne à sucre. L'abîme était à portée de la main et paré des couleurs de l'enchantement. Je tombais victime d'un lieu commun : la vocation narcotique de l'Orient. Bombay s'enfonçait sous terre, me happait avec elle. Comme une mélopée lente, paresseuse, l'Inde semblait me dire :

— Restez, mais restez donc, dormez et oubliez.

Julien vint me réveiller le lendemain en m'apportant un thé au lait aux épices, un *masala tchai*. Par les planches disjointes, les rayons du soleil poignardaient les coins d'ombre, illuminant des escadrons dansants de mouches. La plupart des filles, déjà levées, cancanaient, en se lavant dans la rue au robinet commun, encerclées par leurs mouflets, ou époussetaient la literie, s'épouillaient les unes les autres.

Les vidangeurs de tinettes passaient d'une maison à l'autre pour nettoyer les latrines, des gamins rieurs offraient des peignes ou des plumes de paon et sur cette agitation tonnaient les ordres brefs d'énormes viragos en peignoir, les cheveux embrouillés et huileux, qui dirigeaient les opérations en dégustant des friandises.

Julien avait déjà toute la presse anglaise à la main et ne manifestait aucun signe de fatigue. Son plus grand bonheur, après une nuit passée dans un lupanar, était d'ouvrir un livre ; le corps apaisé rendait l'esprit plus apte au travail intellectuel. Ici, les patrons l'appelaient « docteur » et le traitaient avec la déférence due aux lettrés. Pour eux, c'était surtout un bon client qui distribuait de généreux pourboires et n'essayait pas de séduire les courtisanes, de les distraire de leur travail. Et puis, ouvrir un livre de philosophie dans un bordel, croiser la plus haute réflexion avec la chair d'une catin constituait pour ce snob le fin du fin. Il poussait parfois le vice jusqu'à écrire une heure ou deux au café Olympia, petit troquet tapissé de miroirs sur Falkland Road, rendez-vous des filles, des souteneurs et des clients, où il aimait à prendre la pose du romantique transporté. Il rêvait déjà de signer la conclusion de son livre d'un : « Fait à Sukulaji Road, Welcome 92. »

Je ne lui cachai pas mes opinions sur l'endroit ni ma déception. Il éclata de rire.

— Si tu cherches ici un écho, même vague, aux fresques de Khajurao ou de Puri, tu seras cruellement déçu. Je te l'ai dit déjà : un cataclysme qui s'appelle l'islam s'est abattu sur l'Inde et a freiné l'appétit de vivre, le bonheur corporel. L'islam avec sa fureur iconoclaste, son zèle prosélyte, non content de détruire des milliers de temples, a dévié de manière irréparable la grande civilisation hindoue. Mon vieux, on ne va pas dans un bordel pour faire l'amour mais pour se détacher de l'amour. L'Inde, qui compte plus d'hommes que de femmes, fabrique des impuissants à grande échelle, grâce à la prostitution. Le procédé est remarquable : elle détruit le sexe par le sexe et réussit à le rendre tellement hideux que la chasteté, par contrecoup, semble merveilleuse.

— Peut-être, mais ton Welcome 92 est minable et je ne comprends pas le plaisir que tu trouves à venir ici.

— Simple curiosité ; même l'abject a quelque chose d'attirant. Je viens faire du tourisme dans le corps des femmes. J'apprends des choses, je respire l'ambiance. Pour te dire la vérité, j'ai déjà connu pire.

— Pas possible ?

— C'était il y a deux ans, à Colombo. Un soir, je hèle un rickshaw et lui demande de me trouver des filles. Il accepte aussitôt et sans même négocier le prix m'emmène le long des rues noires et désertes de la capitale. Nous tournons une heure ; les cahots de la route, le bruit assourdissant du pot d'échappement crevé ont peu à peu raison de mon désir mais je persiste. J'avais pris le soleil toute la journée, je voulais absolument culbuter une de ces Cinghalaises aux hanches généreuses, au ventre bombé, haut fendu ; il fallait que je touche la peau d'une femme, peu importe laquelle. Plusieurs fois le chauffeur me propose des *boys,* de l'opium, de la *ganja.* Je réitère ma demande : je veux des *girls, only girls.* Il s'arrête devant un portail, descend, parlemente avec le gardien et revient en courant : on lui lance des pierres et des injures. De son jargon, je comprends qu'il s'agit d'un ancien hôtel de passe fermé par la police. Nous reprenons notre course ; devant l'Intercontinental, mon guide charge un rabatteur qui, de nouveau, me propose des drogues ou des garçons. Ma requête les étonne : Ceylan est le paradis des pédophiles, y chercher une personne de sexe féminin frise l'impolitesse. Je suis épuisé et demande à rentrer à mon hôtel. Mes deux compagnons baragouinent entre eux. Maintenant, pour me décourager, ils m'offrent l'impossible : des *english girls,* des *russian girls, very young, very young,* et, devant ce choix astronomique, me somment de me prononcer. Je ne réponds plus, mon dos me fait mal, je me sens tout courbaturé, je veux dormir. Nouvelles négociations, autres conciliabules. Et nous repartons de plus belle dans des nuages de fumée, prenons les virages sur les chapeaux de roue. Je somnole. Quand je rouvre les yeux, nous sommes en pleine campagne, au centre d'un *coumpound :* un lampadaire tordu diffuse une lumière blafarde ; le rabatteur descend, siffle dans ses doigts. De l'ombre sortent deux hommes en *longhi* qui me reluquent avec méfiance. Ils discutent. Le rabatteur me dit un chiffre. J'acquiesce, je suis de toute façon lessivé. Des enfants surgissent de la nuit : ils sont bientôt sept autour de moi. Il est 2 heures du matin. D'une cahute en torchis, les deux hommes tirent une fille qui arrive à peine à marcher. Ils la soutiennent chacun sous un bras. J'ai un mouvement de recul : non seulement elle ne peut se tenir debout, mais elle est aveugle. Ils me la jettent dans les bras comme un paquet. Je peux faire ça où je veux, l'espace ne manque pas et ils désignent du menton le sol de terre battue. Je refuse, leur rends l'aveugle et demande à mon rickshaw de rentrer à l'hôtel. Ils se concertent entre eux, le ton monte, je distingue les accents d'un litige. Alors, sans crier gare, le plus fort s'approche de moi et m'assène une gifle. Je reste sonné sous le coup. A leur tour, les enfants m'encerclent et commencent à me donner des coups de pied. Le rickshaw et le rabatteur ricanent. Ils ont un Blanc sous la main, ils vont lui donner une bonne leçon. Nouvelle gifle du gros qui me déstabilise et m'envoie rouler à terre. Je n'en mène pas large ; isolé à plusieurs kilomètres de la ville, mon compte est bon. Je me relève, bouscule le cercle des agresseurs et m'enfuis au hasard dans la nature. On me poursuit quelques instants, j'entends le crachotement poussif du rickshaw, les voix des hommes. Je me cache dans une fondrière et y passe le reste de la nuit. Au lever du jour, je refais surface et un camion me ramène en ville, crotté, le pantalon déchiré, les joues écorchées. Alors, est-ce que Sukulaji Road n'est pas un paradis à côté de ça ?

— Tu ne me convaincs pas du tout ; je ne vais pas chanter les louanges de cette tôle parce que tu as trouvé plus ignoble ailleurs. Entre nous soit dit, tu avais bien mérité cette correction ; ça t'apprendra à chercher le frisson partout.

— Tu n'es pas de bonne humeur, ce matin. Excuse-moi de ne pas t'avoir emmené dans une de ces maisons de rendez-vous, comme il en existait à Calcutta dans les années 30, où des hommes en smoking et des femmes en robe du soir dégustaient du caviar devant des jades chinois. Maintenant, au lieu de boire un thé bouilli et rebouilli dans un gobelet de fer-blanc, tu siroterais un délicieux Darjeeling dans des tasses en porcelaine en croquant des toasts à la marmelade, dans des draps de soie, aux côtés d'une splendide créature.

— Ça va, je n'en demande pas tant : seulement un minimum de sensualité.

Julien ouvrit un de ces petits carnets qu'il portait toujours sur lui, y griffonna quelque chose. Il était frais et dispos, pétillant, le teint rose et les yeux vifs.

— Tiens, j'ai eu cette nuit une idée que j'aimerais te soumettre. Tu permets ?

Je haussai les épaules. Il reprit :

— Voilà, il me semble qu'existe une équivalence entre le vagabond, le romancier et le libertin. Je m'explique : dans le papillonnage comme dans la création romanesque ou l'errance se manifeste un même souci d'échapper aux limites que nous assignent le couple, la naissance, la nationalité ; on s'expatrie dans d'autres corps, d'autres personnages, d'autres continents, chaque fois on repart de zéro. Bref, ces trois phénomènes ont pour point commun de privilégier le commencement. Et tu vois, je me demande si don Juan, plutôt que l'homme avide de femmes, n'est pas l'indécis type, ne sachant laquelle choisir, les trouvant toutes également aimables, mettant son talent à n'en privilégier aucune. Qu'est-ce que tu en dis ?

— Je n'en sais rien.

— Comment cela ?

— Je n'en sais rien et je m'en fous. Écoute, Julien, je suis crevé, j'ai la nausée après les saloperies fumées hier soir, cette chambre me déprime et toi tu déblatères. Tu n'es donc pas fatigué ? Tu ne t'arrêtes jamais de penser, tu n'es jamais abattu ?

Il rit. Il riait toujours quand on l'attaquait. Rien ne pouvait le vexer. Il semblait immunisé. A côté, l'Angoisse ronflait, abruti d'alcool et de drogue, et son souffle court, oppressé, était d'un malade qui étouffe.

Alors, je compris la raison de la vitalité de Julien : il ne prenait aucun risque, jouait avec le sexe et les stupéfiants alors que l'Angoisse en mourait lentement. La littérature le protégeait de tous les dangers : il pouvait bien flirter avec la pègre, fréquenter les hors-la-loi et les putains, faire quelques excès d'opium, il serait toujours racheté par l'écriture, sorte d'étalon-or capable de tout reconvertir. Plus bas le sujet, plus grand le défi.

Quoi qu'il fasse, il restait innocent : sa pureté demeurait un absolu, un attribut divin que nul crime ou mauvaise action ne pourraient entacher. Julien hantait avec légèreté des lieux tragiques : chez lui le drame n'était qu'un objet de spectacle, jamais une expérience personnelle. Il frôlait des malheureux afin de s'en inspirer mais lui-même n'était pas malheureux. Il respirait le formidable optimisme de qui côtoie les gouffres pour les décrire et non les changer. Il ressortait des bas-fonds immaculé, intact, et ne cultivait que des passions susceptibles de nourrir son œuvre. De sa vie partagée entre plusieurs univers, il ne prétendait tirer ni règles d'action ni principe moral, seulement de beaux effets littéraires.

6
La sanctification des déchets

Quand nous revînmes à l'hôtel après le déjeuner, Dominique n'était pas là. Les draps étaient dépliés : comme d'habitude il n'avait pas fait le lit. Le soir il n'était pas encore revenu. Le lendemain non plus. Il se passait quelque chose. On le sait, la rencontre de Julien avec Dominique avait accéléré l'évolution de ce dernier, un peu à la manière d'une réaction chimique qui précipite les propriétés d'un corps. On ne pouvait imaginer deux êtres plus opposés. Chez Menviel la sexualité dormait, enfouie dans les plis de sa conscience si profondément qu'elle avait peu de chance d'émerger. Nyeges, au contraire, n'aimait que son travail et les femmes ; le reste l'assommait ; dès qu'on le distrayait de son œuvre, il se fatiguait et bâillait, s'enfonçait dans une petite mort. Pourtant, Dominique suivait une pente qui aurait dû nous alarmer. Il n'avait cessé d'idolâtrer Victor Habersham que pour retomber dans ses mauvaises habitudes. Ce que j'avais pris au début pour une merveilleuse capacité d'adaptation à l'Inde n'était en fait que la résurgence d'un vieil atavisme : le goût de la saleté.

Il avait contracté avec les années des comportements malpropres dont rien ne pouvait le guérir et qui s'étaient aggravés en Orient. Il absorbait les défauts du milieu comme une éponge et cultivait sa crasse, ne se lavant ni ne se rasant pendant des jours. Puer était devenu le but de sa vie et l'on n'était qu'en saison froide ! Dans quelques mois, il aurait sans doute oublié ce qu'était une douche. Il ne cessait de se gratter et avait dû être un singe dans une vie antérieure. Quand je partais le matin et revenais à la tombée de la nuit, toute la chambre sentait la sueur, le lit était ouvert, il restait de l'eau noire dans la cuvette et le peigne entre ses dents cassées retenait des cheveux gras. La poussière l'enveloppait comme un passeport, un gage d'authenticité. Bien rasé, bien nettoyé, il aurait eu le sentiment d'être un apatride.

Il commençait à nous dégoûter, surtout Julien, tiré à quatre épingles. Bruni par l'ordure, recuit de transpiration, auréolé de sécrétions glandulaires, il sentait parfois si fort que nous le conduisions de force sous la douche, vérifiant qu'il se frottait bien au savon. A tout instant il nous obligeait à nous conduire comme des parents et plus nous le grondions, plus il se laissait aller, heureux de susciter nos reproches.

Il ne savait plus quoi inventer pour être répugnant. Un jour, dans Oliver Street, je le surpris en train d'épouiller un adolescent ; il sursauta quand il me vit et me supplia de le laisser terminer. En fait il n'en avait pas qu'aux poux de ce jeune garçon ; des cheveux il passa au visage et se mit à lui presser les points noirs sur le menton et le nez et lui glissa encore une roupie dans la main quand il eut fini. Il avait dans l'idée d'ouvrir un petit commerce. Le bruit se répandit dans tout Fort Bombay et Colaba qu'un cinglé de *firangi*, d'étranger, payait pour arracher les poux, extirper bubons, boutons et comédons et bientôt Dominique fut assailli d'une nuée de gosses scrofuleux et peu ragoûtants, prêts à offrir leurs épidermes vérolés pour glaner quelques *paisas.* Nous lui avions interdit de les amener à l'hôtel et il officiait en pleine rue, sous l'une des arches de la Gate of India. Le résultat ne se fit pas attendre ; il fut bientôt couvert de poux et de lentes du sommet du crâne jusqu'aux doigts de pied. Cette fois, j'éclatai : non content de supporter ses odeurs, de lui laver ses chaussettes — j'avais eu cette faiblesse —, je devais accepter à présent qu'il nous contamine. Ou il se rasait de la tête aux pieds et s'aspergeait d'antiseptique, ou il quittait l'hôtel. Il me reprocha mon étroitesse d'esprit : en fait j'étais incapable de me mettre au diapason de ce pays qui respecte les plus infimes manifestations de la vie et je transportais partout mes obsessions puritaines d'Européen. Puis il se lança dans un éloge ambigu du pou, qui choisit d'établir son siège dans la partie la plus noble et la plus élevée de l'être humain, la tête, qui s'installe par familles entières, travaille en silence non sans chatouiller agréablement et purge le sang de ses graisses et de son cholestérol. A la porte d'un temple, il avait vu un mendiant religieux constellé de vermine qu'il laissait proliférer dans sa chevelure depuis dix ans par amour de l'infiniment petit. Jamais il ne se grattait, de peur d'entraîner la chute d'un animalcule : n'était-ce pas là le véritable esprit religieux ? Personnellement, il préférait cet aspect de l'Inde aux cochonneries de Julien. Ces arguments me laissèrent d'abord sans voix. Enfin, j'explosai :

— D'abord, tous les Indiens se lavent chaque jour du mieux qu'ils le peuvent, ensuite tu n'as aucune raison d'adopter des coutumes répugnantes et ultra-marginales même ici. Je ne suis pas ton surveillant. Pourquoi ne pas chier par terre pendant que tu y es, et en couvrir les murs ? La vérité, c'est que tu ne peux pas vivre sans ta mère et que tu la remplaces par tes saloperies. La vérité, c'est que tu es un gros dégueulasse.

Dominique avait quitté la pièce sans un mot, les yeux pleins de larmes, laissant derrière lui un fumet douteux. Le soir, il nous avait accompagnés à contrecœur à Sukulaji Road, puis nous avait laissés vers 2 heures pour rentrer à l'hôtel. Depuis, il avait disparu. Je mis Julien au courant de notre querelle, et lui racontai un peu des rapports de

Dominique avec sa mère et Victor. Il m'écouta d'une oreille distraite, sans partager mes inquiétudes : si Menviel voulait s'isoler quelques jours, pourquoi pas ? Que ce nigaud puant nous laisse un peu tranquille était même préférable ! J'insistai. A contrecœur, il pria Kiran de faire une enquête. « Un *shoe-shine boy* avait vu Dominique monter dans un bus qui allait en direction des Hanging Gardens, les jardins suspendus du quartier résidentiel de Malabar Hill, une hauteur qui surplombe la ville. Il ne nous restait plus qu'à refaire le même chemin. Kiran nous accompagna, et dépêcha une poignée d'émissaires chargés d'interroger les commerçants et les traînards. Nous passâmes deux jours à sillonner les rues qui vont de Malabar Point à la tombe d'Haji Ali, à interroger policiers, gardiens d'immeubles, mendiants. A chacun il fallait glisser la pièce, cette enquête commençait à nous revenir cher. Je me sentais découragé, anxieux, et Julien pestait contre l'archéologue. Enfin, au matin du troisième jour, un des associés de Kiran recueillit d'un changeur de petite monnaie l'information suivante : on avait vu un Blanc correspondant au signalement de Dominique entrer dans le temple Jaïn de Ridge Road. Il n'en était pas ressorti. L'indice était mince mais cela valait la peine d'essayer.

Nous visitâmes de fond en comble l'édifice tarabiscoté qui tenait de la maison close et du palais du facteur Cheval et renfermait d'immenses statues d'animaux peintes au minium. Des prêtres, un masque de gaze sur la bouche pour ne pas avaler un insecte, avançaient en balayant devant eux de peur de piétiner quelque petite créature vivante. Les gardiens nièrent d'abord avoir reçu la visite d'un touriste. Julien leur déposa dans la main une poignée de roupies, ils émirent des doutes ; je rallongeai le bakchich d'un billet de cinq dollars, et la mémoire leur revint par miracle : un Blanc était venu effectivement deux jours plus tôt. Il parlait couramment l'hindi, se déclarait prêt à subir l'épreuve et avait demandé à cet effet à être enfermé dans le *pinjrapole* attenant. Que voulaient-ils dire ? Ils nous firent signe de les suivre.

Derrière la masse du sanctuaire, un petit sentier à flanc

de colline conduisait à une série de baraquements en dur coiffés d'une coupole pointue en forme de casque seldjoukide. Devant l'unique porte, fermée d'un gros cadenas, se tenaient des sacs de grains et de riz à demi pleins. « *Jivat-Khan* », répétaient les deux compères en montrant le bâtiment et Kiran traduisait dans un anglais hésitant : « *insect room* ». Que pouvait bien faire Dominique ici ? Un vieillard décharné, à demi nu et boitant sur une jambe trop courte, vint nous ouvrir ; dès que le battant de la porte céda, un air fétide jaillit d'une pièce très basse, surchauffée par le manque d'aération et couverte d'un tapis de miettes, de saletés, de peluches, de laines. Le contenu d'un aspirateur agrandi à la taille d'un appartement ! Dans les murs, des alvéoles larges comme une paume contenaient des poignées de graines. L'étrange, c'est que cette poussière vivait, pour ainsi dire, se trouvait irriguée par les mouvements de centaines et même de milliers de cafards, de puces, de coléoptères, de mouches, de moustiques, de cloportes et autres phénomènes à pattes, pinces et crocs. Et tous si gras, opulents, qu'ils avaient perdu la vivacité habituelle à leurs espèces. Les mouches, gonflées, volaient avec peine, les moustiques décollaient pour de courtes distances et retombaient essoufflés, scarabées et hannetons traînaient leur ventre rebondi sur le sol.

Kiran, blanche et tremblante, nous traduisait d'un filet de voix les explications des gardiens : la communauté jaïn, austère et intraitable secte de l'hindouisme, tient toute vie, même la plus humble, pour sacrée, et finance cet hôpital pour insectes, un des derniers en Inde avec celui d'Ahmedabad. Dans la hiérarchie jaïn du monde, insectes et moisissures appartiennent à la troisième catégorie des êtres qui ne peuvent ni voir ni entendre mais disposent des sens du goût et du toucher ; aussi méritent-ils une protection particulière et les écraser serait commettre un crime contre la création. Chaque semaine, les pieux d'entre les pieux parmi cette communauté de marchands offrent au temple la poussière de leurs foyers, à quoi ils ajoutent des donations en grains et en riz. Un ramasseur collecte les déchets sacrés dans un grand sac. On accorde aux

195

balayures une durée d'existence de cinq ans, après quoi l'on vide la pièce de tous ses résidus, revendus comme fertilisants.

Ici, le moindre coup de balai eût équivalu à un holocauste. Le vieillard nous fit ôter nos chaussures puis, époussetant devant lui avec infiniment de respect, traça une allée dans la tourbe juste assez large pour nous laisser passer en file indienne. Un escalier conduisait à l'étage dans une autre pièce, encore plus basse et étouffante que le rez-de-chaussée, où la population minuscule atteignait une densité incroyable jusqu'à devenir un fretin de microbes gluants. Certains angles étaient constellés de toiles d'araignée, de filaments blanchâtres qui formaient un enchevêtrement impénétrable.

Dans un coin sombre, reposait Dominique, entièrement nu, à l'exception d'un pagne, couché sur un lit de sangles. En fait, il n'était pas nu mais vêtu d'une véritable cotte de mailles de teignes, de tiques, d'asticots qui le noyaient sous leur fourrure de la tête aux pieds. Des cheveux et des sourcils jusqu'aux pieds, des colonnes montantes et descendantes de bestioles griffues allaient et venaient sur lui. Il était devenu l'hospice et la monture de ces petits dieux gourmands qui ouvraient à chaque seconde sur son épiderme des dizaines de lésions suppurantes où ils pondaient leurs œufs, à grande vitesse. Son grand corps maigre n'était qu'une plaie grouillante de vers.

Quand l'un des poux passait par hasard près de sa bouche, il s'abstenait de respirer de peur de l'avaler et de manquer à son vœu. Quels mérites attendait-il de ce sacrifice, il était impossible de le savoir. En récompense, il recevait un maigre repas le matin et le soir et, la veille, un très vieux *saddhu*, quelque peu affamé, était venu aussi prêter sa carcasse à la convoitise des microbes. Il était reparti ce matin, emportant avec lui quelques dizaines de ces crabes minuscules qui allaient fonder dans son système pileux une autre colonie et l'aideraient à conquérir son salut.

Dominique refusa d'abord de nous accueillir et tourna la tête. Une effrayante puanteur montait de son grabat. En

196

le voyant ainsi, jeté comme un détritus, nous eûmes un frisson d'horreur : il avait réussi à nous faire honte, à nous rendre coupables de l'avoir négligé. Je m'accroupis sur les talons, prenant toujours soin de n'écraser aucune particule et lui parlai doucement, au nom de notre entente passée, de nos jours vécus en commun à Deori et à Bombay. J'essayais de trouver les accents les plus convaincants mais j'étais terrorisé par ces légions mouvantes toutes en carapaces et cuirasses qui campaient sur sa peau. A l'évidence, il souffrait et se vidait. Les sangsues l'épuisaient, le torturaient, sans compter les risques d'infection. Combien de milliers de punaises avait-il déjà rassasiées, engraissées ? Je me jurai de l'arracher de là, fût-ce par la force. Je lui demandai pardon de ma rudesse, lui promis que Julien ne l'avait pas évincé dans mon esprit et qu'il restait mon ami. Julien et Kiran joignirent leurs voix à la mienne. Après deux heures d'explications, de prières, d'excuses, deux heures pendant lesquelles la vermine nous investissait à notre tour, il s'évanouit. Il s'éveilla peu après et, d'une voix très basse, accepta de nous suivre. Il était dans un état de faiblesse extrême, couturé de déchirures et pouvait à peine marcher. J'avais une envie terrible de foutre le feu à ce nid d'ordures mais, au lieu de ce geste salutaire, je dus à nouveau graisser la patte des deux gardiens déçus que nous leur enlevions ce candidat émérite à la sainteté. Blattes et mouches stridulaient furieusement, irritées que nous les privions de leur garde-manger, et je ne fus pas rassuré avant de me retrouver au grand air, parcouru d'immondices vivantes que je balayais d'un revers de la main.

Malgré la chaleur, il fallut envelopper Dominique dans une grande couverture et le ramener de nuit à l'hôtel, dans un taxi, à l'insu de tous. Kiran courut acheter dans une pharmacie des litres de désinfectants et des kilos de poudres, des mètres de coton et d'ouate, des ciseaux et des pinces. Systématiquement, nous attaquâmes le prurit du blessé ; d'abord nous dûmes le raser de haut en bas, puis lentement, pouce à pouce, cautériser les plus petites morsures, remplies d'œufs minuscules que nous arrachions un à un avec une pince. Les linges souillés étaient brûlés après usage. Après quatre jours de traitement, nous n'avions pas cessé nous-mêmes de nous gratter, Dominique, barbouillé de rouge et de bleu, puant l'eau oxygénée et la teinture d'iode, était sauvé.

La paix et l'harmonie revinrent parmi nous. Julien renonça à ses sujets favoris et, s'il retourna au quartier chaud de Foras Road, s'abstint de nous le faire savoir. Dominique avait gagné, il avait retrouvé en nous une famille plus dévouée qu'un père et qu'une mère. Nous ne le lâchions plus et, ô miracle, il se lavait même chaque matin. Soucieux de dévier sa passion sur des objets plus inoffensifs, nous encouragions son intérêt pour les animaux et spécialement les zébus envers lesquels il avait déjà manifesté un attachement certain.

Julien fit merveille. A dire vrai, Dominique l'avait épaté en cherchant à se détruire de cette façon. Il ne soupçonnait pas en lui de telles ressources.

— Je manque encore trop, m'avoua-t-il, de cette faculté de dépersonnalisation qui permet d'éprouver comme siennes les émotions d'autrui. Dominique m'a offert sur un plateau ce que jamais je n'aurais pu imaginer.

Il dénicha chez un libraire de Fort Street trois ou quatre ouvrages en anglais sur la vénération de la vache depuis les temps védiques et nous les offrit. Chaque jour il nous lisait à haute voix *le Livre de la jungle*, quelques pages de Colette sur son chat ou des contes et légendes indiens. Et il discutait de longues heures avec Menviel sur le respect de l'animal chez les bouddhistes et les hindous et la contribution des religions orientales à une morale du vivant.

L'archéologue apprit par cœur des citations de Gandhi qui voyait dans la vache « un poème de pitié », « un pont de fraternité entre les hommes et les bêtes », « la représentante des sans-défense, des humiliés et des pauvres ». Chaque fois qu'il croisait un ruminant dans la rue, il lui offrait une poignée de foin.

Mais il devint évident que son penchant animalier ne pouvait se satisfaire dans une grande métropole. Julien se sentait également repris par le démon de la bougeotte. Il souffrait depuis quelques semaines d'un sentiment de pauvreté intellectuelle et avait besoin d'un endroit calme pour se concentrer, rendre dans la forme la plus adéquate les impressions engrangées ici. Il n'arrachait à la vie citadine que des parcelles incapables de se transmuer en œuvres d'art. Moi-même, j'aspirais à un changement d'air. D'ailleurs, dans la salle d'attente du consulat français, j'avais vu un avis de recherche concernant Dominique lancé par sa mère. Il devenait préférable de quitter Bombay avant que les autorités ne s'en mêlent. Nous tombâmes tous d'accord pour aller à Goa.

7
Des bains au champagne

Mais, avant de partir, Julien nous réserva une de ces surprises dont il avait le secret, donnant une autre preuve de son talent à embellir la vie. Le matin de Noël, il entra en grande solennité dans notre chambre et, ses yeux noirs gardant une étincelle rieuse, annonça :

— Messieurs, préparez-vous. Vous dormirez ce soir dans un palace. Mettez vos plus beaux habits, rasez-vous, parfumez-vous, passez une veste et ces deux cravates que je vous ai achetées. Ne posez pas de questions.

Peu après, munis chacun d'une belle valise remplie de papier roulé en boule, nous poussions la porte de l'hôtel Taj Mahal. Julien, cheveux coupés court, élégamment vêtu d'un costume de lin, avisa une réceptionniste, et dans son plus bel anglais réclama la *double room for three* réservée depuis Paris. Il jeta sur le comptoir trois passeports neufs que nous n'avions jamais vus. A voix basse, tandis que la préposée remplissait notre fiche, il s'expliqua : les papiers venaient de l'Angoisse qui disposait des tampons officiels de toutes les préfectures françaises ainsi que des douanes indiennes. Nous représentions une firme hexagonale de composants électroniques. Je m'appelais désormais Ribouldingue, Dominique, Filochard et lui, Croquignol.

Aussitôt, un portier nous conduisit avec force salamalecs jusqu'à un appartement immense situé dans l'ancien bâtiment, avec terrasse sur le jardin intérieur et balcons sur la mer. On enfonçait d'au moins quinze centimètres dans une moquette épaisse et blanche comme un tapis de neige. La salle de bains avait la hauteur d'une nef de cathédrale, dans la baignoire un couple d'hippopotames aurait pu s'ébattre. Les placards avaient été conçus pour entreposer la garde-robe d'un théâtre, les lits fabriqués pour des surhommes et nous occupions à trois l'espace d'un village entier. Dans ce pays de multitudes foisonnantes et de surpopulation, les maîtres avaient droit à une débauche de surface, à un gaspillage de place inutile : le vaste restait l'apanage du fortuné. Des dizaines de ventilateurs géants aéraient ces pièces avec des ronflements d'escadrilles. Si on les ouvrait ensemble soufflait un vrai sirocco : tout s'envolait, les draps gonflaient leurs ailes de tissu, les oreillers claquaient comme des focs de grand-voile, les chaussettes planaient à la façon d'une plume, les portes claquaient, les murs s'arc-boutaient, les cheveux se hérissaient.

De superbes fauteuils Régence encadrés de lourdes tentures de velours à pompons et un canapé de la même époque, fraîchement redoré, meublaient la chambre. Sur les murs pendaient des gravures du siècle dernier représentant des scènes de chasse, de *durbar*, de réceptions entre officiers britanniques brillamment chamarrés et potentats locaux en habit d'apparat.

— J'espère, nous dit Julien, que vous saurez jouir en artistes du contraste entre votre gêne de ces derniers mois et votre opulence actuelle. A partir de maintenant, nous n'avons qu'un objectif : tenir le plus longtemps possible sans nous faire prendre. A la première alerte, il faut partir séance tenante. Attention aux détectives de l'hôtel. En cas de pépin, une seule consigne : niez, niez farouchement et élevez la voix. Prenez-le de haut, ça intimide toujours et vous gagnerez du temps.

Alors, tout à la joie de jouir gratuitement de ce bien-être, nous nous jetâmes dans une vie de plaisir effréné. En moins de quelques jours nous avions attrapé tous les tics de la société cosmopolite qui habitait là. Nous ne quittions plus le Taj sauf pour de courtes promenades digestives, mangions midi et soir au « Tanjore », au « Rendez-vous » en compagnie d'Indar et de quelques-uns de ses amis indiens qui avaient revêtu pour l'occasion costumes et cravates et jouaient avec nous aux hommes d'affaires. Julien avait retrouvé dans ses papiers un vieux catalogue de la Redoute qui nous servait de document officiel. Nous étions de tous les symposiums, colloques, ne rations aucun cocktail, aucune réception, nous empiffrant de petits fours, de gâteaux, de pâtés. Nous buvions les meilleurs vins, des crus français haut de gamme, certains vieux de trente ans, et mangions à nous en péter la sous-ventrière avec la hâte du condamné à mort qui redoute à tout instant d'être chassé du festin. Julien était parfait dans son rôle, il y avait quelque chose de royal dans ses manières, de nous trois il savait le mieux donner le change et s'était si bien pénétré de son nouveau personnage qu'il avait déjà sympathisé avec de nombreux clients et que le directeur de l'hôtel en personne était venu le saluer.

Nous signions les additions du numéro de notre chambre, selon l'usage des palaces, et en retour distribuions de généreux pourboires au personnel qui nous témoignait une reconnaissance empressée. Et les sommeliers en blanc, les maîtres d'hôtel en noir, les serveurs en turban s'inclinaient tous si bas devant nous qu'ils donnaient l'impression de marcher à rebours. Nous qui n'avions pas la première roupie pour régler nos nuitées passions pour des nababs.

Dans les armoires et les penderies de notre chambre n'était entreposé, comme garniture, qu'un minimum de costumes, pantalons et chemises. En catimini, le soir, nous allions nous changer dans notre ancienne *guest-house,* où nous avions laissé le reste de nos vêtements ainsi que nos vrais papiers avec l'accord des propriétaires. Kiran, déguisée en petite princesse pour la circonstance, venait prendre des bains chez nous et se vautrer dans la piscine en compagnie des stewards et des hôtesses de l'air, passant de l'autre côté du miroir, dans ce monde qui lui était fermé et dépassait en faste, en folie, tout ce qu'elle avait pu concevoir. Le luxe époustouflant des lieux, les *lakh*, les centaines de milliers, les *crore,* les dizaines de millions de roupies qui s'y dépensaient chaque jour l'avaient d'abord laissée sans voix ; puis, pressée de raconter par ses petits amis de la rue, elle leur débita chaque soir la fabuleuse chronique des Puissants. Bientôt il n'y eut pas un seul gamin de la confrérie des errants qui ne connût de l'intérieur le détail des menus, la composition des cocktails, le prix exorbitant de la moindre boisson au Taj.

Chacun de nous ici était un souverain en visite chez ses fidèles sujets. Des serviteurs enturbannés nous suivaient partout comme des ombres, à l'affût de nos plus petites envies. Ouvrir la bouche, fût-ce pour bâiller, c'était déjà donner un ordre. Ils avaient pour principe de prévenir nos désirs afin de nous éviter le soupçon d'un manque, d'une impatience. Il y avait quelque chose de maternel dans leur sollicitude et ils nous auraient volontiers mouchés, torchés, donné la becquée. Devant chaque porte dormait un laquais. Quand nous rentrions la nuit, ils se relevaient tous et, avec la symétrie d'un champ d'herbe fauché par le vent, se cassaient en deux pour nous souhaiter un agréable sommeil. « *Good evening, sir, good night, sir, good morning, sir, good afternoon, sir* », ils n'avaient pas assez de mots, de prévenances pour louer notre supériorité et s'aplatir, s'amoindrir. Leur servilité même était inquiétante car elle impliquait notre mépris, notre manque d'égards. En toutes circonstances, nous devions nous conduire en maîtres sous peine de les plonger dans le désarroi. Les traiter en égaux les horrifiait plus que si nous les battions. Il n'est pas de service, si humiliant soit-il, qu'ils n'eussent exécuté sur-le-champ si nous l'avions exigé. Ils étaient nés esclaves et ne voyaient aucune autre issue que de le rester à vie.

Le Taj mêlait le charme discret de l'ancien temps avec les attraits plus douteux de l'argent. Du haut de ses escaliers, beaucoup de ses clients ruinés ou désespérés s'étaient jetés et les ronrons de ses ventilateurs abritaient aujourd'hui bien des intrigues vénales entre émirs arabes, industriels japonais et aventurières de tous les pays. De nombreux prostitués, hommes, femmes et travestis, racolaient le client dans le hall d'entrée. Des touristes au groin

202

rougeaud, vissés sur leurs tabourets, s'imbibaient de whisky d'un air compassé, tenus en laisse par ces colliers de fleurs qu'on leur avait jetés autour du cou, en guise de bienvenue.

Les riches Indiens arpentaient les couloirs d'un air débonnaire et affirmaient tous la valeur poétique de la réplétion. Les hommes, bouffis, surprotéinés, devaient lutter contre leur ventre qui les entraînait en avant, les femmes, gonflées, véritables orgies de viande, devaient lutter contre leurs fesses qui les entraînaient en arrière. L'ensemble s'harmonisait s'ils marchaient à la queue leu leu. Certaines épouses, décorées de colliers d'or et de diamants, entourées d'une nuée d'enfants pansus et ventripotents, flamboyaient de pierres multicolores au milieu desquelles un brillant de la taille d'un œuf de pigeon jetait l'éblouissement d'un éclair. Elles agitaient ces fleuves de clarté ruisselante au-dessus des montagnes de lard qui leur tenaient lieu de derrière et où elles auraient pu enfouir jusqu'à un Frigidaire. On eût dit qu'elles s'étaient engraissées du corps anémié de leurs coolies, de leurs *bearers*, et leur postérieur saillant attestait la réussite sociale de leur famille. Elles se dandinaient comme des dragées de satin, dans leurs saris brodés d'or.

C'était touchant d'entendre tous ces *sahib*, ces *memsahib*, bien éduqués, bien habillés, nous persuader que leur pays avait des traditions semblables à celles de la Suisse ou de la Hollande, et de pittoresques coutumes. Ils parlaient de leur peuple et de sa misère comme un missionnaire du siècle dernier eût évoqué les Papous. Au-dessous d'eux, ils ne distinguaient que des subordonnés ou des *backwards*, des arriérés. Ils évoluaient dans un univers qui leur évitait toute espèce de désagrément. Protégés de la racaille par une armée de serviteurs et de gardes, ils ne voyaient plus l'Inde vivante et puante mais seulement l'Inde éternelle, l'Inde des grands principes et des Veda. Isolés de leur pays, accusant de malveillance les voyageurs qui leur en montraient la boue, ils étaient devenus sourds et aveugles. Cependant, ils gardaient l'œil triste et repu. Ils savaient que ni les réceptions, ni les mariages, ni les banquets, ni les goinfreries et pas même cette forteresse de hauts murs ne les préserveraient longtemps de la crapule. Ils tablaient depuis des lustres sur le désespoir fataliste des habitants des bidonvilles, mais pressentaient d'instinct que le répit serait bref, que les misérables guettaient et les submergeraient, un jour, inévitablement.

Le soir de la Saint-Sylvestre, nous étions là depuis une petite semaine seulement, il y eut un immense banquet de quatre cents places auquel nous fûmes conviés en priorité en tant que clients de l'hôtel. Nappes et cristaux resplendissaient sous l'éclat des candélabres suspendus. Dehors, les lustres des salons déversaient à profusion des faisceaux de lumière flamboyante qui doraient les trottoirs où dormaient les mendiants que cette pluie d'éclairage, diffusée par les possédants, couvrait tel un manteau.

La direction avait cru bon de regrouper les étrangers entre eux. Notre table ronde comprenait un couple d'Allemands, la mère et son fils, à qui leur entreprise avait offert deux semaines en Asie, un Italien qui venait vendre en Inde une seringue à farcir les cannelloni végétariens, un pasteur britannique et sa jeune épouse de Trivandrum, un Français de Pigalle, André Malois dit « la Gaule », et un psychanalyste français avec son épouse, arrivés la veille et déjà prêts à repartir le lendemain.

Le psychanalyste dirigeait la conversation ; il se disait indigné par la misère des uns et l'argent des autres. Il était dans le camp des pauvres mais ne supportait pas leur contact et s'envolait à l'aube pour les Maldives où la cherté des prix le mettrait à l'abri des mauvaises rencontres. Il appelait de tous ses vœux une révolution en Orient, une révolution « sanglante, impitoyable et terrible » et souhaitait voir « pendre tous les capitalistes avec les tripes des derniers brahmanes ». Sa femme, qu'il nous présenta avec fierté, faisait partie de ces jeunes filles bien élevées dont la trajectoire éblouissante, commencée dans une villa du XVIᵉ arrondissement, se termine dans un appartement du VIIᵉ avec un court crochet au quartier Latin à l'époque des études et de fréquents séjours à New York avant le mariage. Elle aussi en appelait à une purge à la chinoise ou, mieux encore, à la cambodgienne et citait avec beaucoup de distinction Lénine, Mao et Chou En-lai.

Le psychanalyste touchait à peine aux plats par crainte de tomber malade et traitait rudement les serveurs. Il nous demanda nos opinions politiques. Nous n'en avions pas. Donc nous étions du côté des exploiteurs, et il dénonça notre complicité objective avec l'impérialisme mondial. Puis il invita sa jeune femme pour un fox-trot endiablé qu'il dansait d'ailleurs fort bien.

Pendant tout le dîner, la Gaule n'avait pas pipé mot. L'alcool aidant, il se confia à nous. Son vrai métier, c'était les « filles ». Il était venu en Inde avec une Bourguignonne et une Savoyarde — mes « fondues », comme il les appelait — pour travailler au Taj avec les Arabes du Golfe. Mais il voyait ses plans contrecarrés. L'une de ses protégées avait été molestée par un Saoudien qui croyait de son droit de la battre après l'avoir payée. Resté derrière la porte, par précaution, il avait pu intervenir à temps mais avait eu le doigt brisé dans l'empoignade avec les gardes du corps de son client. Le différend s'était réglé à l'amiable et l'Arabe avait offert aux deux filles un bain de Dom Pérignon à deux mille roupies la bouteille. Mais plusieurs cas de tortures de prostituées, suivies de défenestration, avaient été signalés dans les grands hôtels de la ville, et ses ouvrières ne voulaient plus travailler. Comble de malchance, elles s'étaient entichées d'un *swami* qui les convertissait lentement à l'hindouisme. Ce soir même, elles avaient préféré finir l'année en méditation plutôt que de venir à la fête. La Gaule était en pétard, il rentrait à peine dans ses frais.

La soirée, d'abord guindée, se débridait lentement. Les vestes de smokings, de costumes pendaient au dos des chaises et balançaient leurs manches comme des spectres, des personnalités d'emprunt déjà répudiées. Des gaillards à la tête de saint, au visage illuminé, buvaient whisky et champagne au goulot et nous les tendaient pour que nous trinquions avec eux. Nous étions tous bien éméchés. Certains parlaient fort et tenaient absolument à nous faire savoir qu'ils possédaient des plantations de thé en Assam ou au Bengale Nord. Il était difficile de dire qui dansait et qui se tenait simplement debout. Les convives passaient lentement de la station assise à la station accroupie et certains glissaient carrément de leur chaise jusque sur le sol d'où ils ne se relevaient plus. Une demi-douzaine de personnes gisaient sans connaissance à même le plancher, dans des attitudes du plus extrême inconfort, enterrées sous les cotillons et les confettis. Des *chaprassi,* des péons en livrée venaient ramasser leurs maîtres effondrés par terre ou la tête dans une assiette de fruits. Les plus gros étaient soutenus par leur chauffeur ou leurs gardes du corps. Les pauvres regardaient sortir ces nantis hébétés, malades d'excès divers et bien conformes à l'idée qu'on se fait d'un nanti. Les couples oscillaient et les danseurs ivres ponctuaient leurs entrechats de hurlements, de cris, d'éclats de rire intempestifs. Si compassés d'habitude, les grands bourgeois indiens se laissaient aller, se querellant, hoquetant, bambochant dans une ivresse bruyante et primitive de collégiens qui prennent leur cuite annuelle.

Julien, très élégant dans un costume d'alpaga noir loué à un tailleur chinois, avait entrepris une jeune Eurasienne aux longs cils soyeux qui ombrageaient des yeux immenses, étincelants sous l'effet de l'alcool. Ils dansaient depuis des heures, oublieux des autres, virevoltaient avec une virtuosité infatigable, ne formant qu'une seule personne. Aux regards qu'ils se lançaient, on les devinait très attirés l'un par l'autre. Lorsque la musique cessa, Julien vint me souffler en aparté :

— Je crois que j'ai enfin rencontré mon Indienne. Tout va se jouer dans les minutes qui viennent. Je vais commencer l'année par un feu d'artifice. Mon vieux, si ça marche, on se paye demain une de ces bamboulas !

Il ne croyait pas si bien dire. Peu après, il s'éclipsait avec elle. J'avais la consigne d'occuper Dominique jusqu'à leur retour et de ne les déranger sous aucun prétexte. Il était tout de même 4 h 30. Les bouteilles vides des meilleurs vins, champagnes et cognacs d'Europe jonchaient les tables. Des brailleurs faisaient du scandale et les éclats de voix, les rires, les détonations des bouchons ne diminuaient pas. L'analyste et sa charmante épouse étaient partis se coucher après une dernière et pâteuse diatribe en faveur du communisme. Mais Julien revint, peu après, très pâle et agité.

« Il faut partir tout de suite : nos valises bourrées de papier ont été ouvertes. Une femme de chambre trop curieuse. A l'heure qu'il est, elle a déjà dû prévenir la réception. Tant pis pour la fille, le risque est trop grand.

Les premiers invités commençaient à rentrer ; la foule, trop clairsemée, ne pouvait plus nous cacher. Jouant le tout pour le tout, nous mîmes la Gaule dans la confidence. Notre supercherie nous valut son estime immédiate. Il prit les choses en main, nous coiffa d'un chapeau pointu, nous plaça un loup sur les yeux et nous distribua serpentins et confettis.

A cette heure, toutes les issues étaient fermées, hormis le hall d'entrée étroitement surveillé par des *gurkha* en uniforme. Nous plaçâmes Dominique entre nous, feignant de le soutenir sous les bras, et parvînmes jusqu'au rez-de-chaussée. Par bonheur, une rixe venait d'éclater entre les derniers fêtards surexcités par l'alcool. Un sikh et un hindou s'injuriaient en langue vernaculaire et se menaçaient avec des cols de bouteille ébréchés. Les membres du personnel tentaient de les séparer et l'unique portier, debout sur le seuil, ne remarqua même pas notre passage d'autant que la Gaule, resté à visage découvert, lui sauta au cou en lui souhaitant un « *Happy new year* », avec son accent parigot.

Dehors, le froid du petit matin nous saisit dans nos smokings de location. Nous jetâmes un dernier coup d'œil au Taj, encore tout bruissant de rires et de musiques. Dans l'aube hivernale, on eût dit un rutilant vaisseau spatial, prêt à décoller des cent mille élytres de ses ventilateurs.

A 7 heures, nous retournions à l'hôtel Samson's récupérer nos affaires.

A 8 heures, nous rendions nos costumes loués et réveillions Kiran couchée sur son trottoir.

Et à 10 heures, nous montions à bord du *City of Panjim*, l'un des vapeurs qui font le service quotidien entre Bombay et Goa.

Le contraste était brutal ; nous n'avions obtenu que des places en plein air, sur le pont supérieur, et passerions la nuit dans nos sacs de couchage, sur des planches en bois. Julien pestait. Il ne retrouverait plus sa conquête de la

Saint-Sylvestre. Elle s'appelait Randy, un prénom américain, préparait une école de tourisme et appartenait à une famille d'hôteliers d'Ahmedabad. Une telle relation ne pouvait s'amorcer que dans le cadre rutilant d'un palace. Jamais une Anglo-Indienne de haut rang n'accepterait un Européen sans travail, pauvre de surcroît et qui lui avait menti.

— Quand je pense que j'étais à deux doigts de conclure, à deux doigts !

Il se consolait en pensant à la note de quatre cent mille roupies laissée à l'hôtel, l'équivalent de plusieurs années de salaire d'un ministre. Dominique et Kiran, en revanche, se disaient soulagés d'avoir quitté ce caravansérail prétentieux ; il leur tardait à l'un et à l'autre de remanger avec leurs doigts et de ne plus s'asseoir sur des chaises. La petite fille ronronnait de bonheur : pour la première fois de sa vie, elle voguait sur la mer. Et nous bavardâmes tout le jour, accoudés à la passerelle, énervés par les récents événements, jusqu'à ce que la fatigue, l'émotion nous poussent à nous allonger, les yeux face aux étoiles, les pensées déjà fixées sur d'autres climats, d'autres destins.

« Je me demande, dit Julien, ce qu'auraient fait à notre place de grands aventuriers.

— Comme nous, ils auraient détalé sans demander leur reste.

— Tu as raison. Je me suis souvent cru un simple suiveur empruntant des sentiers battus, picorant les miettes laissées par d'autres. Mais je me moque maintenant d'être original ; si peu que ce soit, ce que nous avons vécu n'est déjà pas si mal. J'aime l'Inde pour ce qu'elle inspire à ceux qui l'aiment : ici rien n'a le goût fade de la répétition, on se sent pousser des ailes, contraint de donner le meilleur de soi-même. Tu connais cette maxime : deviens ce que tu es. Mais je suis fatigué d'être ce que je suis, je me connais trop bien et si je voyage c'est pour devenir un autre, me distraire de moi-même. Vivre en Inde, c'est vivre ce moment glorieux où tout reste encore possible, où l'on ne sera jamais comme personne.

4
Les paradis d'exil

1
L'Éden ambigu

Quand Goa était l'un des lieux les plus célèbres de l'Asie, une des grandes étapes du pèlerinage mondial, il y avait de tout en elle : il y avait New York, San Francisco, Lisbonne, Paris, Rome et Hambourg, et l'Inde offrait le décor de ses palmes et de ses plages. Ces cultures en transit se croisaient dans un entrechoc fécond avant de refluer vers l'Europe, marquées de l'estampille orientale. Avec le temps, elles se neutralisèrent et l'Inde recouvra ses droits, sans bruit, sans clameur, comme elle avait déjà englouti les derniers vestiges de l'Empire lusithanien.

Malgré des siècles d'occupation et d'échanges avec les barbares venus de l'ouest, le territoire de Goa pouvait encore passer pour une succursale du paradis terrestre. Ce ravissant jardin, tout en fleurs et cocoteraies, cette Côte d'Azur inexploitée longue de cent kilomètres offrait une profusion de sable blanc, de criques solitaires bordées de cocotiers qui s'arrêtaient à quelques mètres des flots, pareils à des jeunes filles que les vagues effarouchent.

Sur les petites routes de ce département, les églises de sucre blanc mariaient baroque jésuite et rococo hindou au milieu de maisonnettes enfouies sous les bougainvillées et les roses, où l'on chuchotait encore des noms portugais. Goa restait un rêve dix-huitiémiste, sorti tout droit d'une page de Rousseau ou de Bernardin de Saint-Pierre. On y goûtait je ne sais quoi d'ineffablement exotique, paradisiaque et niais.

Mais ce comptoir lilliputien, perdu entre la terre et l'eau

qui s'épousaient dans le miroir des rizières, avait la malchance d'attirer à lui les marginaux de la planète, conquérants d'un monde meilleur, rescapés de quelque enfer, anarchistes de tout poil, qui s'y rencontraient dans une bienheureuse indifférence, sans souci de races, de credo ou d'antécédents. La tolérance absolue semblait y appeler la bizarrerie, les folies douces-amères, les malédictions, les révoltes éventées. Sous la voûte des cocotiers, les utopies des années 60 n'en finissaient pas de mourir, pieusement entretenues par des hippies fanés, des baba-cools décatis qui s'étaient improvisés gardiens du musée de la Route. Les spécimens attardés de cette vague d'idéalisme qui avaient cultivé le cheveu long, la saleté et le ricanement transformaient parfois les places des petits villages en cours des Miracles. Une majorité de tristes, d'obscurs et de paumés y côtoyait une poignée de dandys cosmopolites et bronzés qui évoluaient entre l'Inde, Bali et Ibiza.

Les épaves dissoutes du vieil Occident s'étaient laissé prendre là comme des mouches dans une toile d'araignée. Ce n'étaient plus seulement des zazous, appliqués à choquer le bourgeois, mais de sombres conquistadores qui entreprenaient de se détruire systématiquement jusqu'à la mort. Ils aimaient tous l'Inde, quelque mauvais coup pût-elle commettre. Ils l'aimaient aussi parce qu'elle allait les achever.

Dans cette colonie très stratifiée, les junkies représentaient les hors-castes, damnés parmi les damnés. Haïs des indigènes et conspués par leurs compatriotes, ils recomposaient dans le village de Chapora et autour du lac d'Arrambol cette même communauté d'asociaux définitifs déjà entrevus à Bombay. Flâneurs usés jusqu'à la corde, ils vivaient en tribus, à demi nus, sous des huttes de feuillage, subsistaient d'expédients et réglaient leurs comptes à coups de couteau et de hache. La peur de manquer renforçait leur détermination d'aller jusqu'au bout et les parages de ces localités n'étaient plus sûrs dès la nuit tombée. Parmi cette infra-humanité qui végétait entre mer et campagne dans une lente agonie, les Latins étaient majoritaires, qui cumulaient une aptitude au racket avec un don immodéré pour l'autodestruction.

Mais pauvres et riches, déguenillés et élégants partageaient en commun drogue et paresse. Les premiers, gonflés de cannabis ou d'opium dès le matin, vivaient avachis dans un bain de vapeur. Le visage abruti, les paupières lourdes, les mâchoires tombantes, le dos voûté qui se redressait pour préparer les shiloms et retomber ensuite, ils n'étaient jamais de sang-froid. Quant aux distingués qui avaient choisi la cocaïne comme seule digne de leur rang — pas une graine de haschich n'entrait dans leurs villas —, ils gardaient l'œil plus brillant mais succombaient eux aussi, quoique avec infiniment de classe : l'influence débilitante du climat jointe au poids de trop de tentations diverses brisaient le peu d'énergie des voyageurs et les réduisaient à une passivité fébrile, sans résistance. Goa, pays des êtres fatigués, était le seul coin de l'Inde où les coqs, par égard, sonnaient la fin de la sieste à 16 h 30. Le bonheur y prenait la forme d'un éternel relâchement de l'esprit et du corps.

Tous ces Blancs, même les plus détruits, portaient la marque du vainqueur impassible : la pâleur de leur peau leur conférait l'impunité. Ils se considéraient comme les brahmanes du monde entier, formaient une caste très fermée, jalouse de ses prérogatives, et pratiquaient une ségrégation tacite envers les étrangers et les natifs. Ils n'étaient pas là pour s'immerger dans l'Inde mais pour gagner, auprès des autres Blancs, l'auréole de l'expatrié.

L'ancienneté, le bronzage, la résidence déterminaient des ordres d'affiliation insurmontables. Ces snobs, la morgue gravée sur le visage comme une tache de naissance, ne parlaient jamais aux inconnus et aux touristes ; ils avaient payé assez cher le privilège d'être loin de chez eux pour refuser de le galvauder avec le tout-venant.

Vêtus de paréos, de chemises tahitiennes, de sarongs, de tuniques, de *dhoti*, de *longhi,* de pyjamas turcs, les filles de shorts ou de jupes ultra-courtes laissant deviner de généreux avantages, ils exhibaient un bronzage de bonne qualité, longuement mijoté et qui résisterait à des semaines de pluie.

Ils se pavanaient, certains d'être à l'avant-garde de la civilisation, espérant que leur exemple ferait tache d'huile sur le reste de l'Inde. Ils se glorifiaient déjà du fait que les Goanais n'allaient plus se soulager sur la plage le matin mais posaient culotte dans la campagne, sans souiller le sable blanc. Ils éduquaient : les prêtres, les penseurs, les guerriers, les commerçants, c'étaient eux. Le rôle des Indiens, des hommes bruns, était de servir, de conduire et de loger.

Goa était bien plus pourtant que cette minorité de parvenus sans grandeur : elle constituait un mythe que l'Inde entière cultivait : des colporteurs transportaient de ville en ville des photos de femmes blanches nues allongées sur les plages. Par un paradoxe curieux, les hippies étaient devenus aux yeux des Indiens les nouveaux indigènes de cet ancien comptoir. Et, le dimanche, on venait de partout renifler, contempler, photographier ces échantillons peu vêtus de l'hémisphère Nord. Car les Européens se baignaient nus, bien sûr ; des gringalets, des godiches d'Amsterdam ou de Liverpool, exhibaient pathétiquement leurs avantages, affichant devant les masses arriérées de l'Asie leur liberté corporelle. Fesses au vent, ils plastronnaient pour l'édification des races inférieures. Chaque organe dévoilé proclamait orgueilleusement leur appartenance au peuple élu et disait : voyez comme je suis affranchi, je m'octroie le privilège de me dénuder car, même nu, je reste encore revêtu de ma supériorité.

Les autochtones, engoncés dans des pantalons étroits et tristes, des chemises étriquées, guettaient ces pâles poitrines, ces verges et ces derrières rougis avec des sentiments mêlés. Ils ne reconnaissaient plus leurs anciens maîtres dans cette gentry désinvolte qui ne jouait pas au golf mais au backgammon, avait abandonné casque et short coloniaux pour le string et le monokini et arrosait ses cocktails de poudre autant que de whisky.

Les Indiennes se baignaient en sari, tout habillées, comme nos grand-mères à Deauville et Brighton en 1900. Cette société avait assimilé les valeurs du colonisateur anglais et portugais au point de les opposer, trente ans après l'Indépendance, comme typiquement indiennes, au dévergondage occidental. Si bien que la Goa indigène ne représentait pas tant l'Orient que l'Angleterre victorienne ou le Portugal de Salazar, en gardienne des traditions européennes les plus rétrogrades.

Disséminés en escouades, depuis un poste d'observation, les Indiens épiaient leur proie, l'Européenne nue et dodue. Dès que l'une d'elles arrivait, ils sifflaient, multipliaient les grimaces et les gestes immodestes, avec une lubricité tout enfantine. Puis, laissant une sentinelle sur leur créneau de sable, ils fondaient sur elle, mais sans grossièreté, et la détaillaient, les yeux grands ouverts, se poussant du coude comme des gosses qui prennent leur premier cours d'anatomie. A leurs yeux, la nudité semblait l'apanage ou le privilège de la femme blanche.

Perçus comme des intrus, des primitifs, les Indiens étaient au moins requis pour former le banc et l'arrière-banc du spectacle qui se donnait là en permanence. A Goa, indolente et insolite réincarnation d'un Raj multinational, se croisaient la douceur de vivre indienne, le culte britannique de la distance et le goût italien du masque. L'homme blanc y jouissait de sa propre diversité. Les sosies de Mick Jagger, John Lennon, Joan Baez, Jésus-Christ, Guevara se mêlaient aux pasticheurs de tous les costumes et parures d'Istanbul à Lhassa'.

Un sens aigu de la splendeur, de la mise en scène, donnait aux routes, aux cafés, aux plages de cette enclave la dimension d'un théâtre permanent. D'où la drôlerie de certains personnages accoutrés en flibustiers, *saddhu*, cheikhs arabes, sultans, roulant des yeux terribles, faisant tournoyer une canne ou une épée dans leur main.

D'où encore la cocasserie de ces sikhs à l'accent texan, de ces fakirs du Périgord ou de Lombardie, de ces prophètes de l'Ancien Testament en kilt, jouant de la cornemuse, de ces bourlingueurs de vingt-cinq ans grimés en sages, de ces aventurières qui faisaient onduler leur croupe, de ces ruffians braillards poussant des yodels à l'ombre des cocotiers.

Alors, l'espace d'un soir, Goa devenait un formidable creuset ; le brassage humain rendait tout son suc. Le souci de poser ne tuait pas la joie d'être ensemble et l'on sentait le génie de multiples collectivités coalisées pour produire ce qu'il y a de meilleur.

Pour ces clochards bronzés, le ravissement de se déguiser ne connaissait plus de bornes et les hommes, les hommes surtout, passaient des heures à enrouler et dérouler leurs turbans comme des écheveaux de sucre candi. L'Occidental, travesti en Asiatique de farce, donnait à ses congénères le spectacle de sa propre extravagance. Sous les tropiques idylliques, c'était une foire à l'homme blanc où le Ponant défilait devant le Levant.

En somme, tout Goa pouvait se résumer à la nature des tartes aux pommes qu'on y servait. Ce gâteau, né dans la Vienne impériale, exporté aux USA au début du siècle, arrivé en Inde dans les bagages des jeunes Californiens vers les années 60, était confectionné sur place par des cuisiniers du Kerala ou du Karnataka. Le monde entier avait contribué à sa formation. Pâtisserie bâtarde qui rassemblait les recettes culinaires de l'Ancien et du Nouveau Monde, mixte de strudel, d'apple pie et de loukoum, souvent relevée d'une pointe d'épices qui mordait la langue, elle formait un objet composite où chacun pouvait lire sa propre trajectoire d'exilé, le miroir de son déracinement. Et selon les jours, selon la main plus ou moins heureuse du préparateur, ces tartes étaient délicieuses ou infectes, à l'image même de ce qui se passait ici.

Enfin Goa, plus que tout autre État en Inde, ne connaissait pas les rigueurs de la loi. La police ne contrôlait ni ne surveillait personne, se contentant de tester la fraîcheur de l'eau et de régler le flot des vagues sur la plage. La pègre blanche, planquée sous les frangipaniers, y prospérait en toute impunité, libre de tout, même de se montrer honnête, dans la plus belle confusion des genres, des lieux et des temps.

A peine le petit vapeur nous eut-il éjectés de sa panse confortable sur le quai de Panjim, nous mîmes le cap sur Calangute en quête d'une maison à louer. La chance nous sourit : moins de quarante-huit heures après notre débarquement, nous avions réservé pour trois mois la villa Bonfim, près de la plage de Baga, vaste demeure portugaise de sept pièces, avec lits à baldaquin, *azulejos* sur les murs, hauts plafonds et vastes vérandas où les fleurs montaient et flamboyaient comme des incendies. Les chambres, blanchies à la chaux et tapissées de nattes, donnaient sur un jardin mal peigné, à l'anarchie sympathique, où s'enchevêtraient des arbustes odoriférants, des fougères arborescentes ainsi qu'un verger de litchis et de manguiers.

Tout avait la beauté d'un emballage étincelant. Un large courant de sympathie et de bonté courait dans ce parc miniature. Sous nos fenêtres mêmes, les larges feuilles des ficus aux surfaces vernissées nous tendaient leurs paumes, nous invitaient à nous baigner dans leur verdure brillante, épaisse comme un molleton. Deux chats, un singe, un couple d'écureuils, légués par les propriétaires, peuplaient cette mini-jungle. Le singe, un rhésus, un de ces macaques indiens à queue courte, porteur de callosités fessières rouges, fut surnommé « B négatif » par Dominique dont c'était le groupe sanguin. Un cobra à lunettes, un cercle autour des yeux, venait chaque jour à midi se chauffer sur un mur bas bordant le *coumpound*. Nous pensions l'éloigner, l'effrayer avec des bâtons : Kiran, appuyée par Dominique, nous supplia de n'en rien faire. Ces animaux ont la réputation de ne jamais oublier une injure et le serpent se vengerait si on le chassait. Il fallait donc vivre en bonne intelligence avec toute une ménagerie, composer selon les croyances de chacun.

Jusque-là je n'avais jamais su ce qu'étaient les oiseaux. Dès l'aube, un tintamarre de gazouillis tombait des arbres et l'air crépitait pendant une heure de piaillements, de trilles, de roucoulades, de sifflets dans un strident crescendo qu'accentuait le battement de milliers d'ailes ébouriffées. Même l'affreuse aubade des corbeaux avait quelque chose de mélodieux. Ils formaient la basse d'un orchestre où toutes les races de pinsons, de fauvettes et de moineaux d'Orient concouraient, sans souci du sommeil des autres. Le monde s'éveillait, ils tenaient à le faire savoir, le claironnaient bien haut. Chaque oisillon compensait une vocation contrariée de ténor, de baryton et de diva. Et la chorale des volatiles flûtait assidûment jusqu'à ce que le premier rayon dorât le faîte des arbres. Alors, ces candidats à l'opéra mettaient une sourdine à leurs vocalises et tandis qu'un thé brûlant fumait sur la table, à côté des brioches, des pains tendres et d'un miel aux reflets d'or, mille petites vies se mettaient à bourdonner, les roues des puits grinçaient et de tièdes pigeons, au ventre palpitant, filaient en flèche, déployant de miraculeuses plumes.

Où que nous regardions, il flottait sur les choses une splendeur, une tranquillité extraordinaires. Tous les miracles étaient possibles sur cette terre bénie des dieux. Devant nous, une masse de feuillage luxuriant dressait un mur vert presque noir à force d'être saturé de lumière. La plage se trouvait à deux minutes de la maison, dissimulée aux regards par une butée de sable, et non loin, vers l'intérieur, au-delà d'une minuscule route de campagne, une rivière, gorgée de toutes les eaux des Ghâts occidentaux, s'égouttait dans un petit delta, faisant verdoyer à perte de vue le damier des rizières. Le singe et les chats, tôt levés, s'étaient déjà rendormis, et les écureuils promenaient leurs petites touffes de fourrure grise d'un arbre à l'autre, en bonds nerveux. L'odeur de la terre, de la mer proche créait un état d'âme caractéristique que renforçaient le parfum des papayes, avalées en longues tranches juteuses, et les effluves de bananes mûrissantes que des brigades de fourmis investissaient avec diligence.

Dès que la chaleur augmentait, nous rentrions dans la

maison. Fouler de la plante des pieds le sol de dalles, dur et silencieux, était aussi rafraîchissant que d'entrer dans l'eau froide. Les portes restaient ouvertes en permanence, n'ayant comme c'était l'habitude ici ni clés ni serrures. Un grand ventilateur, aux pales ébréchées, brassait l'air avec un bruit d'insectes et le soir la moustiquaire se couvrait d'un velours frémissant de parasites, à quoi répondait la nuée des phalènes autour des lampes. Même les moustiques devenaient de petits anges aux douces flèches d'amour et nous ne leur tenions pas rigueur des inévitables piqûres qu'ils nous décochaient.

Kiran, qui n'avait jamais dormi seule, et à plus forte raison dans une chambre, me demanda la permission de partager une pièce avec moi. Malgré les chromos délavés de la Vierge et de Jean-Paul II, elle redoutait la présence d'un *hoodoo*, d'un esprit. Le christianisme n'était chez elle guère plus qu'un vernis. La nuit, parfois, entre deux coassements des grenouilles, nous étions réveillés par des sortes de plaintes qui montaient de la mer. J'attribuais cela aux cris des rats fruitiers qui cavalcadaient sur les poutres du grenier. Pour Kiran, c'étaient des âmes qui gémissaient et flottaient dans les airs, attendant la naissance d'un vivant afin de se réincarner en lui, d'y accomplir leur *karma*. Lorsque le clair de lune s'insinuait à travers les persiennes, Kiran se blottissait sous les draps comme si la langue de lumière la recherchait personnellement. Elle revenait à la surface quand le pinceau argenté était descendu sur le tapis en nappes incandescentes et se retirait lentement, laissant la chambre dans l'obscurité.

Alors elle prenait ma main, et les yeux grands ouverts, scrutant les ténèbres toutes bruissantes de mauvais génies, elle attendait l'aube qui dissipe les ombres. Et quand le soleil filtrait à travers le rideau de cotonnade blanche, lançait un déluge de lumière et de gloire dans la chambre, elle consentait à se rendormir, profondément apaisée.

Nous dérivions notre bonheur d'une source de jouissances minuscules mais fréquentes. Et le bien-être matériel favorisait la béatitude de tous. Julien travaillait beaucoup, disposant enfin d'espace et d'équilibre. Il se disait convaincu d'atteindre bientôt le but qu'il s'était fixé.

Il tentait diverses expériences propres, selon lui, à nourrir son inspiration. Le soir, après de somptueux dîners où nous nous régalions de poissons farcis, de crabes épicés et de langoustes longues comme le bras, il fumait scrupuleusement deux ou trois joints puis demandait une feuille de papier pour noter ses impressions.

Souvent, il s'endormait avant d'avoir rien noté et retrouvait sa feuille couverte de bâtonnets ou de gribouillis informes. Ou bien, il se levait en pleine nuit et allait méditer sur la grève, attendant de la voûte scintillante la dictée d'une voix mystérieuse.

Il exigeait beaucoup de ses émotions et croyait à l'influence du milieu naturel sur la formation des idées. Il voulait s'imbiber des merveilles et des saveurs de l'Inde comme il avait tenté à Bombay d'absorber dans sa prose les millions de destinées diverses d'une grande cité.

Ses histoires, qu'il nous lisait toujours le soir — Kiran l'écoutait avec respect sans comprendre —, gagnaient en force et en précision ; mais, bâties autour d'un paradoxe ou d'une idée, elles s'évaporaient dès l'idée dévoilée. Les brillants paragraphes du début débouchaient sur une pirouette. Sur ce mince canevas, il ne pouvait broder que d'exquises variations mais aucune intrigue. Au lieu d'un livre, cela ressemblait à une collection de poupées russes qui s'emboîtent indéfiniment. Julien ne se formalisait pas de mes remarques. Il me priait seulement d'attendre et de lui prêter mes oreilles à volonté. Avant de commencer son grand roman, il cherchait à inventer une forme d'écriture au plus proche du mythe indien de la métempsycose :

— Regardez ces oiseaux, ces insectes, ce ne sont pas des bêtes comme chez nous, mais des hommes réincarnés. Ce perroquet autrefois régnait en souverain hindou, cette corneille fut une religieuse anglaise emportée par le choléra, ce paysan une chèvre ou un philodendron. Nous côtoyons peut-être dans ce jardin les âmes de l'empereur Aurangzeb, de Curzon, de Dupleix qui transmigrent sans fin à travers des corps de chats ou d'écureuils. Si l'occulte et le sortilège fleurissent à chaque pas, c'est qu'ici chacun vit en symphonie avec le long chapelet de ses réincarnations. Dire « je », pour l'hindou, n'a pas de sens : je est toujours plusieurs, je est nous. Une recherche indienne du temps perdu s'étalerait sur des millénaires. Vivre plus d'une vie : c'est la condition naturelle de l'Indien. C'est pourquoi, sans doute, il manifeste une telle inclination pour le romanesque : il est en lui-même déjà un objet littéraire et porte plusieurs destins condensés, empilés.

Nous passions nos après-midi sur la plage. La mer ressemblait à un abîme éblouissant de luminosité qui forçait à cligner des yeux. Aux heures les plus chaudes, nous devions nous réfugier sous des abris de palmes séchées à observer les pêcheurs tirer leurs filets, petits hommes noirs et nus, cachés sous d'énormes turbans ronds qui tenaient à la fois du parasol, de la tiare et de la citrouille. Leur figure paraissait sortir du turban comme s'il avait existé avant elle et attendu pendant des années de pouvoir encadrer un visage.

Certains étrangers jouaient de la trompette devant l'immensité, d'autres apportaient des livres et ne lisaient qu'une demi-page par jour, ne pouvant détacher leurs yeux du spectacle des vagues, d'autres enfin patinaient, lubrifiaient, ciraient interminablement leurs shiloms, en bons ouvriers du chanvre indien, méticuleux et passionnés. Les plus défoncés passaient des après-midi entiers à lire le *Stern, Newsweek* ou *Life,* trouvant aux photos et aux textes un charme inépuisable qui les plongeait dans des crises d'hilarité sans fin.

L'eau constituait un véritable liquide amniotique qui pansait les blessures, et la laideur ne pouvait venir que de l'intérieur des terres. Au crépuscule, des familles de dix ou quinze, des couples pudiques se promenaient au bord de l'océan, au milieu des vendeurs d'ice-creams qui passaient en vélo sur la plage et des marchands de fruits qui décapitaient les ananas à la machette. Une brise rafraîchissante apaisait les ardeurs du jour tandis qu'une foule admirative et retenue regardait le disque du soleil disparaître à l'horizon, dans un embrasement fastueux.

Kiran apprenait à nager sous la direction de Julien qui

l'emmenait loin en pleine mer, sur son dos, et tentait de l'accoutumer à ce nouvel élément. Elle devenait une frétillante petite créature noire, un condensé d'énergie. Ses yeux luisaient de gaieté malicieuse quand elle allait mendier sur la plage, par jeu ; à son propre étonnement, elle ramassait des gains consistants qu'elle gardait comme argent de poche pour acheter des bonbons. Car elle avait grossi, elle mangeait toujours : des chocolats dès le matin, des confiseries, des chewing-gums qu'elle avalait tout ronds, ne pouvant se résoudre à les cracher, des confiseries, des friandises dont ses poches étaient remplies : elle dévorait les chutneys à la cuillère, mélangeait à poignées pickles et condiments, elle prenait aussi les glaces par groupes de deux ou trois, les enfournait avant qu'elles aient eu le temps de fondre ; sans parler des minuscules lézards peu méfiants qu'elle repérait sur le dos des murs, que sa jolie petite main, peinte et décorée, saisissait prestement et qu'elle croquait avec candeur, comme des biscuits. Elle rattrapait dix ans de faim et de disette par un gavage continu. Et, quand elle était bien pleine, elle nous ôtait le cigare de la bouche et se mettait à fumer, les genoux au menton, en se noyant dans des nuages de vapeur âcre. Elle maîtrisait maintenant un sabir anglo-hindi-français qui lui permettait de brasser une grande quantité de mots et de s'exprimer rapidement. Elle passait ses journées à écouter des cassettes d'Earth, Wind and Fire pour qui elle s'était prise d'une vraie passion et tapait la mesure avec ses petits pieds en feuilletant de vieilles revues.

Nous vivions avec elle dans un état de tendre anxiété. Elle aimait à se pendre à nos bras quand nous marchions, à se laisser porter ; ou elle nous prenait la main, la couvrait de baisers et nous lançait de longues déclarations en marathi, dans un babil mélodieux. Ses caprices avaient force de loi : pour aller voir un film de son idole, Amitabh Bachchan, le play-boy national indien, nous parcourions parfois quarante kilomètres sur de petites routes tortueuses. Nous n'en faisions jamais trop pour la gâter. Chaque jour, l'un d'entre nous lui offrait un vêtement et encourageait son goût inné pour s'attifer, marier les couleurs. Tout lui allait, mettait en valeur sa peau d'un noir mat, magnifique. Les tailleurs de Calangute venaient à la maison prendre ses mesures et lui confectionnaient des jupes courtes, des *jodhpur,* des *kurtha,* des tuniques fendues, des *salwar,* des pantalons étroits ou des ensembles que Julien dessinait lui-même. Le frou-frou de la soie et du satin la ravissait et elle mettait un point d'honneur chaque matin à se draper dans un nouveau pyjama dont elle nouait le lacet avec art.

Elle apprenait aussi la cuisine et nous vitriolait de curries acides, incendiaires qui nous décimaient, nous jetaient, pantelants de douleur, sur un lit pour des après-midi. Elle avait la capacité de s'endormir n'importe où, dans n'importe quelle position, comme on tourne un bouton. Pour chacun de nous le trottinement velouté de ses pieds sur le sol, ses yeux mutins, ses délicieuses fautes de français annonçaient une moisson de farces, d'éclats de rire et de câlins.

Nous croisions chaque jour la route d'un certain nombre de fantasques et d'originaux. Ces olibrius déliraient gentiment, sans méchanceté, comme portés vers leur pente naturelle par l'indulgence du sous-continent. Une Suissesse, adepte de Lanza del Vasto, combattait toute réforme agraire qui risquait de donner aux pauvres l'appétit des richesses et de la spéculation :

— Ce qui est bon, disait-elle, c'est la dépossession, plutôt que la multiplication de la propriété.

Un vieux monsieur bourru, qui avait beaucoup voyagé, prônait le suicide de la race blanche, pilleuse et maudite, et demandait aux jeunes estivants de ne plus faire d'enfants. Un Belge, arrivé en Inde à vélo depuis Bruxelles, réparait chaque jour sa bécane et ne se résolvait plus à repartir. Un ethnologue de Berlin, qui vivait dans une cahute au bord de l'eau, considérait les Indiens comme de simples duplicatas des Blancs, pourris et contaminés par la civilisation capitaliste. Le vrai primitif, le seul aborigène authentique des contreforts de l'Himalaya au cap Comorin, c'était lui, vainqueur par KO dans la surenchère des puristes pour l'appropriation d'une culture étrangère. Des groupes de Belges, de Français, d'Italiens touillaient leur popote de haschichins en tétant paresseusement leurs shiloms et s'épuisaient en trips plus ou moins foireux que venait conclure une gélule de Tranxène ou de Témesta. D'autres vieillissaient artistement leurs guenilles, négligeaient leurs cheveux et leurs ongles, croyant ainsi rejeter le vieux monde et ses lois. Des végétariens anglais vendaient au porte-à-porte les œuvres de Barbara Cartland, bénie d'avoir introduit en Angleterre l'usage des vitamines et des lentilles. Sans compter l'immense cohorte des dévots de la Mère, aurovilliens de tout poil, harekrishnas, rajneshis et autres amateurs de syncrétismes simplifiés qui défilaient en théories d'ectoplasmes ambulants, sans âge, sans sexe et sans saveur, moines pâles qui venaient se reposer ici des excès de leur vie intérieure, increvables nuées de vieilles filles rances et de vieux hippies enveloppés de linge blanc, tous unis dans le culte de la bondieuserie à visage exotique. Ils ne conversaient pas, ils prêchaient, n'écoutaient pas mais enseignaient, et regardaient nos agitations de terriens avec le dédain du sauvé pour les égarés. Tous imitaient l'Inde et l'Inde n'imitait personne : elle les accueillait et les digérait.

Nous ne savions encore à quel clan nous rallier. Les snobs nous boudaient et nous mettaient à l'épreuve. Les brouteurs de poudre et autres ruminants de marie-jeanne nous tenaient en suspicion, nous trouvant trop propres, trop aisés. Restait le flux des touristes et des Moyen-Orientaux, oiseaux de passage comme nous et à tout prendre plus curieux, plus ouverts à l'imprévu que ces minorités sentencieuses. Les rapports sociaux avec les inconnus restaient faciles : on ne se demandait rien, être là faisait de vous les membres d'une fraternité instinctive.

Julien, à qui le paganisme tranquille des belles filles en pagne tournait la tête, s'était de nouveau empêtré dans des imbroglios féminins. Il avait connu quelques accouplements le soir à la sauvette, sur la plage, mais la plupart des filles étaient bien trop défoncées pour ressentir quoi que ce soit et ne le reconnaissaient même pas le lendemain. Il ne renonçait pas à son grand amour asiatique, qu'il recherchait patiemment à travers les relais plus médiocres d'autres corps, se plaisant à ces diversions qui devaient aiguiser par contraste la splendeur de sa femme idéale.

Une fin d'après-midi, nous étions allongés tous deux sur le sable, le soleil perdait déjà chaleur et rayonnement, devenant une masse rouge orangé que l'œil pouvait fixer sans éblouissement. Au loin, un géant barbu à tête d'apôtre tirait des accords discordants d'un saxophone. Julien m'assurait qu'un homme a toujours plus de chances auprès d'une belle femme que d'une moche, les beaux, comme les riches, se prodiguant sans compter et se montrant toujours anxieux de vérifier leur beauté, de tester leur trésor. Soudain, un djinn facétieux sous la forme d'une petite tornade emporta les feuilles de son manuscrit qui s'éparpillèrent autour de nous. Il courut les ramasser. Le vent les poussait toujours plus loin. Deux d'entre elles avaient volé jusque sous la serviette d'une jeune fille allongée à quelques centaines de mètres et que des Indiens, assis en tailleur, reluquaient, les yeux exorbités. Julien s'excusa de la déranger et engagea la conversation. Une demi-heure après, il me fit signe de ne pas l'attendre.

Il ne rentra pas avant le lendemain matin, à l'heure du petit déjeuner, accompagné de l'inconnue, une belle brune élancée aux contours pleins, à la peau cuivrée, et qui semblait sortie d'un conte oriental. De père saoudien et de mère autrichienne, elle s'appelait Farida, parlait l'anglais et l'allemand. Ses rondeurs exubérantes, moulées dans des étoffes de qualité, accrochaient les regards les plus blasés et, lorsque l'eau ruisselait sur ses épaules, elle la sculptait en une seule coulée de métal. Elle avait aussi de beaux pieds blancs qu'elle ne se lassait pas de caresser tout en parlant.

Elle nous regardait avec un sourire doux, juvénile ; notre accent en anglais la faisait rire à gorge déployée et ses yeux brillaient d'une joie enfantine chaque fois que l'un de nous commençait une phrase. Elle plut d'emblée à Kiran ; elle venait de finir des études d'anthropologie à Vienne et se reposait à Goa avant de partir dans le nord de la Thaïlande étudier les mœurs de quelque peuplade

225

montagnarde. Notre groupe, nos histoires respectives, la présence de Kiran, tout l'intriguait et elle nous observait avec un air d'avidité gourmande.

C'était vraiment un morceau de roi, et Julien fut étonné de l'avoir eue si vite. Dès les premiers jours, il lui manifesta des preuves d'attachement sans ambiguïté, ravi d'avoir enfin croisé dans la même personne le savoir et la sensualité. Sans être indienne, elle était tout de même à demi arabe et ce métissage représentait déjà un progrès. Elle-même, de son côté, se montrait impressionnée par les connaissances de son nouvel amant, sa capacité de marier le sérieux et le trivial. Elle avait hâte de lire son roman dont il lui avait tant parlé et il n'avait d'autre issue maintenant que de l'écrire s'il ne voulait pas perdre la face. C'est par Farida, qui les fréquentait tous, que nous fîmes connaissance du réseau international de l'espéranto chic qui peuplait les hauteurs d'Anjuna. Le fait que nous ayons une belle maison nous posa dans l'esprit de ces mondains en bermuda et, lorsque Indar, arrivé entre-temps de Bombay, donna chez nous un concert de *santoor*, nous fûmes adoptés comme des égaux, des intimes.

3
Sa Majesté bossue

Notre félicité n'eût pas été complète sans celle de Dominique. A Bombay, nous lui avions promis une vache. C'était là son désir le plus cher : ces créatures un peu flasques, aux antipodes de la finesse racée du tigre, le troublaient au-delà de toute expression. Il les évoquait sans cesse avec un talent de conviction qui finit par nous ébranler. Kiran insistait également pour que nous en achetions une : nous avions un jardin, de l'herbe, de la place et de l'argent. Pourquoi hésiter ?

Julien se laissa fléchir. Nous louâmes une camionnette, et un matin très tôt partîmes en direction de Bicholim, à une quarantaine de kilomètres de là. Dans les environs de la petite ville, un ancien temple shivaïte abritait une institution typiquement indienne : le *goshala,* maison de retraite pour vaches du troisième âge, taureaux impotents, bœufs fourbus, qui avaient échappé aux horreurs de l'abattoir et y coulaient des jours heureux.

La plupart n'étaient que des carcasses efflanquées et rugueuses qui dépérissaient sur pied. Inhabiles à se mouvoir, les yeux bandés, elles gardaient à peine la force de ruminer, de mâcher l'herbe à leur portée. Des servantes les lavaient, les massaient, leur frottaient l'épiderme.

Le personnel, au nombre de soixante-dix personnes pour environ deux cents bovidés, habitait dans un long bâtiment rectiligne que prolongeaient sur trois côtés les étables des animaux. Au centre d'un pré à l'herbe grasse, un pigeonnier, au sommet d'un long poteau, abritait de vieux corbeaux, d'antiques busards, des mouettes hors d'usage, des vautours chargés d'ans et de crimes qui terminaient leur vie dans ce paradis, devenus pacifistes avec le grand âge. Les bovins, accompagnés ici où là par un âne ou un mulet, paissaient sous des frondaisons d'arbres centenaires, dans un calme virgilien.

Juste comme nous arrivions, le *goshala* était en branle-bas de combat. Les hommes couraient dans tous les sens, poussaient des cris. Un énorme taureau, croisement de zébu et de Jersey, s'était réveillé en état d'érection, phénomène qui lui arrivait une fois par trimestre. C'était une gigantesque bête, tout enveloppée dans son manteau de cuir souple, avec une tête de divinité barbare crevant le ciel et un front couronné de cornes qui auraient pu embrocher une famille entière.

Il boitait, les jambes de devant arquées, et menaçait de verser à chaque pas, déséquilibré par la masse de son poids. Sa bosse sur l'encolure semblait un testicule remonté qui frémissait à chaque souffle de ses naseaux, à quoi répondait sa verge puissante, massive, violacée, qui émergeait sous le ventre, pareille à un tuyau de gouttière arraché. D'énormes veines gonflées à se rompre couraient sur sa surface, presque aussi noires que son cuir, jusqu'au méat. Cette longue massue entre ses pattes augmentait sa gêne et il mugissait chaque fois que le gland gonflé comme une betterave touchait le sol et se couvrait de poussière. Guidés par un vétérinaire, les bouviers s'affairaient autour de lui, lançaient des ordres, tâchaient de l'immobiliser, et deux enfants lui glissèrent sous le ventre un grand seau de lait tandis qu'un troisième, prenant la tumescence à deux mains, la plaça péniblement dans le seau pour la garder au chaud. Il fallait faire vite, trouver une femelle féconde et consentante. Car le *goshala,* financé par des marchands goujeratis, n'était pas seulement une œuvre de bienfaisance, il tentait depuis quelques années de maintenir ses animaux inutiles par les revenus tirés de l'élevage et de la vente du lait.

Ce réveil du taureau représentait une occasion inespérée mais délicate : on ne disposait pas encore du matériel nécessaire pour les inséminations artificielles. La plupart des receveuses, grand-mères accortes qui avaient déjà procréé, ne demandaient qu'à jouir en paix de leurs derniers instants et refusaient la saillie du mâle sénile. Ce dernier beuglait à fendre l'âme, comme pressé de soulager la tension, et il semblait dire : vite, vite, cela ne va pas durer. Ces cris avaient jeté la panique dans le troupeau. Même les bœufs, inquiets, dressaient l'oreille et tiraient sur la longe. Enfin, on amena de force une génisse tremblante à la peau beige, au beau poitrail blanc. Un mètre à peine séparait les deux bêtes. Mais la vue ou plutôt l'odeur de la jeune enfant eurent raison de l'endurance du vieil étalon. Le spectral César à tête de Minotaure poussa un horrible mugissement qui nous fit tous frissonner, un véritable appel de sirène avant le bombardement. Victime d'une précoce convoitise, il déchargea dans la bassine de lait, lequel se mit à bouillonner, à se couvrir de mousse, à épaissir. Puis les floculations de la semence remontèrent à la surface, dessinant des yeux de graisse sur le liquide blanc.

Aussitôt des assistants se précipitèrent sur les amas de sperme chaud et les enfournèrent à pleines mains dans l'arrière de la génisse qui en bousa de terreur. Inondé de sueur, ses fanons se balançant de droite à gauche, le membre déjà recroquevillé à la taille d'un poireau, le taureau fut poussé sans ménagement vers son étable, à coups de pied et de bâton. Sa tête crépue s'enfouit dans l'auge jusqu'au cou comme s'il eût voulu disparaître tout entier dans sa mangeoire.

Un homme chenu mais encore alerte, un vieux morse triste et ridé, aux orifices garnis de bouquets de poils, drapé dans sa toge ainsi qu'un sénateur romain, consentit alors à écouter notre requête. Ancien *mali*, jardinier du maharajah de Bénarès, il s'appelait Ram Das et était de caste *sudra*, la plus basse, la dernière caste avant les intouchables. Pendant quarante ans, son travail avait consisté à nourrir les salades du souverain avec un coton imbibé de lait et à les emmailloter la nuit pour qu'elles ne prennent pas froid.

Il se vantait d'avoir, le premier en Inde, acclimaté la batavia et la romaine, au lendemain de la guerre de 1914, contre l'avis d'un agronome britannique qui jugeait l'expérience impossible. En partie grâce à lui, son seigneur avait gagné en 1930 un gigantesque tournoi gastronomique qui avait opposé, sous la présidence du roi d'Angleterre, tous les États et les principautés de l'Inde, le *All India Gourmet Contest*. Aux personnalités du jury, il avait proposé des cœurs de laitue braisés à la branche de sarriette, une romaine aux œufs mollets et à la ciboulette, une salade de chicorée, pissenlit et laitue assaisonnée de jus de citron et mayonnaise, agrémentée de pamplemousses et de crevettes. Pour cette composition printanière, son maître avait bénéficié de la plus haute distinction du Raj, la VC (*Victoria Cross*) et avait été élevé à la dignité de MBE (*member of British Empire*). Lui-même, Ram Das, avait reçu d'Édouard VIII une décoration d'or et d'argent et une invitation à Buckingham Palace, mais il ne s'était jamais résolu à traverser les « eaux noires », les océans selon la mythologie hindoue.

Alors lui, l'impur, le peu reluisant qui touchait la terre, s'était vu pensionné à vie par son souverain en récompense des services rendus. Mais la suppression des États princiers, après 1947, par le pouvoir central, puis la réduction progressive des bourses allouées aux anciens rois et *nizam*

229

l'avaient privé de toute source de revenu. A contrecœur, le maharajah avait dû se séparer de lui et il avait émigré à Goa pour trouver du travail. Ses anciennes fonctions, le prestige de sa décoration, ses connaissances de l'anglais lui avaient valu, malgré sa basse extraction, d'être la tête et l'âme pensante du *goshala*.

Notre requête l'inquiéta. C'était la première fois de sa vie qu'il vendait un bovidé à des Européens. Il était d'ailleurs persuadé que nous étions anglais : les Blancs ne pouvaient être qu'anglais. Et les Anglais mangeaient la viande du bœuf. Dominique se récria : lui-même était *vegetarian, pure vegetarian* et nous autres ne mangions jamais de *beef,* seulement *mutton* et *chicken.* Si nous n'étions pas anglais, nous étions peut-être musulmans et les *musla,* infâmes et cruels carnivores, étaient interdits d'accès au *goshala.* Nous nous récriâmes en chœur : nous étions chrétiens, même Kiran, purs catholiques, et Julien rappela à bon escient qu'un bœuf réchauffait l'Enfant Jésus lors de la nuit de la Nativité à Bethléem.

Cet argument, qu'il ignorait, emporta sa réticence et il nous invita à prendre un thé. Il ne pouvait rien nous vendre sans nous expliquer au préalable pourquoi la vache est la plus chère possession des Indiens. Il prit place sur la margelle d'un abreuvoir en marbre et lentement, dans un anglais entrecoupé de mots hindis, déroula pour nous les épisodes du mythe :

— Vous devez comprendre que, pour nous autres hindous, la vache est d'essence divine à l'égal des brahmanes, si bien que la manger serait un acte sacrilège pire que le cannibalisme. La vache est notre mère à tous. Nous vénérons en elle la maternité par excellence : sa mastication incite les hommes à ruminer les vérités éternelles, la douceur de ses yeux appelle la compassion et nous invite à protéger les pauvres, les sans-défense, les humiliés ; la blancheur de son lait enseigne la pureté, sa richesse symbolise la santé. Son flegme sert de modèle à l'ascète et lui donne l'air de toujours méditer intensément sur la condition humaine. Avec sa tête de biche et son regard humide, elle allie la bienveillance et la pondération.

« Tuer la vache entraînerait catastrophe et sécheresse ainsi que la confusion des castes, début de la décadence. Dans le *Mahâbhârata,* il est dit que celui qui tue une vache vivra en enfer autant d'années qu'il y a de poils sur le corps de l'animal.

« Tout est sacré venant de la vache : sa bouse et son urine sont utilisées dans la médecine ayurvédique et les brahmanes en font des galettes, les *panchagaya,* qu'ils absorbent pour se garantir de l'impureté. Les femmes en enduisent également la terre battue de leur cuisine en signe de prospérité pour leur famille et afin d'écarter blattes et fourmis blanches. Une Upanishad veut " qu'avec l'aide d'un peu de bouse diluée d'urine de vache le cuivre soit transformé en or ". »

L'après-midi étant déjà bien entamé, Ram Das en vint aux travaux pratiques. Il enseigna à Dominique et à Kiran, observés par tous les enfants du *goshala,* l'art de traire, de tirer les pis, de faire siffler le lait dans le seau, de le faire mousser comme de la crème à raser. Il nous apprit aussi à pétrir les excréments de la sainte créature, à les partager en forme de galette, de pizza ou de gâteau, à les coller d'un geste sec sur une surface verticale. En Inde, les bouses constituent les armoiries des pauvres ; ces précieux déchets, malaxés et séchés, servent de combustible et remplacent le bois dans les crémations. A la nuit tombée, nous avions attrapé le coup de main, l'apprentissage était terminé, nous étions reçus. Ram Das nous donna rendez-vous pour le lendemain et nous autorisa à dormir à la belle étoile, dans l'enceinte désaffectée d'un temple attenant.

De savoir l'innocente manie de Dominique amplifiée par un système de croyances si complexes nous avait tous laissés un peu estomaqués. Ses mômeries nous parurent sublimes, d'être partagées par six cents millions d'individus. Farida se faisait répéter par Kiran en bon anglais les enseignements de Ram Das et se récriait à chaque phrase. Julien se retrouvait presque dépité de n'avoir jamais prêté attention à cet aspect de l'Inde :

— Pour moi il s'agissait d'une survivance, d'un folklore. Je n'aurais jamais cru qu'un pays qui possède des satellites et une bombe atomique pût encore vénérer ces rosbifs à quatre pattes.

Quant à Dominique, il restait sous le coup d'un enchantement, pareil à un somnambule en extase. Nous voguions en pleine atmosphère de légende. Et rien, ce soir-là, ne put nous distraire de ce troupeau d'outres à lait qui beuglaient dans leurs boxes à quelques mètres de là et dont nous respirions les remugles forts, pareils à l'émanation de quelque monde originel.

Au petit matin, Ram Das, nous jugeant prêts, nous montra les différentes bêtes destinées à la vente. De chacune, il vantait les qualités et détaillait les faiblesses. De douces génisses aux yeux nostalgiques, de paisibles douairières aux naseaux humides nous lançaient des regards suppliants comme des enfants en quête d'adoption. Enfin, après tergiversations et conseils, Dominique et Kiran se décidèrent pour une folâtre vachette de trois ans dont le pelage mordoré et brillant était éclairci par des taches blanches sur le flanc et le ventre.

Ses cornes un peu courtes se disposaient vers le haut en anses de panier, ses pattes la portaient bien et l'on sentait qu'il serait inutile de lui en rajouter une quand, l'âge venu, elle aurait doublé de poids. Une bonne distance séparait les supports antérieurs et postérieurs. L'échine paraissait souple et solide. Bien que croisée avec une Holstein, elle avait gardé la bosse habituelle aux zébus mais réduite à un monticule mollet et élastique sous les doigts.

L'on détermina son prix en fonction de son rendement annuel en lait, et l'animal nous fut cédé après marchandage, décomptes et taxes pour la somme de 1 500 roupies. Nous achetâmes en outre plusieurs kilos de foin et une pierre à sel.

Un vieux brahmane vint nous saluer et insista pour nous vendre l'eau de son bain de pieds ; sacrée, comme lui, elle servait de remède contre les migraines, les dysenteries, les dyspepsies, les rages de dents, le paludisme. Ses vertus toniques et curatives n'étaient plus à démontrer. Il prenait soin de se laver en public sans savon au moins trois fois par jour et sortit de son *dhoti* un paquet de certificats, tachés et graisseux, en anglais, allemand, hindi, urdu, hindoustani, pali et parsi, de clients, tous guéris après absorption de ce liquide lustral. Par déférence, et dans l'euphorie générale, nous lui en prîmes un demi-gallon. Le vieux prêtre faisait peu d'affaires, et n'avait pas d'autres moyens de subsistance.

Mais quand il nous offrit en plus un verre de son urine, excellente contre les maux de gorge, les problèmes digestifs et les affections pulmonaires, deux fois sanctifiée puisqu'il buvait uniquement de l'eau du Gange, miraculée par son rayonnement personnel, nous déclinâmes poliment. Il sembla peiné de notre obscurantisme mais n'en récita pas moins dans l'oreille de la bête une formule, un de ces *mantra* qui confèrent l'immortalité. Puis, un gros livre devant lui, il marmonna de fastidieuses litanies pendant une heure.

Ram Das ne se résolvait plus à nous lâcher. Il avait toujours une recommandation à nous faire, un conseil à donner. Pour finir, il décida de nous édifier par quelques anecdotes exemplaires de la piété de ses anciens maîtres.

Savions-nous que le *nawab* de Junagadh, cousin de son seigneur, vouait une telle adoration aux chiens qu'il les parait de colliers, de bijoux, d'or et de soie, leur construisait hôpitaux et refuges, les mariait officiellement et décrétait l'anniversaire de chacun fête nationale ? Lorsque les troupes indiennes investirent sa ville, en octobre 1947, le prince, qui s'enfuyait à l'étranger, fit embarquer à bord de son avion privé une centaine de ses toutous favoris au détriment de ses nombreuses épouses qui restèrent en carafe, debout, sur l'aérodrome.

Savions-nous aussi que son propre maître, feu le maharajah de Bénarès, avait coutume de se faire réveiller chaque matin par le beuglement d'une vache spécialement amenée dans sa chambre ? Le cri du quadrupède évoquait aux oreilles de Sa Majesté le son des sons, la syllabe primordiale d'où dérive le monde et l'humanité : *Om*.

Un jour, il partit rendre visite à son voisin et cousin, le maharajah de Ranpur, accompagné des meilleures bêtes de son troupeau personnel. On lui réserva, comme à tous les visiteurs de marque, le deuxième étage du palais. Impossible en conséquence de procéder à la cérémonie du lever ! Eh bien, son maître préférait encore dormir dehors que de déroger à ses habitudes.

Le maharajah de Ranpur le supplia de n'en rien faire, il craignait trop de perdre la face. Il avait déjà trouvé une solution. Il loua à une entreprise de travaux publics une grue qui, dès l'aube, hissait jusqu'au deuxième étage une vache terrorisée dont les meuglements eussent éveillé un mort. Et son cousin fut satisfait.

Que cela nous serve de leçon ! Ram Das nous supplia encore de ne jamais oublier cette phrase de Gandhi : « J'ai pour but de faire adopter dans le monde entier le principe de la protection de la vache qui signifie la protection de toutes les créatures muettes créées par Dieu. » Et quand nous démarrâmes, toute la population du *goshala* courut autour de notre véhicule en criant : « *Ahimsa paramo dharma* » (la non-violence est la plus grande religion), et « *Gai hamari mata hai* » (la vache est notre mère).

4
Mœurs pastorales

Nous la baptisâmes Radha, en souvenir de la fille du roi pasteur aimée par Krishna entre toutes les bergères, héroïne du *Gîtâ Govinda* et des poèmes de Chandidas.

Elle avait tout de la jeune fille qui vient de se réincarner et s'habitue difficilement à sa nouvelle condition ; de son ancienne vie, elle gardait la douceur des yeux, la vivacité du col, une ébauche de sourire et surtout ses longues jambes fines, gainées de bas blancs avec lesquelles l'on s'attendait toujours à la voir esquisser un pas de menuet ou une gavotte.

Elle avait dû être une petite fille modèle, car renaître dans une vache n'est réservé qu'aux meilleurs des humains. Même sa bosse semblait la survivance d'un sein, un sein déjà caché d'un soutien-gorge de peau.

De l'adolescente, elle conservait le sans-gêne, l'impudence tranquille, cette façon d'entrer dans les chambres, de s'étaler de tout son long dans les couloirs, de fienter partout, de dévorer les fruits du compotier, et de bouder, quand on la grondait, de s'immobiliser dans une attitude bornée et rebelle, les sabots tournés vers l'intérieur, la tête baissée.

Elle ne mangeait pas seulement du foin, comme un vulgaire bovidé, mais les crèmes, les flans, les gâteaux, le riz au lait, la salade non assaisonnée et, comme le disait Julien, paraphrasant un de ses auteurs favoris : « Si nous étions broutables, nul doute qu'elle nous brouterait. »

Elle suivait Kiran comme une sœur, partout, et mugissait de rage quand l'enfant, grimpée sur un arbre ou le toit d'un appentis, lui faisait signe de monter. Le grand plaisir de Kiran était de s'enduire le bras de beurre et de sucre et de le faire lapper par Radha : sa langue râpeuse, chaude, la chatouillait agréablement.

Chaque jour, bien sûr, elle devenait un peu plus vache et un peu moins jeune fille. Mais il restait des traces de son existence antérieure, des accès de gaieté, de folie, qui la différenciaient des autres bêtes. Elle ne marchait pas avec ordre et pesanteur comme les bœufs, mais gracieusement, légèrement, et j'aurais juré qu'elle prenait encore ses sabots pour des talons hauts. Elle adorait se mettre au bord de la route : le courant d'air créé par les voitures chassait ses mouches qui la fuyaient avec un murmure de désapprobation.

Elle s'amusait à lécher qui la soulageait de son lait, mais ses coups de langue restaient des succédanés de baisers, une tentative pour se joindre à la bouche des autres.

Quand on la grattait entre les cornes, à l'endroit d'une petite crête de poils en bouquet, elle posait sa tête contre vous et son mufle rose toujours humide s'égouttait sur votre ventre en longs filets de contentement.

Par-dessus tout, elle appréciait que Dominique et Kiran la maquillent, la peignent de rouge, festonnent ses cornes de feuillages, lui marquent le front au santal et lui tendent ensuite le miroir. Et, comme on suit un enfant aux jouets éparpillés derrière lui, ses bouses dessinaient dans le jardin des traînées de joie. Elle possédait un don unique entre tous : elle faisait de l'abrutissement une vertu, et le vide de ses yeux avait une profondeur qui donnait le vertige. Et parfois le soleil déclinant dorait son profil, la revêtant d'une splendeur à la fois stupide et sainte. Dans ce promontoire de corne et de cuir convergeaient l'innocence et la simplicité.

De plus, elle était tolérante. Elle ne nous en voulait pas d'être des étrangers impurs et de coller notre visage sur sa distinguée personne. Elle prenait conscience de son rang : elle était d'essence divine, après tout, et bien élevée avec ça ! Elle dormait dans un box large, nettoyé chaque jour. Dominique autorisa un vieux couple de corbeaux à venir picorer les parasites de sa protégée et les entraîna à chasser de leurs ailes les mouches qui bourdonnaient en nuages noirs autour de ses yeux et de sa bouche. Les autres oiseaux avaient le droit de donner des récitals, perchés sur son col, et de pépier d'un bec tendre pour ravir ses oreilles. Il embrassait Radha comme on embrasse une femme.

Tôt le matin, il l'emmenait se baigner à la mer, la bouchonnait, l'étrillait vigoureusement à la brosse, raclait les plaques collées à ses cuisses, faisait avec elle une petite course le long de la plage, ramassant soigneusement ses crottes dans un panier. Les enfants des pêcheurs, les jeunes mendiants l'acclamaient et se bousculaient pour toucher la bête porte-bonheur. Seuls les Européens, occupés à méditer face à l'océan, s'agaçaient d'un tel tapage et se frappaient le front pour montrer en quelle estime ils tenaient notre ami. Dans leur univers de coquins cyniques et de narcisses pompeux, l'adulation pour une laitière représentait l'obscénité majeure.

Menviel célébrait dans sa bête la vulnérabilité et la faiblesse. Radha était un bébé fragile entre ses mains. Sa Majesté bossue et charnue représentait le triomphe de l'Inde religieuse et domestique sur l'Inde aristocratique et guerrière ; la vache avait survécu à tout, mieux que le tigre et l'éléphant presque disparus. Et l'évidente allégresse des zébus contrastait avec la morosité du pachyderme qui se sait en chômage ou l'inquiétude du singe pressé de devenir un homme et incapable de trouver le bon moyen.

Dès cette époque, on se mit à reconnaître Dominique à l'odeur de beurre qu'il traînait derrière lui. A ses yeux, Radha n'était pas seulement une bouseuse à la robe tachetée : elle était l'Inde immortelle et paysanne avec ses foules, ses croyances, ses temples. Il aimait avoir l'Inde à ses côtés la nuit, il dormait souvent dans l'étable, il aimait pouvoir lui parler, la toucher à travers cette maîtresse taciturne qui bavait en longs filets translucides. Collé à son pis, il tétait à l'Inde même, mère silencieuse, indifférente, qui le laissait en paix, lui donnait sa chaleur et son souffle.

C'était une liaison idyllique, fondée sur la répétition heureuse. Et parfois nous le retrouvions endormi contre les flancs de sa bête, qui mastiquait tranquillement, avec un bruit de faucheuse, sur la litière chaude, engourdie par les vapeurs du fumier et les flaques de pudding brun qui s'amoncelaient autour d'elle.

Sous la bucolique autorité de Radha nous nous rachetions de nos péchés, et ses cornes qui se réunissaient vers le haut, comme deux mains jointes pour une prière, nous incitaient aux bonnes actions. Elle devint notre mascotte. Nous nous disputions l'honneur de la traire, de palper ses mamelles charnues, élastiques, couvertes de poils soyeux et d'où jaillissait un lait chaud et parfumé. C'était une petite donneuse, à peine plus de deux litres par jour, et Dominique allait en revendre parfois le surplus au Milky Way, sorte de coopérative laitière qui nous cédait en retour une dizaine de yaourts délicieux.

Seul Indar, au début du moins, trouvait ces simagrées autour de Radha déshonorantes et puériles, mais il la respectait et plus d'une fois je le surpris à toucher son front avec vénération. Kiran se demandait s'il pouvait y avoir des vaches aux yeux bleus, et Julien avait popularisé à propos d'elle une plaisanterie :

— Si Radha gagnait le premier prix de la meilleure vache laitière et qu'on lui demandât : « Quels sont vos projets pour l'avenir ? », savez-vous ce qu'elle répondrait : « J'espère faire " meuh " la prochaine fois ! »

Nous n'osions plus avaler un steak, même de buffle, sinon en cachette et en lui présentant d'avance nos excuses. Radha irradiait une espèce de sérénité pastorale, langoureuse, qui avait un effet apaisant sur nous tous. Elle exerçait aussi une influence bienfaisante sur les autres animaux du jardin : le singe grimpait sur son dos, épluchait ses bananes sur elle, lui donnait des épluchures. Il l'amusait, la distrayait, elle en retour le reposait. Les écureuils jouaient entre ses jambes qu'ils prenaient pour des troncs d'arbres et leurs courses effrénées sur son cuir semblaient l'enchanter. Quant aux deux chats, ils allaient quelquefois dormir contre elle quand les nuits étaient un peu moins chaudes, et ils se réjouissaient d'avoir à domicile cette usine à lait.

A travers elle, nous nous sentions reliés aux saisons, aux arbres, aux bêtes. Julien nous avait rapporté ce mot de Nehru qui en prison « avait vécu avec des centaines de guêpes et de frelons dans une atmosphère d'estime mutuelle », et nous tentions d'appliquer cet idéal dans nos moindres rapports avec la gent animale ou végétale. Nous tenions plantes et fleurs pour des êtres respectables qu'on ne cueille pas sans motif légitime, sans apaiser leur esprit par des offrandes en eau ou en engrais.

Kiran de son côté s'était mise au jardinage, et cultivait un minuscule plant de bananier vers lequel un petit canal drainait les eaux usées de la cuisine. Dans une mare attenante, elle acclimatait des poissons et nettoyait régulièrement la taie qui se formait à la surface et risquait d'entraver leur respiration.

Nous avions presque rétabli le contact avec le Paradis. Et pour moi, l'harmonie en Inde aura toujours la forme d'un bloc noir, aux rondeurs molles, qui souffle et rumine à l'ombre d'une maison coloniale. Au pays des castes et de l'homme dévalorisé, seul le bétail, pensif et indifférent, incarne la quiétude et la paix.

Mais, tandis que nous baignions dans l'euphorie d'un premier matin du monde, la vie prit les couleurs d'un de ces films indiens où les mélodrames s'entassent sur les mélodrames. Et des événements, d'abord ridicules, douloureux plus tard, vinrent corrompre notre Terre promise, pareils à de grands oiseaux noirs qui guettent les faux pas d'un blessé avant de s'abattre sur lui.

238

5
Le pied dans un nid de serpents

Février tirait à sa fin. La chaleur augmentait chaque jour d'un demi-degré, l'Inde basculait lentement dans l'été torride de l'avant-mousson. Julien, lorsqu'il écrivait, devait mettre un buvard sous son poignet pour absorber la transpiration.

Un mercredi après-midi, nous étions à Anjuna au marché aux puces qui se tenait là comme chaque semaine, assidûment fréquenté par de riches Indiens qui achetaient n'importe quoi pourvu que cela fût proposé par des étrangers. Des fainéants taciturnes se refaisaient un pécule en quelques heures en revendant leur matériel, et des bijoutiers habiles présentaient de gracieuses broches, bagues et pendentifs en nacre et en coquillages. L'on trouvait de tout à des prix exorbitants, depuis les Walkman et les appareils vidéo jusqu'à des machines à fabriquer les tagliatelles que de riches touristes de Bombay ou Bengalore emportaient sous le bras avec le sentiment d'avoir fait une bonne affaire.

Dominique, parti le matin même avec sa vache, par la plage, nous avait rejoints et comme d'habitude il avait fallu payer pour les gâteaux qu'elle avait dévorés à la sauvette, les éventaires qu'elle avait renversés de sa grosse masse.

Dans la foule des Européens en gandoura et clochettes, Julien me fit remarquer une jeune poupée indienne, magnifique, un rubis dans la narine comme une goutte de sang. Un homme au torse puissant, avec un physique de lutteur, rare aux Indes, l'accompagnait. Vêtu d'une mousseline neigeuse de la tête aux pieds, la taille prise dans une ceinture de soie cramoisie, coiffé d'un turban bleu azur, il paraissait un peu trop majestueux, presque théâtral. Au milieu des Brésiliens fluets et prolixes, des Javanais efféminés et inquiétants, des Arabes familiers et tendus, des Français envahissants et bavards, des Allemands mélancoliques et allumés, des Anglais hautains et déjetés, des Suisses rigolards et pondérés, des Hollandais raisonneurs et lents, la tenue et la noblesse volontairement affichées de ce couple d'Indiens juraient sur le laisser-aller général. Ils avançaient impassibles, parmi les marchandages et les clameurs, indifférents aux produits exposés, souverains en visite chez leurs sujets.

De temps à autre un grand blond à la peau chlorotique, une mocheté de bohémienne à visage pâle, le front barbouillé de cendres, s'inclinaient devant eux à l'indienne, les mains jointes et leur murmuraient quelques mots. Une amie de Farida les désigna comme deux adeptes de Swami Vijay.

— Swami Vijay?

— En fait il s'agit d'un Américain qui a passé dix ans dans les Himalayas et a fondé il y a quelques mois, à Goa, un petit ashram. Cet homme et cette jeune fille sont ses assistants indiens.

Les distractions étaient rares à Goa et la moindre nouveauté intriguait. Dès le lendemain, poussés par une de ces curiosités fatales qui frappent les désœuvrés, nous nous rendions, Dominique, Julien et moi, près du village de Chapora, au bord du lac d'Arrambol, sorte d'anse d'eau saumâtre formée par la conjonction d'un bras de mer et d'une minuscule rivière. Au bord de ce plan d'eau, près du hameau de Badem, au bout des longues boucles d'un chemin poudreux, se trouvait l'ashram de Swami Vijayananda.

Au lieu de la vieille cabane attendue, c'était une large bâtisse dans une palmeraie, à la clôture formée de bosquets de *filao*. Sur la margelle d'un puits ombragé dormait une vieille femme, entourée d'un troupeau de porcs. Tout respirait l'aisance, la propreté. Dans la maison, grande ouverte, une vaste pièce, meublée de deux tapis face à une plate-forme surélevée où attendait un fauteuil vide, était occupée par quelques Européens débraillés. Dans un brûle-parfum, des bâtonnets d'encens se consumaient en filets de fumée grise. Des bouquets de roses et de jasmin aux corolles bleutées gardaient le trône couvert d'une étoffe précieuse. Aucun portrait au mur, aucune gravure ne pouvait distraire l'attention. Un mulâtre costaud, à l'air de pirate barbaresque, le front ceint de mouchoirs enroulés en forme de tarbouche, nous plaça près des personnes déjà présentes. Aucune ne semblait en bonne condition ; j'en connaissais quelques-unes pour les avoir déjà vues dans des niches de bois pourrissantes, des cabanes faites de planches récupérées ou de sombres et suintantes grottes. Ces vieux pèlerins, par leur dégaine misérable, contrastaient avec le luxe du décor et auguraient mal du type d'enseignement prodigué.

Ils parlaient à voix basse, poussaient des grognements inspirés, hochaient longuement la tête et n'eurent pas un regard pour nous.

Une heure avait passé. Il faisait chaud et je m'étais presque endormi, bercé par l'atmosphère paisible des lieux. Enfin, un bruit de pas se fit entendre.

Et le sage apparut.

Je tressaillis.

Le bleu extraordinairement clair des yeux !

Je me tournai vers Dominique.

Il restait bouche bée, me prit le bras et le serra à le briser.

Je me penchai vers lui, soufflai :

— Mais c'est...

— Tais-toi, ne dis rien.

Le gourou leva la tête, croisa notre regard, cligna un instant des paupières. Sauf ce mouvement, rien ne trahit en lui l'étonnement de nous voir. Tout de suite un sourire apaisé, débonnaire, pacifié par une longue barbe rousse et grise, revint sur son visage. Il s'inclina, les mains jointes, attendit que l'assistance réponde à son salut, s'assit sur le trône, aidé par le mulâtre, laissa passer un court moment comme absorbé dans un rapide calcul mental, puis, d'une voix contenue, une voix que j'aurais reconnue entre mille, dit lentement en anglais :

— Bienvenue à vous tous, mes enfants en Dieu.

Le sage avait noué ses cheveux en chignon, à la façon des *saddhu*. Bronzé, de grandes boucles aux oreilles, ses doigts couverts de bagues aux pierres rutilantes, les mains

241

admirablement soignées, il dégageait toujours la même impression de vigueur. Et, par-dessus cet affublement exotique, il avait posé sa plus belle tête, la méditative.

D'abord, je ne lui trouvai rien de magique. Sa force même le desservait, il était trop athlétique pour rivaliser avec ses collègues locaux à qui le nu et le drapé confèrent une dignité naturelle. C'était une grande flamme destinée au podium des stades, non au calme d'un ermitage, un champion de lutte gréco-romaine en peignoir plutôt qu'un renonçant en prière. En Inde, il est difficile d'inventer du neuf ; à tous l'histoire fournit des précédents ; mais il reste toujours possible de copier, d'imiter un passé prestigieux à la contagion duquel on résiste mal. Lui, à son tour, avait succombé au mimétisme ! Le voir là me semblait tellement insensé que j'avais peine à garder une contenance, ne comprenais pas pourquoi les gens dans la salle ne hurlaient pas à l'imposture. Mais non, ces loqueteux le respiraient, se pénétraient de sa présence comme s'ils recueillaient l'inspiration d'un dieu, le miel de l'Olympe. Et le dieu restait parfait dans son rôle ; il devait savoir qu'en Inde fakirs et yogis sont de beaux hommes à la peau foncée, au visage grave, au corps parfaitement harmonieux, aux fesses délicatement modelées. Si l'on ne comprend rien à leurs paroles, on peut toujours les regarder, prendre des leçons de maintien et s'élever par la seule contemplation de leur *darshan*. Dans mon esprit s'insinua l'idée irrévérencieuse que son charme seul lui valait cette affluence. Il offrait son corps puissant et découplé à la convoitise de ces hippies malades comme une preuve de sa valeur morale.

— Qui est ce farceur ? me demanda Julien à l'oreille.

— Je crois le connaître, je t'expliquerai.

Mais le « farceur » connaissait admirablement la chanson. Et il commença son homélie avec une assurance qui me confondit :

— Dans une vie antérieure, j'étais hindou. Puis les dieux m'ont accordé de renaître dans la peau d'un Yankee. J'ai mis des années à redécouvrir la conscience de mon passé et je suis bien décidé à ne plus en laisser perdre le fil.

Ce qu'il dit ensuite n'avait guère de sens ; c'était le fatras habituel à tous les yogis, les éternels discours sur la réincarnation, le besoin pour l'homme d'aller au plus profond de lui-même afin d'atteindre Dieu, l'obligation de s'évader du monde qui est illusion. A l'en croire, lui-même aurait renoncé à tous ses biens et mendié sa nourriture le long des routes pendant dix ans. Il prétendait avoir approché des sages qu'aucun Européen ne pouvait connaî-tre, les grands *rishi* de l'Himalaya, Upasani Maharaj de Rishikesh, Sri Premanandaji Saraswati de Gangotri et surtout, le plus grand de tous, Sri Swami Nad Brahmanan-daji Maharaj qui vivait nu à trois mille mètres d'altitude sur la route d'Amarnath. Avec eux il avait jeûné, médité. Et son illumination eut lieu au pied d'un banian, le jour de l'équinoxe de printemps, le 21 mars 1973, quand le jour et la nuit ont la même durée et que l'univers se trouve en parfait équilibre. Apparemment, cette vie ascétique n'avait pas affecté les lignes fermes et musclées de son corps, et son ostentation quant à une simplicité factice ne pouvait abuser que des aveugles. Il ne manquait rien à son laïus, pas même le petit couplet antioccidental :

« L'Amérique et l'Europe possèdent en abondance tout le nécessaire, plus le superflu, plus tout le nuisible. La seule chose qui leur manque, c'est l'essentiel. C'est pourquoi l'Orient reste le foyer de l'esprit et demeure le guide moral de toutes les nations. C'est vers l'Inde que les peuples avides de lumière doivent continuer à se tourner. Enfants des cités bruyantes et polluées de l'Ouest, reniez votre culture, votre passé, vos familles et abandonnez-vous à moi. Je me suis mêlé aux foules de nos grandes villes, j'ai participé à leurs labeurs, j'ai goûté à leurs plaisirs et me suis laissé séduire par leurs ambitions. J'ai été riche, j'ai été heureux. Et rien de tout cela ne m'a comblé. Aujourd'hui je suis pauvre, solitaire, mais je connais la joie.

Il prêchait curieusement le dépouillement à des gens déjà démunis de tout. Il n'attaquait aucune religion existante et se contentait d'insinuer qu'il pouvait apporter à chacun le salut comme il l'avait connu lui-même :

« La divinité est une étincelle présente en soi. Chacun de nous est un dieu qui s'ignore.

Il faisait preuve d'un œcuménisme placide, connaissait ses classiques, avait un mot aimable pour Jésus, saluait Mahomet, citait la *Gîtâ* et Gandhi, donnait Bouddha en exemple et n'oubliait même pas Guru Nanak. Il prêchait un type de croyance universelle pour tous les peuples, soutenait que toutes les fois ne sont que des chemins différents vers le même but. Il évoquait aussi Freud, le tantrisme, le cri primal, le chamanisme, dans une vaste mixture qui réconciliait l'Orient et l'Occident. Il ne voulait rien critiquer, seulement stimuler ses auditeurs, les mettre dans l'état nécessaire à obtenir l'Éveil.

Une fois encore, il nous avait menti ! Il n'avait pu se résoudre à partir. Moi qui l'avais pris pour un assassin, puis un veuf affligé, j'avais devant moi le troisième volet de son répertoire : le moine oriental, l'entrepreneur divin. Et ce cabotin ouvrait en moi une parenthèse de perplexité. Tout de même, j'étais rassuré. Pendant qu'il jouait au gourou, il ne nourrissait pas d'idées noires, ne méditait pas de sombres revanches. Cependant, je m'étonnais du contraste entre la haute qualité de son idéal et la léthargie de son auditoire. Pourquoi tous ces pouilleux ?

Estimant qu'il avait assez prodigué la bonne parole, il se tut. Et commença une leçon de yoga. Il ôta sa robe et lentement, en prenant une très profonde inspiration, contracta ses muscles abdominaux jusqu'à former une large cavité, une invraisemblable grotte creusée dans l'estomac, ses côtes saillant comme celles des écorchés sur les planches anatomiques. Son exercice était d'une simplicité enfantine. Cela dura quelques minutes. Puis il expira l'air et se rhabilla. Sa magie se réduisait à cet unique tour. C'était risible, mais personne ne protestait ou n'éclatait de rire. Au contraire : les disciples le fixaient à la manière des hallucinés. Sur un signe de sa main, ils s'aplatirent devant lui, le front à terre, pendant de longues minutes, puis un par un allèrent embrasser ses pieds, hommage qu'il accueillit avec une magnanimité royale. Ensuite le mulâtre à la tête de corsaire distribua à chacun un tee-shirt sur lequel était imprimée, très stylisée, la tête de Victor entourée de rayons lumineux. Chacun embrassait le tissu

avec respect et le mettait immédiatement. Quand ils furent
tous partis, nous nous approchâmes du maître.

— *You wish to talk to me ?*

Cette phrase en anglais nous laissa interdits. Quoi ! pas
un mot de bienvenue ou au moins d'explication ? Dominique, nerveux, prit la parole en français.

— Pourquoi êtes-vous resté en Inde ?

— *Excuse me, speak in english.*

— Mais vous ne parlez pas français ?

— *What ?*

Dominique, de plus en plus troublé, répéta sa première
question en anglais. Les pupilles de l'Américain se resser-
rèrent comme le diaphragme d'un objectif. L'intensité de
son regard s'intensifia entre ses paupières aux trois quarts
closes.

« Je ne comprends pas ce que vous me demandez.

Dominique reposa sa question pour la troisième fois. Le
swami détourna la tête et fixa un lointain inaccessible.
Enfin, avec une douceur exquise, il prononça :

« Je n'ai pas quitté l'Inde depuis dix ans.

— Mais vous nous aviez dit vous-même il y a deux
ans...

— Je ne me souviens pas de vous avoir rencontrés.

— Vous ne me reconnaissez pas ? Je suis Dominique
Menviel et lui Frédéric Coste. Delhi, vous ne vous
souvenez pas de Delhi ?

— Non, vraiment, vos visages ne me disent rien. Dans
une vie antérieure, peut-être. Oui, ce doit être ça. Nous
étions amis dans une de mes nombreuses vies antérieures.

— Mais... objecta Dominique.

Il était tout rouge. Le sage feignait maintenant de ne pas
nous reconnaître. Nous avions beau jeter des filets sur le
passé, la pêche restait médiocre. Nous finissions par
douter de nous-mêmes. Bien entendu, il refusa de placer
les rapports sur le plan de notre ancienne familiarité. Ce
n'est pas qu'il se montrât discourtois ; il lui semblait
impossible de se soucier de futilités aussi insignifiantes que
notre existence. Nous prétendions le connaître ? Il y voyait
la preuve de la puissance du psychisme humain : nous

245

avions tant rêvé de cette rencontre que nous l'avions vécue par anticipation.

— Vous n'êtes donc pas Victor Habersham?

— Je suis Swami Vijayananda, une fois pour toutes. Mon nom américain d'autrefois n'a plus d'importance.

— Donc vous ne niez pas avoir été américain dans le passé?

— Cessez cet interrogatoire. A quoi bon me répéter? Un sage n'a pas besoin d'ouvrir les lèvres pour être éloquent.

— Aimez-vous qu'on vous traite comme un dieu? demanda Julien.

— Chacun voit en moi ce qu'il veut. Mes disciples sont heureux de me servir. Je leur fais une faveur insigne en acceptant leurs dons et leur dévouement. Comme disait le dalaï-lama : « Puis-je leur interdire de recueillir mes cheveux ou mon urine? Ils en sont plus heureux. »

— Mais reconnaissez-vous au moins avoir été agronome?

— Suis-je en train de répondre à une interview? Je vous ai tout dit. Laissez-moi, je vous prie, cette séance m'a fatigué.

Il nous regardait tous trois avec un bon sourire, sans la moindre trace d'agacement. Il se moquait de nous ouvertement. Il se leva, s'inclina les mains jointes.

« Patanjali a dit : " L'ignorance consiste à considérer l'éphémère et l'impur comme éternel et pure béatitude. " Pour les Indiens, la misère humaine n'est pas due à une punition divine ou au péché originel, mais à l'ignorance de l'esprit, ignorance d'ordre métaphysique.

C'était son message d'adieu. Une manière de nous congédier sur une énigme. Dehors, nous croisâmes l'assistant flanqué de la belle et froide Indienne. Ils nous saluèrent discrètement d'un signe de tête. Deux garçons et une fille bêchaient un petit jardin attenant à la maison. Julien revint à la charge :

— Alors, vous le connaissez, cet empaffé, oui ou non?

— Je te jure que c'est lui. Je pourrais le distinguer entre mille.

— Alors pourquoi refuse-t-il de l'admettre?

246

— Je ne sais pas, il veut peut-être se cacher, il a honte.

— Il y a de quoi ! Je n'ai jamais rien vu de plus ridicule. Pourtant, j'ai fréquenté l'ashram de Rajnesh à Poona, de Mahesh Yogi à Rishikesh, de Muktananda à Ganeshpuri. Ces trois-là étaient déjà de sacrés fumistes, corrompus par l'Occident et très loin de la tradition hindoue. Ils promettaient le salut en trois semaines à raison de vingt minutes d'exercices par jour. Mais lui bat tous les records ! et il n'est même pas indien !

Julien fit la liste de toutes les erreurs doctrinales qui l'avaient frappé dans l'attitude de Swami Vijayananda. Son diagnostic rejoignait le mien.

« Et puis s'installer à Goa ! Dans un désert ou une montagne, le paysage est emblématique et suggère un élément sacré, la présence de l'invisible. Mais ici, au bord de la mer : la rédemption en maillot de bain. Et vous avez vu ses adeptes ? Des ruines !

— Peut-être qu'abruti de *ganja* ou d'opium, tu trouverais son discours génial.

Dominique ne nous écoutait pas, en proie à une anxiété qu'il n'essayait même pas de dissimuler.

— C'est incroyable, tout de même, il était là devant nous, et il a fait celui qui ne nous avait jamais vus !

Volontairement, je minimisai la situation :

— Peut-être qu'après la mort de sa femme il a voulu se tourner vers la religion en guise de consolation. Il se sera pris au jeu, aura voulu tester ses pouvoirs sur les autres.

— Et si ce n'était pas lui ? Juste un sosie ?

— Vous dites que votre ami américain s'appelle Victor, coupa Julien. Vous savez ce que veut dire *vijayananda*, en hindi ? Victoire, comme Victor.

— Et alors ?

— Eh bien... Victor le vainqueur... Dominique le dominé !

Menviel se raidit aussitôt et son visage s'allongea. Julien éclata de rire :

« Ne te formalise pas : c'était un jeu de mots absurde et inexact. Dominique vient du latin *dominus*, qui veut dire le maître.

Mais l'archéologue ne l'écoutait pas, il marchait, les

traits défaits comme s'il venait d'être frappé par une
évidence qu'il s'était toujours cachée.

6
L'apôtre et les voyous

A la villa Bonfim, la vie reprit comme avant. Les jours
qui suivirent ne furent pas tels que je les appréhendais. Ils
n'en valurent guère mieux. Tout gardait une apparence
paisible. Mais déjà Dominique nous parlait moins, et je
redoutais chez lui le réveil d'anciennes nostalgies. Une fois
encore je fus sur le point de raconter à Julien ma nuit de
Delhi ; mais un pouvoir hors de mon contrôle fit capricieu-
sement taire mon besoin d'avouer.

Pour calmer mon angoisse, je décidai de mener moi-
même une enquête sur la véritable identité de Swami
Vijayananda. Le mercredi suivant, à Anjuna, je retombai
sur quelques-uns des participants à la leçon de Victor
rencontrés dans l'ashram. C'étaient des garçons et des
filles hirsutes, dépenaillés, étendus à même la poussière.
Ils caquetaient, hébétés, au milieu des reliefs d'un déjeuner qu'ils avaient pris au milieu de l'après-midi, le menton
et les lèvres encore rouges de curry. Beaucoup souffraient
d'abcès sur les bras, certains avaient perdu leurs dents,
d'autres exhibaient des plaques d'eczéma vermillon le long
du cou, jusque sur le cuir chevelu. Quelques-uns portaient
le froc jaune orangé avec la tête de Swamiji imprimée
dessus.

Je m'approchai d'eux, et prudemment les interrogeai.
J'appris que la distinction du tee-shirt imprimé n'était
conférée qu'aux plus méritants. Mais qu'avait leur Maître
de plus que les autres gourous ? Ma question jeta un froid.
Un Allemand consentit à me répondre avec une grimace
de dédain.

— Ce qu'il a de plus que les autres ? C'est tout
simplement le plus grand gourou des temps modernes.

L'ensemble du groupe fit chorus à ces mots. Et, comme encouragés par cette remarque, les freaks prirent la parole en même temps pour m'expliquer les mérites du Grand Bienfaiteur.

« Tu vois, me dit le premier, grâce au yoga, Swamiji travaille dans une sphère différente. Il émet sans cesse des vibrations astrales et mentales plus utiles au reste de l'humanité que les œuvres terrestres.

— Grâce à la concentration, dit un autre, il parvient à posséder un instrument d'une force énorme. C'est du tantrisme, ça, tu vois. Une fois qu'il est concentré, il peut entrer en contact avec n'importe quel objet de l'univers, exercer une action à distance comme les dieux. Aucun obstacle ne résiste à sa volonté de façon durable.

— C'est vrai, continua une fille qui se raclait la tête à chaque minute. Je l'ai vu un jour maîtriser un serpent avec ses yeux. C'était un petit naja qui s'était glissé dans le hall de l'ashram, la gueule ouverte, les crocs convulsifs, pendant une conférence. Il allait mordre Swamiji quand ce dernier l'a fixé dans les yeux ; la bête est repartie en ondulant sans piquer aucun d'entre nous. Swamiji nous a interdit de le tuer. C'est parce que le cœur de Swamiji déborde d'amour envers toutes les créatures qu'il a pu ordonner au serpent de se retirer.

A un autre dont les dents s'effritaient par déminéralisation, Swamiji avait promis une troisième dentition. Et celui-là attendait ses quenottes avec confiance. Et puis Swamiji serait resté enterré vivant pendant une semaine. L'avaient-ils vu ? Oui, ils avaient vu sa main dépasser de la terre. Ou encore, il avait marché sur les eaux du lac d'Arrambol, une nuit de pleine lune. Vraiment ? Oui, vraiment, mais leurs témoignages se recoupaient sans aucun souci de logique.

— Vous croyez réellement qu'il est un dieu ?

— C'est pas ça le problème, mec, coupa un Parisien qui avait reconnu mon accent français. Swamiji, il a dépassé l'opposition entre Dieu et les hommes. Pour lui, les dieux sont des créations artificielles des hommes. L'important, mec, c'est de réaliser le dieu qui est en toi.

Je hochai la tête, incrédule.

« Parce que tu vois, enchaîna-t-il, on est tous des dieux mais on le sait pas. Quand t'es arrivé au niveau des dieux, t'as plus besoin de Jésus ou d'Allah. Tu causes avec eux sur un pied d'égalité, comme des potes, quoi. T'es tellement bourré de sagesse que t'as plus besoin de drogue, tu fais plus la guerre, tu te passes même de femmes. Moi, tu vois, je suis pas encore prêt à porter la robe orange. Je préfère dealer et me défoncer, mais au fond c'est Swamiji qui est dans le vrai. Lui, il est vachement authentique. Il m'a dit que c'était mon *karma*, que l'heure viendrait pour moi. Un jour, je le sais, j'abandonnerai la dope et alors je serai réalisé.

Leur charabia m'écœurait. Je n'avais plus besoin de poser d'autres questions. Je voulais seulement découvrir quel homme se cachait sous la défroque du faiseur et, s'il s'agissait bien de Victor, pourquoi il avait visé si bas, pourquoi cette troupe de crétins affaiblis par les drogues, les maladies et la malnutrition ? L'emprise qu'il exerçait sur eux avait quelque chose d'inquiétant ; il les intoxiquait de formules creuses, ne reculait devant aucun obscurantisme pour les subjuguer.

En fin d'après-midi arriva le martial lieutenant, toujours escorté de sa ravissante. Sri Tatuva Popadar Swami — c'était son nom — salua le groupe des disciples et me scruta d'un œil sévère, pénétrant. Ses mouvements, limités, dégageaient une étonnante énergie. Il avait presque la même stature que Victor, et une vigueur peu commune couvait sous l'onction du mage. N'eût été le turban qui adoucissait son visage, on l'eût pris volontiers pour un homme de guerre. Dans la face anguleuse, au nez droit, les yeux noirs étaient ceux d'un ardent.

A brûle-pourpoint, il me demanda en anglais si je m'intéressais à l'enseignement de Swamiji. Sur ma réponse positive, il me pria de venir en parler autour d'un thé et écarta avec des gestes brusques les zélotes qui nous entouraient.

Il maîtrisait admirablement l'anglais, sans une ombre d'accent autre que celui des collèges d'Oxford. Encore une fois, le contraste me frappa entre sa distinction et la vulgarité de ceux qui le suivaient.

Que désirais-je donc savoir sur Swamiji ? Je décidai de biaiser. Pourquoi n'était-ce pas lui le gourou, plutôt que l'Américain ? Il sourit : la Lumière ne l'avait pas touché au même titre que Swamiji. Que ce dernier fût blanc importait peu. A ce degré d'élévation spirituelle, les différences de caste, de race et de couleur s'estompent. Sri Aurobindo avait bien légué son ashram à une Française, Maria Alfissa, dite la Mère ! Il ne doutait pas un instant que Swami Vijay ne fût l'avatar d'un dieu redescendu sur terre pour assurer la permanence de la Vérité.

Mais alors pourquoi ces drogués autour de lui ?

— Parce qu'ils sont malheureux et inquiets. Ils veulent la paix. Et c'est la paix que Swamiji leur offre, la paix de l'âme, si rare de nos jours. Sans un gourou, nul ne peut accomplir son salut.

— Je comprends bien, mais ils sont tous tellement sales ! incultes !

— Swamiji ne les voit pas ainsi, moi non plus. Leur apparence n'est qu'une illusion, leur âme est aussi pure et belle que la vôtre. Dans chaque esprit, si enveloppé de nuit soit-il, vit le pressentiment de la Lumière.

— Je ne vois pas d'Indiens parmi vos disciples. Pourquoi ?

— Swamiji estime avec raison que vos compatriotes, gâtés par une civilisation matérialiste, ont plus besoin des sagesses de l'Orient que les Indiens, baignant dès l'enfance dans une atmosphère de religiosité intense.

Il avait réponse à tout et ne se démontait jamais.

— Depuis combien de temps connaissez-vous Swami Vijay ?

— Depuis des années.

— C'est impossible, il y a deux ans, il était encore agronome à New Delhi.

Sri Tatuva eut un sourire comme s'il s'attendait à cette objection.

— Swamiji n'a jamais été agronome. Aux États-Unis, il y a dix ans, il dirigeait une entreprise de construction.

Il osait nier, lui aussi ? A quoi bon insister ? J'allais le braquer en l'interrogeant indéfiniment. Je posai à voix basse une dernière question : Comment avait-il rencontre

Swamiji ? Il soupira légèrement, avala une gorgée de thé et reprit son souffle. Au lieu de me répondre directement, il préférait me raconter brièvement l'histoire de sa vie. J'ignore ce qui me valait une telle faveur, mais le fait est qu'il me mit ainsi d'emblée sur un pied d'intimité.

Il était donc né brahmane, dans l'État de l'Haryana, au nord-ouest de l'Inde, d'une famille d'avocats aisés. Mis en pension au collège de jésuites de Poona, il avait embrassé la foi chrétienne, à la consternation de ses parents. Après dix années d'études et de stages, dont deux en Italie, il avait prononcé ses vœux. Ses supérieurs l'avaient envoyé à la mission d'Ashagadh, dans le Maharashtra, pour convertir les animistes. C'est là qu'il avait pris conscience pour la première fois de la terrible misère des aborigènes ou *adivasi*, plus démunis encore que les intouchables. Cette situation l'avait forcé à réexaminer ses croyances.

— Jusque-là, le prestige de la Compagnie avait répondu à toutes mes angoisses. Mais la casuistique des jésuites, dont les principes, pourtant admirables, se dissolvent en cas trop particuliers, ne me satisfaisait plus. Je m'en ouvris au préfet de ma région. Il n'eut qu'un mot : « Vous pouvez tout remettre en cause, y compris l'existence de Dieu, à condition de le garder pour vous. » Si je pouvais garder pour moi mes doutes quant à l'existence d'un Créateur, je ne pouvais taire mon indignation devant la pauvreté des plus pauvres.

Il reçut plusieurs avertissements, des blâmes, fut enfin expulsé et défroqua. Il commença sa vie civile en organisant une révolte d'*adivasi* contre un projet gouvernemental de laiterie modèle qui aurait délogé plusieurs dizaines de familles de leurs terres ancestrales. La grève échoua.

Alors, il lut les pères fondateurs du marxisme et y trouva un second souffle de l'esprit évangélique. Les racines de l'oppression n'y étaient plus seulement dénoncées mais aussi expliquées. Il partit vers l'est, dans l'Orissa, rejoindre les naxalites, les rebelles prochinois, dans un district de jungles impénétrables. Les extrémistes avaient su gagner la confiance des tribaux en leur démontrant en quoi l'impérialisme mondial, dont New Delhi n'était que le laquais, formait la source de tous leurs malheurs.

Ils se saluaient en levant le poing et organisaient des cours d'éducation politique. Par fidélité à son passé de prêtre et de brahmane, il avait toujours refusé de porter les armes. On l'avait affecté à la récolte des beedies et il se désolait de l'innocence de ces populations manipulées par les grands propriétaires et les officiels des Eaux et Forêts. Dans ses moments perdus, il apprenait le chinois et rêvait d'aller à Pékin parfaire sa formation.

Mais les naxalites eux-mêmes étaient divisés en douze factions rivales, se réclamant toutes de Mao ou d'Enver Hodja, et qui s'entre-tuaient. Les récalcitrants, accusés de fractionnisme, d'hitléro-trotskisme, de prosoviétisme, étaient liquidés d'une balle dans la tête après une parodie de procès populaire.

Chaque revirement du parti communiste chinois entraînait des révisions déchirantes d'où résultaient plus de scissions, plus de groupuscules. Ces désaccords ne résistèrent pas aux attaques du Central Reserve Police Force, qui, dès la saison sèche, lança une vaste offensive. L'état d'urgence venait d'être décrété par Indira Gandhi, et il n'y avait aucune clémence à attendre des autorités.

La glorieuse Armée populaire de libération de l'Inde fut balayée, après quelques coups de feu, par deux sections de *gurkha* qui achevèrent les blessés sur place. Lui-même ne dut la vie sauve qu'au fait de s'être éloigné dans la jungle pour prier sans être vu de ses compagnons.

« Dieu ne m'avait pas oublié. En remerciement, je changeai d'identité et adoptai mon nom actuel, celui que Robert de Nobili, jésuite italien, avait pris en s'établissant à Madras, au xviiᵉ siècle.

Ensuite, il erra longtemps, affamé, désorienté, participant pour survivre aux récoltes de paddy comme ouvrier agricole, ou s'engageant dans des usines de jute pour quelques mois. Plusieurs fois il tenta de reprendre une activité politique, mais son passé de prêtre et guérillero le rendait suspect à tous. On le dénonça même à la police.

De guerre lasse il arriva à Bombay, vécut pendant un an de petits travaux, allant jusqu'à s'enrôler dans le service d'ordre des partis politiques et même jusqu'à revendre de la drogue dans les rues.

« Ce fut pour moi la honte absolue, j'avais touché le fond.

Un jour de désespoir, alors qu'il projetait d'en finir avec la vie, Swamiji l'avait abordé.

« Tout de suite il a deviné en moi une grande âme désorientée, inemployée. J'étais sale, hirsute, en guenilles, et pourtant Swamiji a su voir à travers et lire dans mon cœur. Son verbe m'a séduit sur-le-champ et j'ai embrassé sa doctrine qui me rappelait l'hindouisme de mon enfance, mais dépouillé du dogmatisme des castes. Je vous ai raconté cette longue histoire — et pardonnez-moi si elle vous a ennuyé — seulement pour vous prouver la force de Swamiji, son don de persuasion. Il m'a sauvé la vie comme il sauve vos compatriotes, même si vous les jugez malpropres et malfaisants. Beaucoup, sur son influence, ont déjà abandonné les drogues dures.

Depuis quelques minutes, alors que Sri Tatuva me parlait, j'avais le sentiment d'être observé, d'être la cible d'une présence proche et pourtant cachée qui m'examinait. J'avais levé la tête et rencontré le regard de la jeune Indienne fixé sur nous avec une expression intense et ambiguë. Ses longs pendants d'oreilles brillaient. J'eus un pincement au cœur. Elle baissait les yeux dès que je la regardais, mais les relevait aussitôt après.

Perdue comme un pion noir dans une marée de visages blancs, elle se lissait les cheveux sur les tempes. Si un peintre, un photographe avaient voulu illustrer la laideur de la race blanche, ils n'auraient trouvé meilleur tableau que cette beauté brune, aux narines cloutées de diamants, au milieu de gueux pâles, de ribaudes en haillons. Avec l'ovale velouté de son visage, son port de tête, ses paupières baissées, elle semblait une reine sombre au milieu de ses esclaves blancs. Le sari la moulait en statue d'une incroyable grâce, dégageant, à hauteur des hanches, une bande de peau brune où pointait l'ellipse espiègle d'un nombril.

« Vous l'admirez, n'est-ce pas ? Si, si, je le vois, et vous avez raison. Elle aussi, Swamiji l'a sauvée.

Comme si elle devinait que nous parlions d'elle, elle tournait fréquemment vers nous ses yeux agrandis au khôl, pareils à des pépites vivantes dont les sourcils formaient l'écrin.

« Elle s'appelle Devika Bose, est bengali de Calcutta et comme moi de bonne famille brahmine. A seize ans, elle s'est enfuie de l'institution Sainte-Marie où ses parents l'avaient placée. Ils la mirent ensuite dans une école religieuse à Darjeeling, où elle resta six mois avant de rejoindre les naxalites, à la limite du Bihar et du Bengale. Son frère, à peine plus âgé qu'elle de deux ans, y dirigeait un groupe, très actif à l'époque. Elle vécut deux ans dans la jungle, faisant le coup de feu à l'occasion, soignant les blessés, conscientisant les paysans en jouant des pièces de théâtre militantes, alphabétisant leurs femmes et leurs enfants. Un jour d'hiver, leur camp tomba dans une embuscade de l'armée ; son frère fut tué, et elle condamnée à dix ans de prison dans les geôles de Dum Dum à Calcutta. Victime du choléra, dont elle réchappa très amaigrie, elle put, grâce à l'aide d'un excellent avocat, sortir au bout de trois ans en liberté conditionnelle. Elle avait alors vingt et un ans. Sa famille la séquestra. L'unique souci de son père, hindou pieu et traditionaliste, était de la marier à un homme assez complaisant pour tolérer son passé. Il devrait forcer sur la dot. Selon les canons de l'hindouisme, elle avait commis assez d'entorses pour être déchue de sa caste et impropre à n'importe quelle union. Elle refusa ce marché, s'enfuit à nouveau, avec l'aide d'une servante. Elle travailla quelque temps dans une mission Ramakrishna à laver les malades, puis, comme moi, rencontra Swamiji et abandonna tout pour le suivre.

Si je pouvais me permettre de lui poser encore une question, quel rôle jouait-elle dans l'ashram ? Elle assistait Swamiji, s'occupait des détails matériels et, surtout, sa jeunesse, sa spontanéité lui permettaient d'ensemencer le terrain que Swamiji ensuite fertilisait. Elle préparait la bonne parole.

— Mais n'est-elle pas un peu jeune ?
— Si vous la connaissiez ! Personne comme elle ne sait

deviner quelles épreuves ont traversé les disciples, jusqu'à quel point ils se respectent, se haïssent. Et puis vous voulez savoir la vérité ? Ma Ananda Devika était déjà la mère de Swamiji dans une vie antérieure. Nous avons tous été ses disciples, il y a sept cents ans, lorsque Swamiji était indien.

— Ah, vous aussi ?

— Comment cela ?

— Swamiji a prétendu que nous l'avions déjà rencontré dans une vie antérieure, et que pour cette raison nous le confondions avec un agronome américain.

— C'est probable.

— Vous trouvez ? Cette réponse ne vous paraît pas hautement fantaisiste, pour ne pas dire plus ?

Son amabilité disparut d'un coup ; jusque-là ses reparties étaient dignes de la Compagnie qu'il avait servie si longtemps, mais il avait épuisé ses réserves de diplomatie. L'autre facette de son personnage, qu'il dissimulait sous le recueillement et l'austérité, apparut ; un nœud de passions, de frénésies rentrées, qui me fit froid dans le dos. Ses lèvres se contractèrent, le regard se fit dur, impérieux et il se leva.

— Il est inutile, je pense, de poursuivre. J'ai tenté de vous convaincre, mais votre scepticisme vous arrête sur la voie du progrès spirituel. Vous connaissez cette phrase : heureux les simples d'esprit, le royaume des Cieux leur appartient.

Il s'inclina et partit, sans un mot de plus. Il n'avait cessé de parler mais je ressentais l'impression déplaisante de m'être dévoilé malgré moi. Une fois encore, les yeux de Devika s'arrêtèrent sur les miens et je frissonnai.

Du coup, j'en oubliai mon enquête, l'échange aigre-doux avec Sri Tatuva, et tandis que je rentrais à pied par les collines, à travers les herbes sèches, jusqu'à la plage de Baga, je m'interrogeais sans fin sur le sens de ce regard. Était-ce curiosité, hostilité ou coïncidence ? Avais-je éveillé en elle un début d'intérêt ? Il n'y avait aucune raison pour qu'elle me remarque plus qu'un autre. De cet après-midi passé à questionner, interroger, douter, je ne retenais que ces prunelles de braise.

Après vingt mois passés en Inde, c'était mon premier choc émotionnel ; habitué jusque-là aux contacts vénaux ou aux aventures de rencontre, je n'avais jamais soupçonné que je pourrais ici connaître l'amour. Comme si un minuscule déclic avait éveillé une impulsion enfouie sous l'engourdissement des tropiques. D'ailleurs, je n'aimais pas, je rêvais, pourquoi m'aurait-elle distingué parmi tous ?

Mais aussitôt, je revoyais ces deux yeux au noir énigmatique et je m'imaginais de folles choses qui jamais ne seraient et n'existaient que dans ma tête surchauffée.

Par acquit de conscience, je rendis compte à Julien de mes investigations.

— C'est curieux, commenta-t-il après quelques instants. Tout se passe comme si votre Grand Sachem n'attirait que des renégats, des désaxés qui ont plusieurs fois abjuré leurs croyances. On dirait qu'il cherche des vies fragiles : comme l'Inde, il devine les faiblesses et les attise.

Le soir même à table, Farida confirmait ce jugement. Les premières semaines, tous ses amis d'Anjuna, de Baga, de Vagator, trop heureux d'avoir un saint dans le voisinage, s'étaient pressés en foule à ses sermons. Il les avait poliment découragés, alors qu'il retenait les plus fauchés, les faibles de corps et d'esprit parmi eux. A la différence des gourous locaux, il montrait un parfait détachement à l'endroit de l'argent et de la renommée. Après tout, pourquoi pas ?

Ces discussions exaspéraient Indar. A dire vrai, la vie de la communauté internationale de Goa ne lui inspirait que des sarcasmes.

— L'Europe, disait-il, se reproduit en Inde sous forme de caricature.

Pourtant il se sentait heureux parmi nous. Depuis son arrivée il connaissait un succès insolent et s'attirait les faveurs de nombreuses blondes et rousses, Scandinaves, Hollandaises, Allemandes qui défilaient à la villa Bonfim, magnétisées par le Dieu vivant : passer dans son lit, c'était coucher avec l'Histoire, pas moins, réunir le Raj, l'Inde

contemporaine et les Mille et Une Nuits. Elles qui
généralement fuyaient les Indiens éprouvaient une vraie
fascination pour ce rejeton féodal et ne le lâchaient plus.
Indar était devenu l'otage de sa légende. Il avait beau
renier ses origines, ces filles saines et grandes, aux longues
cuisses dorées, prenaient son désavœu pour de la modestie
et ne l'en convoitaient que davantage. Une aura artistique
et royale l'entourait ; quoi qu'il fasse, quoi qu'il dise, les
Greta, les Bea, les Ingrid, les Angelika l'avaient consacré
fils de prince pour l'éternité.

— Arrête de te culpabiliser sur tes ancêtres, lui disait
Julien. Tu es injuste avec eux, d'autant que tu leur dois
tout. Reconnais au moins que l'Inde des monarques avait
de la gueule. Tu es né dans un berceau en or, profites-en.
Mon vieux, si j'étais à ta place...

Sur le chapitre amoureux, Indar se montrait plus habile
que Julien ; il n'en parlait jamais mais le faisait beaucoup.
Il détestait qu'on évoque le sujet, même indirectement, au
grand dam du Parisien pour qui les mots épousaient,
prolongeaient et parfois remplaçaient l'acte même.

— Je t'en prie, Jouliane, lui disait-il, garde tes observations pour toi.

Le mutisme d'Indar avait toutefois une autre origine : il
se méprisait d'être aimé pour ce qu'il n'était pas et ne
voulait pas être. Ses bonnes fortunes n'étaient dues qu'à
un quiproquo : enfant de coolie ou de pêcheur, il n'eût pas
éveillé l'ombre d'une émotion chez ces belles touristes.
Pourtant il ne pouvait leur résister, bien qu'il affectât à
leur égard une parfaite froideur ; comme il ne pouvait pas
plus renoncer à ses opinions personnelles, il se voyait
prisonnier d'un double jeu et vivait cette contradiction
dans la rancœur, la misogynie. Pour la supporter, il se
soûlait copieusement après chaque nouvelle passade.

« Encore une qui vient goûter au fruit exotique »,
soupirait-il, chaque fois qu'une de ces jolies Nordiques
grimpait l'escalier de notre véranda en claironnant un
joyeux « Hello ».

Mais il était le premier à leur ouvrir la porte de sa
chambre et à les pousser dedans. Et j'entendais Julien
pester dans son rocking-chair :

— Et une autre ! Bon Dieu, mais qu'est-ce qu'il a de plus que moi cet enfant de Moghol !

A la mi-février, Indar, accompagné d'un flûtiste et d'un percussionniste au *tabla,* donna un concert de *santoor* en l'honneur de Radha, fleurie, peinte et décorée d'un pesant collier de perles et de boucles d'oreilles. La vache se pâmait d'aise devant les musiciens et ponctuait parfois le récital d'un beuglement éperdu, intempestif. Dominique était flatté que nous célébrions sa paisible nourrice. Indar, entouré de son harem blond, improvisa un jeu doux, transparent jusqu'au vertige ; sur les cordes tendues il fit tomber une pluie liquide de sons qui jaillissaient comme autant de gouttes d'eau magiques, immatérielles. La fête connut un retentissement inespéré, dura la nuit entière et rassembla plus de cent personnes dans notre jardin. Même la presse régionale s'en fit l'écho et l'on en parla des semaines jusque dans les coins les plus reculés du petit canton.

Mais les dieux, qui attendaient, travaillaient lentement dans l'ombre à acheminer des catastrophes. Nous avions tenté de maintenir une petite flamme vive alors qu'alentour le grand élan était mort. Le long armistice avec la réalité prenait fin. Pour un moment, la découverte de Swami Vijay allait être éclipsée par l'arrivée d'une dame sur qui se porta notre attention. La tragédie s'introduisait chez nous sous l'uniforme de la farce.

5

La débâcle

1
L'arrivée du Commandeur

C'était jour de marché à Calangute : des poignées de babioles, de vêtements, d'ustensiles ménagers, des étals de légumes et de fruits cuisaient au soleil dans une odeur composite de plastique surchauffé, d'huiles essentielles et de mangues blettes. Dominique, Kiran et moi étions venus faire des courses.

Après les achats, nous sirotions des milk-shakes sur la table d'une guinguette quand arriva l'autobus de midi en provenance de Panjim, une guimbarde déglinguée qu'on croyait toujours prête à tomber en pièces. Plusieurs touristes en sortirent, chargés de lourds sacs à dos. Parmi eux, une petite femme plus très jeune, coiffée d'un chapeau de paille semblable à une assiette renversée, argumentait avec le chauffeur, levait les bras au ciel dans une sorte de gesticulation comique.

Elle détonnait ici par son âge, son vêtement et je me divertis à noter son évident désarroi ; j'imaginais quelque veuve en goguette détournée vers le sous-continent alors qu'elle avait signé pour les Bahamas. Elle était maintenant debout sur la petite place inondée de soleil, la main en visière au-dessus des yeux, et regardait autour d'elle ; à ses pieds une grosse valise avec des armatures de fer qui miroitaient.

Cette valise tocarde, énorme, aurait pu l'engloutir, l'avaler. Elle s'approchait lentement, indécise, tirant derrière elle la monstrueuse malle à roulettes. La réverbération m'empêchait de bien la distinguer ; elle se liquéfiait et se reformait en un brouillard de taches colorées.

Quand elle fut passée dans l'ombre des banians qui bordaient la route, un camion la cacha un instant. Une autre voiture passa en sens inverse et l'on ne vit plus que le haut de son visage et son chapeau.

Dominique s'était redressé comme sous le coup d'une piqûre.

— Est-ce que je rêve ?

Il parlait d'une voix étranglée.

— Qu'est-ce que tu veux dire ?

— Ce n'est pas possible, pas elle, pas elle !

Ses traits s'étaient décomposés.

Je ne voyais rien de spécial. Sinon la femme à la valise qui traversait la rue en courant, agitant sa main libre et son chapeau la précédant en éclaireur. Tout se passa rapidement, trop rapidement. Elle s'engouffra dans notre gargote et se jeta au cou de Dominique.

— Oh mon chéri, mon chéri !

Menviel devint écarlate, son visage flamba et un rouge de brique monta sous le bronzage. Je pouvais lire la panique, la détresse, la rage, la consternation tendre sa figure. Je pressentais un drame qui m'échappait. Il regardait la nouvelle venue à la façon dont on regarde un spectre. Elle le serrait à l'étouffer ; il laissait pendre ses mains, inertes. Il reprenait son souffle, pareil à un plongeur qui sort de l'eau. Enfin il articula :

— Mais qu'est-ce que tu fais là ? Pourquoi, pourquoi ?

Je crus qu'il allait pleurer. Je ne comprenais rien.

— Ce que je fais là ! Mais je suis venue te chercher. Tu ne donnais plus de nouvelles !

A ces mots, elle le lâcha, s'assit sur sa valise, sortit un mouchoir très blanc et doucement fondit en larmes.

Dans un sanglot, elle murmura encore :

« Tu ne me présentes pas à ton ami ?

— Mais si, mais si. Frédéric, je te présente — il n'avait plus qu'un filet de voix —, je te présente ma mère.

— Ta mère ? Tu plaisantes !

— Si, monsieur, je suis bien sa mère, je suis là !

Ces mots tombèrent en bloc dans ma conscience. Ce

264

« je suis là » pesait des tonnes. Je reconnaissais maintenant cette voix déjà entendue au téléphone, cet organe
résonnant qui écorchait les oreilles et augmentait de
volume à la moindre objection. Kiran écarquillait les yeux
autant que le lui permettait sa faible compréhension du
français.

« C'est donc vous, Frédéric ? Je ne vous imaginais pas
ainsi. Je vous croyais meilleur genre, pour tout dire. C'est
vous, n'est-ce pas, qui lui avez mis ces idées dans la tête ?
Je le connais, mon petit Dominique, il n'aurait jamais pris
cette décision tout seul.

— Frédéric n'a rien à voir dans cette histoire, pourquoi
es-tu venue, pourquoi ?

Devant lui, dans son tailleur gris et son chapeau à
rebord, elle se tenait comme le fléau domestique en
personne, l'incarnation du cordon ombilical qui venait le
rattraper. Il y eut un long silence.

— Si tu veux, je reprends l'avion tout de suite.

Sa peau blafarde, couperosée, brillait.

— Il n'y a pas d'avion cet après-midi.

— J'ai compris, j'attendrai demain.

— Arrête, maman, ne fais pas de comédie.

A peine avait-il prononcé « maman » qu'il se retrouva
en culottes courtes. A l'évidence, ce mot pesait dans sa
bouche ; il espérait ne plus jamais avoir à le dire. Tout
d'un coup, comme s'il souffrait d'une chaleur insupportable, il ouvrit les boutons de sa chemise. Sa mère gardait un
faux air de chrysanthème en pot et reniflait. Le talc de ses
joues trop poudrées se détachait par plaques à chaque
parole. Ses yeux inquiets, à l'affût dans leur orbite
enfoncée, glissaient rapidement de son fils à moi.

— Vous voyez, monsieur, comment il traite sa mère. Je
viens de faire dix mille kilomètres en avion, j'ai pris des
trains et des bus, été bousculée par des voyous, assaillie
par des mendiants dégoûtants et me voici accueillie en
voleuse.

Elle avait grande pitié d'elle-même et se plaindre lui
faisait du bien.

— Tu es la dernière personne que j'attendais.

— Mais pourquoi, mon chéri, pourquoi ? Qu'est-ce que je t'ai fait ?

Elle était prête à sangloter à nouveau. A la voir si frêle, mal vêtue, transpirante, à côté de son bagage, on se demandait quelle force l'avait poussée à affronter la chaleur, la poussière et les foules pour se retrouver devant ce garnement qui la maudissait. Et l'on ne pouvait lui en vouloir.

C'est plus tard, à table — nous ne pûmes faire moins que de l'inviter à la villa —, que nous apprîmes les détails de cette invraisemblable équipée. Charles Orsoni l'avait avertie par lettre du départ de son fils du camp de Deori et de ses difficultés avec les autres archéologues de l'équipe. Toujours sans nouvelles de lui, elle avait inondé les ambassades et les consulats de télégrammes et de suppliques. On l'avait priée de patienter. Plusieurs mois plus tard, lasse d'attendre, elle avait pris la décision héroïque de partir elle-même à sa recherche.

Alors cette femme qui n'avait jamais dépassé Arcachon au sud et Genève à l'est vida son compte d'épargne, obtint un congé sans solde de la banque où elle travaillait et s'embarqua sur le premier avion d'Air France pour Delhi. De là, on l'aiguilla sur le consulat de Bombay où elle apprit que de novembre à mars les étrangers en Inde se retrouvent à Goa. Elle était prête aussi à descendre à Trivandrum, sur la plage de Kovalam. Elle n'en revenait pas de la chance qui l'avait, pour ainsi dire, jetée dans nos bras dès sa descente de bus.

— Voyons, lui demanda Julien, vous êtes venue si loin pour cueillir Dominique comme un freluquet dont on tire les oreilles ?

— C'est mon fils, j'ai le devoir de le protéger.

— Madame, vous ne pensez pas qu'à l'âge de vingt-sept ans un garçon a le droit de faire ce qui lui plaît et de se débrouiller seul ?

— S'il est raisonnable, bien sûr. Mais Dominique n'est pas raisonnable, ni assez mûr pour se diriger seul. M. Orsoni était fou de rage contre lui. Et pourquoi ne pas donner de nouvelles ? Est-ce une preuve d'indépendance, ou au contraire de faiblesse ?

Cela préjugeait désagréablement des rapports à venir, d'autant que Dominique ne disait rien, les yeux baissés dans son assiette, accablé. Elle était là, très calme, très droite, rouge de chaleur, touchant à peine aux plats, et l'impression qu'elle dégageait était irrésistible, se répandait comme un courant d'air, une odeur d'encaustique. Elle inspectait chacun d'entre nous avec méfiance, spécialement Farida dont la tenue légère la choquait et Kiran, qu'elle avait prise pour notre domestique. On la sentait bien décidée à ne repartir qu'avec son enfant sous le bras ; qu'il se soit débrouillé sans elle l'ulcérait. L'âme de son fils était son royaume. Elle ne tolérerait pas qu'un usurpateur la détrône ou que son royaume s'affranchisse. Au dessert, de plus en plus raide, elle demanda d'une voix blanche :

— Allons, avouez-le-moi, Frédéric, je parierais que ce nigaud a engrossé une de ces noiraudes — elle désignait Farida et Kiran du menton — et va nous sortir un petit café au lait de dessous la table.

Voilà ce qui la tracassait ! Dans son système, l'ennemi, c'était la femme ; elle vivait dans un monde imaginaire d'hommes grugés, de créatures goulues qui jetaient leur dévolu sur de pauvres garçons sans défense. Son mari l'avait quittée pour une dactylo du ministère de la Coopération de dix ans plus jeune qu'elle. Elle avait reporté ce traumatisme sur son fils, dont elle surveillait jalousement la conduite. Elle le croyait beau, irrésistible, en proie à une meute de femelles rapaces. Pour elle, toute fille qui s'acoquinait avec lui ne pouvait que viser l'établissement, le « fromage », pensée curieuse de la part d'une personne sans biens ni richesses à transmettre.

Je dus la détromper : Farida était la compagne de Julien, Kiran était trop jeune. Chez Dominique, à la place de la femme, vaincue depuis longtemps, il y avait une vache. Je montrai du doigt Radha qui paissait non loin de là. Quoi ! La drôlesse qui lui avait volé son petit et qu'elle traquait déjà d'une haine implacable, l'enjôleuse, la vampire était donc une génisse ! Elle avait imaginé des secrets malpropres, des caresses qui avilissent, la réputation des Menviel à jamais souillée par un métissage honteux. Et voilà que tout le désordre de sa pauvre âme s'apaisait devant un quadrupède. Elle poussa un soupir de soulagement. Radha escalada les marches de la véranda et vint réclamer quelques feuilles de salade d'un mugissement heureux. Elle s'approcha de la mère pour la flairer, posa son sabot contre le pied de sa chaise et meugla, son museau froissé comme les plis d'une jupe.

— Elle vous aime, dit Julien, vous l'avez déjà conquise.

— Ainsi donc mon fils est amoureux d'un zébu, s'exclama-t-elle, et elle partit d'un grand éclat de rire.

Une joie profonde, inavouable, inondait son cœur, une joie perfide qu'elle voulait cacher mais qui sortait au grand jour. Elle tenait sa revanche après des mois et des mois d'inquiétude, sa rivale était là devant elle qui ruminait et levait la queue pour laisser échapper un jet de pissat jaune. Tout de suite elle sut qu'elle avait gagné, que Dominique lui appartenait encore. Pour rattraper la mauvaise impression produite par cet éclat, elle s'écria, les yeux encore pleins de larmes :

« Je reconnais bien là mon Doudou, il a toujours adoré les bêtes. Si vous saviez comme il était gentil avec les chats !

Elle riait encore, avait retrouvé sa bonne humeur et nous divertit par le récit de quelque incident survenu en gare de Delhi : alors qu'elle attendait l'express pour Bombay, assise sur un banc, un singe lui avait subtilisé son chapeau par-derrière et avait sauté sur le toit d'un wagon. Elle avait tempêté, crié, menacé. Très courtoisement, les Indiens lui avaient expliqué les raisons de ce vol. Il s'agissait en fait d'un marché : chaque objet chapardé se payait d'une *chapatti* ou d'une banane. Les primates exerçaient une forme de chantage subtil sur les voyageurs. D'abord elle avait refusé ; l'heure avançait et le macaque regardait l'horloge du quai comme pour lui rappeler que le train allait bientôt partir. En désespoir de cause, elle avait dû acheter au *khanawala,* au marchand de nourriture, deux *chapatti.* Quatre pour toi en tant qu'étrangère, avait fait le singe avec ses doigts, après quoi il avait esquissé en sa direction le geste d'Onan. Elle s'était encore fendue de deux autres *chapatti,* tout cela pour se voir gratifiée d'un turban de drap rose, le singe l'ayant confondue avec une autre. Elle n'avait jamais récupéré son chapeau et avait dû en racheter un.

Jusque-là, Dominique s'était senti ivre de liberté tel un ballon dont on aurait coupé la corde et qui se laisse dériver au gré des vents. Mais sa mère se rappelait à lui, à l'enseigne du sang et du grief : son arrivée remua le passé comme un nuage de poussière qui jamais ne retombe. Ce ne fut pas le souffle destructeur d'une bombe : plutôt l'arrêt d'une pièce dans un mécanisme fragile, l'introduction d'un bacille dans un corps sain. Des mois d'autonomie patiemment élaborés se désagrégèrent en quelques heures.

Il fallut à peine une demi-journée pour que les anciens rapports reprennent leurs droits. Rattrapé, l'enfant fugueur dépérissait à nouveau. Depuis le matin, il n'était plus Dominique, mais le fils de sa maman. Quand on appelait « Dominique », ils se retournaient tous les deux, car ils portaient le même prénom. Sa mère savait pourtant que personne ici ne l'appellerait autrement que « madame » ; elle se manifestait tout de même, comme si elle tenait à inculquer à son fils qu'ils ne se distinguaient pas, formaient une seule et même personne. Face à elle, il n'était ni changé ni absent : il était confisqué.

Au début, Julien, Kiran, Farida et moi étions partagés entre le sentiment d'avoir introduit la peste dans la maison et l'estime que cette femme nous inspirait pour son cran. Seul Indar se régalait ; comme tous les Indiens, il adorait les histoires de famille et en redemandait.

— *The old woman is crazy but I love her.*

Elle ravivait en lui de vieilles intrigues de palais, complots obscurs, disgrâces brusques dont la dynastie de son oncle avait été coutumière. Il réclamait chaque jour de nouveaux détails et la traduction intégrale des dialogues entre mère et fils. Mais, une semaine après, il reçut de Bombay une lettre de son ancien maître de musique qui lui donnait une seconde chance et le réclamait auprès de lui.

Il s'embarqua immédiatement, laissant des cohortes d'estivantes inconsolées.

Mme Menviel s'en sortait mieux que prévu. Arrivée en Inde bardée de deux certitudes — il s'agissait d'une nation de barbares et d'un endroit déplacé pour une femme blanche —, elle s'était aguerrie en quelques semaines, avait vite appris à balayer les mendiants d'un revers de la main. Par-dessus tout, la civilité des Indiennes à son égard l'avait bouleversée. Elle avait l'habileté de raconter son histoire à qui voulait l'entendre dans un pays où les loyautés familiales primaient tout autre attachement, et on la regardait avec compassion. Elle avait connu des dévouements impensables en France : des « indigènes » lui étaient venus en aide lors d'une querelle avec un chauffeur de taxi qui tentait de l'escroquer. Dans les marchés, une bonne âme marchandait les prix pour elle, au restaurant lui conseillait les plats les moins forts, lui tendait une main secourable en cas de difficulté. Au début, elle avait pris les Indiens pour des sortes de Nègres émigrés en Orient et qui roulaient des yeux blancs. Maintenant, elle parlait avec feu de la noblesse, du charme des hommes mûrs et ne tarissait pas d'éloges sur Indira Gandhi.

Armée de son Guide bleu, elle s'étonnait parfois de tout avec la naïveté d'une petite fille, et on aurait pu la mettre dans une vitrine sous la vignette : « Touriste française-1983. Ne pas toucher. »

Quand un homme crachait près d'elle le jet écarlate de sa chique, elle notait tristement que les Indiens saignent des gencives. Elle prenait les brahmanes, avec leurs marques de caste sur le front, leur cordon sacré en travers du torse, pour des maîtres nageurs inoccupés. Elle ne comprenait pas pourquoi au sud de Bombay les hommes portaient des jupes et se tenaient par la main. Souffrant de myopie, elle voyait dans les individus accroupis tôt le matin dans les champs pour déféquer d'humbles paysans en prière et ne tarissait pas d'éloges sur leur profonde spiritualité. Mais elle se demandait aussi comment des êtres civilisés pouvaient aimer ce pays. Elle passait sans transition du dénigrement à l'enthousiasme et vice versa.

Tout cela restait sans importance ; d'autant qu'après

quelques jours elle avait sympathisé avec Kiran et lui parlait français de longues heures, heureuse de voir la petite progresser rapidement dans notre langue. Elle lui enseignait aussi l'alphabet : Kiran connaissait déjà la lettre J, la lettre D, les lettres F et I, toutes les initiales de nos prénoms. Elle prononçait les voyelles ouvertes en *e* et *a* comme si on lui passait une noix de beurre sur la langue. Mme Menviel avait également conquis Radha : d'une enfance normande, elle avait gardé l'habitude des animaux et l'art de la traite n'avait aucun secret pour elle. Bref, elle apprenait vite, mettait tout en œuvre pour nous séduire, nous gagner à sa cause et refermer le piège autour de son fils. Même Julien s'y laissa prendre, qui dit un jour à Dominique :

— Je la trouve charmante, ta mère ; bien sûr, avec elle tu n'es pas sorti de l'auberge. Mais tu ne réalises pas vraiment ta chance. Une telle femme est une mine de sujets. Mes parents étaient si libéraux que je n'ai jamais pu m'opposer à eux. Jamais une dispute, une réprimande. Et maintenant, je me bats les flancs pour accoucher d'une intrigue !

2
La froide étreinte maternelle

Dominique ne pouvait réaliser sa chance : tout de suite, il expia ses velléités d'indépendance. Mme Menviel entendait lui faire payer ses six mois de révolte et de mutisme par tous les moyens, même les plus bas.

Désirait-elle un renseignement ? Elle s'adressait à nous alors qu'il eût été aussi qualifié pour répondre. Elle avait choisi de le tenir pour quantité négligeable, et nous montrait en exemple pour lui faire honte. Elle éprouvait même une jouissance canaille à l'humilier devant nous, l'amoindrissait en tout, doutait publiquement de ses connaissances en hindi, critiquait son physique, son main-

271

tien, sa manière de parler. Pour tout dire, l'Inde avait développé dans le caractère de son fils des bizarreries qu'elle réprouvait. Elle ne retrouvait plus celui qu'elle avait couvé si amoureusement.

Quoi qu'il fasse, il avait toujours tort et s'entendait répondre qu'il n'avait pas d'expérience, que sa vision des choses était courte et stériles ses arguments. Elle montait nos qualités en épingle, opposait, par exemple, la liberté de ton de Julien à sa balourdise, fouinait avec une mauvaise foi sans nom dans nos intimités, raillant son fils de n'avoir même pas une bonne amie, de se cantonner dans le spectacle d'une vache. D'ailleurs, sa cohabitation avec cette engeance animale la rebutait : en toute occasion elle malmenait Radha, qui devint ombrageuse et craintive. Et, quand nous protestions, elle nous accusait de complaisance envers Dominique afin de mieux le maintenir en état d'infériorité.

— Si j'avais des fils comme vous, je ne serais pas ici, je vous ferais confiance.

Ainsi, sur le terrain de l'Inde qu'elle connaissait mal, elle réussit à s'imposer comme le guide. Sur cette terre d'où son enfant avait tenté de l'expulser, elle bivouaquait maintenant en reine, sûre de ses droits, maîtresse d'elle-même et des autres.

Elle nous enrôlait de force dans leurs querelles. Nous formions une vraie démocratie en miniature : tous les litiges privés étaient portés sur la place publique. Son grand plaisir était de tendre un mouchoir à son fils quand il reniflait ou de le coiffer quand il était assis à table avec les autres. S'il regimbait, elle insistait, son visage se durcissait puis elle éclatait :

« Quand je pense que tu t'es inscrit à l'Unesco pour aller travailler à Angkor dès que la guerre sera finie ! Tu as jeté à la poubelle tous les papiers que je t'avais envoyés et laissé passer la date limite d'inscription. Maintenant les dossiers sont clos et il y a plus de six mille candidats en lice.

Elle se rengorgeait du métier de son fils, qu'elle lui avait probablement imposé. Elle en savait plus que lui dans le domaine de l'archéologie et parlait volontiers d'art indien ou bouddhique avec Julien. Mais la discussion dérapait invariablement sur une diatribe :

« Croyez-vous, mon petit Julien, qu'un homme de trente ans bientôt s'épanouisse à étriller une vache ? Est-ce que je me suis saignée aux quatre veines pour faire de Dominique un garçon d'étable ? Aujourd'hui tous ses camarades d'école ont déjà de bonnes situations, sont mariés, pères d'un bébé ! »

Dominique se cabrait, poussait des soupirs excédés. Pour sa mère, cette petite échappatoire, cette protestation mêlée de veulerie, était encore trop. Elle montait à la barre, commençait un réquisitoire. Elle ne tolérait plus la moindre incartade, et pour accabler définitivement l'accusé rappelait des anecdotes risibles, des coups pendables dont elle souffrait encore : un jour, il avait décidé de ne plus lui donner son linge sale et de le porter dans une blanchisserie automatique. Au décompte des affaires, une chaussette avait été perdue. Mme Menviel était venue la réclamer personnellement à la laverie, menant grand bruit, rameutant clients et employés. Elle connaissait cette chaussette mieux qu'elle-même puisqu'elle l'avait raccommodée. Jamais plus il n'avait osé confier son linge intime à des étrangers et maman avait continué à garder la haute main sur ses caleçons.

Ici même, elle avait repris cette habitude. Elle n'avait jamais eu de femme de ménage et n'en éprouvait pas le besoin ; alors que nous donnions tout au *dhobi*, elle tenait à laver elle-même ses vêtements et ceux de son fils. Ce dernier avait tout de suite cédé. Et nous l'entendions réclamer : « Maman, où as-tu mis ma chemise, mon maillot de bain ? »

Quand il arrivait pour le déjeuner, elle lui lançait : « Tu t'es lavé les mains ? », se plaignait : « Oh, tu sens encore la vache, va reprendre une douche, vous ne trouvez pas qu'il pue ? » et lui faisait une guerre de chaque instant pour qu'il coupe ses cheveux, rase son menton broussailleux, ne traîne pas les pieds. S'il émettait un reproche, elle le coupait d'un « Arrête de prendre la voix de ton père ».

Dominique encaissait tout, faisait preuve d'une passivité incroyable, puis sur un détail, une petite rebuffade, explosait, tenait des propos décousus, se mettait à parler fort, trop fort, d'un ton tranchant. Et lui qui n'avait pas réagi quand il l'aurait fallu, hurlait maintenant à contre-temps. Ses colères soulignaient plus encore sa mollesse. Il répondait à des critiques de la veille, sa vie n'était qu'une longue suite de répliques avortées. Il ruminait des réponses vengeresses qu'il n'avait pas su trouver au moment de l'affrontement, toujours en retard d'une repartie. Il redevenait ce vieil adolescent teigneux et désarmé qui m'avait tant indisposé, il y a trois ans. Son rictus, sa bouche fendue d'un tic, sa veulerie, tout m'agaçait en lui. Même Julien était sidéré par cet étalage d'agressivité infantile. Quand il avait craché son venin, avec la sottise bruyante d'un perroquet, l'archéologue se tassait sur sa chaise et attendait, craintif, le retour du bâton, presque effrayé déjà de sa propre audace, prêt à demander pardon après l'insulte.

Leurs chamailleries grotesques finirent par nous indisposer. Et l'atmosphère de la villa devint vite pesante, presque irrespirable quand l'Impératrice — c'était son sobriquet — se mit en tête de nous apprendre les bonnes manières. Toujours momifiée dans une robe de coton blanc, elle prétendait maintenant nous régenter et exigeait de chacun de nous un vêtement décent. Plus question pour Farida de se promener seins nus dans la villa, et même pour Kiran de rester en slip.

Ses remontrances, son bavardage de robinet qui goutte nous contraignaient à nous enfermer dans nos chambres, et le jardin, où il faisait bon flemmasser jusque-là, redevint désert.

Elle avait vraiment la passion de nettoyer pas seulement les lieux mais aussi les corps et surtout les âmes. Récurer les âmes jusqu'à ce qu'elles brillent et qu'on puisse voir à travers.

Elle nous montait insensiblement les uns contre les autres, déployait un don sans égal pour sentir les tensions, les extirper une à une jusqu'à ce que, de minimes, elles deviennent insupportables. Avec la patience d'un confesseur, elle débusquait d'infimes rivalités, les gonflait à la taille d'un symptôme. Dans cette bataille, elle fit preuve d'une singulière roublardise.

Elle encourageait Kiran dans un honteux cafardage, tentait de lui tirer les vers du nez, la faisait parler sur tout et sur tous, profitant de la naïveté de la petite fille pour en savoir plus, apprendre des points obscurs de notre vie. En dépit de nos consignes, Kiran tenait difficilement sa langue et plus d'une fois avait failli lui confier l'épisode peu glorieux du temple jain à Bombay.

Il n'est pas jusqu'à notre mode de vie qui ne la contrariât : elle se couchait tôt, se levait tôt, déjeunait à l'heure où nous nous levions, se réveillait quand nous nous mettions au lit. Elle tâchait d'entraîner Kiran dans ses horaires, laquelle renâclait. Elle trouvait souvent la chère infecte, les œufs pas frais, les sauces trop épicées. Elle entendait nous faire manger de la soupe par 40° à l'ombre et nous mitonnait des ragoûts, des plats en sauce indigestes sous ce climat.

Tout un tas de détails de la vie quotidienne qui, avant elle, passaient inaperçus devinrent soudain problématiques. Si nous la contredisions et lui demandions poliment de ne pas intervenir dans nos vies, elle commençait à geindre. Elle dressait alors un petit Mur des lamentations portatif : vivre ici, pour elle, c'était vivre épuisée. La chaleur l'incommodait, minait sa volonté, son énergie. Elle étalait bruyamment sa fatigue, s'asseyait sur les marches d'escalier pour souffler, faisait la grève, se plaignait de vertiges, tentait de nous apitoyer.

Devant notre absence de réactions, elle se rapprochait de son fils, ne congédiait plus l'envie de le serrer contre son cœur, lui rappelait leurs tête-à-tête charmants de son enfance, les poèmes qu'il lui dédiait, ses rédactions qu'il lui laissait lire. Ce n'était pas la familiarité de deux êtres d'accord sur l'essentiel et divergeant sur les détails. C'était le contraire. Leur complicité n'éclatait que sur des points minimes, absurdes.

Mais la trêve était trop courte pour préluder à une réconciliation durable. Une intimité très forte avait existé entre eux et il aurait suffi de peu pour qu'elle renaisse. Ce peu de chose ne venait pas ; la mère n'était pas près de passer l'éponge ni le fils de rentrer dans le rang.

Ils partaient tous deux, certains matins, acheter les provisions ; lui se dépensait en efforts surhumains pour faire croire qu'ils n'étaient pas ensemble. Elle, ferme et guindée à ses côtés, la main passée d'autorité sous son bras, prouvait au monde entier que l'amour maternel, dans son indestructible égoïsme, peut même triompher de l'Inde millénaire. Elle avait beau évoluer dans l'Orient des moussons et son garçon lui expliquer qu'il avait trente ans, elle ne cédait pas ; sa froide étreinte se resserrait sur lui comme une griffe.

En définitive, ils formaient un triste couple qui n'appliquait ses forces qu'à se détruire. La querelle était leur mode naturel de conversation. On ne pouvait rien imaginer de plus négatif, sous le ciel toujours bleu des tropiques, que la conjonction de la mère ratiocinante et du vieil enfant apathique. Elle avait les larmes aux yeux comme il se doit pour une mère et lui rétrécissait, maigrissait, perdait le sommeil et l'appétit.

3
Deux sombres étangs

Nous n'osions la mettre à la porte, espérant qu'elle partirait d'elle-même. Mais elle ne partait pas, elle s'installait avec un sans-gêne qui nous prit de court. Elle comptait sur l'usure, l'habitude ; elle eut raison. La mansuétude tatillonne dont elle nous couvait émoussa notre volonté.

Julien dormait maintenant presque chaque soir chez Farida. Mme Menviel s'était plainte de ses cris d'amour « qui donnaient un très mauvais exemple à la petite ». Je m'absentais dès le matin et revenais tard le soir. Seuls restaient Kiran et Dominique. Sans le vouloir, j'étais tombé amoureux de Devika et la pourchassais dans tous les coins et recoins du territoire. Peu après notre rencontre au marché d'Anjuna, je l'avais revue à Mapusa, petite cité commerçante à l'intérieur des terres. Dès que je l'aperçus de loin, elle était seule, un frisson me prit à la racine des cheveux. Je ne pensais qu'à lui parler et à la fuir en même temps. J'allais faire demi-tour, incapable de rassembler mes forces pour l'aborder, mais ce fut elle qui vint vers moi. Ses splendides yeux voilés, pareils à deux étangs sombres, me scrutèrent comme si elle avait décidé de me faire perdre la raison une fois pour toutes. Je lui adressai un faible sourire que j'eus du mal à étirer. Elle me rendit mon sourire et parla sans que je comprenne ce qu'elle me disait. Je crus d'abord à une demande de renseignements.

Mais non, elle ne demandait aucune information. Alors, sottement, je lançai une remarque sur le temps. A ma surprise, elle s'en empara avec impatience, me fit l'honneur de la développer. Elle bavardait dans un anglais chantant et je n'écoutais même pas sa réponse, cherchant déjà un autre sujet de conversation. Je n'avais rien à lui dire et pourtant je brûlais de poursuivre cet entretien : l'ombre de Swami Vijay s'interposait entre nous ; qu'elle soit indienne de surcroît et riche d'un passé tourmenté me paralysait plus encore. Je me voyais mal lui dire, sur un ton détaché : « Pendant que tu faisais le coup de feu dans une guérilla maoïste, je préparais l'Institut d'études politiques, rue Saint-Guillaume. » Je me sentais si petit à côté d'elle.

Elle avait dû remarquer mon état : pourtant ma gaucherie ne la rebutait pas. Elle me proposa de la revoir le lendemain et me dit adieu d'un inimitable battement de paupières.

Je ne dormis pas de la nuit. Elle ne vint pas au rendez-vous. Je repassai une nuit blanche. Mais elle s'arrangea pour me recroiser le surlendemain et nous convînmes d'un nouveau lieu pour nous voir. Cette fois, elle fut ponctuelle. Elle avait choisi un endroit discret et retiré, loin de l'ashram de Chapora. J'étais certain qu'il s'agissait d'un malentendu ; il n'y avait rien en moi qui pût intéresser une si jolie fille. Mais, puisqu'elle acceptait, j'étais résolu à en profiter. Je n'osais penser à des contacts charnels, passer une heure ou deux en sa compagnie, me griser de son charme, la manger des yeux me suffisait. Le moindre frémissement de ses cils m'était précieux. Je retrouvais en elle le modelé, la finesse, l'achèvement des plus belles œuvres de l'art indien. Ses propos n'avaient rien de surprenant. Mais, dans sa bouche, ils gagnaient une densité inouïe. Et je les analysais, les répétais longuement : un prophète m'eût délivré les vérités dernières que je n'y aurais pas prêté plus d'attention.

Nous nous revîmes encore, toujours dans des lieux secrets, à l'abri de paillotes abandonnées, derrière de minuscules chapelles blanchies à la chaux ; elle ne venait pas au moins une fois sur deux, retenue par ses occupations à l'ashram, et, chaque fois qu'elle manquait à l'appel, je redoutais de ne plus la revoir. Nos promenades communes révélaient ce que je n'osais désigner du nom de sentiment. Si nous nous promenions ensemble, c'est sans doute que je lui plaisais.

Mais ces longues marches pleines de bonheur étaient aussi pleines de tension. Depuis que j'étais résolu à la séduire, le silence entre nous me terrorisait. Je me creusais la tête pour trouver des sujets de conversation. Je supposais qu'elle eût été horrifiée si j'avais blagué, lui avais fait des avances et murmuré ces allusions polissonnes propres aux Latins. Je me cantonnais donc dans les généralités et me servais de la petite monnaie des idées communes pour maintenir un bruit de fond. La placidité de la phrase anglaise m'exaspérait : l'emploi constant de la deuxième personne du pluriel empêchait l'intimité. On était d'emblée de plain-pied mais on ne passait jamais à un niveau supérieur.

Une fois, la tentation d'un brio désuet, le désir de l'impressionner me poussa bêtement à lui parler de notre vie à Bombay. J'évoquai nos vadrouilles dans les bas-fonds, les fumeries. Elle me toisa d'un coup d'œil et sa colère se trahit dans une vibration de ses élégantes narines.

— Vous aimez dans notre pays tout ce que nous y détestons. Vous singez notre misère avec un billet de retour dans la poche.

— Mais non, je plaisantais.

— Drôle de plaisanterie ; ramenez-moi, voulez-vous ?
Je rentre.

Les mots me manquaient ; je ne savais que répondre,
certain d'avoir tout saccagé. D'autant que cette réprimande succédait à un élan de confiance croissant. Je tentai
de me disculper une fois encore, ma plaidoirie manquait
de conviction. J'obtins tout de même un rendez-vous le
lendemain et à force de mots doucereux, de banalités
neutres, parvins à faire oublier le mauvais goût de mes
récits précédents. Mais je restais sur mes gardes, surveillais chacune de mes paroles ; non content d'être rare, le
dialogue était miné ; il fallait le canaliser dans des sujets de
bon ton, prévenir toute divagation. J'étais saisi de la même
peur sacrée que si je devais passer devant un jury,
redoutant de ne pas me montrer à la hauteur. Avec elle je
ne parlais pas, je remplissais les vides.

Pourtant, des injonctions contraires, la curiosité et la
vanité, le goût de l'inconnu, l'idée que j'allais peut-être
battre Julien sur le terrain de ses rêves me poussaient à
persévérer. Devika était de ces femmes dont la beauté se
compose essentiellement d'hostilité et de froideur ; sous le
masque impassible couvait, me semblait-il, une sorte
d'attente un peu puérile et déroutante, un secret taciturne
que j'attribuais à la dureté de sa vie antérieure. Jamais je
ne lui en parlais, jamais elle ne l'avait évoquée devant
moi : c'était une zone dangereuse à laquelle j'évitais de
faire allusion. Aussi acceptais-je d'elle ce que je n'aurais
accepté d'une Européenne : une longue, très longue
attente. Je n'osais la toucher, de peur de détruire, par
impatience, la fragile intimité qui s'était instaurée entre
nous. Julien, persuadé que nous couchions ensemble, me
traitait de cachottier.

Il était loin du compte. Au bout d'un mois de rendez-vous clandestins, j'avais loué une moto pour m'y rendre,
Devika ne m'avait accordé que de tenir ses mains dans les
miennes. C'était délicieusement ridicule et pourtant
j'avais le sentiment d'avoir renversé une montagne. L'aimais-je ? Je ne crois pas ! J'aimais le défi qu'elle me
lançait. Pour l'aimer, il eût fallu qu'existât entre nous une
proportion. Nous venions de deux mondes si lointains qu'il

m'importait seulement de préserver le contact, de nous forger une mémoire commune. Nos différences excluaient pour l'instant la possibilité d'une passion.

Un jour, elle voulut me dire quelque chose. Pour la première fois depuis que nous nous connaissions, elle évoqua Swamiji. Comment l'avais-je découvert, que pensais-je de lui ? Je lui racontai l'épisode de l'ashram et lui confiai que je connaissais son gourou depuis trois ans au moins. Avec une hâte qui aurait dû me paraître suspecte, elle s'empressa de confirmer les paroles de son maître :

— Tu dois croire Swamiji. Tu l'as bien vu, mais dans une vie antérieure. D'où ta confusion.

Son insistance m'étonna mais je n'approfondis pas ; elle récitait sa leçon comme l'autre fois Sri Tatuva ; après tout, il était normal qu'elle épouse aveuglément les thèses de Swamiji ; elle était sa servante.

Notre premier baiser eut lieu un après-midi de la fin février. Nous avions roulé une vingtaine de kilomètres à l'intérieur des terres, traversant des villages riquiquis, étendus sous les palmes tels des chats somnolents, croisant des colonnes de bonnes sœurs goanaises, en blanc, pour nous arrêter au pied d'une petite chaîne de collines d'où les rizières dégringolaient les unes sur les autres comme les marches en miroir d'un escalier. Le soleil dardait ses rayons entre les feuilles d'arbres qui réfractaient sa lumière à travers un poudroiement d'or. Nous étions allongés à l'ombre d'un pipal dont les troncs multiples, reliés entre eux par des enjambements, des ponts, des arcs-boutants, dessinaient des étreintes fougueuses, des enlacements indestructibles. Devant nous, un cours d'eau, envahi d'herbes, vibrait comme un objet incandescent ; à sa surface, entre les pousses, dansaient d'aveuglantes paillettes qui nous brûlaient les prunelles.

Devika s'était changée, elle ne portait plus l'austère sari de la *sannyasin,* de la renonçante — c'était son titre officiel —, mais une tunique passée sur un pyjama de soie greige. Deux longues nattes sagement tressées encadraient ses pommettes hautes et ses yeux à peine bridés. Ses cheveux, si brillants qu'on eût dit un capuchon de satin, se terminaient sur la nuque en légers frisottis de boucles noires. Elle avait mâché du bétel. Ses bras couverts de bracelets d'argent, ses chevilles tintantes, ses lourds colliers, son ornement nasal, tout me donnait la sensation de tenir une idole contre moi. Nous ne parlions pas. Je la dévisageais, quand un trait de soleil vint se poser sur ses lèvres.

Elle tourna vers moi des yeux pleins de feu. Je me penchai, l'embrassai tendrement sur le front puis sur les joues et enfin impulsivement sur la bouche. Ma langue tentait de percer la barrière des dents closes mais la sienne s'était rétractée et refusait de se montrer.

De ma main libre, je caressais ses seins ; elle se laissa faire ; je glissai vers son ventre. Elle m'arrêta net et se détacha de mon emprise. Je n'insistai pas.

Devant nous des nuées d'oiseaux, cormorans, aigrettes, échassiers, mainates, chantaient la fin du jour en vocalisant à qui mieux mieux. Le soleil allait se coucher d'une minute à l'autre avec cette promptitude des tropiques. Intérieurement, je me félicitai de ces minuscules progrès en amour, certain que, de partie en partie, je finirais par enlever le dernier morceau du puzzle.

Mais de nouveau, alors que je posais encore mes lèvres sur ses sourcils, elle me demanda des précisions sur mes souvenirs avec Swamiji.

— Dans ta vie antérieure, Swamiji a-t-il dit quelque chose qui t'aurait frappé ?

Cet interrogatoire m'agaçait. Il dénotait une insensibilité vexante à mes caresses.

— Pourquoi veux-tu savoir cela ?

— Tout ce qui te concerne m'intéresse.

— C'est nouveau, tu ne m'a jamais posé une seule question sur ma vie en France.

— Celle-ci en effet ne m'intéresse pas. Je voudrais reconstituer l'existence où nous étions tous ensemble Swamiji, Sri Tatuva et moi.

— Tu crois à cela ?

Au lieu de me répondre, elle me tendit ses mains comme si elle m'offrait des joyaux, m'attira contre elle et m'embrassa une fois encore sur la bouche. Sa peau, d'un brun foncé, palpitait sous mes doigts comme la gorge d'un oiseau et il semblait qu'elle se fût emplie de toute la chaleur du couchant.

Revenant en moto, à la nuit tombée, le cœur battant, exalté par mon succès, je me demandais comment je pourrais jamais aimer une femme de ma race, dont l'épiderme, d'un blanc crémeux, presque maladif, s'empourpre au moindre choc, laisse voir en transparence les veines et les rougeurs. La peau de Devika, si joliment dorée, si finement satinée, formait en soi un monde ferme et tiède qui enveloppait la chair et ne l'exhibait pas.

4
Marée basse

Devika m'avait donné rendez-vous à la grande fête de pleine lune qui allait durer trois jours et trois nuits sur la plage de Vagator. Elle m'avait laissé entendre qu'une étape décisive de nos relations pourrait être franchie à ce moment-là. A Goa, la vie sociale culminait dans des parties bi-hebdomadaires, privées ou publiques, qui donnaient lieu à une débauche de sons, d'accoutrements et d'ivresses.

Je ne tenais plus en place, cessai de manger et me désintéressai de la vie à la maison. Les jérémiades de Mme Menviel me laissaient froid et Dominique essayait en vain de m'alerter sur sa détresse. Rétrospectivement, je ne me pardonne pas cette distraction mais, sur le moment, je ne m'appartenais plus. Julien, naturellement porté vers l'intrigue, acheva de m'égarer en me lisant plusieurs passages du *Kama-sutra*. Tous parlaient de partenaires idéales, de corps souples et élancés, d'yeux pareils à ceux des gazelles, de bras semblables aux tiges du manguier et se terminant par des mains délicates, d'ombilics profonds et de plis gracieux à la taille. De ces métaphores, l'une d'elles me toucha particulièrement : « Et sa rosée d'amour sent le fruit du sésame. »

282

Personne à la maison ne put me décrire exactement l'odeur du sésame. Mais j'allais répétant cette jolie phrase, certain qu'en cette nuit j'allais réaliser une conjonction unique entre une poésie, une tradition et une femme, atteindre au cœur même de l'Inde et, par là même, jouir d'un privilège que peu d'Européens peuvent se flatter d'obtenir. J'allais dépasser la minuscule secousse de la volupté et l'étendre au cosmos. Nous ne serions pas deux êtres pressés d'assouvir une vulgaire convoitise, mais deux continents dialoguant et s'épousant dans l'étreinte. L'Ouest allait rencontrer l'Est et ferait mentir le vieux proverbe de Kipling.

Le lieu de la fête était splendide à voir : sur un à deux kilomètres autour d'une vaste esplanade réservée à la danse, des dizaines de marchands indiens avaient disposé en plein air leurs éventaires de fruits, de gâteaux, de sandwiches, de tartes, de boissons, éclairés par des lampes à acétylène qui diffusaient une lumière presque blanche. Toutes les tribus étaient présentes et se frôlaient, rassemblées dans un magnifique désordre vestimentaire avec leurs étendards, leurs bannières sur lesquelles étaient dessinés des dieux, des animaux, des têtes de pirates ou de princes. Il y avait là des gredins nus jusqu'à la taille, tout luisants d'huile, des sorcières bronzées aux bras poudrés de blanc ou de rouge, cerclés de bracelets, pour certaines jusqu'aux épaules, comme des écailles de serpent, des madones au crâne rasé, couvertes de cendres ou de poudre d'or, des Vikings burlesques, en froc, queue-de-pie et chemise de dentelle, des gladiateurs bariolés brandissant des tridents fleuris, des barbares archaïques en peaux de bêtes, et des mutants futuristes en pourpoint de cuir, casque à visière et bas résille. Chacun avait rivalisé d'imagination pour étonner, stupéfier ses proches. Même les plus pauvres avaient vidé leurs poches afin de se montrer et il en résultait un spectacle grandiose.

Deux orchestres étaient préposés à l'animation et des light-shows entrecroisaient leurs pinceaux sur le podium où quatre musiciens en combinaisons lumineuses, cheveux teints en vert et orange, sautillaient et hurlaient. Deux à trois cents personnes dansaient déjà dans un martèlement de pieds, de cris, de décibels et, sous le ciel éclatant de l'Asie du Sud, ces corps brillants, peints, désarticulés, suggéraient une cérémonie d'incantation aux étoiles.

Des particuliers distribuaient des tranches de cake au haschich et à l'opium avec la durée du voyage selon la grosseur de la tranche et la concentration de la substance, des thés à la datura, des boulettes d'opium enrobées de caséine qu'on dévorait avec un peu de lait et de sucre. On s'en tenait aux drogues qui euphorisent ou qui exaltent. Un loueur de seringues nettoyait son matériel au-dessus d'une petite flamme et offrait son aiguille pour cinq roupies à de grands diables émaciés qui patientaient en file indienne, à la recherche du petit coup de fouet émotionnel.

Devika surgit de l'ombre et posa sa main sur mon épaule ; elle portait un ample pantalon penjabi de soie, lacé aux chevilles, une tunique rose bariolée et une écharpe de crêpe autour de la gorge. Sous cet habit éclataient ses formes, d'une royale prodigalité. Lourde et légère à la fois, elle appelait l'adoration et le respect. Ses bras nus cliquetaient de multiples anneaux, ses cheveux réunis en chignon sur le cou jetaient des reflets de métal précieux. Tous les autres étaient déguisés, elle seule personnifiait la jeune Inde, un mélange de langueur sensuelle et d'apparat.

— Viens, me souffla-t-elle, il faut que je te parle.

Je la suivis à l'écart sur une petite éminence qui dominait la plage et sur laquelle des rochers déchiquetés émergeaient entre de frêles cocotiers. Elle grimpait vite, avec une souplesse de félin, et je m'essoufflais à lui emboîter le pas. Nous avancions dans une cathédrale d'obscurité et de silence dont les colonnes étaient des troncs d'arbres. Nous frôlions des formes immobiles, des couples enlacés. Les ténèbres de la nuit nous caressaient, annonciatrices de délices, et je me faufilais avidement dans l'ombre engageante, derrière mon guide. Dans cette mystérieuse retraite m'attendaient les douces et intimes consolations de l'amour. Entre deux arbres, à l'abri d'une anfractuosité qui nous cachait, elle me fit signe de m'asseoir, s'accroupit sur ses talons et me dit sans ménagement :

« Il faut que tu partes.

— Que je parte ? Mais où ? et pourquoi ?

— Il faut que tu quittes Goa. Ne me demande pas d'explications.

— Mais je suis très bien ici. Et puis il y a toi.

— Je sais, mais nous ne pouvons plus nous revoir. Crois-moi, va-t'en dès ce soir, si tu peux.

J'étais furieux, dépité.

— Mais tu m'avais promis, tu m'avais dit...

— Je ne t'ai rien promis.

— Tes gestes étaient éloquents.

— Non, mes gestes n'avaient aucune signification.

— Tu mens, Devika, tu mens.

— Ne t'énerve pas, ça ne sert à rien. Écoute, je te propose un marché, et promets-moi que tu partiras ensuite sans poser de questions, que tu ne chercheras pas à me retrouver.

— Devika, je ne pourrai jamais.

— Ne discute pas, sinon je m'en vais.

De guerre lasse, j'acceptai.

— D'abord, je vais te montrer ce que je fais dans l'ashram de Swamiji ; au moins, cela tu le sauras. Mais jure-moi aussi que tu ne le répéteras à personne.

— Je ne comprends plus rien.

— Tais-toi, regarde d'abord.

Très lentement, pareille à une chrysalide qui émerge de son cocon, elle défit son écharpe, enleva sa tunique et, le buste nu, assise sur les talons, se mit à tournoyer sur elle-même à la façon d'un derviche.

— Aux meilleurs de ses disciples, Swamiji réserve des séances spéciales où il leur explique comment chasser la concupiscence. Je danse devant eux et Swamiji contrôle leurs réactions.

— Tu te déshabilles devant eux ?

— Progressivement, oui. Je teste leur sainteté, leur force de résistance à la tentation. Ceux qui ne peuvent cacher leur émotion sont renvoyés. Aux autres, mon gourou demande de fixer leur attention sur ma peau puis d'imaginer le réseau des veines et des chairs, sous les plis du ventre, les entrailles, la vessie et le foie, derrière mon visage, le crâne et sa cervelle gélatineuse.

— A quoi sert tout cela ?

— A combattre le désir, à le tuer dans chacune de ses parties.

Je restais là, bouche bée, candidat recalé d'avance, trop ébloui, remué par ces deux seins gonflés très gros et parfaitement ronds qui se tendaient vers moi. Je ne désirais pas en savoir plus, persuadé dans ma vanité qu'elle élaborait un stratagème, une ruse invraisemblable pour se donner sans perdre la face. Ses flancs saillants ondulaient en flexions qui soulignaient les courbes et les volumes de son corps. Je ne croyais pas un mot de son discours et j'étais déjà sûr de goûter au fruit du sésame.

D'innombrables lucioles faisaient autour de sa poitrine un tapis de lumière mouvante. J'avançai vers elle et les curieux insectes s'éteignirent tous ensemble. Son audace, après la pruderie de ces dernières semaines, me chavirait. Elle se dandinait mollement, impassible, balançait de droite à gauche sa ruisselante crinière, respirant à petits coups dans mon oreille avec un bruit de râpe. Elle avait dû boire, car elle m'envoyait une haleine délicieusement composite où je percevais jusqu'à l'acidité du citron.

Je me frottais contre elle, m'efforçant d'attraper sa bouche, lui murmurant des mots tendres en français. Alors, dans un geste déconcertant, elle leva un bras et poussa son aisselle sous mon nez.

— Goûte, goûte à ma sueur.

J'étais prêt à suivre tous ses caprices, et longuement je léchai la touffe de poils acides, trempés par l'effort. De nouveau, je posai mes doigts sur son ventre, avide d'atteindre le *yoni,* le calice empli du nectar d'amour.

Mais elle se recroquevilla et joignit les mains sur son torse. J'aimais cette timidité de manières qui devaient dissimuler une fournaise de passions réprimées. L'issue ne faisait plus de doute. Au lieu de se livrer, elle m'agaçait, m'émoustillait, inventait des subterfuges pour me tenir en haleine.

Soudain, perdant toute patience, je me jetai sur elle.

D'un coup de reins elle s'écarta, comme un poisson s'échappe d'un filet entrebâillé.

La peau de son visage était tendue, pareille à celle d'un fruit qui va se briser. Elle fixait avec terreur un point derrière mon épaule. Je me retournai. A quelques mètres, juché sur une pierre, se tenait Swamiji. Il demeurait muet, ne bougeait pas d'un pouce, rigide sous les rayons de la lune qui baignaient ses épaules. Ses yeux si enfoncés paraissaient sortir du fond du crâne et accentuaient son expression égarée. On eût dit un bourreau se recueillant avant de donner le coup de grâce. Devika se leva d'un bond, remit sa tunique et se jeta aux pieds de son seigneur. Ils eurent un bref échange en hindi, ponctué des larmes de la jeune fille, et d'un mouvement de la main il la chassa.

Je ne fis rien pour la retenir. J'étais glacé et des ruisseaux de sueur couraient sur ma peau, se réunissaient en gouttes lourdes sous mes bras. J'avais la bouche sèche, fermai les yeux, les rouvris. Je ne dormais pas. Les échos d'une chanson de Stevie Wonder montaient jusqu'à nous depuis la plage.

Combien de temps dura ce face-à-face, je ne saurais le dire. Enfin, Swamiji sortit d'une poche une longue étoffe qu'il déroula sur plusieurs mètres en zigzag, tel un filet de sang noir et, lentement, à la mode locale, l'enroula sur sa tête en turban. Stupidement, je le regardais arranger sa coiffure et acquérir en quelques instants l'apparence d'un fakir. Il essayait tous les personnages.

Il me regarda, parut hésiter entre la dureté et la clémence, puis, avec un sourire qui cachait à peine la suggestion d'une menace, me dit :

— Vous vous trompez de chemin, il ne faut pas aller trop loin.

Il avait parlé en français ! La voix se voulait affable mais tranchait le silence comme un couteau. Je levai mon visage vers lui espérant ne pas laisser filtrer ma peur.

« Vous aimez l'Inde, n'est-ce pas ? Nous sommes tous victimes de cet amour. Si on a élu *Mother India,* on se croit son élu ; c'est là le danger.

Il affichait un sourire mince et glacial. Il me dominait de sa haute stature, de cette formidable carrure qui m'avait déjà tant effrayé deux ans plus tôt. Comme toujours, il répandait autour de lui, par décharges, une énergie difficile à supporter, une énergie implacable. Il s'agenouilla sur les talons, rapprocha son visage du mien jusqu'à le toucher, et, doucement, me souffla sur le nez comme on le ferait pour chasser un insecte importun. Son haleine sentait la noix de coco. Le cœur me cognait de malaise. Je fermai les yeux à nouveau. J'aurais voulu que cette bouffée d'air me propulsât loin de lui afin de pouvoir m'évader.

Quand le souffle cessa et que l'odeur disparut, je rouvris les yeux. Le tertre était désert, Swamiji s'était évanoui et j'eus tout de suite le sentiment d'être en deuil.

Devika était perdue ; j'avais même abandonné la volonté de la rejoindre. L'avertissement était clair et le risque démesuré pour un résultat trop incertain. Je devais oublier cette aventure. Un spasme de poignant regret me saisit : j'avais tant souhaité la chaleur de ces deux bras. Quelque chose vers quoi je m'étais longtemps efforcé venait de m'échapper.

Je redescendis vers la fête. L'orchestre saccageait un succès des Rolling Stones en poussant les sonos à fond dans une de ces musiques hurlantes qui rendent sourd, étouffent la mélodie. L'air était saturé de vapeurs de cannabis et l'on recevait sa dose rien qu'à respirer. Les participants croquaient comme du chocolat leurs tablettes de haschich noir et de *black Bombay*.

Je tombai sur un tas de noix de coco éclatées et vides, entassées comme autant de crânes humains. Des individus faméliques, des pans de chemise flottant sur leurs jambes maigres, se trémoussaient péniblement. Quelques femmes, la blouse arrachée, exhibaient des seins plats et tombants qui ballottaient au rythme du torse. Je remarquai un groupe de six épouvantails, trois hommes et trois adolescentes qui se déhanchaient bouffonnement, au centre de la piste. Ils titubaient tous. Une fille qui portait un singe sur l'épaule commença à basculer lentement, à la façon d'un canif qui se referme. Il y avait dans ce repli une flexibilité, une lenteur presque effroyables. Elle s'affaissa jusqu'à ce que sa tête renversée eût rejoint ses genoux. Le singe s'était réfugié en haut de son crâne et suivait avec détachement les oscillations de sa maîtresse. Puis elle s'écroula à terre et le singe, accroché à ses cheveux, commença à les épouiller en battant la mesure avec une de ses jambes.

Ce fut la première chute de la soirée. Il y en eut d'autres dont nul ne se soucia. On s'écartait simplement pour ne pas piétiner les gisants. On eût dit des fruits trop mûrs tombés à terre. Et, sur chacun de ceux qui tenaient encore debout, je croyais voir un singe, perché sur l'épaule, messager du vertige, attendant patiemment que sa monture verse et s'écroule dans le sable martelé.

Assez rapidement, une rafale de vent passa sur le littoral et de lourds nuages, surgis brutalement de l'océan, voilèrent la lune. L'eau fut soulevée, striée d'une écume légère, blanche dans la nuit. Le vent redoubla si fort qu'il renversa un micro et des tables, moucha les lampes, secoua les cocotiers, projetant à terre une avalanche de palmes et de noix mûres.

En même temps, les premières gouttes s'écrasèrent sur nous, un éclair zébra le ciel et toutes les lumières s'éteignirent d'un coup. Une averse torrentielle se déversa en nappes, bouchant l'horizon, coupant la respiration comme sous une douche.

Avec des cris de terreur, l'armée des noceurs se dispersa à la recherche d'un abri, piétinant les éventaires des marchands, bousculant tout sur son passage, abandonnant les plus faibles à leur prostration. Les cocotiers, tout à l'heure si compassés, s'agitaient follement, se tordaient en tous sens avec la fragilité d'un brin d'herbe ; c'était à leur tour de danser sur une autre musique. Un second éclair illumina la nuit et, dans le brouhaha des éléments déchaînés, je crus apercevoir Devika qui entraînait à l'écart, vers un sous-bois, un de ces ilotes malades qui se trémoussaient tout à l'heure. Leur attitude évoquait celle de deux amants fuyant la foule et la publicité.

Je hurlai son nom. Le tonnerre couvrit ma voix. Je continuai à les suivre mais les gouttes de pluie, chassées horizontalement par le vent, me frappèrent au visage comme des grains de plomb. Je dus reculer. Un autre éclair illumina la scène : il n'y avait plus personne et je courus me réfugier, grelottant, sous un bouquet de bambous. J'étais aux prises avec une énigme de plus.

5
Les intoxiqués de la Terre promise

Ce fut le surlendemain que la mer ramena, sur la plage de Baga, le cadavre d'un jeune Autrichien du nom de Peter Schneider, noyé à la suite d'une overdose. Quand on le découvrit, les mouches sortaient déjà en bourdonnant de sa bouche comme un ronflement qu'il eût exhalé. Il portait autour du cou un cordon de laine avec le portrait de Swamiji sur les deux faces. Puis, chaque jour, à l'heure du flux, la mer déposa ici ou là le cadavre d'un Blanc. Tous étaient des drogués notoires et fréquentaient la secte de l'Américain. Ils festonnaient la grève d'une horreur funeste et le front d'eau fut déserté par les estivants.

Un mouvement d'inquiétude gagna ce monde païen jusque-là voué à ses plaisirs. Des morts, il y en avait toujours eu, mais jamais à ce rythme, jamais en si grande quantité. Les rumeurs les plus étranges se mirent à circuler : on croyait aux perfides manœuvres d'une puissance ténébreuse, on accusait les Goanais d'attaquer la nuit les isolés et de les jeter dans des puits. De fait, les commerçants cessèrent de servir les chevelus. De sourdes rancœurs, déjà anciennes, et qui opposaient une population profondément croyante à ces jeunes gens sans foi ni loi, resurgirent. Les membres du *sahiblog,* de la race des maîtres qui traitaient les Indiens de « petits babus graisseux », se voyaient traités à leur tour en intrus, en trouble-fête. Des bagarres, souvent sanglantes, éclatèrent ici ou là entre autochtones et étrangers. En écho à ces rumeurs, le *Goa Herald,* quotidien du territoire, titrait : « *Heavy vibs between Europeans and locals* ».

L'hostilité explosait n'importe où, brusquement, sans

raison sur les petites routes, dans les guinguettes et jusque sur les plages. Chacun laissait derrière soi une traînée d'insultes et de ressentiments. Couteaux, pierres, *lathi* jaillissaient, les coups étaient assenés à n'importe qui pour n'importe quoi. Des anonymes étaient tabassés sans raison, dépouillés, laissés tout sanglants. La violence contamina jusqu'aux Indiens. Une bagarre le dimanche à la sortie de la basilique de Bom Jesus, entre chrétiens de castes différentes qui s'affrontaient pour avoir les places les plus proches de l'autel, fit un mort et plusieurs dizaines de blessés.

Alors, tout ce ramassis de pauvres bougres, de repris de justice qui menaient dans le village d'Arrambol une existence d'hommes des bois se mit à refluer en désordre vers les zones plus calmes et plus civilisées d'Anjuna, de Baga et de Calangute. On ne laissait derrière soi que les malades, les infirmes, les agonisants en état de manque. L'Europe des sous-prolétaires venait demander asile à l'Europe élégante. Celle-ci leur claqua la porte au nez : on ne voulait pas de la racaille bronzée, même si elle parlait votre langue. Une espèce de solidarité entre riches poussa les résidents aisés à s'entendre avec les Goanais pour interdire l'accès des villas. Des milices mixtes où l'Indien malingre côtoyait des colosses scandinaves et américains patrouillaient la nuit, armées de bâtons, d'arcs, de flèches et de pistolets d'alarme. Les vagabonds, démunis de tout, se réfugiaient dans les cabanes de pêcheurs abandonnées, dans des huttes de palmes, sous les bateaux. Chaque cocotier abritait son couple de ruines crispées sur ses maigres biens.

Alors éclata comme une poche de pus trop longtemps camouflée l'autre face de Goa. Chacun se sentait hargneux et misérable. Même la nature sécrétait de la colère et de l'hostilité. Et les descendants des *pukkha sahib,* des vrais maîtres, les visages pâles dégénérés connurent les premiers revers de leur occupation pacifique. Une jeune Française qui avait bu par bravade une tasse entière de datura se mit à errer, hagarde et nue, avant de se fracasser la tête sur les rochers. Un Italien planant sous acide mourut d'occlusion intestinale après avoir avalé du sable à pleines poignées. Des enfants de huit ans, intoxiqués par leurs parents qui voulaient accomplir un *trip* en famille, durent être hospitalisés pendant plusieurs semaines. Les fêtes furent annulées et dès la fin du jour chacun se claquemurait dans sa maison, toutes portes closes. De Bombay arrivèrent deux espèces d'hommes : les *goonda,* gangs de voyous indiens en bottines de cuir noir et cheveux gominés, hommes de main des partis, qui venaient casser du hippy et violer de la femme blanche ; et des marchands de serrures et de verrous qui liquidaient leurs stocks en vingt-quatre heures et vendaient souvent les mêmes clés qui ouvraient les mêmes portes. Seuls les plus désargentés des Européens, dormant à la belle étoile, continuaient à servir de pâture aux poissons. On ne comptait plus les disparus et la police restait très discrète sur le sujet. Jamais l'impuissance de la loi n'éclata comme pendant ces semaines.

Tout pouvait arriver. Tout arriva. En raison d'un été prématuré, les journées étaient accablantes de chaleur, forçant tout le monde à se réfugier dans les habitations étouffantes. Le sable mou, terreux, brûlait entre les arbres. Les chiens restaient mollement couchés, haletants dans la poussière. La terre durcissait comme du béton. Ventilateurs et climatiseurs restaient branchés en permanence, brassant des calories. Mais les centrales électriques, trop sollicitées, disjonctaient dès le matin et le courant restait souvent coupé aux heures les plus chaudes. Les nuits étaient des fours sous pression et l'on suffoquait comme si le crâne allait éclater. Les moustiques bourdonnaient, hallucinés ; dès que les lampes clignotaient, les papillons de nuit venaient griller frénétiquement sur le bulbe de l'ampoule.

Débordées, les forces de l'ordre firent paraître dans tous les journaux un avis suppliant les étrangers :

1) De ne plus se suicider à Goa.

2) De ne plus nager après absorption d'une drogue.

3) De ne plus prendre d'acide.

La fureur des hommes, les bassesses réunies de l'Asie et de l'Europe se donnaient rendez-vous pour tourner en dérision l'idylle dont le décor et la nature entretenaient la chimère. Sous l'impulsion d'une fatalité irrésistible, chacun perdait lentement la tête. Mêmes les doux dingues, les gentils farfelus se laissaient entraîner. Le mal était lâché et envahissait jusqu'aux recoins les plus calmes, jusqu'aux esprits les plus doux. Chaque jour apportait de nouveaux témoignages d'autodestruction. Deux Israéliens, roux et bouclés, s'étaient volontairement aveuglés en fixant le soleil et de leur altercation avec l'astre, mi-prière, mi-hurlement, ils étaient ressortis aveugles, brûlés jusqu'au fond des orbites. A la place des yeux, ils n'avaient maintenant que deux horribles cicatrices boursouflées. Un Français d'une trentaine d'années, ancien maraîcher breton, se promenait toujours avec sa petite fille de trois ans sur les bras. Entièrement dévoués l'un à l'autre, ils formaient un couple émouvant, très uni. Le père la véhiculait partout, l'asseyait sur la table pour déjeuner, la nourrissait lui-même, l'emmenait dans les « parties », l'éventait quand elle avait chaud. Il se baignait en sa compagnie, nageait très loin, la mignonne poupée sur ses épaules, poussant des cris de joie. Beaucoup de femmes tournaient autour du couple sans qu'on puisse jamais savoir qui était la mère, tant il paraissait évident que le père en tenait lieu. Cette affection, un peu démonstrative, avait quelque chose de touchant dans l'atmosphère insensible de Goa. Jusqu'au jour où le père, pompé par un excès de *bhang* et d'opium, s'écroula raide sur le dos et, incapable de se relever, étouffa sa petite fille sous lui.

Une autre mésaventure arriva vers la même époque à un Algérien qu'on appelait « le philanthrope aux porcs ». Cet ancien garagiste d'Annaba, qui avait travaillé plusieurs années dans une usine automobile près de Paris, s'était mis dans la tête de protéger la race porcine, à son avis injustement calomniée par le Coran. Il avait acheté aux paysans du coin une dizaine de porcelets qu'il caressait, patelinait, laissait dormir dans sa chambre, invitant même les plus petits sur son lit.

Il tentait de se conduire avec eux en être humain, et plusieurs fois avait rendu visite à Dominique pour le persuader de se lancer à son tour dans cet élevage. A l'entendre, les gorets n'étaient pas des hors-castes réincarnés mais, tout comme notre vache, d'augustes brahmanes ou de valeureux guerriers. Il expliquait leurs yeux craintifs par le résultat de plusieurs siècles de mauvais traitements et se promettait de rendre à cette espèce animale la dignité qui lui était due. Il voulait surtout faire justice de la légende sur leur saleté et les débarbouillait lui-même chaque jour pour les accoutumer à la propreté. Dans sa volonté de réhabilitation, il envoyait de longs plaidoyers en anglais et en arabe à tous les dignitaires musulmans d'importance en Inde et au Maghreb et avait plusieurs fois tenté, sans succès, d'entrer, une truie sous le bras, dans la petite mosquée de Panjim.

Il désirait étendre aux cochons la prohibition de l'abattage en vigueur pour les vaches et déplorait qu'on n'eût jamais vu dans l'histoire un pourceau mourir de vieillesse. Les jambonneaux ambulants disparaissaient jeunes, victimes de la gourmandise des hommes. Il avait baptisé ses « bébés » de noms bibliques et se voyait comme leur patriarche, leur guide spirituel, leur sauveur. Il ne désespérait pas de leur apprendre les langues étrangères et nous assurait qu'en des temps plus anciens, avant la malédiction du Prophète, les cochons possédaient le don du verbe. Il avait établi une sorte d'alphabet à partir de leurs grognements et comptait présenter à la presse une communication sur le sujet. Chaque matin, il s'attendait que l'un de ses protégés se mette à l'apostropher en anglais, en hindi ou en konkani, le dialecte goanais.

Il ne se déplaçait jamais sans son troupeau et les bêtes faisaient derrière lui un bruit sourd, un piétinement d'armée en campagne. Malgré l'exquise humanité de leur gardien, elles n'avaient pas encore atteint un stade de délicatesse qui eût justifié qu'on les regardât avec d'autres yeux.

Pour tout dire, elles étaient aussi répugnantes et avides que les autres suidés et circulaient toujours en colonnes noires, haletaient, grognaient, soufflaient, se jetaient avec brutalité sur le moindre débris, se mordant férocement pour une épluchure, fourrageant dans les noix de coco avec acharnement, sans rien de cette noble placidité qui caractérisait Radha.

De leur cuir visible et noir qui les apparentait plutôt à des marcassins, à travers les poils drus, s'exhalait une odeur de boue acide. Un matin, leur maître rentra d'une fête ivre mort, claqua la porte derrière lui et s'endormit dans un état semi-comateux. Il laissa passer l'heure du repas de ses petits. Ceux-ci, cloîtrés avec lui dans la pièce, s'impatientaient. La journée s'écoula sans qu'il se réveillât. Au soir, affolés de chaleur, morts de faim et de soif, les mignons gorets montèrent sur son lit, le reniflèrent et reconnurent sous les vêtements de l'ivrogne un être de chair et de sang. Leur groin qui ne quittait jamais la terre se faufila sous sa chemise, sous son short, et tous poussèrent leur nez infatigable jusqu'au ventre qu'ils mirent en pièces, intestins compris.

Une étrange simultanéité donnait à tous ces accidents l'allure d'un hasard concerté. L'exode des Robinsons livides et haillonneux se poursuivait en direction des plages les plus sûres. Spontanément, nous accueillîmes chez nous quelques-uns de ces malheureux. Mme Menviel, qui d'abord craignit pour ses effets et suggérait de rejeter ces clochards à la mer, se montra très vite la plus dévouée et attentive envers eux. Ils campaient dans le jardin et les malades dormaient dans les couloirs de la maison. C'étaient en majorité des Européens, avec un faible saupoudrage de Levantins qui revendaient leurs passeports, leurs moindres hardes pour acheter un billet de bateau et fuir Goa. Tous se sentaient condamnés, marqués d'une croix qui les désignait à une mystérieuse vindicte. Ils étaient là, avec leur cécité, leurs carences vitaminiques, leurs ulcères à l'estomac, leur hépatite à rechute, leurs plaies suppurantes et une brume opaque entre le raisonnement et les idées.

Au bout d'une semaine de leur présence, le jardin était jonché de mouchoirs de papier, de tampons d'ouate maculés de sang, de cuillères oxydées par la flamme des briquets et de quartiers de citron servant à désinfecter les aiguilles et à décanter les mélanges. Il y avait parmi eux deux Allemands de Stuttgart, deux aryens complètement détruits, dont les cheveux longs et collés laissaient entrevoir des visages couverts de furoncles qu'ils se pressaient avec des couteaux ; techniciens en informatique, passés en escale à Bombay après un stage au Japon pour quarante-huit heures, ils n'étaient plus repartis depuis six mois et avaient déjà perdu trente kilos chacun. Leurs seuls biens consistaient en deux seringues rouillées, un torchon qu'ils se passaient entre les jambes et une natte déchirée sur laquelle ils dormaient. Ces chétifs ne paraissaient pas de taille à résister à un coup de vent. Une seule poignée de main les faisait grimacer de douleur et le plus fluet des Indiens aurait pu les assommer d'une chiquenaude. Il y avait aussi un Sicilien de Catane dont l'oreille avait été déchiquetée par un tesson de bouteille au cours d'une bagarre. Mal recousue par un médecin du cru, elle coulait sur le devant du visage comme un fromage trop fait. A marcher pieds nus, il avait attrapé des ankylostomes et avançait, la plante des pieds entourée de bandages crasseux.

De tous ces paumés, seul un couple, composé d'un Indien et d'une Française, retint notre attention. Lui s'appelait Marcello : plutôt bizarre, avec un air de mage fourbe et cauteleux, il se caressait la barbe à longueur de jour sans piper mot. Elle répondait au nom de Béatrice, parlait un français professoral, souvent recherché, laissant présumer qu'elle venait de rompre les amarres et s'était récemment déclassée. Leur arrivée en Inde se perdait dans le vague. Ils parlaient d'un voyage en bateau jusqu'à Istanbul, d'une tentative de meurtre à bord, d'un copain en prison. Leur version des faits différait d'un jour à l'autre et d'ailleurs cela n'avait aucune importance. Ils étaient tous deux accrochés à l'héroïne.

Je me pris surtout d'amitié pour la jeune fille. Une amère douleur la desséchait. Elle paraissait à bout de forces. Son menton, où l'os saillait, ressortait étrangement du reste du visage, gâchant une beauté fragile, encore visible mais qui avait cédé sous le poids des épreuves. Mme Menviel, pour qui Béatrice représentait le sujet idéal, une fille perdue qui avait besoin d'affection, l'avait prise sous sa coupe. Il faut dire que la mère de Dominique se spécialisait dans le repêchage des cas désespérés. Maintenant sûre de son fils et de leur prochain retour en

France, elle pouvait laisser éclater sa bonté, son cœur trop vaste pour un seul enfant. Là encore, elle nous surprit. Dès le matin, elle préparait des soupières de café, grillait des toasts et, le soir, cuisait des platées de riz au safran ou de *chicken biriani,* rations qu'elle distribuait aux jeunes gens non sans les obliger, au préalable, à se laver. Avec la gloutonnerie de chacals, ceux-ci se gorgeaient puis, repus, poussaient sur leurs shiloms, restaient couchés à geindre, à hurler, ivres et mourants à la fois jusqu'à la prochaine distribution. Elle considérait ces cloportes sans animosité, comme autant d'orphelins qui avaient besoin de tendresse. Elle aurait voulu être leur mère à tous, et en oubliait de surveiller Dominique qui s'absentait de plus en plus de la villa. Elle n'aspirait qu'à arracher ces jeunes gens aux griffes de l'Orient et de la drogue, demandait conseil au curé de Calangute et réalisait un peu tard qu'elle avait raté une vocation d'infirmière.

Un jour, Marcello quitta la maison en emportant toutes les affaires, le billet d'avion et la petite somme d'argent que Béatrice avait réussi à sauvegarder. Cette dernière sombra. Elle, déjà si diminuée, refusa de s'alimenter ; nous dûmes la nourrir de force. Nous lui mettions le riz dans la bouche et les restes de la cuillerée dégoulinaient au coin de ses lèvres ; elle recrachait tout et lui faire avaler quelques poignées d'aliments prenait des heures. Elle maigrit effroyablement ; son ventre s'était comme affaissé et la peau sur ses hanches était toute ridée. Ses joues décharnées se rejoignaient, comme tendues par une pince glissée à l'intérieur de la bouche. Elle toussait sans arrêt, ramassait toutes les affections qui traînaient. Ses veines zébrées avaient l'air de cordes noires et nous devions l'aider à se piquer, à ligaturer son bras et à plonger l'aiguille dans les rares zones encore saines. Dans son état, il n'était pas question de la sevrer brutalement. A chaque injection elle perdait beaucoup de sang, qui coulait sur sa peau et lui donnait l'allure d'une accidentée. Elle s'était retirée dans son monde intérieur et ne parlait presque plus. Quand elle ânonnait, c'était pour répéter toujours le même souhait : être changée en cendres que le vent disperserait. Elle se promenait entièrement nue. Sa chair blanche pendait sans retenue comme un chiffon sur les os et au moindre coup l'épiderme éclatait en rougeurs, veinules écarlates qui ne se résorbaient plus. Elle portait la main à son sexe, dérisoire cavité au bas du ventre, et nous la lançait à la figure dans une obscénité amère. Nos voisins les plus proches, une famille de catholiques retraités, qui voyaient déjà d'un mauvais œil la transformation de notre villa en hospice, avertirent la police. Quand les hommes en uniforme pénétrèrent dans le jardin, Béatrice se jeta sur eux et se mit à les injurier. De sa bouche édentée, d'habitude si délicate, jaillirent des cris orduriers à faire frémir les poissardes les plus endurcies. Les cris insensés montèrent, fusèrent jusqu'à ce que la gorge en sang achevât de se déchirer au milieu d'anathèmes, de menaces obscures, de prophéties, d'imprécations en français, anglais et italien. Puis vinrent les larmes, larmes tirées du fond de la poitrine, pleurnicheries de nouveau-né mêlées aux sons de voix d'une vieillarde, plus intolérables encore que le reste. A la fin, un râle asthénique succéda aux larmes et elle s'évanouit. Il nous fallut négocier longtemps pour que la police ne l'embarque pas. Mais la menace fut inutile : elle continua à refuser de s'habiller.

Un jour, elle enfila une robe-sac déchirée, se maquilla maladroitement et pieds nus, un bâton à la main, ses cheveux blonds collés au crâne par la poussière, sortit dans la rue. Le lendemain elle fut arrêtée pour désordre sur la voie publique, outrage aux mœurs et placée à l'hôpital psychiatrique de Panjim. Toutes les demandes de visites furent refusées. Les bakchichs n'eurent aucun effet. Il eût fallu engager une action en justice, arroser des avocats véreux, attendre des mois, procédures bien au-dessus de nos moyens.

6
L'odyssée de l'infamie

La villa Bonfim était devenue un dépotoir de parias. Nous regrettions presque notre générosité. Des vagabonds abjects, vêtus d'oripeaux répugnants, mangeurs de déchets et de charognes, s'y arrêtaient pour un somme, un repas ou un fix, retrouvaient d'autres individus de leur acabit et tout ce beau monde festoyait, se piquait, dormait à notre porte en se moquant de notre hospitalité. On appelait notre maison « la mangeoire ».

Certains grouillaient de poux et se grattaient avec passion. Le plus faible souci de gêne s'était évanoui chez eux. Ils déféquaient dans le jardin, avaient fait fuir le cobra et les écureuils et maltraitaient Radha. C'étaient des animaux, ni plus ni moins, une sinistre bande de chiens traqués qui vivaient dans la terreur. De leur masse, en état d'ébriété constante, émanait un danger obscur comme la chaleur d'un orage. Certains amenaient des femmes et il y avait de longues nuits de défonce et de promiscuité sauvage sans aucune sensualité. Chacun d'eux portait le deuil d'un compagnon et se voyait déjà comme un futur cadavre.

Ces déserteurs du combat de la vie s'étaient couchés vers les années 60 dans le lit de la renaissance orientale pour se réveiller aujourd'hui au bord d'un cauchemar. Ils avaient fait de l'Inde la poubelle de leurs utopies ratées. Le poison sécrété par l'Europe avait dégoutté sur Goa jusqu'à former une poche de pus. Et ces demi-sel, ces malotrus avaient transformé notre phalanstère en camp de réfugiés. Les allées et venues incessantes, les éphémères camaraderies, les querelles, les vols suscitaient une crainte sourde, latente, qui empoisonnait toutes les relations.

La nuit, nous nous barricadions dans nos chambres. Kiran m'appelait, venait se blottir contre moi en tremblant. Elle avait peur. Elle ne comprenait plus. Tous ces *mlecha,* ces étrangers, contredisaient l'idée qu'elle se faisait de l'Europe. Nous avions donc nous aussi des mendiants, des voleurs, des crapules, des déments ?

Je tentais de la rassurer, mais j'avais aussi peur qu'elle et ne voyais aucune issue à notre position. Je lui prenais la main et nous restions ainsi sans parler, contemplant les ténèbres tandis qu'au-dehors, derrière les volets clos, dans l'étouffante moiteur de l'été, les vagabonds s'ébattaient en braillements et jurons. Le désordre des dernières semaines avait relégué à l'arrière-plan notre propre état. Celui-ci, gâté à son tour par l'ambiance générale, se dégrada.

Je pensais toujours à Devika et au coup de semonce donné par son maître ; le désespoir de l'avoir frôlée sans la posséder m'enveloppait comme un suaire. Elle avait laissé son empreinte, son parfum sur moi, spécialement sur un pan de chemise où elle avait incliné sa tête. Et je la respirais dans ce petit morceau d'étoffe, l'appelais, tâchant de retenir l'essence volatile qui en émanait, s'était déjà presque évaporée.

Avec la lucidité fiévreuse de l'éconduit, j'analysais à longueur de jour cet échec. J'en arrivais toujours à la même conclusion : je n'y pouvais rien. J'avais donné le meilleur de moi-même mais une influence supérieure m'avait contraint à battre en retraite. Cela ne me consolait pas, au contraire : Devika perdue, c'était l'Inde entière qui me tournait le dos, me signifiait mon congé. Ma folle tentative de l'épouser de l'intérieur se soldait par une faillite.

Je n'étais pas le seul à souffrir. Julien et Farida ne s'entendaient plus ; leurs rapports s'étaient détériorés et il apprit un jour, par Dominique qui se rendait souvent à l'ashram, que la jeune Saoudienne succombait elle aussi aux charmes de Swamiji. Du jour au lendemain, elle ne vint plus à leurs rendez-vous, sans se donner la peine de fournir d'explications.

Elle avait eu des mots assez durs avec lui sur son projet romanesque. Il ne parvenait plus à écrire : le français, son trésor maternel, qu'il préservait au point de refuser la contamination d'un idiome étranger, le français le trahissait. Il avait rêvé d'édifier une œuvre qui soit comme un autel dressé à la mémoire de l'Inde et n'accouchait que d'historiettes minuscules sans lien les unes avec les autres. Toutes se passaient en Normandie, à Paris, comme s'il n'était allé si loin que pour écrire sur le bocage ou la Seine.

— Retourne en France, et tu pourras écrire sur l'Asie.

Mais non ! Il se sentait talonné par le fantôme de l'hexagone et ne parvenait pas à faire traverser les mers à son inspiration. Il y avait seize mois maintenant qu'il traînait dans le sous-continent, et, malgré tout ce qu'il avait pu découvrir, observer, il était clair qu'il n'y aurait pas de livre.

Il en accusait le soleil, une certaine beauté, la vie trop facile, l'absence d'obstacles qui obligent la pensée à se dépasser. Il se reprochait d'avoir trop lu, trop compulsé, trop rassemblé de documents : et les ouvrages des Bromfield, Mulk Raj Anand, Burton, Paul Scott, Jhabwalla, Tagore pesaient sur son esprit comme autant de pierres tombales qui lui fermaient l'accès au pays.

— Quand je pense, disait-il, que Frédéric Prokosch a écrit un roman sur la Chine sans y aller, un autre sur l'Empire moghol sans le connaître !

Sous l'effet de la chaleur, les volumes de sa bibliothèque pourrissaient ; les pages ne se décollaient plus, les mots se superposaient, se chevauchaient. Les folios s'égouttaient comme des éponges et les feuillets, rongés de vers, dégageaient une odeur de renfermé, de papier macéré.

Un jour qu'il avait laissé traîner ses manuscrits sur une table dans le jardin, Radha, la belle génisse, en dévora consciencieusement l'énorme liasse jusqu'au dernier feuillet. Julien considéra d'abord la chose avec philosophie :

— Radha va ruminer ma prose et demain nous boirons du lait à l'encre, issu de ma littérature.

Mais le soir même, il prit une formidable cuite au *fenny*, l'alcool de noix de coco, et s'effondra à même le sol. Nous dûmes le porter sur son lit. Le lendemain, il se leva malade, consterné. Nous retrouvâmes dans la poubelle les morceaux brisés de son Ganesh en ivoire. Il resta muet, buté jusqu'à l'heure de la sieste où il frappa timidement à la porte de ma chambre. Il avait envie de parler et pour la première fois ne trouvait pas ses mots.

— Tu sais, ce n'est pas tellement la perte de ces manuscrits qui m'a abattu, il n'y avait pas beaucoup à sauver dedans ; ni même le départ de Farida. Notre liaison reposait sur un feu de paille. Sous ce climat, tout se dégrade à une allure alarmante, les affections, les idées et même les convictions. Non, c'est autre chose.

— Comment cela ?

— C'est tout, c'est une ambiance. J'ai tenté de lier mon sort à celui de l'Inde et maintenant je mesure la profondeur de l'abîme qui me sépare d'elle.

— Julien, tu n'étais pas là pour épouser l'Inde mais pour écrire un livre. Tu me disais toujours, souviens-toi...

— ... qu'une partie de l'affection qui nous lie à l'Inde vient de notre impossibilité à devenir indiens. Oui, je sais. C'était un paradoxe, rien de plus. Secrètement, je rêvais exactement du contraire : une vraie intégration, une patrie de rechange.

— Tu nous l'avais toujours caché.

— Bien sûr, c'était si ridicule. Je me souviens d'un dîner auquel on m'avait convié à Delhi, il y a un an. Je mangeais avec le gratin des orientalistes français et européens. Parmi les convives, trois Indiens, un sikh, un musulman et un hindou de haute naissance, tenaient des propos très critiques sur leur pays. Quelle ne fut pas ma surprise d'entendre les éminents spécialistes étrangers prendre la défense du système des castes, de l'inégalité entre les hommes et de la protection de la vache ! Cela dura tout le repas : chaque fois que le sikh, l'hindou ou le musulman dénonçaient une injustice, il se trouvait un Français ou un Américain pour la justifier. Bref, ces érudits, intelligents et compétents, déployaient un zèle sans limites pour légitimer en Inde ce qu'ils auraient dénoncé chez eux. Ils mettaient un acharnement consciencieux à soustraire l'Inde aux catégories morales universelles.

— Je ne vois pas le rapport avec toi.

— C'est clair : ces gens-là se voulaient plus royalistes que le roi. Pourquoi ? Je ne l'ai compris que longtemps après. Ils apaisaient de la sorte une blessure secrète : celle de rester à jamais étrangers à ce pays auquel ils avaient dévoué leur carrière. Ils ne deviendraient pas indiens, même s'ils se convertissaient à l'hindouisme, et se désespéraient d'être relégués aux marges. En tenant des rôles de courtisans, ils se berçaient de naïves espérances : être adoptés à leur tour, puisqu'ils adoptaient l'Inde en bloc, sans discrimination. A mon modeste niveau, j'ai commis la même erreur.

La panique commençait à me gagner ; Julien était mon dernier rempart contre le désordre, ma dernière raison de croire à quelque chose ici. Si lui s'égarait dans la grande zone du doute, j'étais perdu.

« Regarde ces pauvres types que nous hébergeons : tous victimes de la même illusion. Pourquoi tant de Blancs deviennent-ils fous en Inde ? Elle leur ouvre les bras largement, aucun pays n'est plus accueillant : ils se croient intégrés, oublient leurs traditions, en assimilent à moitié de nouvelles, perdent leur identité sans en retrouver une autre. Ils voient l'Europe avec les yeux de l'Inde et l'Inde avec les yeux de l'Europe. Dès lors, ils flottent entre deux sociétés et n'appartiennent plus à aucune. Privée de repères, leur raison vacille. C'est la séduction diabolique de ce continent que de vous faire miroiter une fusion pour la ravir aussitôt : on peut se déguiser en hindou, on n'atteint jamais le fond, l'âme de l'Inde. Il s'y cache un élément inaccessible qui rend dérisoire toute naturalisation.

— Pourtant, tu n'as jamais été dupe ; tu étais si ironique, si détaché vis-à-vis de tous ces crétins qui font la route.

— En surface oui, mais dans le fond je sympathisais avec eux : le pèlerinage aux sources, la régénération, ces inepties, dont je me moquais, j'y croyais, au fond de moi. Je voulais m'installer ici le temps d'une gestation. L'Inde est une femme que beaucoup d'hommes courtisent mais qui ne peut se donner qu'à elle-même. Pendant deux ans, j'ai refusé cette évidence.

— Je crois que tu dramatises à tort ; ce qui tue ces hippies ce n'est pas tant l'Inde que la drogue.

— Mais non, la drogue achève ce que le pays a commencé. Il est pareil à l'arsenic ; un stimulant à petites doses, un toxique à long terme. Et moi, j'ai largement dépassé la dose. Maintenant je veux partir, tu comprends, Frédéric, je veux partir, foutre le camp, sinon je vais perdre la boule à mon tour.

Il m'avait agrippé au col et me secouait, le visage tordu, les yeux agrandis par la peur.

De toute façon, il était trop tard ; les événements se succédaient sans que nous ne puissions rien y changer. Pour commencer, Dominique et Farida s'épaulaient maintenant dans leur culte mutuel du sage américain. Il devenait évident que le petit Menviel était retombé dans ses vices : il retournait à l'ashram ouvertement, s'absentait des après-midi entiers, laissant sa vache au piquet, oubliant de la traire plus d'une fois. Au fur et à mesure que ses liens avec le maître des lieux se renforçaient, il retrouvait le courage de défier sa mère. Par son intransigeance, elle l'avait poussé dans les bras de Swamiji. Ce dernier avait tisonné secrètement les restes d'estime que le Français lui portait, deux ans auparavant, jusqu'à les transformer en attachement inconditionnel. Le fait que son héros ait changé de nom permettait à Dominique de donner libre cours à son ancienne prédilection tout en gardant le sentiment d'avoir évolué. Il maintenait la fiction selon laquelle Swami Vijay ne serait pas Victor Habersham et à l'abri de ce mensonge portait désormais le tee-shirt rayonnant des disciples. Il me prenait à part le soir, me tenait des propos exaltés sur le sens de sa conversion, m'assommait de tout un galimatias métaphysique.

— Je vis des heures étranges où j'ai clairement conscience d'une force qui me pénètre et guide mes pas chancelants vers des frontières mystérieuses. Swamiji va m'enseigner l'essentiel, le moment est arrivé pour moi de bénéficier de la révélation du divin. Je me sens tout proche d'une expérience décisive, et Swamiji me guide dans ce difficile passage. Bientôt, il me donnera un nom indien, signe d'une nouvelle naissance. Sri Tatuva m'a confirmé le respect dans lequel Swamiji me tient. Je ne me lasse pas de le regarder : une énergie intense coule de son corps et me traverse. Parfois, il suffit que je le regarde pour que je sente en moi comme une explosion.

Au fond, il avait toujours cherché un être qui le subjugue et nous nous étions laissé prendre à ses comédies avec les animaux et les vaches. Je l'imaginais bien, ce grand dadais, face au prophète ambigu, la tête à claques devant la tête de bandit. Malgré les assurances de Deori, Dominique ne s'était jamais remis du choc de leur première rencontre et il restait hypnotisé par les insultes et les sophismes de l'ex-agronome.

J'eus sans doute tort, à l'époque, de ne pas lui cacher mes railleries. Julien renchérissait avec d'autant plus d'ardeur que Menviel encourageait Farida à vénérer Swamiji au-dessus de tout attachement humain. Dominique défendait son fief bec et ongles, puis devant nos moqueries se taisait et partait. Il se mit à nous battre froid : nous étions passés de l'autre côté, dans le camp de ses ennemis, de sa mère. Peut-être était-il encore possible de tout rattraper : mais le chaos qui s'était installé dans la colonie, notre ressentiment envers Victor, l'attitude incohérente, à tous égards dangereuse, de Mme Menviel, interdisaient la clairvoyance. Aucun de nous n'eut alors l'ouïe assez fine pour entendre monter le désastre.

Nous fîmes tout de même une dernière tentative en vue de récupérer Dominique. Un matin très tôt, sa mère et moi nous rendîmes à l'ashram de Chapora à moto, sans rien dire à l'intéressé. Par le goulet étroit qui faisait communiquer le lagon avec la mer, la petite baie, bien abritée, respirait une exquise fraîcheur. L'eau glauque où se réverberait la lumière donnait à ses bords de boue un lustre de métal.

Le jardin de l'ashram était comparable à un camp de transit, à un hôpital de campagne : des dizaines de pouilleux, de gibiers de potence, saturés d'acide et de religion, y campaient dans une sorte de débraillé mou qu'accentuaient leurs yeux hagards. Tous étaient venus chercher refuge auprès de leur Sauveur pour échapper à la mort.

Ce fut Sri Tatuva, occupé à distribuer du café, qui nous reçut en faisant grise mine, surtout quand je demandai à voir Swami Vijay. Swamiji, m'apprit-il, avait commencé un jeûne qui durerait tant que ses propres disciples seraient tués ou anéantis. En conséquence, toute visite ne pouvait que l'affaiblir ou le fatiguer. Toutefois, il nous permit d'entrer et nous offrit un verre de thé sur les nattes où nous avions pris place.

Cette fois, la salle d'audience était déserte et coupée en deux par un rideau qui en dissimulait le fond. Un certain temps passa. Sri Tatuva revint et nous avertit qu'exceptionnellement Swamiji acceptait de nous accorder un entretien à condition que nous écrivions les questions par avance sur un papier. Je m'exécutai, sous la dictée de Mme Menviel. Un autre long moment s'écoula. La chaleur augmentait et Mme Menviel, déjà rouge, s'éventait avec un chapeau de paille. Une tache humide s'élargissait sur son dos. La perspective de rencontrer l'homme qui voulait lui prendre son fils la rendait nerveuse. Du coup, d'anciennes inquiétudes la reprenaient ; la bataille qu'elle avait crue gagnée restait à mener. Puis, nous entendîmes les échos d'une toilette dans une salle de bains : robinets qu'on ouvre et qu'on ferme, chasse d'eau actionnée plusieurs fois, crépitement d'une douche. Ensuite, nous eûmes droit au rinçage d'une bouche et l'individu qui faisait ses ablutions se gargarisa énergiquement et cracha avec force. On ne pouvait imaginer personne plus étrangère à la mystique orientale que Mme Menviel, mais cette fois je fus aussi saisi qu'elle. Que signifiaient ces rumeurs intimes ? Après quelques minutes, Sri Tatuva réémergea de dessous le rideau et nous apprit que nous venions d'avoir l'insigne privilège d'entendre les échos de la toilette de Swamiji. Par ces bruits, Swamiji avait essayé de répondre le plus clairement possible à nos questions.

Mme Menviel éclata :

— Il se moque de nous, c'est ridicule. Frédéric, dites-lui que nous voulons le voir en personne pour cet entretien.

Je transmis la requête en anglais. Sri Tatuva s'inclina et disparut à nouveau derrière le rideau, revint et nous pria d'attendre.

« Enfin, s'il est américain, c'est un être civilisé, argumentait la mère de Dominique, et il acceptera au moins de discuter.

Le silence était total. Mme Menviel arrangeait sa

coiffure, prête à l'entrevue. Les lieux, le cérémonial compliqué, l'absurde entrée en matière l'avaient d'abord désarçonnée mais elle s'était vite reprise. Elle se redressa, en femme de tête qui sait ce qu'elle veut. Alors il y eut le minuscule claquement de deux sandales sur le sol ; puis, sous le rideau apparurent deux pieds nus bien propres, très blancs, aux ongles nets, dont les doigts, mobiles et expressifs, comme doués d'une vie propre, s'ouvraient et se refermaient. Dans un témoignage ostensible de servilité, Sri Tatuva se prosterna à plat ventre devant eux, supputant sans doute que nous agirions de même. Il me fallut quelques instants de réflexion avant de comprendre que Swamiji offrait ses orteils à notre adoration.

« Qu'est-ce que c'est que ça ? éclata Mme Menviel en français.

Sri Tatuva fronça les sourcils et lui fit signe de se taire. J'étais désolé pour elle. Le saint homme nous roulait dans la farine, ce n'était que trop visible. Elle était venue ici, prête à lutter, sûre de son bon droit, disposée à débattre d'éventuelles concessions et elle ne trouvait que la muette éloquence de dix doigts de pieds qui la narguaient. Le massage du talon et des chevilles se poursuivait avec componction.

« Ah non, ça n'a pas de sens !

Sri Tatuva, l'air courroucé, rampa jusqu'à nous et à voix basse, d'un ton recueilli, impérieux, nous chuchota :

— Aujourd'hui, Swamiji, en plus de son jeûne, fait silence. Il ne peut rompre son vœu sous peine de graves désordres psychiques.

— Mais je veux parler avec lui.

— Mais il parle avec vous. Regardez ses pieds. Lisez le message qu'ils vous adressent. C'est très clair.

— Il se moque encore de nous. Ça suffit maintenant. *I have enough of you*.

— Madame, on est en Orient. Sachez que les silences d'un ascète sont plus éloquents que ses paroles. Les vérités essentielles peuvent se communiquer sans intermédiaire verbal, par la seule contemplation. Interrogez les pieds de Swamiji. Et ils vous répondront.

— Mais il est fou, Frédéric, fou à lier, il n'est pas

possible que mon petit Dominique ait pu s'enticher d'un pareil hurluberlu.

Un instant, elle eut la tentation de se lever, d'aller arracher le voile et de parler directement à celui qui la ridiculisait. La carrure de Sri Tatuva l'en dissuada. Elle tenta encore de biaiser.

« Alors, j'attendrai que votre sage rompe son jeûne de paroles.

— Madame, je ne peux rien vous promettre. Swamiji peut faire silence vingt-quatre heures, trois jours ou une semaine.

La mère baissa la tête. Elle était vaincue et n'obtiendrait jamais de contacts personnels avec le gourou. Ce marionnettiste diabolique était trop fort pour elle. Sri Tatuva, avec une charmante froideur, nous raccompagna jusqu'à la porte du jardin. Un garçon livide, assez jeune, se roulait à terre en gémissant. De sa bouche s'échappait une bave rosâtre et moussue qui perlait aux commissures de ses lèvres. Sa tête était rasée, sauf une touffe de cheveux noués en chignon. Il s'écorchait la peau avec de grands ongles noirs. Autour de lui, d'autres larves claquaient des dents, enduraient les mêmes démangeaisons.

« Ils souffrent, dit Sri Tatuva, mais ainsi ils se guérissent. Nous leur interdisons de consommer leurs drogues ici : ils peuvent ressortir les acheter mais alors nous ne garantissons plus leur sécurité.

Quand il les frôlait, les disciples touchaient sa robe avec dévotion.

Je cherchais fébrilement des yeux Devika, espérant glaner d'elle au moins un sourire, l'indice d'une connivence. A sa place, je ne vis partout que mauvais regards épuisés, pleins d'une haine farouche et craintive.

Sur le chemin du retour, Mme Menviel éclata en sanglots. Elle pleurait inépuisablement, à la manière paysanne qui veut qu'on se mouche beaucoup. Des gamins aux yeux en soucoupes se collaient sous son nez pour mieux la voir, parlaient à grands gestes et nous escortaient comme un vol de guêpes. Je les chassais d'un cri, mais ils revenaient à la charge.

— Laissez-les, Frédéric, ce n'est rien.

Elle se moucha bruyamment.

« Je ne permettrai à personne de me prendre mon fils. Je ne suis pas venue si loin pour qu'on me le vole sous mon nez. J'ameuterai tout le monde, la police, les journaux s'il le faut.

La sagesse eût voulu qu'elle traitât Dominique avec diplomatie, douceur. Mais le soir même, comme en écho aux résolutions du matin, elle l'attaqua violemment dès la fin du dîner. Il se réfugia dans sa chambre, elle l'y suivit. Le claquement d'une gifle nous parvint. Une fois encore, elle perdait son sang-froid ! Sa voix aiguë couvrait la basse tremblante de son fils. Il criait :

— Je veux vivre avec Swamiji, lui obéir en tout !

Elle répondait :

— Je te l'interdis, tu vas rester ici, tu entends !

Une autre gifle retentit. Puis un bruit de lutte, de tiroirs ouverts, de meubles renversés et ce hurlement :

— Mon tee-shirt, mon tee-shirt avec la tête de Swamiji, tu as osé le déchirer !

— Exactement, et je vais le foutre au feu pas plus tard que tout de suite.

Alors, Dominique se mit à vociférer. Jamais nous ne l'avions entendu jurer ainsi et nous restions saisis de sa grossièreté. Il manifestait la méchanceté de qui n'a plus rien à perdre et jette ses dernières bombes dans la bataille : trente années de soumission, d'échine courbée remontaient à la surface. Tout y passa, aucune injure, aucune cruauté ne fut omise. Il ne voulait plus la voir ni l'entendre : pour lui, elle était morte. Dehors, dans le jardin, la scène était redoublée par les grimaces et les obscénités des hippies qui mimaient le conflit avec des gloussements, des pantomimes absurdes. Nous écoutions, auditeurs involontaires, cet affreux déballage. Puis le silence s'installa, simplement troublé de reniflements irréguliers. Une porte claqua. Dominique jaillit sur le seuil, blême, rageur. Une salve d'applaudissements, venus du jardin, l'accueillirent : on l'acclamait comme un torero qui sort de l'arène. Dans la mauvaise clarté des ampoules toujours sujettes à des baisses de tension, sa face chafouine luisait. La petite gouape avait marqué un point sur maman et trépignait.

— J'en ai marre. Elle m'empêche de vivre.

Sa voix tremblait ; il avait la bouche sèche, l'exaspération déformait son visage. Il faisait si chaud que nous avions pendu des hamacs sous la véranda, où nous passions nos nuits, étendus dans une stupeur à demi consciente. Ces sempiternelles prises de bec ne parvenaient plus à nous émouvoir. Le couple des Menviel symbolisait toute l'ironie de notre odyssée : partis pour respirer les grands espaces, nous traînions avec nous un lamentable litige de famille. Dominique était là, assis, pareil à un sac de papier froissé, les yeux brillants de fièvre, cherchant sans le dire notre accord ou du moins notre neutralité.

Mais nous ne dîmes rien. Confusément, nous savions qu'il était déjà perdu, happé par un pouvoir que nous ne pourrions jamais contrer.

7
Le chaos et la destruction

Tout bascula cette nuit-là, peu après la scène entre les Menviel. Vers 11 heures, alors que nous somnolions dehors et qu'un vent marin nous saupoudrait de sable fin, un cri brutal, une secousse électrique, un hurlement de terreur déchira la nuit. Il provenait de l'arrière de la maison. C'était Kiran, en principe déjà couchée à cette heure. Nous nous ruâmes dans sa chambre.

Un freak hollandais, une brute blonde adipeuse, avait coincé la petite fille sur son lit et tentait de lui arracher ses vêtements. Elle bramait d'une voix rendue suraiguë par l'affolement. Il avait déjà baissé son pantalon et une verge congestionnée pendait sur ses jambes.

Julien l'assomma avec une batte de cricket et Kiran, défaite, les cheveux en broussaille, eut une crise de tétanie

310

sur le lit. Quand son agresseur reprit conscience, il prétendit d'une voix pâteuse que la « petite négresse » l'avait provoqué et qu'il venait seulement réclamer son dû. Il rassembla ses forces et, à demi groggy, se rua sur elle à nouveau. Nous nous mîmes à trois pour l'arracher d'elle, et tandis que nous le tenions, bavant et gueulant, Julien lui porta un autre coup dans les parties et le frappa sur la face, le torse, le dos jusqu'à ce que l'autre s'écroule à terre, ses cheveux, couleur beurre, rouges de sang.

Cette scène avait laissé une impression affreuse. Dans la maison, ce n'étaient que gémissements et pleurs. Dominique s'était éclipsé peu avant. Je restais avec Kiran à qui nous avions administré un sédatif et Julien réconfortait Mme Menviel.

Nous ne pûmes fermer l'œil une minute, d'autant qu'à 3 heures nous parvint une autre nouvelle pire encore. Un déserteur russe de l'Afghanistan, une espèce d'halluciné à tête de moine byzantin qu'on appelait Raspoutine, avait saisi une hache et décapité trois dormeurs sur la plage de Baga, à quelques dizaines de mètres de notre villa. La police arriva à l'aube, embarqua le Hollandais et nous interrogea jusqu'à 8 heures.

Ensuite de quoi Julien et moi repartîmes pour l'ashram, où Dominique avait vraisemblablement émigré, afin de le ramener à la maison.

— Dites-lui que je lui pardonne tout, nous demanda Mme Menviel, que j'ai déjà tout oublié.

Mais nous trouvâmes les lieux en proie à une étrange agitation. Une camionnette de la police stationnait devant : les disciples se prenaient la tête dans les mains, certains pleuraient, d'autres se lamentaient, déchiraient leurs tee-shirts, s'arrachaient les cheveux, se roulaient dans la poussière. Swamiji avait filé en voiture, en pleine nuit, sans prévenir quiconque, en compagnie de Sri Tatuva, Devika et du mulâtre. Privé de son gardien, le troupeau des égarés implorait le ciel et déjà les dealers indiens, dans leur anglais de fakir, leur distribuaient la poudre consolatrice sous les yeux complaisants de la police.

Au pied d'un frangipanier gisait Farida, décomposée.

Elle nous confirma ce que nous n'osions croire : Dominique s'était enfui avec Swamiji. Elle les avait suppliés de la
prendre avec eux. En vain. Sri Tatuva l'avait même giflée
pour qu'elle les laisse tranquille. Elle portait encore sur la
joue la marque d'une large paume. Cette rebuffade la
blessait plus que tout : Julien tenta de la prendre dans ses
bras, mais elle le repoussa violemment. Elle ne voulait pas
d'un pis-aller humiliant. C'était fini entre eux, quoi qu'il
arrive.

Quand Mme Menviel apprit le départ de son fils, elle
s'effondra, comme prévu : nous avions épuisé notre stock
de consolation, de pansements verbaux et nous ne pouvions que la dorloter comme une petite fille. Oh, pourquoi
ne nous étions-nous pas montrés meilleurs pour Dominique ? L'aiguillon du remords nous dictait d'amères pensées : chacun se sentait coupable de cette fugue et nous
n'osions plus nous regarder.

Après la tentative de viol sur Kiran et l'horrible
assassinat sur la plage, nos pensionnaires décampèrent,
laissant derrière eux des monceaux de déchets et les
traînées puantes de leur affreux commerce. La police
traquait partout le moine fou, et une psychose du barbu
s'empara des Goanais. Il ne nous restait plus qu'à organiser le départ à notre tour.

Il fallut résilier la location de la villa et payer pour les
déprédations commises dans le jardin. Puis louer une
camionnette, ramener Radha au Goshala, raconter un
grossier mensonge sur une prétendue maladie de Dominique qui l'obligeait à rentrer en Europe. Ram Das se
montra furieux : nous confirmions la mauvaise opinion
qu'il avait gardée des Européens. Discrètement, je lui
avais suggéré de prendre Kiran dans son établissement ; il
refusa sèchement : il n'était pas question qu'une intoucha-
ble convertie au christianisme s'occupe d'animaux sacrés
en compagnie d'hindous de caste. Radha nous quitta sans
grande tristesse. Il est vrai que durant ces semaines elle
avait été plutôt malmenée.

Les derniers jours à Baga se déroulèrent dans une atmosphère de deuil. La chaleur était devenue si épaisse qu'on
aurait pu la broyer, la déchirer avec ses mains comme une

pâte. L'air brûlait les doigts et les vêtements qui étaient chauds au toucher. Le simple contact d'une phalange sur la peau agissait comme une morsure. Le soleil lui-même ne se levait plus : il tuait le jour de sa clarté blanche, cassait les couleurs, et l'on passait sans transition d'une aube interminable à la nuit. L'éclat de la lumière, l'éther pur envoyaient une fatigue jusqu'au fond du crâne.

Le ciel était un métal trop chauffé et la mer, prenant une consistance de mélasse, semblait bouillir et fumer. L'herbe, desséchée, frémissait d'insectes, avides de sang. Même les corbeaux étaient enroués et des groupes de vautours, venus de l'intérieur des terres, se rassemblaient au sommet des banians, en prévision de prochains festins.

La douleur et l'affliction nous laissaient épuisés. En abandonnant Dominique, nous abandonnions un moribond. Notre route des Indes était semée de naufragés qui nous tendaient la main et que nous ne pouvions plus secourir.

Par acquit de conscience, nous avions prévenu la police qui dragua quelques mares, sonda des puits, dépêcha des télégrammes un peu partout. Les réponses furent négatives. Dominique s'en était allé, le sous-continent l'avait englouti. Par la presse, nous apprîmes que Swamiji, la veille de son départ, avait été interrogé par la police : aucune charge n'était retenue contre lui. Et tous les soupçons convergèrent sur le déserteur russe que la presse de gauche et du Congrès dénonça comme un agent de la CIA.

Et, comme si le tendre et naïf territoire de Goa voulait nous décourager à jamais de revenir, il y eut encore, le jour du départ, de pénibles moments. A 6 heures du matin nous étions montés dans le bus qui va à Panjim, d'où le bateau pour Bombay repartait vers 10 heures. Bien sûr, le car était bondé de péquenots soudés les uns aux autres en briques compactes. Même remuer les ailes du nez ou les doigts de pied dans ses sandales devenait impossible. Malgré l'heure matinale, nous transpirions. Tous les deux ou trois kilomètres, le bus glouton se gavait de nouveaux clients. Nous avions réussi à obtenir au bout d'une rangée un quart de place pour Mme Menviel. Beaucoup de voyageurs, indisposés, vomissaient par la fenêtre. Il n'y avait plus de vitres depuis longtemps et tout revenait sur les personnes assises trois ou quatre rangs derrière. Chacun se félicitait d'avoir pris un mouchoir. A l'arrivée en ville, le bus était presque vide ; mais au terminus, avec des cris, des gémissements féroces, une meute de touristes indiens prit le véhicule d'assaut. Ce fut un travail difficile que de sortir de cette masse compacte. Julien et moi, debout près de la porte, Kiran coincée entre nous en sandwich, profitâmes de notre grande taille pour sortir en frappant sur les têtes, en cognant et repoussant les envahisseurs. Mais ces derniers grimpaient aussi par le toit et les fenêtres et Mme Menviel, à peine debout, avait été jetée à terre, sa main écrasée, son sac répandu. Je tentai de remonter pour lui porter secours, mais ce mur de fourmis glapissantes était impénétrable. Les voyageurs occupaient le moindre espace libre, sans égard les uns pour les autres, et des hommes robustes et gras écartaient d'un coup d'épaule de vénérables grand-mères ou de fragiles jeunes femmes. Il eût fallu tirer dans le tas pour les disperser. Mme Menviel, qui avait réussi à se relever, criait à l'aide, se voyant déjà repartir en sens inverse. Il était inutile de demander l'assistance du chauffeur, débordé par ses propres passagers. Il ne restait qu'une solution : extraire l'Impératrice par la fenêtre. D'abord, elle s'y refusa. Sa dignité, son âge, sa qualité d'Européenne. Mais elle n'avait pas le choix. De mauvaise grâce, elle se prêta à la manœuvre, délicate entre toutes. Julien et moi la tirions par le bras et derrière d'autres poussaient en riant. Sa jupe remonta jusqu'à la taille et lui tomba sur les yeux. Elle avait peur, poussait des glapissements de truie qu'on égorge. Elle s'accrochait aux montants, déjà sortie de moitié, tel un grand lézard indécis, puis me céda un bras, un second et ses doigts s'enfoncèrent dans ma chair, comme des poinçons, laissant de profondes marques. Ses chaussures, son poudrier, sa glace de poche, son peigne tombèrent sur l'asphalte pendant l'opération et les badauds hurlaient de rire en les ramassant. Nous-mêmes avions du mal à garder notre sérieux.

Elle était plus lourde qu'elle ne paraissait et nous

faillîmes perdre l'équilibre en la recevant. Les nerfs brisés, elle s'assit sur le trottoir en gémissant :

— Ils ne respectent donc rien ! Je les maudis, je les hais tous, oh comme je hais ce pays.

Nous avions loué deux cabines. Des ventilateurs de poche brassaient un air déjà très lourd. La mer était là, sous les hublots, dont la vue nous rafraîchissait. Les deux ponts, intérieur et supérieur, étaient occupés en majorité par des routards en fuite, pauvres hères tatoués de l'occiput à la semelle, seuls ou en famille, entourés de leur marmaille déjà atteinte et soignant leurs plaies sur des couvertures de fortune. Une couche de vapeur montait des passerelles souillées de saletés diverses. La débâcle de cette faune interlope avait quelque chose de pathétique. Ce qui finissait n'était pas seulement un voyage, mais un rêve de fusion, de communion ; quelque chose de plus grand, de plus étendu, de plus généreux qu'un simple rêve individuel.

Les rebuts, drapés dans leurs serpillières, se tenaient dans un état d'ébahissement somnambulique. Tout en eux insultait la beauté du jour, la douceur des lieux et le petit territoire n'en finissait pas de vomir, de dégorger cette humanité de proscrits.

L'embarquement se terminait quand un type d'une impensable dégaine, en veste afghane déchirée, turban sur la tête, la jambe gonflée d'un pansement taché et jaunâtre, grimpa sur le pont en poussant des jurons en italien.

Il avait une allure de hyène incroyablement sordide, querelleuse, se déplaçait en claudiquant, appuyé sur une canne à manche d'ivoire. Il bousculait les employés, les passants avec des yeux mauvais, fiévreux. Le genre humain était son ennemi.

Deux policiers en short, pieds nus dans de grosses godasses, l'interpellèrent et lui réclamèrent un certificat médical pour sa jambe gangrenée. La compagnie maritime ne voulait pas prendre le risque d'un passager malade. Il n'avait aucun papier sur lui, pas même un passeport. Les policiers insistèrent. Il se mit à les injurier dans un anglais rauque, à les traiter de fils de pute, de sales nègres, de sales moricauds, de cochons puants. Ils semblaient si fragiles, à côté de lui, il aurait pu les renverser d'un soufflet.

Mais des marins, de petits hommes costauds, vinrent leur prêter main-forte et l'Italien fut brutalement refoulé sur le quai. D'autres voyageurs tentèrent de s'interposer. Des cris de solidarité en anglais, en italien, en allemand, en français fusèrent, des cris de fantômes qui se prenaient encore pour des maîtres. Les policiers rouèrent de coups le blessé jusqu'à ce qu'il s'effondre à terre, son bandage arraché. A travers lui, c'est toute la chienlit blanche qu'ils corrigeaient, ces clochards vénéneux, arrogants, qui tentaient encore de leur donner des ordres. L'Italien continua à les insulter puis, sur un ton suppliant, appela au secours. Sa voix éraillée se brisa sur le grondement du treuil de l'ancre qu'on remontait. Un marin jeta d'un coup de pied ses hardes dans la mer, saisit sa canne et la cassa en deux. Des clameurs d'indignation montèrent de la foule des Blancs qu'étouffa aussitôt la sirène du bateau.

Les amarres furent levées, le lourd bâtiment s'éloigna de la jetée. Là-bas, le dernier survivant d'une utopie qui avait commencé par une déclaration d'amour et se terminait dans la honte ne bougeait plus. Les gendarmes avaient posé leur bâton et regardaient l'océan. De nouveau le petit port assoupi, au pied de la colline, étalait le savoureux désordre de son architecture coloniale et de ses fleurs.

Mme Menviel passa toute la traversée dans sa cabine en compagnie de Kiran, à pleurer de concert avec elle, leurs épaules secouées par le chagrin. A bord, des Espagnols et des Sud-Américains musulmans, en longue robe verte, turban vert et barbe fleurie, convertis à Goa par un mollah du Kerala, tentaient de porter la bonne parole aux passagers. En fin d'après-midi, installés à la proue, ils cherchèrent un emplacement pour la prière commune. Mais justement le navire, arrivé à hauteur d'un petit port, manœuvrait : la direction de La Mecque en était brouillée. Des stewards à demi nus, des garçons de cabine et des machinistes, noirs de cambouis, s'étaient joints à eux. Un Argentin, robuste et immense, tenta de prendre la cérémonie en main. Son arabe était incompréhensible et les musulmans indiens, soupçonneux, quittèrent les convertis pour aller prier dans la salle des machines. Hindous et chrétiens observaient la scène avec ironie. Même la religion du Prophète ne pouvait souder les peuples le temps d'une prière.

A Bombay, Mme Menviel fit l'assaut du consulat de France. Dans la salle d'attente, pleine de déglingués en haillons qui insultaient les employés et réclamaient leur rapatriement, elle eut un malaise. Elle s'étendit, rouge et transpirante, sous un ventilateur et le consul consentit à contrecœur à nous recevoir. Il sentait la vieille fine et le cigare, et ses yeux rougis disaient le manque de sommeil, le surmenage administratif. Quand il sut ce qui nous amenait, il blêmit : le déranger pour une simple fugue alors qu'il avait tant de détraqués sur les bras. Hier encore, un couple de Marseillais était venu le voir et avait déposé un paquet sur la table. A l'intérieur du papier journal fermé d'une ficelle se trouvait un bébé. Leur enfant, mort de déshydratation. Ils réclamaient trois cents roupies pour l'enterrer décemment, le prix d'une crémation. Il avait cédé ; mais ce matin, devant la porte de son bureau, il avait retrouvé le bébé empaqueté avec un petit mot épinglé : « Merci de l'enterrer vous-même. » Il était débordé, s'excusa de sa nervosité et finalement sut trouver des mots simples pour rassurer Mme Menviel. Si son fils ne se droguait pas, c'était déjà un bon point et son engouement pour un gourou ne durerait pas. Il tenterait le maximum et alerterait les autorités locales. Que Mme Menviel, désargentée, rentre en France et le cas échéant, si Dominique ne s'était pas manifesté entre-temps, revienne dans quelques mois.

Dans la rue, en sortant, je tombai sur la Gaule, tout de blanc vêtu, un cigare à la bouche, qui faisait des emplettes. Il semblait ravi : les affaires marchaient du tonnerre. La guerre du Liban, en rabattant vers Bombay les riches bourgeois du Moyen-Orient, lui profitait. Il ne tarissait pas d'éloges sur les Koweïtiens, des clients réglo qui laissaient de gros pourboires, ne brutalisaient pas les filles. Son troupeau s'était enrichi d'une Luxembourgeoise aux seins copieux, parfaite pour les Arabes, et de deux Cinghalaises qui travaillaient en vraies professionnelles. Il rêvait de monter une revue et un restaurant où travailleraient un cheptel de Thaïlandaises *topless,* mais les douanes et l'administration l'assommaient de tracasseries. Il avait déjà arrosé des ministères entiers et attendait beaucoup des prochaines élections. Il prit Mme Menviel pour ma mère. Je n'eus pas le cœur de le détromper ni de lui conter nos infortunes et promis de lui rendre visite dans son appartement de Marine Drive, loué pour six mois.

Il fallut encore prendre congé de Kiran, à qui, pour nous dédouaner de notre lâcheté, nous laissâmes presque toutes nos affaires et nos dernières économies. Julien promit de tenter l'impossible pour l'adopter une fois rentré en France, et nous la laissâmes en larmes, sur un trottoir de Colaba, au milieu des cireurs de chaussures, des grouillots, des infirmes en culottes courtes, des débiles précoces qui regardaient avec apathie la scène, accroupis sur leurs talons, trop assommés pour avoir l'énergie de chasser les mouches qui pullulaient autour de leurs yeux.

De nouveau, la réalité indienne se cristallisait dans l'inacceptable. Bombay était sale, puante, suffocante. Mes cheveux me faisaient l'effet d'être du fil de fer, du métal brûlant. Nous étions tous pressés de fuir et Julien abandonna derrière lui plus des trois quarts de ses livres.

Dans l'aéroport flânait le lot habituel de voyageurs indiens. Le pittoresque des costumes ne cachait pas l'opulence. Ils appartenaient en majorité à ces classes aisées, moyens et petits bourgeois, avec lesquels on peut dialoguer, moyennant les inévitables malentendus culturels. Le malentendu restait un luxe que seuls pouvaient s'offrir des gens de bon niveau social. Mais avec le reste des Indiens les dés étaient pipés, il ne pouvait y avoir de contact. La misère les soustrayait à l'humanité. Ils n'étaient ni mes frères ni même mes ennemis : une variété tropicale d'insectes, des assemblages de boue et de poussière. Des poussières d'hommes.

Bien entendu, l'avion avait du retard. La peur de disparaître me reprit. Je redoutais en Inde non pas tant les mendiants ou le dénuement qu'une insidieuse aspiration, une dissolution qui vous englue, vous empoisse en douceur. Et, quand la porte du Boeing d'Air France glissa le long du fuselage et qu'une hôtesse en bleu marine, fleurant bon le Chanel, nous souhaita la bienvenue, ce fut la porte même du Paradis qui s'écartait pour nous livrer passage. Seule Mme Menviel, le nez collé au hublot, marmonnait à voix haute : « Je reviendrai te chercher, mon petit, je reviendrai. »

A hauteur des Émirats arabes, en fouillant dans les poches de mon blouson, je retrouvai, enchâssées dans un écrin de velours, les microscopiques rognures d'un ongle que Swamiji avait offertes à Dominique peu après leurs retrouvailles. Ce dernier les avait oubliées dans un tiroir de sa chambre.

Je réalisai ma bévue : je n'avais rien dit à Julien sur ma nuit à Delhi en compagnie de l'Américain. Il y avait là des aveux qui — même rétractés par la suite — pourraient éclairer les récents événements. Et puis je me ravisai. A quoi bon ? Il était trop tard. Nous avions échappé à l'Abîme. Cela seul comptait.

6

Les « Eaux noires »

1
Beauté de l'Europe

Fini, tout était fini. Au ministère, on m'avait réengagé à contrecœur mais rétrogradé à un poste subalterne. Nul n'était dupe de mes certificats médicaux illisibles et froissés ; j'étais bronzé, en pleine santé comme un oisif qui revient de croisière. Mon chef de service me conseilla de me tenir à carreau ; à la première incartade, je perdrais mon emploi. Et les syndicats ne me défendraient pas.

Paris, en cette fin de printemps, étalait la splendeur de ses façades repeintes, de ses marronniers fleuris, de ses femmes superbes. Rien qu'à les voir, coquettes, vives, majestueuses, je mesurais mon erreur d'être resté là-bas. Je pouvais respirer leur parfum, frôler leurs hanches, imaginer la délicate armature de leur ventre, le joug délicieux de leur bras sur la nuque de leurs amants. Leurs iris verts, noirs ou bleus disaient la tendresse, l'appétit de plaisir, le goût de la séduction. A Paris, les rues sentaient l'amour, les monuments évoquaient l'amour, la Seine était un fleuve dédié à l'amour et à ses secrets. Un poignant désespoir me prit à la pensée de tout ce que j'avais étourdiment négligé.

C'était l'un de ces moments uniques où la capitale bascule d'un bond dans la féerie : chaque rue chantait, jubilait. Une rare pureté se tenait dans l'air en suspension. La lumière s'étalait en splendeur insolente et pourtant discrète. Les formes se découpaient avec netteté, l'homme s'harmonisait au paysage.

Loin de ma patrie, je m'étais exilé du bonheur. J'avais

323

oublié qu'on peut boire un verre d'eau sans crainte d'être malade ; qu'on peut marcher dans la rue sans buter dans l'ombre sur une forme prostrée. Bref, ma place, mon cœur, mon sang résidaient là, dans ces métropoles vivantes de l'Occident et non dans cette planète étrangère qui m'avait dépossédé de moi-même. Et j'étais content d'avoir vu l'Inde, car elle m'avait rendu conscient de ma terre natale.

Mes rapports avec Julien s'étaient rapidement interrompus. Trois mois d'intimité nous avaient enrichis de souvenirs communs. Nous n'avions eu ni disputes, ni heurts, ni propos blessants, n'avions pas usé de mensonges l'un envers l'autre et chacun avait donné plus qu'il n'annonçait au départ. Nous avions vibré pour les mêmes choses. Maintenant, notre franc-maçonnerie amicale n'existait plus. Nous étions comme deux voleurs qui ont tenté un casse et l'ont raté : certains que leur compagnonnage leur porte malheur et détestant en l'autre l'image de leur échec. Je ne lui téléphonais pas, il ne m'appelait pas ; souvent je pensais à lui ; si souvent à vrai dire que lui parler me semblait inutile. Comme si le fil invisible qui nous reliait eût été rompu : nous avions perdu l'inspiration qui nous rattachait.

Avec Mme Menviel, les relations restaient plus compliquées. Elle m'avait appelé tous les jours les premiers mois. Au téléphone, elle luttait pour se faire comprendre, d'une voix angoissée, bafouillante et saccadée. Elle rassemblait fébrilement la somme nécessaire pour repartir en Inde. Elle avait emprunté à son comité d'entreprise, mis ses bijoux au mont-de-piété, vidé son compte de la Caisse d'épargne, tiré les sonnettes des gens de sa famille qui tous avaient modestement contribué. Elle écrivit à son ancien mari qui lui envoya mille francs et la pria de ne plus le déranger. La presse nationale avait largement couvert les disparitions de Goa, bien des victimes étant françaises. Une association des parents des disparus s'était formée qui dépêcha sur place des enquêteurs. Mais la saison des pluies avait chassé tous les itinérants vers le Népal et les témoignages des habitants ne permirent pas de résoudre l'énigme.

L'affaire se tassa. Mme Menviel contacta les responsables de l'association mais se fâcha avec eux au bout de la deuxième réunion : elle refusait qu'on assimile son fils aux drogués dont s'occupaient ces familles.

Deux ou trois fois, elle m'invita à des thés et me gorgea de gâteaux et de bons sentiments en compagnie d'une troupe babillante de vieilles dames de ses amies qui compatissaient à son malheur, la bouche pleine de tartes aux pommes et de choux à la crème. Mon rôle consistait à dresser un panégyrique de Dominique en omettant les aspects choquants ou douteux de sa personnalité. Mme Menviel ne désirait pas la vérité mais la légende, celle d'un petit saint selon son cœur. Je brodais une épopée trompeuse, édifiais la statue d'un ange et d'un génie, expert en fouilles, fin connaisseur des mœurs et coutumes d'Orient, fils modèle et aimant.

— Il parlait souvent de moi, n'est-ce pas ?

J'obtempérais à tout. Il fallait dire que Dominique avait été enlevé et non qu'il était parti de son plein gré.

« Que vous êtes gentil, mon petit Frédéric, que vous êtes gentil !

Elle ne tarissait pas d'éloges à mon sujet. J'y soupçonnais la plus laide flagornerie, d'autant que pas une fois elle n'avait éprouvé l'ombre d'un remords pour sa conduite à Goa. Dans le départ de Dominique, les torts n'étaient pas de son côté : elle en accusait la fatalité, l'Asie. Je m'enfuyais vers 8 heures du soir, alors qu'elle réchauffait déjà pour moi les restes d'un dîner.

Un après-midi, épuisé par notre commune hypocrisie, je lui lâchai tout à trac :

— Sans Dominique, sans lui qui prenait tous les coups pour les autres, j'aurais peut-être moi aussi succombé au mage, à Swami Vijay.

— Oh ! vous êtes comme lui, Frédéric, vous êtes son double, son frère.

Elle me serra contre elle. Aussitôt, je me haïs d'avoir proféré cet aveu et déclinai désormais ses invitations. En septembre, après avoir bombardé les postes de l'Inde de milliers de lettres restées sans réponse, Mme Menviel repartit pour Delhi.

Depuis mon retour, j'avais souvent fait le même rêve. J'étais dans les rues d'une ville asiatique, la nuit. Des corps, allongés sur le sol, se soulevaient à mon passage, m'appelaient. Puis, dans un déferlement sans nom de saleté, des êtres décharnés sortaient de leur bauge, de leurs antres obscures, des caves, des égouts et m'empoignaient, me griffaient. Et tous me fixaient de leurs yeux noirs, m'arrachaient mes vêtements, m'entraînaient dans leurs tanières et j'entendais le sourd grondement de leurs pas qui accompagnaient les miens.

La possibilité d'une mémoire invincible me terrorisait. Je redoutais d'avoir, chaque soir, rendez-vous avec les ténèbres de l'Inde. Mais, à la mi-octobre, ces cauchemars disparurent.

Un jour, aux Halles, par hasard, je tombai sur Julien. Il m'invita à prendre un café ; apparemment, ses déconvenues ne l'avaient pas abattu. Il était dans une forme physique éblouissante, presque insultante, vêtu avec élégance d'un pantalon de lin et d'une veste en cuir italienne. Rien ne semblait pouvoir entamer sa radieuse jeunesse. Ses beaux yeux noirs suivaient avec insistance les jolies femmes et il avait droit à un sourire, à une œillade un peu plus prononcée.

Le saltimbanque avait merveilleusement rebondi. Son père lui avait trouvé une place dans une banque arabe ; il gagnait un confortable salaire et comptait d'ici un an ou deux reprendre ses pérégrinations.

Paris l'ennuyait, il se sentait condamné au nomadisme à perpétuité. Cette fois, il rêvait du Pacifique et des îles océaniennes : il accompagnait son rêve de la lecture d'une pléiade de nouveaux auteurs qui l'avaient déjà réalisé : Conrad, Melville, Stevenson, Segalen, London ; comme d'habitude, il voyageait à partir des livres. Quant à l'Inde, existait désormais entre elle et lui une parenté indestructible que même le cortège de blessures et de contrariétés n'avait pas rompue :

— Celui qui s'est noué à l'Inde dépérit lentement d'avoir maudit, calomnié, ignoré un pays qui s'était pourtant fiché dans sa chair de sorte qu'il ne puisse l'arracher sans se déchirer soi-même. Du paysage indien, une certaine qualité de lumière planera toujours dans ma mémoire parce qu'une partie de ma jeunesse y a pris racine.

— C'est une vraie déclaration d'amour que tu me fais là.

— Absolument. Amour est le mot. Sais-tu pourquoi je n'ai rien pu écrire sur elle ? Je l'ai trop aimée, il me manquait le recul nécessaire pour l'apprécier ; toujours, elle m'échappait, m'offrait un autre visage qui démentait les précédents. L'étendue de mon ignorance semblait s'agrandir du petit savoir acquis comme un mirage s'éloigne à mesure qu'on l'approche. S'affronter à l'Inde, c'est accepter d'être tenu en éveil par une énigme.

— Julien, je serai moins lyrique. L'Inde est restée une mauvaise cicatrice au milieu de ma vie. Rappelle-toi tes doutes à Goa, tes déboires avec Farida, ton abattement la dernière semaine.

Il sourit.

— Le doute n'est pas le reniement, et le sous-continent ne se réduit pas à l'échec d'une poignée de hippies qui y ont répandu leurs faillites et leur mal de vivre. Après tout, l'Inde ne marche pas si mal, si l'on songe à ses fantastiques problèmes. Quand j'y repense, nous avons été un peu ridicules de détaler comme des rats : nous ne courions aucun risque.

— Tu n'avais qu'à y rester !

— Pourquoi ? La plupart des Européens feignent d'être choqués par l'Inde. Si elle n'existait pas, ils l'inventeraient pour le plaisir de s'en indigner. Sa démesure n'empêche pas les voyageurs d'y connaître des instants d'exaltation totale, des jouissances qui rachètent les pires moments. Pourquoi veux-tu que je crache sur ce que j'ai adoré ? Je ne regrette rien.

Comme d'habitude, ses mots n'étaient que des étincelles brillantes dont il ne restait rien. Une fête, mais une fête de l'insignifiance.

« Celui qui a traversé le sous-continent une fois en restera marqué : pour le meilleur ou pour le pire. Et puis je crois que nous avons péché par extrémisme. Il faut éprouver pour l'Inde une tendresse ironique et distante ; surtout pas de fièvre. La fièvre est inutile.

Pour cela, je lui faisais confiance ; il n'avait jamais vraiment été pénétré par l'Inde : il pétillait, n'adorait point, flirtait avec un pays puis l'abandonnait ; hier la péninsule indienne, demain l'Océanie, et ainsi de suite. La preuve : il n'avait pas appris un mot d'hindi de peur de gâcher son français ! Il s'entichait, ne se passionnait pas, et glissait sur toutes les cultures.

« Tu te souviens qu'à Bombay je cherchais une Indienne qui pût incarner son pays. Je l'ai trouvée finalement, ici à Paris, une fille de Pondichéry. A la pigmentation près, elle était absolument comparable aux autres femmes. Cela m'a guéri de mon besoin d'exotisme. D'ailleurs, aujourd'hui, je ne rencontre pas des Iraniens, des Chiliens ou des Chinois, je rencontre des hommes : dans l'amitié, l'origine et la couleur de peau s'effacent.

Il ne manquait plus que cela : l'édification en forme de maxime ! La sagesse du capitaine au long cours. Je me fichais bien de sa philosophie. Il me reprocha de manquer de ressort, de m'apitoyer sur moi-même et m'invita à me ressaisir.

« A propos, tu es au courant ? l'Angoisse est à Marmottan, en cure de désintoxication. Il s'en est tiré sans prendre de précautions et même en prenant tous les risques imaginables. Et Indar, qui a enregistré un disque chez Emi, a été invité pour deux concerts à Paris par les Amis de l'Orient. Formidable, non ?

— Et Kiran, elle est formidable aussi ?

— Je m'en occupe, mon vieux, je m'en occupe. Je rassemble tous les papiers, c'est long, je fais le maximum.

Il parut se raidir et prit une expression de défiance. Nous nous quittâmes assez froidement.

Mme Menviel m'appela à son retour. Elle avait sillonné le Népal, les vallées de Kulu et Manali, le Cachemire, le Ladakh, interviewé des centaines de vagabonds mais Dominique restait introuvable. J'étais le dernier lien qui lui restât avec son fils. A Paris, il n'avait pas beaucoup d'amis : c'était un garçon tourmenté et solitaire qui ne se liait pas facilement.

L'hiver et le printemps passèrent. Ma situation professionnelle se consolidait ; j'avais rattrapé par mon zèle au bureau la mauvaise impression due à ma longue absence.

Enfin, je commençai à apprendre l'hindi et le maîtrisai passablement au bout de six mois, assez bien pour qu'on me confie des traductions courantes. Une refonte générale du ministère en mars, suivie d'un changement de gouvernement, provoqua la mutation de mon chef de service. Son remplaçant, un jeune énarque, passionné d'Asie et qui avait passé deux ans au Japon, me prit en sympathie. Je devins presque son bras droit. En mai, je rencontrai une jeune fille qui terminait ses études de médecine et désirait se spécialiser dans l'obstétrique. Nous projetâmes de nous marier à l'automne. Ma famille se réjouissait : les années d'apprentissage et de tâtonnements étaient finies.

En juillet, après six mois de silence, je reçus un autre coup de téléphone de Mme Menviel. Elle tenait à m'avertir d'une chose importante : dans un hebdomadaire catholique consacré à Calcutta, elle avait cru reconnaître son fils sur la photo du personnel d'encadrement d'un orphelinat. Elle avait réussi à obtenir le cliché original et voulait me le montrer.

A contrecœur, j'acceptai son rendez-vous dans un café.

La photo qu'elle me soumit représentait une nuée d'enfants indigènes souriants assis par terre, et entourés de quelques adultes. Entre deux gaillards de haute taille, une petite tête chétive, les cheveux coupés court, ressemblait effectivement à Dominique. Mme Menviel avait apporté une loupe : le visage, même grossi, restait assez flou. A vrai dire, cela aurait pu être n'importe qui. La similitude de l'expression n'était pas frappante, le regard était voilé.

— Je savais bien qu'il était meilleur que nous le croyions. Il est resté en Inde pour aider les orphelins : n'est-ce pas merveilleux ?

J'étais enchanté pour elle, mais ne voyais pas en quoi je pouvais lui être utile. Elle y vint doucement, avec les précautions d'usage : maintenant qu'elle détenait la preuve que Dominique était vivant, elle se sentait moins angoissée. Elle voulait retourner en Inde pour le voir mais craignait de brusquer les choses. Et c'est là que j'intervenais. Oh, elle n'ignorait pas le mauvais souvenir que j'avais gardé de mon séjour en Orient. Pourtant elle me proposait de repartir avec elle, pas longtemps, trois semaines maximum. Je lui servirais d'ambassadeur, de tampon chargé de transmettre un message d'amour et d'apaisement à Dominique. Mon rôle s'arrêterait là. Elle me libérerait tout de suite après.

Je lui ris au nez ; je m'étais juré de ne jamais plus remettre les pieds en Inde. Pour qui me prenait-elle ? Je n'étais ni le frère ni le cousin de Dominique, je ne lui devais rien. Et puis j'allais me marier, c'était impossible. Elle savait tout cela ; elle me demandait un service exceptionnel. Le dernier. Au nom de l'amitié qu'elle me supposait pour Dominique, de l'affection qu'elle me portait. Elle était si seule contre tous. Bien sûr elle m'offrait le billet aller-retour sur vol régulier.

« Frédéric, vous êtes ma dernière chance. Trois semaines sont vite passées et il s'agit pour moi d'une question de vie ou de mort. Je suis vieille déjà, et ma santé s'est altérée. Je veux revoir mon fils une dernière fois et me réconcilier avec lui. Du fond du cœur, je vous en supplie.

Je ne lui promis rien, sinon de réfléchir. J'avais projeté de partir en Crète avec ma future femme. Ce serait notre premier voyage de noces en attendant le vrai, l'officiel, qui nous mènerait au Mexique. Je n'avais pas l'intention de bouleverser ces plans. Par acquit de conscience, je m'en ouvris à mon patron : contre toute attente, il trouva l'idée raisonnable. Il était normal que j'aide la mère d'un camarade en détresse. Les considérations personnelles pouvaient passer après. Et puis la brièveté du séjour, pris sur mes propres vacances, plaidait en faveur du départ. Pourquoi ne pas mettre ce voyage à profit, faire un bref rapport sur la situation dans la région pour le département ? Au fond, il avait raison. Et ma répugnance à retourner là-bas céda devant la perspective d'un élan généreux. Ma fiancée se résigna. Elle me donnait carte blanche pourvu que je lui revienne intact, tendre et les bras chargés de cadeaux. Ma mère, seule, manifesta une réticence inquiète ; elle trouvait ce départ inutile et surtout prématuré. Allons, j'avais oublié mes séjours précédents plus vite que je ne le pensais : la douleur n'avait pas duré et je n'avais même pas hérité d'une longue souffrance. L'Inde était comme une maladie dont on ne parvenait pas, une fois guéri, à se rappeler les symptômes exacts.

2
Le royaume de boue

Une semaine plus tard, je m'envolais pour Bombay avec Mme Menviel. D'emblée, ce voyage prenait une allure absurde : tous les avions pour Delhi étaient complets et nous devions, par un long et inutile détour, atterrir dans la capitale du Maharasta. Il nous restait plus de quinze cents kilomètres jusqu'à Calcutta. Enclin à la pitié, je m'efforçais d'être aimable avec ma coéquipière qui me le rendait bien. Elle m'avait préparé un quatre-quarts, le gâteau préféré de Dominique, et, durant le vol, je dus en ingurgiter d'énormes morceaux qui me bloquèrent l'estomac pour plusieurs heures. Je ne me sentais ni heureux ni affligé ; seule la pensée d'une mission semi-officielle me tenait à flot. Mme Menviel avait fourbi ses armes : son sac à main débordait de lettres de recommandation et d'adresses. Elle imaginait, non sans complaisance, son enfant souffrant et l'appelant à l'aide. Elle en oubliait que personne ne l'avait kidnappé mais qu'il avait fui de son propre chef.

— Je le connais par cœur, je sais tout de lui, il reviendra chercher refuge auprès de moi.

J'admirais son optimisme, j'étais prêt à le partager si cela hâtait le cours des choses. C'était l'époque de la mousson, du pays noyé sous les flots d'une eau grise, tourbillonnante. Dès la sortie de l'aéroport international, des rangées de masures culbutées, des jonchées de détritus, des arbres déracinés, qui avaient détruit la moitié d'un bidonville dans leur chute, encombraient la route. Au lieu de s'entasser, immobiles ou en tas, les ordures dérivaient. Des cadavres de petits animaux flottaient sur des mares de la taille d'une piscine.

Toute l'Inde n'était qu'une flaque de deux mille kilomètres de long où sept cents millions d'habitants pataugeaient et sautillaient tels des échassiers. Le jour durant, des rafales de vent passaient, pleines d'une chaleur lourde et humide avant d'éclater le soir en averses.

Alors le ronflement des ruisseaux emplissait les rues, poussait devant eux les déchets, imbibait les maisons de boue ou de torchis, et les murs saturés s'effondraient comme des fragments de sucre sur leurs occupants. Parfois, pire encore que l'inondation, l'eau séchait : en dessous affleurait une boue puante qui virait au gris-vert, au jaune sale, une boue hérissée de ferrailles, de planches cloutées, de tas de chiffons, d'épluchures entre lesquelles pointait le museau d'un rat ou d'un chien mort.

Et l'on avait hâte que la pluie recommence, recouvre les immondices. Le ciel, toujours chaud, dégageant une lumière inerte, aveuglante, rasait le dôme des temples et le faîte des immeubles. Dès 7 heures, le matin, l'air visqueux, au lieu de tonifier, ajoutait à l'épuisement.

C'était le retour à l'ancienne scène, aux bonnes figures brunes. Je retrouvais les Indiens campés sous d'immenses parapluies noirs, mielleux, collants, et les Indiennes aux lourdes paupières brunes, aux épaisses tresses, un peu rustaudes, un peu gauches, les yeux toujours baissés, pareilles à des bonnes sœurs. Tous étaient petits, tassés, étriqués, marqués par des siècles de malnutrition et se cramponnaient aux infimes fonctions qui leur étaient imparties, tentant de grignoter l'impitoyable échelle sociale du pays.

Ces mangeurs de poussière recommençaient à me dévorer des yeux, leurs prunelles avaient une voracité de sangsue qui m'épuisait. L'air puait la dèche, la servitude. Dès que l'eau baissait, les multitudes se déversaient en cohues grouillantes et donnaient aux rues le décor d'un jugement dernier. Leurs faces soumises me communiquaient leur défaite. Parfois, quand la pression devenait trop forte et qu'il n'y avait pas d'hôtel à proximité, je me réfugiais dans une mosquée aux minarets élancés en fins fuseaux de cierges, ou dans un temple sikh, aux bulbes ronds comme les joues d'un bébé. La calligraphie coranique, la nudité reposante des arcades, les petites cours étincelantes de blancheur, les fidèles agenouillés m'apaisaient, me réconciliaient avec moi-même. Et je priais à mon tour, m'efforçais d'affirmer la supériorité de la foi sur la déchéance.

L'équipée commençait mal ; nous n'aurions dû rester que vingt-quatre heures à Bombay. Les pluies avaient submergé les voies ferrées et il n'y aurait pas de place dans les trains avant trois jours. Quant à l'avion, il ne fallait pas y songer, Mme Menviel le trouvait trop cher.

Dès notre arrivée, je me mis en quête de Kiran. J'avais pour elle des colis, de l'argent, une lettre de Julien en anglais, un dictionnaire anglais-français, des médicaments et des promesses. Je la cherchai toute une matinée, essayant de ne pas me faire repérer pour lui ménager la surprise. Enfin je l'aperçus à un carrefour, près de Churchgate Station. Elle était méconnaissable ; sa silhouette osseuse, son ventre ballonné l'avaient dépouillée de ses caractéristiques féminines. Ses côtes saillaient de manière inquiétante. Elle avait perdu presque tous ses cheveux et se tenait là, prostrée, essuyant ses lèvres crevassées comme si l'espoir que nous avions éveillé en elle l'avait plus abattue encore. Je n'eus pas le courage de lui courir après. Elle aurait pu me cracher au visage et aurait eu raison.

A côté d'elle un mendiant musulman, le bras désossé pendant comme une lanière, lançait son bavardage de perroquet tourné vers La Mecque et répétait : « Dieu est grand » pour mieux souligner combien il était, lui, minuscule, moucheron et misérable. Je lui laissai mes cadeaux et m'enfuis. Je raconterais un mensonge à Mme Menviel.

Le soir même, j'errai dans ces rues qui avaient été une fois le lieu de notre enchantement. A cette époque, une urgence commandait les moindres mouvements et la vie semblait aimantée par l'impératif de la découverte. Le quartier se vidait, les premiers dormeurs s'étaient installés sur les coins secs des trottoirs et les derniers commerçants baissaient leurs rideaux de fer. Une chaleur dense, poisseuse, montait de la terre dont elle semblait la transpiration. La ville était un hammam qu'on n'avait pas aéré depuis un siècle.

Entre deux arbres, dans la clarté blême des lampadaires, une silhouette avançait à pas raides et il était visible que chaque enjambée lui coûtait. Chaque fois qu'elle croisait un passant, elle lui chuchotait quelques mots à l'oreille. Certains s'éloignaient, d'autres hésitaient, fouillaient leurs poches, lui glissaient une pièce entre les mains.

Quand elle m'aborda et me réclama en anglais, avec un accent allemand guttural, quelques roupies, je remarquai que ce fantôme était de sexe féminin. Son corps formait un seul bloc, d'une extrême maigreur, sans relief ni aspérité. Deux cernes proéminents lui donnaient le visage d'une créature lunaire, mi-batracien, mi-extraterrestre.

Elle attendait un mandat d'Autriche et voulait deux roupies pour manger. Ses joues se rejoignaient presque de part et d'autre de la bouche, là où manquaient quelques dents. Sa peau était comme une cagoule, une prothèse de caoutchouc tendue à même le crâne dont elle épousait les contours.

Je lui cédai un billet de dix roupies. Elle fixa le morceau de papier, me scruta du haut de son long cou et, sans broncher, me fit signe de la suivre. Elle rentra dans une porte cochère, poussa le battant, défit l'espèce de fripe qui lui tenait lieu de pantalon et, posant ses mains sur le mur, penchée en avant, me tendit sa croupe.

— *Pleasse, be qwuick.*

Deux os, pareils à des fémurs de boucherie, encadraient la sombre rainure.

Quand personne ne se cherchait, l'Inde semblait un mouchoir de poche où l'on tombait sur les êtres les plus inattendus. Maintenant que nous poursuivions Dominique, son immensité nous écrasait. Il pouvait se dissimuler dans l'un de ses six cent mille villages, se cloîtrer dans une lamasserie tibétaine ou croupir dans l'un des taudis de cette ville. Mme Menviel restait confiante. Je ne sais d'où elle tirait tant de conviction. Elle avançait contre l'adversité avec une obstination admirable. Quand nous marchions dans la foule, sa silhouette, minuscule, gesticulant dans la vaste marée des visages, me serrait le cœur. Elle me prenait le bras, on se retournait sur nous, on la touchait, on la bousculait, une grêle de mains s'abattait sur elle.

Elle supportait tout sans broncher. Sa voix était ensevelie sous les bruits, les ragots des marchands, les incantations des lépreux, les rengaines des transistors, mais elle continuait de parler.

Son air naïf attirait à elle tous les mendiants. Ils la tapaient à toute heure, avec un air pleureur de commande, sans vergogne et, maintenant que son fils était perdu, une crainte superstitieuse la retenait de les chasser. Elle donnait à tous même si le quêteur n'en avait pas besoin.

Le lendemain de notre arrivée, un jeune garçon au teint magnifique, monté sur une splendide bicyclette Enfield, s'arrêta près d'elle et se mit à geindre.

— Mais enfin, où est ta maman? *Vaire izz your mummy?* Frédéric, demandez-le-lui, vous parlez mieux que moi. Il a l'air en bonne santé, pourtant. Et l'école? Ne va-t-il pas à l'école? A son âge, il devrait être déjà en sixième.

Elle ne croyait pas au mal, mais à la distraction. Pour elle, les méchants étaient des étourdis. Qu'on les rappelle à leur devoir et ils reprendraient aussitôt le droit chemin.

Elle se toquait d'individus douteux à qui elle réservait un accueil cordial, quelquefois même enthousiaste. L'espace d'un après-midi, ils devenaient les favoris en titre. C'étaient de petites frappes, rigolardes et hardies, qui passaient leur jour à patiner, cirer et lustrer leurs moustaches. Ils faisaient des gestes obscènes derrière son dos et, me prenant pour son gigolo officiel, me traitaient sans ménagement, essayaient de me supplanter. Elle ne remarquait rien, et je devais congédier les malfrats non sans les menacer de mes poings, ou les dédommager d'une somme substantielle.

335

Chaque jour, des foules de solliciteurs se pressaient vers nous ; il n'y avait guère de touristes en cette saison. En sortant le matin, je portais toujours sur moi un ou deux kilos de piécettes achetées à un intermédiaire moyennant commission ; à midi, elles avaient disparu. Chacun répétait mille fois la même proposition, indifférent au fait que nous ayons déjà rejeté ses compères. J'avais beau les insulter, les intimider, les repousser, ils continuaient à nous suivre, un grand sourire aux lèvres.

— *You are my frrriend, no problem !*

— Ne soyez donc pas si nerveux, Frédéric, ce n'est pas leur faute.

Masures, misère, morbidité, elle trouvait excuse à tout. Certains tapeurs, perdant toute retenue, lui proposaient des *young girls, young boys,* ou des drogues. Jamais elle ne se fâchait, feignant de ne pas comprendre, et regardait ailleurs, les yeux empreints d'une profonde commisération.

Je lui servais de traducteur en anglais et en hindi, ainsi que de secrétaire. Elle me considérait comme un second fils et adoptait parfois les manières revêches d'une institutrice qui rectifie une faute de grammaire. Mais elle se gardait de me réprimander même si, à l'évidence, elle n'approuvait pas tous mes actes. Dès l'atterrissage, je m'étais mis à boire, ingurgitant au déjeuner jusqu'à deux litres de bière glacée pour faire passer l'infâme curry, puis je me jetais sur le lit sans me déshabiller jusqu'à l'heure où la chaleur, au lieu d'être celle d'un brasier, devenait celle d'un sauna. J'attendais ses reproches, elle se contentait de sourire et demandait simplement si j'étais prêt à l'aider.

Le consul de Bombay, ému par sa ténacité, lui avait obtenu un entretien avec un journaliste de l'*Indian Express,* et un court article accompagné d'une photo de son fils et d'elle-même était paru dans le supplément du dimanche. Le personnel féminin du consulat l'avait conviée à un thé ; je ne fus pas admis, mais, de ce qu'elle m'en dit par la suite, je pus reconstituer la cérémonie. Elle avait narré ses déboires dans un anglais hésitant en partageant des mille-feuilles dissymétriques avec cet essaim de femmes pieuses et babillardes. Toutes avaient hoché la tête au récit de ses malheurs, mais leur éducation leur interdisait de s'épancher dans le giron d'une étrangère. Naturellement, Mme Menviel n'attendait pas d'elles une explosion de douleur, elle comprenait que chacune se préoccupe seulement de sa famille. Pour les attendrir, elle avait laissé couler quelques larmes et la secrétaire de l'attaché commercial, qui parlait français, l'avait entourée de ses bras. Alors, remuée par tant de bonté, elle avait vraiment fondu en sanglots. On s'était quitté sans effusion mais avec un respect réciproque et la certitude mille fois répétée qu'une femme ne peut avoir de meilleur destin que de vieillir auprès de ses enfants.

Mme Menviel avait emporté avec elle un livre de chevet, *A la recherche de mon fils,* d'Edgar Maufrais, histoire d'un père parti dans l'Amazonie sur les traces de son garçon disparu dans les années de l'après-guerre. Elle le relisait sans cesse, en venant presque à regretter que Dominique ne se soit pas égaré dans les jungles du Mato Grosso. Elle-même avait l'intention de rédiger le journal de ses aventures et elle commença à consigner chaque événement, jusqu'au prix des achats. Elle tenait surtout à jour la liste des personnes à remercier et demandait son nom au moindre chauffeur de taxi qui se montrait un peu aimable avec nous.

3
Des arriérés de souffrance

Enfin, nous partîmes pour Delhi. Il nous fallut à nouveau affronter l'horreur des trains, les serveurs dont la veste avait dû être blanche au temps de la reine Victoria, la meute des pique-assiette, les prêtres murmurant leurs prières tout en se gargarisant et en crachant, les hommes d'affaires échangeant leurs cartes de visite, les familles de dix ou douze personnes avec des serviteurs rabougris et impertinents, affalés dans les couloirs, les idiots, les dévots, les contemplatifs. Au milieu de la nuit, une espèce de gourou à longue robe jaune, les sourcils épilés comme une femme, avec des yeux cernés, liquides, qu'on aurait dit passés au khôl, s'installa dans notre compartiment accompagné de deux moines tibétains luisants et dodus comme de jolis petits bouddhas. Me voyant éveillé et fumant, il alluma tous les commutateurs sans se soucier des autres voyageurs et me harangua en anglais. C'était un Newar du Népal, qui se prétendait un *bikhou,* un renon-çant bouddhiste. Lorsqu'il m'eut posé les trente ou quarante questions rituelles, il me proposa quelques échantillons de sa sagesse personnelle. Les bras croisés sur les pectoraux, il m'expliqua la supériorité du bouddhisme sur l'hindouisme par le fait que le premier est une religion de la montagne, des Himalayas, et l'autre un culte de la plaine, des basses terres. Sans transition, il m'avertit que les Blanches sont impures parce qu'elles traînent derrière elles l'odeur fétide de leurs règles. Le secret de la vie divine tient dans le renoncement à la femme : s'affranchir de l'empire du deuxième sexe était, selon lui, le secret de l'immortalité.

— Êtes-vous prêt à abandonner les villes, à vous retirer dans la solitude des montagnes ou de la jungle ? Êtes-vous prêt à renoncer à toute activité, au travail comme à la détente, à consacrer votre temps à la méditation ?

Je lui répondis que j'avais déjà renoncé à mes vacances avec ma fiancée pour venir rechercher un ami disparu en Inde.

« Ne le cherchez pas ! Laissez-le tranquille. Personne ne disparaît en Inde ; elle est la mère de tous les égarés. S'il est resté ici c'est qu'il a trouvé sa voie.

Il allongeait et mastiquait ses mots, ne les quittant qu'à regret comme un chewing-gum dont il n'aurait pas goûté tout le suc. Ses deux assistants approuvaient de la tête ses moindres phrases en les ponctuant d'un « *Achcha* » una-nime. Puis, tenant mon consentement pour acquis, il se mit en tête de me donner une leçon de respiration, défit sa robe et apparut, nu et potelé, sur la banquette du train, les jambes croisées en tailleur. Il fermait ses narines, inspirait des litres d'air qu'il comprimait dans son ventre, soudainement gonflé. Avec sa peau lisse, sans duvet, sa panse dilatée, il ressemblait à une jeune fille enceinte dans une consultation de gynécologie. L'expiration, chez lui, durait exceptionnellement longtemps, il redistribuait le souffle dans ses jambes, ses pieds, sa colonne vertébrale de sorte que tout son corps en fût irrigué avant de l'expulser, avec parcimonie, bouffée après bouffée. Entre deux inspirations, il rotait profondément, sans complexes. Il recommença dix, vingt fois jusqu'à ce que tout le wagon, réveillé, se presse dans le compartiment pour voler un peu de sainteté gratuite au Parfait qui respirait si bien. A Delhi, il me demanda la somme de cent roupies pour la leçon apprise et m'autorisa à lui baiser les pieds si je le voulais.

Nous étions à nouveau bloqués dans la capitale pour trois jours en raison de la désorganisation du système ferroviaire consécutive aux pluies de mousson. Mme Menviel se répandait en visites. Elle ne voulait pas perdre son temps ni le mien. Je prenais les rendez-vous, dressais le planning du jour, endurais la lenteur hallucinante du téléphone, les appels dix fois renouvelés, les tonalités défaillantes, les communications interrompues sans raison et le barrage vocal des portiers, secrétaires, sous-secrétaires, secrétaires en chef, secrétaires particuliers.

Je pris l'habitude des administrations indiennes, à peine entrevues quatre ans auparavant : longs couloirs sombres et crasseux menant à de ténébreuses taupinières, ampoules nues suspendues à des fils noirs de mouches, petites fenêtres grillagées et clôturées comme des geôles où la clarté du jour se brisait en livides pénombres, multitude d'huissiers en loques, garçonnets au froc déchiré véhiculant des pyramides de tasses de thé débordantes, coolies à demi nus, toujours accroupis, refoulant la poussière d'un coin à l'autre sans se résoudre vraiment à l'enlever de peur de perdre leur emploi.

Dans chaque pièce, des montagnes de paperasses humides et moisies faisaient penser à des piles de linge sale. On se serait cru dans une buanderie. Les chemises s'entassaient jusqu'aux plafonds, formant de vraies colonnes de papier ; parfois deux greffiers, sur l'ordre

339

abrupt d'un chef, déplaçaient une colonne et en dénouaient les rubans.

Dans de nombreux bureaux, les dossiers étaient fermés par les lacets de chaussures des employés. Cela permettait au service de faire des économies sur les fournitures de ficelle. Enlevés le matin, peints de couleurs diverses pour être identifiés, les lacets étaient restitués le soir à leurs propriétaires. Ceux qui portaient des sandales étaient pénalisés et leur salaire diminué d'autant de bouts de ruban qu'ils n'avaient pu fournir.

Nous étions renvoyés d'un planton à un chef, d'un chef à un planton sans parvenir à déterminer qui prenait les décisions. Notre récit n'éveillait guère de compassion chez les officiels. Manifestement, ils étaient fatigués de ces troupeaux d'Européens qui venaient échouer chez eux.

Un jour, un certain Raj Menon, sous-secrétaire du Senior Superintendant of Police, au ministère de l'Intérieur, maroufle replet encadré par deux amas de documents que dévoraient des cancrelats, nous proposa la chose suivante :

— Personne n'est perdu en Inde, madame. Votre fils a probablement trouvé un nouveau foyer. Vous allez perdre beaucoup d'argent et un temps précieux à le rechercher. Et il n'est même pas sûr qu'il voudrait vous suivre. Votre fils a trouvé chez nous une nouvelle mère. Trouvez un nouveau fils : nous avons tant et tant d'enfants abandonnés. Je puis vous arranger sans problème une adoption. Ce sera très bon marché.

Entre deux rendez-vous, je feuilletais les journaux : les mollahs de l'Inde, sur invitation de l'imam de la grande mosquée, débattaient à Delhi du problème suivant : peut-on manger un agneau élevé en tétant le pis d'une truie ? En Andra-Pradesh, les brahmanes d'un village se purifiaient par un jeûne de huit jours pour avoir bu du « campa-cola » mis en bouteilles, en usine, par des intouchables. Un yogi de Ranchi clamait très haut qu'il pouvait avaler du cyanure de potassium et lécher de l'acide sulfurique. Soumis à l'épreuve, il était mort sur-le-champ.

Mme Menviel essaya de prendre contact avec Charles Orsoni. Il était déjà reparti en France et selon les informations données ne reviendrait plus. Il y avait là-dessous une énigme qui nous intriguait.

De mon côté, je téléphonai à Sen Gupta dont j'avais réussi à obtenir l'adresse, et pris rendez-vous avec lui. Il habitait une somptueuse villa sur Curzon Road avec véranda, portiques à colonnes, pelouses rasées de frais où des enfants tout en blanc jouaient au cricket. Une nuée de domestiques, de jardiniers bourdonnaient dans les pièces au plancher de *deodar* poncé et ciré. Je ne l'aurais pas imaginé aussi riche.

Il arriva vers moi, vêtu d'une tunique « Nehru » d'un blanc immaculé. Il avait vieilli, cela lui allait bien et avec ses lunettes d'écaille il ressemblait à un insecte fragile. Ses yeux qui lui mangeaient les tempes accentuaient son type déjà asiatique. Il me considéra un instant, s'excusa de ne pas m'avoir reconnu tout de suite, puis, avec cette politesse distante de l'Anglais, m'invita à m'asseoir dans une ottomane. Il parlait de lui, par courtes phrases. Il avait une manière inquiète de soupeser chaque mot, d'y consentir avec scrupule. Son côté vulnérable me désarmait. Son père, grand industriel à Calcutta, lui avait légué tous ses biens et était parti finir sa vie à Pondichéry, dans l'ashram de Sri Aurobindo. Lui continuait à donner des cours à l'université de Delhi mais avait abandonné l'archéologie.

Quand j'avançai le nom de Charles Orsoni, il ôta ses lunettes et demanda :

— Vous ne savez donc pas ? Charles — il prononçait Chaaarles en allongeant la voyelle — a quitté l'Inde. Voilà ce qui s'est passé : l'année dernière, un tremblement de terre a englouti le chantier de Deori. Au vu des pièces exhumées, ni le CNRS ni l'Archeological Survey of India n'ont accepté de financer la reprise des travaux. Orsoni n'a pas supporté ce désaveu. Il a tempêté, remué terre et ciel. Il m'a accusé de comploter contre lui, a même engagé un avocat qui l'a plumé jusqu'à sa dernière roupie. Il s'est mis à tenir des propos incohérents, s'est cru persécuté par la déesse Kali. Sundaraj, son ami, l'a quitté et a obtenu une bourse pour les États-Unis. Aujourd'hui, Charles est en maison de repos près de Paris.

— Vous voulez dire qu'il est devenu...

— C'est dommage : je l'aimais bien. Mais il s'est entêté, a mis en jeu toute sa réputation, sa carrière sur ce chantier. Notre terre brise les réussites autant qu'elle les provoque.

Il avait beau rappeler des événements douloureux, il dégageait toujours une incroyable douceur.

— Et Dominique Menviel ?

Il n'avait gardé aucun souvenir de lui et s'excusait de ne pouvoir m'aider. Je voyais avec tristesse l'entretien se finir sur l'énoncé de cette mauvaise nouvelle. Pour le prolonger, je reposai une dernière question :

« Et le reste de l'équipe ?

Il sursauta, remit ses lunettes, se leva, regarda un long moment par la fenêtre puis tourna vers moi un visage décomposé. Un pli amer déformait sa bouche. Je crus qu'il n'avait pas entendu ma question et la reposai.

— Là non plus, je suppose, personne ne vous a mis au courant.

Il soupira, appuya sur un bouton et murmura dans un souffle :

« J'ai longtemps aimé votre compatriote Maryse Robin. Cela vous étonne ?

— Pas du tout.

— Elle était si fine, si différente des femmes d'ici ; à côté des Indiennes plantureuses et rebondies, elle avait l'air d'un garçon. Et vous savez l'attrait qu'exercent sur nous les peaux claires ?

Je me gardai de le contredire. Je le devinais à la fois susceptible et mélancolique. Un domestique en livrée apporta deux tasses de thé à la mangue.

« Malheureusement, je ne l'ai jamais comprise. Comme beaucoup d'Indiens, je suppose, je cherchais une femme blanche pour apprendre l'amour auprès d'elle. Toujours ces mythes meurtriers. En fait d'amour, elle m'a communiqué l'inquiétude.

Au-dessus de son bureau, des guirlandes de soucis entouraient un portrait de Sri Aurobindo. Le patriarche fleuri semblait grimacer au fur et à mesure que Sen Gupta déroulait ses confidences.

« Pour elle, je suis toujours resté un Indien, jamais un

homme. Une idée pure, un indigène. Elle, en retour, jouait à l'Européenne, cloîtrée dans sa différence ; française, presque jusqu'à la nausée.

Il avait prononcé ce dernier mot dans un murmure comme pour excuser sa violence.

« Savez-vous ce que j'ai fait ? J'ai appris le français avec l'espoir fou que je pourrais ainsi la rejoindre de l'intérieur, comprendre ses pensées. J'ai mis à apprendre votre langue toute l'énergie que je ne pouvais lui prodiguer.

— Nous pourrions donc converser en français ?

— Non, je vous en prie, restons à l'anglais. Ce serait trop pénible.

Il ne parlait plus, il s'arrachait une écharde du cœur avec dans la voix une véhémence, une amertume qui me surprirent.

« Pour nous autres, hindous, l'amour d'une femme n'est qu'une parcelle de l'amour que nous portons au reste du monde. Pour vous autres, Occidentaux, c'est une aventure à part dont on se demande, dès le début, si elle a quelque chance de survivre au lendemain. Vous chassez la durée de la vie sentimentale, la soumettez à la juridiction du désir, des caprices.

Je commençais à voir la sueur, les années creuser ses orbites. Il s'assit à nouveau, enleva ses lunettes, se mit à les frotter.

« Je suis même allé la voir à Paris. A cause d'elle, par bravade, j'ai mangé du bœuf, trahi les devoirs de ma caste. A mon retour, j'ai tenté de me purifier par les rites. Mais son souvenir m'obsède.

J'étais mal à l'aise et me sentais presque en position d'accusé. Le nom de Devika remontait lentement à mes lèvres sans que j'ose le prononcer. J'aurais souhaité que nous conversions plus longtemps, mais le téléphone sonna. Quand il raccrocha, son regard exprimait le dépit de s'être confié à moi. Je redevins instantanément un étranger, un importun. A la grille du jardin, il me dit avec une hostilité contenue :

« Je vais me perfectionner en français ; il ne me reste qu'à lire vos auteurs qui ont si bien démystifié le sentiment.

Le même jour, à midi, je commençai à manger à l'indienne, avec les doigts de la main droite uniquement. Mme Menviel me considéra, étonnée ; avant même qu'elle eût ouvert la bouche, je lui rétorquais qu'on ne faisait pas l'amour avec des gants.

— Bien sûr, mon petit Frédéric, c'est tellement pittoresque de cette façon. Et savez-vous manger comme les Chinois avec des baguettes ?

Croyant que personne ne nous comprenait, elle avait pris la mauvaise habitude de parler fort et ne faisait plus de différence entre les lieux privés et publics : puisque nous étions à l'étranger, nous étions seuls partout. De toutes les manières, elle n'était guère en état de récriminer. En moins d'une semaine, deux spectres, la chaleur et l'alimentation, se levèrent silencieusement des rues pour la prendre à la gorge. Elle avait voyagé trop loin et s'en repentait. Elle souffrait de feux d'entrailles et son corps s'insurgeait, rejetant tout. Elle ne pouvait se retenir de laisser échapper de petits vents dont elle s'excusait interminablement. Elle se sentait flasque, anémiée, de longs arriérés de souffrance, des nuits d'insomnie transparaissaient derrière son masque fatigué. Elle tenait absolument à ce que je partage ces désagréments et me demandait :

« Vous n'avez pas trop chaud avec cette chemise ? Vous ne voulez pas reprendre une douche ? »

Assez vite, elle dut reconnaître que l'Inde ne lui offrait aucune résistance, déviait ses attaques. Elle se heurtait non à une violente hostilité mais à une immense apathie qui décourageait ses efforts. Son empressement s'altéra. Elle devint frileuse, anormalement vêtue pour la saison. Le soir dans sa chambre elle se propulsait clopin-clopant, à petits pas, tassée, parlant à mots comptés comme si elle avait de la bouillie dans la bouche. Souvent elle se montrait agitée, irascible, puis l'instant d'après éteinte comme une chandelle morte. Sa chair douillette se révoltait contre tout l'inconfort d'un voyage en Orient.

Partout, le fantôme de Dominique flottait derrière nous, écoutant les conversations, enregistrant les tensions. Souvent elle me confondait avec lui et je devais rectifier sèchement. Elle avait des bouffées d'autoritarisme, m'obligeait à négocier pour tout ; avec les rickshaws, les chauffeurs de taxi, les marchands de cigarettes, les garçons d'hôtel, je devais à force d'arguties, de menaces, de faux départs, obtenir un rabais de quelques paisas ; ce n'était jamais assez. Elle se frottait les mains, disait : « Je n'aime pas être volée » et recommençait la négociation de zéro, m'accusant de manquer de conviction. Elle avait le don d'extraire de moi le peu de vitalité que je préservais avec difficulté. Sa voix haut perchée et flûtée me poursuivait à toute heure du jour et de la nuit. Dans ces moments-là, je communiais intimement avec Dominique, je le comprenais. A sa place, moi aussi j'aurais fui depuis longtemps ! Et je priais pour que nous ne le retrouvions jamais. Qu'il repose en paix. Un jour, j'eus l'impertinence de lui suggérer qu'elle avait commis une erreur avec son fils. Elle bondit comme sous un choc électrique :

— C'est mon affaire, cela ne regarde que moi. Je vous interdis de penser cela. Et vous, avez-vous écrit à votre maman, à votre fiancée ?

Plus elle s'affaiblissait, plus je me renforçais. Et le soir, après des journées de courses harassantes, alors que sa tête retombait sur son épaule, trop lourde, et qu'elle s'enveloppait d'une serviette humide pour se rafraîchir, je la laissais geindre et sortais boire des litres de bière glacée au bar le plus proche. Quand je revenais, nous prenions souvent des chambres communicantes, elle me demandait :

— C'est vous, Frédéric ?

Elle allumait et cherchait fébrilement ses lunettes pour me voir. Ses yeux étaient enflammés.

— Dormez, madame, dormez, ne vous occupez pas de moi.

— Vous savez bien, Frédéric, que je ne peux pas dormir tant que vous n'êtes pas rentré. Je suis comme ça.

Je l'entendais renifler doucement et j'imaginais son visage flétri se rider plus encore sous l'effet des larmes.

« Croyez-vous que nous le retrouverons ? Sera-t-il grossier avec moi ?

— Mais non, je suis sûr qu'il brûle de vous revoir, il ne pense qu'à vous.

345

Ses sanglots redoublaient ; une fois mise en route, elle ne manquait nullement de raisons de pleurer et dévidait le long rouleau de sa malchance : sa pauvreté, la solitude, la mort qui approchait lentement.

— Toute ma vie, j'ai été dupe ; mon mari m'a roulée, mon fils m'a roulée, je leur ai tout sacrifié.

Dès que les grandes eaux commençaient, je décampais. Je me sentais incapable d'attendrissement.

« Non, non, restez, Frédéric, je ne pleurerai plus, restez.

Avec moi, ça ne prenait pas. Les pleurnicheries s'arrêtaient brutalement, remplacées par un gémissement qui s'affaiblissait jusqu'à n'être plus qu'un soupir. Puis un ronflement léger montait de sa chambre. J'allais fermer la porte de communication. Entre elle et moi s'installait une distance longue comme un siècle.

4
Howrah-Express

De guerre lasse, nous quittâmes Delhi pour Calcutta, notre dernier espoir. Nous reprîmes d'horribles tacots, toujours en retard. Avec la mousson, le ciel bas et chargé, les gens devenaient encore plus petits, plus frêles, plus misérables, privés d'espérance. Sans même l'humilité et la douceur des bêtes. Plusieurs fois, je tentai d'écrire à ma fiancée restée en France. Je n'avais rien à lui dire.

Des murs de boue, des figures hâves défilaient devant nous. La campagne était noyée sous un liquide brunâtre : il n'y avait pas de limite à la laideur, à la monotonie du monde. Le soleil lui-même, tumeur purulente, cramoisie, enfonçait des aiguilles dans les yeux. Nous allions là, colis anonymes traversant des campagnes anonymes. Le seul fait de respirer était une fatigue, l'air chaud et humide blessait les poumons à chaque inspiration comme si on appliquait une barre incandescente sur la poitrine. Il faisait si chaud que les paroles fondaient avant d'atteindre leur destinataire. Dès qu'on y plongeait une cuillère, le sucrier entrait en ébullition et une armée de fourmis se répandait sur la table. Toute l'atmosphère était saturée d'un invisible poison qui s'insinuait sous l'épiderme à la moindre coupure. Je frémissais d'être immobilisé à jamais sur le terreau puant de ce pays. Je me sentais inexplicablement passif. Quoi qu'il advînt de moi, ce serait ma destinée.

La musique me hérissait : les feulements du *sarangui* me faisaient dresser les cheveux et les sitars grinçants me suggéraient le bruit d'un traîneau raclant sur du gravier. Quant aux voix des chanteurs, si tristes, si souffreteuses, elles instillaient le frisson de la mort chez l'auditeur le mieux disposé. C'était la raideur d'une badine qui vous frappe sur la tête ; au-delà de quelques minutes, cela devenait atroce, on perdait la raison, on criait grâce. A Paris, quand on m'avait demandé ce que j'avais vu en Inde, je n'avais rien pu dire. Je ne savais pas ce qui m'y avait plu. Certainement pas l'expérience spirituelle ; ni le paysage ; et très peu les hommes. Je ne pouvais avouer de but en blanc que je venais de passer neuf mois dans un pays que je haïssais. On m'eût pris pour un fou !

Dans les banlieues de chaque grande ville, le convoi stoppait brutalement plusieurs fois ; des voyageurs lançaient leurs bagages sur le ballast, sautaient et filaient ; ils avaient tiré la sonnette d'alarme pour s'arrêter juste devant leurs maisons. Les abords des gares étaient des cauchemars : murs lépreux, têtes et joues gluantes, intérieurs infects, cadavres de vaches et de buffles servant de pâtures aux vautours et aux corbeaux, atmosphère chargée de pourriture où l'on croyait respirer les bacilles avec l'oxygène. Seuls des essaims de petites écolières en jupe bleue, les pieds nus et les cheveux nattés, adorables et rieuses, qu'on voyait rentrer sagement en se tenant la main, jetaient une note de beauté et de fraîcheur dans la pourriture ambiante. Aux arrêts, j'allais me faire raser ; j'aimais le crissement soyeux des lames sur le poil dur et le parfum de la mousse au santal. Puis j'allais prendre le *chota hazri*, le petit déjeuner à l'indienne avec *samosa*, beignets, et thé épicé au lait et au gingembre.

— Comment pouvez-vous avaler ces horreurs ! s'indignait Mme Menviel, et ses yeux révulsés disaient son dégoût.

L'express devait joindre Calcutta en quarante-huit heures. Bien entendu, nous fûmes déviés. Les débordements du Gange avaient coupé la voie ; le fleuve était devenu vaste et infini comme la mer. Des sampans glissaient dessus. Leurs rames traînaient paresseusement. On ne pouvait plus distinguer l'autre rive. Le trajet fut dévié sur Lucknow, plus au nord. Les quelques routes encore carrossables étaient hérissées de barrages militaires qui contrôlaient les passants, les voitures, les paysans : les troupes recherchaient les extrémistes sikhs et les espions pakistanais. Dans notre wagon même, nous étions souvent vérifiés. De petits êtres eunuchoïdes, exaspérants, qu'on sentait toujours prêts à exploser, épluchaient nos passeports, souvent à l'envers ; ils devenaient vindicatifs, nous soupçonnaient de travailler pour la CIA, puis, après de longues palabres, nous rendaient les documents sans un mot.

Le compartiment était envahi de militaires, tous hindous ; les hommes de troupe, aux cuisses grêles, à la poitrine creuse, étaient plus petits et plus foncés que leurs officiers. Tous se signaient au passage d'un temple. Ils nous fixaient intensément. Je n'osais plus remuer un muscle, je sentais peser sur moi ces regards passionnés. Ils m'auscultaient à la façon d'une caméra qui suivrait chaque pulsation de mon sang. Et tous ces yeux sombres, dès que je fermais les miens, revenaient me hanter, pareils à des escarbilles, des corps étrangers que je ne pouvais plus expulser.

Enfin, un gradé, impeccablement sanglé dans son uniforme, un homme solidement charpenté au teint clair, plongea ses beaux yeux verts dans les miens et doucement, avec une indiscrétion exaspérante, m'interrogea. Il enregistrait posément chaque réponse et la transmettait à ses subordonnés. Ils revenaient tous au Punjab et avaient participé à l'assaut du Temple d'or.

— *Very bad, very bad.*

Un soldat, le teint aussi noir qu'une plaque de chocolat, prit la parole. Son chef le coupa avec brutalité.

« Il dit que hindous et sikhs étaient autrefois *bhai-bhai*, frères, et qu'aujourd'hui c'est fini. Sa femme a eu la jambe arrachée par une bombe jetée dans un cortège par des extrémistes sikhs. Mais il a tort : c'est un *backward*, un arriéré.

Il brandit un index didactique et velu devant moi.

— *India is one. We are all brothers, all equal.*

Les petits hommes hochaient la tête sans qu'on pût savoir à qui allait leur approbation.

« Comment trouvez-vous l'Inde ?

Je mentis poliment, esquissai l'ombre d'un éloge.

« Beaucoup de pauvreté, n'est-ce pas ?

— Sans doute !

— Si, si, trop de pauvres, beaucoup trop.

Il me cita des chiffres : l'Inde était le sixième producteur d'acier, le troisième exportateur de riz, elle possédait l'arme atomique, deux satellites, quatre prix Nobel en physique et chimie. Et la France ? Combien de tonnes de charbon, combien de sous-marins nucléaires ? Je l'ignorais. Son visage se rembrunit, il fit entendre un tss-tss réprobateur et la conversation cessa.

C'est à Lucknow, où nous descendîmes vingt-quatre heures, le temps de nous reposer et de nous laver dans un hôtel, que Mme Menviel eut ses premières fièvres. On ne savait si c'était dû à la dengue ou au paludisme, mais elle frissonnait sans arrêt et, toute suante et tremblante, s'enveloppait dans ses couvertures. Elle refusait de voir un médecin.

— Jamais je ne leur permettrai de me toucher de leurs grosses pattes sales.

Les plis de son cou ressemblaient à ceux d'un ballon dégonflé, une douleur continuelle allongeait sa face et elle restait couchée à gémir et bougonner.

« Ce pays, Frédéric, exerce sur moi d'étranges ravages. Il m'empoisonne, m'épuise, me jette ses maléfices. Oh, je voudrais enlever ma peau comme une chemise et la mettre à sécher sur un cintre.

Elle invoquait maintenant le simulacre des possibles non réalisés ; ce qu'elle aurait dû faire et n'avait pas fait ; ce qu'elle aurait dû être et n'était pas. Elle soliloquait, une flaque de sueur sous le fondement. Et ces vies potentielles, ces destins chimériques sortaient de sa bouche comme autant de farfadets, de ludions aussi vite apparus qu'évaporés.

Elle se noyait dans les détails, recomptait trois ou quatre fois son argent en me demandant de faire le guet devant la porte pour surveiller si personne ne l'épiait. Elle se méfiait de tout le monde, trouvait des airs d'espion, d'assassin au moindre garçon d'étage. Elle ne mangeait plus, ou trop irrégulièrement, et je terminais ses portions en y piochant avec les mains.

Elle se sentait étourdie après le plus léger effort et étouffait avec une impression de nausée qui ne la quittait plus. Elle se mit à sentir la vieille femme, sa peau humide brillait et la poudre de riz, repoussée par la transpiration, se rassemblait dans ses bajoues comme une légère boue dans un fossé.

Ses cheveux étaient farcis de pellicules qui tombaient sur son col. Contrairement à elle, je ne luttais plus contre les cafards ; je les laissais passer sur moi, frotter leurs antennes près de mes yeux, valets stylés en redingote, tout de noir vêtus. Certains me reconnaissaient et ne s'enfuyaient plus à mon approche. Je savais maintenant cracher par terre et me moucher à l'indienne. J'avais vite repris le coup de main, après un an d'absence ! Mme Menviel réprimait mal un haut-le-cœur chaque fois que je vidais mes narines, souvent sur le sol même de sa chambre.

En raison des foucades du ciel, nous devions presque longer la frontière népalaise afin d'éviter les cours d'eau au moins jusqu'à Patna, et de là bifurquer vers le sud-est. Après Gorakhpur, à l'aube, l'express s'étant immobilisé en pleine campagne, je descendis me soulager avec les paysans, les femmes et les enfants qui, à croupetons tels des crabes, sur des kilomètres, parfois rejoints par un chien ou un cochon, engraissaient la terre nourricière. Les alentours des voies étaient parsemés de matières fécales, les officiants devisaient entre eux dans une tranquille impudeur. Non loin de là pourrissait la masse grise d'un buffle mort, souillée par la fiente blanche des vautours qui tournaient en lentes valses dans le ciel, attendant en silence d'autres agonies.

Mme Menviel m'examinait derrière les barreaux de la fenêtre, anémiée comme une lampe sans huile, les ongles pâles, la bouche pincée. Elle ne me dit rien. Sa chemise blanche était criblée de salissures de mouches comme si on l'avait fusillée avec des insectes. A Chapra, elle eut un malaise ; elle était brûlante. Elle m'appela plusieurs fois « Dominique, Dominique ». Et défilaient d'autres jungles, d'autres palmes, d'autres petits bourgs perdus dans l'obscurité mouchetée de rares lampes à huile, d'autres villages inondés, d'autres rizières dont la mémoire s'effaçait à peine entrevue. Ici ou là, de maigres palmiers, au chef déplumé, semblaient des caricatures de parapluie. Il y avait quelque chose de mauvais dans l'air.

5
L'âge de fer

Un soir, il devait être 2 heures du matin, j'émergeai d'un sommeil profond et remontai lourdement à la surface. Il venait d'y avoir un terrible orage. De nombreuses lueurs violentes illuminaient la campagne, suivies de roulements de tonnerre et d'une averse pesante qui semblait prête à transpercer la tôle du wagon. Rien ne bougeait, sinon la sueur qui glissait sur mes tempes. Nous arrivions à la gare de Jhajha, dans le Bihar, énorme citadelle au cœur de la nuit. A l'entrée des quais, des *saddhu*, leurs loques de coton enroulées autour des reins, leurs tignasses embroussaillées transformées en éponge, restaient immobiles sous la pluie, sans bouger d'un pouce.

Chacun d'eux avait l'austérité de la pierre, boueux parmi la boue du sol. Sous les auvents étaient étendus des centaines de corps, entre lesquels les employés du chemin de fer avançaient malaisément comme en terrain marécageux. Les sifflets, les cris des commandos de porteurs, de vendeurs, de quêteurs se brisaient contre mon oreille. Le train devait rester ancré là pour un bon bout de temps : l'orage avait noyé la campagne et il n'était pas question de repartir avant la baisse du niveau des eaux. Des ficelles furent tendues de chaque voiture au pilier du quai correspondant pour y mettre du linge à sécher. Je me levai. Mme Menviel émergea d'une série de ronflements.

— Vous sortez, Frédéric ?

— Je vais me dégourdir les jambes.

Sa chemise de nuit, déchirée, pendait sur elle, découvrant un morceau d'épaule et le vestige froissé d'un sein.

— Faites attention de ne pas rater le train ; méfiez-vous des pickpockets.

Dehors, elle me rappela.

« Ramenez-moi donc des bananes et achetez une carte pour votre maman.

Je déambulai un peu au hasard dans le hall de pierre pavée, bus un thé au lait, achetai un paquet de *beedies* et des fruits. Sous les haillons, les sacs de tissu, sortaient des mains noires, maigres où saillaient des veines bleuâtres ; les êtres étaient jetés là, endormis dans cet abandon poignant des sans-logis indiens, marchandises avariées qui attendent pour disparaître que la voirie vienne les déloger. Des ténèbres de la nuit montait une lourdeur confinée, l'haleine d'une terre malade. Je me dirigeai vers les toilettes situées en bout du quai, là où j'avais aperçu les *saddhu*. Des plates-bandes d'agonisants dormaient autour du petit réduit, casemate en béton qui débordait et d'où s'écoulaient des ruisseaux. Une odeur d'excréments et de végétation pourrie me prit à la gorge et je reculai comme si j'eusse senti le souffle de la mort. Juste au-dessus de ce pénible spectacle, une loupiote éclairait une tonnelle de bougainvillées toute mouillée de rosée. L'un des cadavres s'anima alors que je l'enjambais et, tendant son bras vers moi, réclama quelques paisas. Je m'écartai. La main m'agrippa au mollet et m'attira vers elle. Il y avait dans ce bras une force étonnante, insistante.

— *Bakchich, sahib, bakchich.*

Je me dégageai, et les doigts qui m'avaient emprisonné restèrent contractés telles des pinces. Du visage dans l'ombre revint le même appel.

« *One roupie, sahib, one roupie.*

Deux yeux ardents, épuisés, se levèrent sur moi, deux beaux yeux égarés. Ma gorge se dessécha et mon cœur s'arrêta de battre. Je chancelai comme un étourdi : pendant une seconde de suspens, je me sentis en équilibre au-dessus du vide puis, me reprenant, m'engouffrai dans les waters.

Mais la grande figure émaciée me poursuivait. J'entendais encore cette voix qui tintait à mes oreilles. Mes genoux flageolaient, un brouhaha s'était fait dans ma tête. Il me semblait que ces yeux si beaux, si douloureux, avaient mis le doigt sur le centre : dans ce regard étaient tapis une promesse, un enseignement capital.

En sortant, je le cherchai malgré moi ; il avait disparu du monceau de corps entremêlés, où sa place libre laissait un creux. J'avais donc rêvé ! La pluie ne tombait plus, les nuages se déchirèrent, laissant filtrer une lune énorme qui éclairait les rails. Là-bas, près d'un hangar à locomotives, une silhouette alluma une cigarette et, pendant un instant, j'entrevis une espèce de colosse coiffé d'un turban. L'allumette lancée en l'air décrivit une parabole, le visage disparut. Seul demeura visible le bout incandescent de la cigarette. De nouveau, je crus me désintégrer sous l'effet d'un choc. J'approchai des deux hommes, levai le bras pour signaler mon arrivée. J'étais à quelques mètres à peine quand les nuages voilèrent la lune à nouveau, replongeant toute la gare dans l'obscurité. Je continuai à avancer, les deux silhouettes avaient disparu. Je regardai autour de moi, je perdais la raison, appelai : « Monsieur, monsieur... », je marchai le long d'une voie de garage. Une plainte, mince et coupante, frappa mes oreilles, dominant le fracas lointain d'un train de marchandises qui manœuvrait. Je fis volte-face. La plainte devint sifflement. Je ne rêvais pas. On sifflait à quelques pas de moi. Je continuai à tâtonner jusqu'à ce que je trébuche sur une pierre, près d'un butoir, perde l'équilibre et m'étale dans la boue. Le sifflement cessa aussitôt, une main me plaqua au sol et une voix que j'eusse reconnue entre mille, une voix qui se jetait sur moi, me bouleversait comme autrefois, siffla en français :

— Pourquoi es-tu revenu ? Je t'avais dit de me laisser.

La main me lâcha. Je tournai la tête, les dents crissantes de gravier : c'était bien lui !

Je le distinguais mal dans l'ombre ; il me parut déguenillé, amaigri. Un buisson de barbe lui tombait sur la poitrine.

« Surtout, ne parlez pas de hasard. Vous êtes là, c'est tout.

La voix avait perdu de sa fermeté, s'était enrouée. Il s'exprimait maintenant en anglais et tirait sur une *beedie* qu'il rallumait sans cesse. Il avait l'air d'une énorme panthère brisée. Déjà l'incroyable concours de circonstances avait glissé sur lui. Il ouvrit une sorte de lévite blanche et cotonneuse qui lui descendait jusqu'aux genoux, sous laquelle il était nu, à l'exception d'une ficelle passée autour du ventre. Près de lui étaient posés un bol à offrandes en noix de coco et un *lota* en cuivre pour les ablutions.

« Donnez-moi vos bananes.

Il les épluscha et les dévora goulûment. Ses mâchoires claquaient sans retenue, avec l'avidité d'une bête. Puis il s'essuya, rota, alluma une autre cigarette et l'aspira lentement.

« Je sais ce que vous pensez : que l'Inde a agi sur moi à la manière d'une liane impitoyable. C'est vrai : je ne voulais pas que ce pays sombre et finalement c'est moi qui ai coulé.

— Que faites-vous là ?

— Et vous ?

— Je cherche Dominique. Savez-vous où il se trouve ?

— Oh, celui-là...

Il eut un geste vague de la main.

« Vous le cherchez encore ?

— Il est bien parti avec vous, pourtant ?

— C'est si loin !

Je redoutais de l'écouter, qu'il ne me raconte quelque chose d'humiliant, quelque témoignage de son cerveau malade. Pourtant, je devais savoir.

— Eh bien, j'attends vos explications !

Il soupira ; un lambeau de coton détrempé, soulevé par le vent, volait sur son épaule ; une chaleur gluante, gorgée de crasse et d'eau en suspension, monta de la ville.

— Et si je refuse ?

— Je repartirai.

— Vous repartiriez ? Vraiment ? Nous venons de nous revoir après deux ans d'absence et vous exigez de moi tout de suite des aveux en bonne et due forme. Vous ne vous demandez pas quelle grotesque guirlande d'événements vous a déposé ici, à mes pieds ?

Comme autrefois, ce ton fanfaron, arrogant ! Je détestais sa façon de me parler.

— Je ne suis pas à vos pieds ! Ne me confondez pas avec Dominique.

— Vous n'avez jamais eu beaucoup d'estime pour lui, avouez-le !

— Ce que je pense de Dominique ne vous regarde pas. Je vous demande seulement de me dire où il est.

— Comme vous êtes sec ! Pas un mot de bienvenue. Des ordres, seulement des ordres.

Il se moquait de moi, me tenait à sa merci une fois de plus.

— Vous m'aviez donc reconnu, à Goa ?

— Oui, sur-le-champ.

— Le beau mérite. Je n'essayais même pas de me cacher.

Dans les ténèbres, ses inflexions sonnaient presque déclamatoires. Je ne le perdais pas de vue, vaguement craintif, tâchant de distinguer ses traits, ses lèvres.

« Puisque vous êtes là, rendez-vous donc utile. Si vous voulez que je parle, allez me chercher d'autres bananes et des cigarettes.

J'obéis sans l'ombre d'une hésitation. Cette rencontre inopinée était peut-être un signe du destin. J'obéis même avec empressement, craignant que le train ne redémarre.

355

Quand je revins enfin, les bras chargés de victuailles, il consentit à ouvrir la bouche. Sur le ton d'un camarade qui évoque des amis communs.

« Vous savez que cette petite garce de Devika était en train de s'amouracher de vous ? Devika, ma propre maîtresse. J'y ai mis bon ordre par quelques taloches. Je l'avais chargée de vous sonder. Oui, je l'avoue, j'avais projeté un moment de vous supprimer. Vous faisiez un témoin gênant. Vous ne m'en voulez pas, j'espère ?

— Mais non, continuez.

— Vraiment, vous n'êtes pas fâché ? A la bonne heure.

Il fit craquer une allumette et je pus constater qu'il souriait.

« Je m'étais donc installé à Goa avec, pour seule publicité, une teinture de théologie brahmanique. J'entendais purger ce département des indésirables venus d'Europe. Ceux-là avaient pris la route des Indes comme on prend le chemin de l'abattoir. Il n'était pas question que leur mauvais exemple encourage les Indiens dans l'erreur. Vous saviez ma tactique : j'admettais auprès de moi les plus délabrés et j'échappais ainsi aux soupçons quand ils venaient à disparaître plus tard. Le gibier d'ashram affluait ; je devais refuser du monde. Quel succès ! La police a cru à des règlements de compte entre freaks ou junkies et a conclu l'enquête par un non-lieu. Quant aux Goanais, excédés pas cette racaille, ils ont aujourd'hui presque interdit l'accès de leur territoire aux hippies.

Il se gargarisa avec le fond de sa tasse de thé, puis cracha bruyamment.

« Mais Dominique s'est jeté dans mes jambes, et tout de suite il est retombé en mon pouvoir ; il était si avide, si désespéré d'échapper à sa mère. Je l'ai surestimé et j'ai dû convaincre les autres de le prendre avec nous, une fois notre besogne accomplie. Mais il fallait l'affranchir rapidement. Un soir, je lui déballai en vrac la vérité, tout en continuant à me parer des attributs d'un sage. Sri Tatuva et le mulâtre, un Anglo-Indien à qui j'avais sauvé la vie une fois, étaient présents, prêts à le ceinturer, s'il se révoltait. Sa réaction nous dérouta : il fut moins horrifié que dépité. Savoir que je vous avais confié le secret avant lui le blessa au-delà de toute expression. Je dus presque le consoler, m'excuser. Je vous noircissais à plaisir, vous diminuais. Enfin, je lui ordonnai de ravaler sa déception et lui demandai s'il était prêt à nous aider. Je lui représentai la grandeur de nos plans, toujours enrobés d'un verbiage religieux. Il était presque flatté de la confiance que je lui manifestai mais voulut des précisions. Nous le mîmes à l'épreuve le lendemain même.

« A l'époque, nous écumions le sous-continent, surtout occupés à trouver des fonds. Nous allions dans les régions où les morts ne sont pas comptabilisés, nous suivions les cyclones, les incendies et achevions les blessés, les mourants. Nous déguisions nos meurtres en crimes rituels, vengeances de castes, accidents naturels. Le gage de Dominique fut simple : au bord d'un chemin, dans une région du Coromandel qui venait d'être frappée par une tornade, une vache agonisait, malade du typhus. Je priai Dominique de l'achever d'un coup de poignard dans la nuque comme on fait dans les corridas. J'estimais ce test décisif : je savais son amour des ruminants. Mais le pleutre flancha et s'effondra sur la bête en pleurant. J'aurais dû le tuer tout de suite : pourtant je répugnais à me débarrasser d'un homme qui me vouait un tel culte. Nous étions si peu nombreux ! Même lui devait pouvoir servir.

« Je vous l'ai déjà dit il y a deux ans, je croyais à la propagande par les actes et rêvais toujours de rassembler autour de moi une petite armée d'hommes dévoués qui hâteraient partout la dératisation. Je voulais inaugurer en Asie le royaume du Christ violent. Mais, dans un pays où le moindre mendiant déplace des foules sur son passage, je n'ai pas recruté plus de trois personnes. Très vite, je compris que je resterais une avant-garde sans armée. C'est lamentable, n'est-ce pas ?

Fallait-il lui répondre ? Il me décocha un méchant coup d'œil et se pencha sur moi :

« Vous ne dites rien ? Je vous préviens, si vous êtes là pour soulever la boue, rire de mes souffrances…

— Je ne ris pas.

— J'aurais dû vous tuer, pourquoi ai-je hésité ?

— Qu'est-ce qui vous prend ?

— Vous venez là pour débusquer de sales petits secrets, pour vous gausser de moi. Je ne dirai plus rien.

Il fit le signe de se coudre les lèvres.

— Je ne me moque pas de vous, je vous le promets. Dites-moi ce qu'il en est de Dominique, c'est tout ce qui m'intéresse.

Il s'allongea sur un chariot à bagages, replia ses coudes sous la tête et resta silencieux. Il ne bougeait plus. On eût dit un gisant.

« Victor…

— Taisez-vous.

— S'il vous plaît…

— Non.

— Je vous en prie…

— A une condition.

— Laquelle ?

— Massez-moi les pieds.

— Vous masser !

— Vous avez très bien compris.

— Vous plaisantez ?

— J'en ai l'air ?

— Mais pourquoi ?

— Problèmes de circulation, de démangeaison : ça me soulagera.

D'autorité, il tendit vers moi deux os noirs et maigres et les posa sur mes genoux. Je distinguais à peine ses pieds mais percevais nettement une odeur déplaisante.

« Surtout, frottez bien entre les orteils.

Alors il poursuivit son histoire, tandis que je frictionnais entre mes paumes ses doigts de pied râpeux et gonflés. Heureusement que la nuit était noire, que personne ne nous voyait ! Cette fois il n'y avait plus d'ambiguïté : les fragments de l'énigme s'emboîtaient pour reconstituer la vérité. Mais ce jour-là, à la différence de New Delhi, la vérité ne m'intéressait plus.

6

Les Incurables

« Ce que j'ai à vous dire n'est pas très brillant, j'en ai peur. Ma petite troupe commençait donc à s'essouffler. Devika, chargée à Goa de séduire les futures victimes que Tatuva et moi poussions en général dans la mer, maquillant la mort en noyade, Devika donc ne contrôlait plus ses nerfs. Même Tatuva prenait peur parfois. Et Dominique me suppliait de ne pas lui faire faire la sale besogne. Je devais offrir un nouvel aliment à mes adeptes ou m'en séparer. Je décidai de mettre le cap sur Calcutta.

« Dans la capitale du Bengale, la misère et l'adversité planaient à la façon d'un éther, qui anesthésiait les plus solides. Tout était usagé, détraqué, même l'air qui courait là, déjà respiré par d'autres et chargé de miasmes. Calcutta, noyée dans ses ordures, plus peuplée que jamais, avait réussi à transformer l'homme en chiffon. Des milliers de gens dormaient dans le torchon qui leur servirait de linceul. Certains bidonvilles étaient des tanières creusées à même les détritus qui leur faisaient comme une croûte protectrice.

« On y expérimentait à grande échelle l'accoutumance des individus aux formes les plus dégradantes de la vie ; un immense camp sans geôliers ni frontières, dont les prisonniers se soumettaient d'eux-mêmes aux pires conditions de vie. Des usines de jute, des fonderies, des aciéries, sortait tout un prolétariat en loques. Et de terribles foules, sales, lugubres, affamées, excitées par des meneurs, explosaient sans raison, détruisant tout sur leur passage. La canaille, assoiffée de sang et de carnage, s'enroulait sur elle-même, tel un serpent, et, devenue sa propre proie, finissait par s'entre-tuer.

« Tout un peuple appliqué à perdre, tout un peuple en état de faillite permanente, avec des bavures heureuses de temps à autre, habitait cette ville cancéreuse, anémique et obèse. L'urbanisme britannique ne pouvait plus contenir la pestilence qui rongeait et ruinait tout. Calcutta avait changé le contenu des cauchemars de l'humanité et suscité un art d'agoniser unique au monde. Je ne pouvais rêver meilleur laboratoire.

« Je m'installai au Modern Lodge de Sudder Street avec mes gens, sous l'identité d'un infirmier anglais. L'hôtel était occupé en majorité par des volontaires de mère Teresa, jeunes gens mus par le dévouement autant que par le goût de l'aventure. A Calcutta, il n'existe d'ailleurs que deux catégories de gens : les pauvres et leurs bienfaiteurs. Ces derniers, chrétiens en majorité, s'y sentent comme des éponges saturées de sympathie. Ici, la gloire de Dieu est plus évidente à mettre en œuvre qu'en Europe : les misérables pullulent par millions et la douleur y gagne une profondeur rédemptrice authentique. Dans ce fond sans fond de la peine, tout ce qui vit, sent et bouge nous remémore que le royaume de Dieu n'est pas de ce monde, que la souffrance conditionne notre passage sur terre. Les amoureux des douleurs humaines se ruent au Bengale avec une délectation morose, en vampires presque heureux de brasser une détresse insupportable mais nécessaire.

« De toute évidence, je devais changer ma méthode de travail. J'en parlai longuement avec Sri Tatuva, le seul en qui j'eusse encore confiance. Je lui suggérai de purifier cette abomination au lance-flammes, à la grenade, au bazooka, de lancer des bombes dans les tuyaux d'écoulement où s'entassent depuis dix ans les réfugiés du Bengale oriental, de mettre le feu aux plus terribles *bustees,* bidonvilles, d'empoisonner l'eau des puits approvisionnant les quartiers dépourvus. Il m'en dissuada avec raison : le risque était trop grand. Non, il nourrissait une autre idée, simple mais lumineuse. Il suffisait de suivre la même filière que les organisations charitables : se mettre au service des pauvres, mais pour les éliminer. Nous n'avions rien à faire sinon de l'entrisme : infiltrer les structures existantes, proposer nos services puis, sous le couvert de l'assistance, accomplir nos desseins.

« D'abord, chacun de nous s'enrôla dans un organisme différent. Pour ma part, j'allai proposer mes bras à

M. Sanjay K. qui s'occupait à la cathédrale Saint-Paul d'aller distribuer chaque soir des vivres aux affamés. Je gagnai ses bonnes grâces et fis preuve de tant de zèle qu'il me confia la direction d'une brigade. J'étais libre désormais de recruter des volontaires à ma guise ; je fis donc appel à mon équipe. Nous prîmes tous un nom et une identité d'emprunt. Nous préparions dans les cuisines du MPF *(Multi-Purpose Food)* un mélange de farine de blé, de farine de soja et de lait en poudre riche en protéines auquel on ajoutait des oignons frits pour le goût et qui mijotaient dans du *butter-oil*, mixte d'huile végétale et de beurre.

« En cette période probatoire, il importait de nous bâtir une réputation qui nous permettrait plus tard d'agir sous le couvert des motifs les plus nobles. Et puis, à Calcutta, le crime de rue, le crime crapuleux est plus difficile à commettre qu'ailleurs. Tous les mouvements des passants, surtout des Européens, sont épiés, enregistrés par les *kangali*, ces enfants des rues, remarquablement intelligents, rusés, vivant en petites bandes de huit ou dix, strictement disciplinés et armés de petits poignards taillés dans des boîtes de conserve. Il n'était pas question de se frotter à eux, même si par instants j'aurais voulu les associer à notre entreprise. Leur efficacité eût été merveilleuse.

« Combien en ai-je sauvé de ces salauds de pauvres, en ce temps-là ! Dans d'affreux petits passages on trébuchait sur tout un ramassis de misère humaine, des mendigots sans bras ni jambes qui rampaient sur le torse, des lépreux tachés, des enfants au visage de gargouille. Certains gisaient dans des mares de vomi ensanglanté. Je ne sais ce qui me retenait de balayer cette engeance d'un revers de la main : sans doute la certitude de pouvoir le faire plus tard à grande échelle.

« Le petit Menviel nous aidait à contrecœur et ne semblait pas dupe de nos accès de bonté, y supputant une ruse quelconque. Nos rapports se dégradaient de jour en jour et je songeai bientôt à y mettre un terme. Il n'était pas digne de la tâche que je m'étais fixée, son adoration avait quelque chose d'humiliant pour moi.

« Notre notoriété grandissait : le *Statesman*, organe de Calcutta, nous consacra un article, et un journaliste français vint nous prendre en photo. J'appris le bengali à toute vitesse et le maîtrisai bientôt assez pour participer à des sortes de tournois poétiques avec quelques *bhadralok*, membres de l'élite cultivée du Bengale, tous intellectuels et poètes, qui maintenaient, dans leurs palais en ruine, leurs villas de style palladien, un art de vivre, un raffinement presque pathétiques au milieu de l'effondrement général. Je me liai donc avec les Tagore, les Ghosal, les Mullick, les Chowdury, les Mukherjee dont la fréquentation me changeait de la plèbe où je barbotais à longueur de jour. Bien sûr, il était hors de question de les associer à mes plans : ils m'eussent chassé comme un dément.

« Je ne manquais pas également d'aller porter mes dévotions à Kali et je gagnais l'estime des servants de son temple en leur offrant de belles oboles. La caste sacerdotale m'était acquise. Je vénérais dans cette idole le principe de destruction, de purification par le meurtre qu'aucune religion n'avait aussi bien distingué. Ma Kali représentait dans le panthéon hindou ce que je représentais dans le monde des hommes. A coup sûr, elle me comprenait. Et je rêvais secrètement de détourner ce culte à mes fins, de raviver la tradition du meurtre rituel. Qui aujourd'hui consentirait à égorger des va-nu-pieds sans profit matériel, sinon des fanatiques ?

« Je devins bientôt familier de tout le Gotha international des organisations humanitaires et me sentais l'objet de la considération particulière de centaines de médecins, prêtres, laïques, laborantins, missionnaires. Je discutais avec eux de longues soirées sur les motivations et les objectifs de notre travail, dans ces débats exaltés, propres aux croyants, où la raison se trouve congédiée dès les premières minutes. Je souscrivais à leurs naïves professions de foi, en inventais de nouvelles, brodais dans la compassion et le misérabilisme.

« Avec eux, j'admettais qu'il y a plus de misère morale à New York et à Londres qu'à Calcutta, que les pauvres nous enrichissent de biens inestimables ; que, n'ayant rien, ils sont tout et intercèdent pour nos péchés auprès de

Dieu. Tatuva montrait un talent particulier pour ce type de casuistique ; son passé de jésuite l'aidait. C'est lui, au cours d'une délibération, qui inventa cette trouvaille : rebaptiser Calcutta en Golgotha ! On lui fit un triomphe et le bon mot fut reproduit peu de jours après dans l'*Osservatore romano*, du Saint-Siège. Il maniait le langage évangélique avec un bonheur qui me confondait. Quel ecclésiastique il eût fait, combien d'ouailles il eût ramenées dans le sein de l'Église !

« Mais je trouvais risibles et même odieux ces efforts pour donner un lustre à des choses qui n'en n'avaient pas. Tous ces charitables, ces curaillons étaient comme des refaiseurs de virginités mortes, couvrant de termes pompeux une réalité en tous points sordide.

« Après ces flots de sentimentalisme doucereux, j'avais besoin de refaire surface et me liai avec quelques intellectuels communistes bengalis, brahmanes pour la plupart et dont le langage, aussi simpliste et mécaniste en son genre, avait au moins le mérite de ne pas embellir l'intolérable.

« A Calcutta, le marxisme était devenu le nouveau code de l'élite, le catéchisme obligé de la haute bourgeoisie. Mais les progressistes indiens ressassaient leur credo périmé, sans rien tenter pour aider concrètement les malheureux. Ces bolcheviks de canicule épuisaient leur dévouement à la Cause en parlotes, anathèmes et longues marches d'un *coffee shop* à un autre *coffee shop*. Là encore, Tatuva m'étonna par son aptitude à jouer de la dialectique matérialiste, à justifier les pires sophismes au nom du prolétariat et du socialisme.

« Un jour, je croisai mère Teresa. Elle était mince, petite, usée, avec un visage ridé de noix de muscade. On eût dit qu'elle s'appliquait à se fondre dans l'humanité commune, avec son sari blanc bordé de bleu. Elle avait un visage simple, sans charisme, et pourtant, quand ses yeux profonds, gris-brun, se posèrent sur moi, je vacillai. Nous n'échangeâmes que quelques mots, mais j'étais presque certain d'avoir été percé à jour. Devant elle, ma rhétorique s'asséchait comme un vieux linge. Il y avait dans cette petite femme une force qui contrariait la mienne et aurait pu m'obliger à mettre genou à terre. Nous marchions vers le même but par des voies détournées. Et je me réjouis de n'avoir pas eu à travailler sous ses ordres.

— Et Dominique ?

— Dominique ? Ah ! Dominique ! J'y viens, j'y viens ! Arrêtez de me masser : cela suffit.

Mais il n'y venait pas et me contraignait à écouter son délire. Il monnayait ses paroles et me tenait captif dans son jeu. Jusqu'à la fin, il tricherait.

« Quelques semaines plus tard, je reçus un courrier d'une mère supérieure canadienne qui dirigeait dans le quartier de Pilkhana un centre d'accueil pour les agonisants et les délaissés ; elle me priait de venir l'aider quelques mois. Elle manquait de personnel qualifié.

« Enfin, l'instant tellement attendu arrivait ! Il fallait jouer serré car nous entrions dans une mécanique bien rodée où la moindre anicroche pouvait nous être fatale. Le principe de la maison voulait que les affectations tournassent, que la rotation des tâches fût rapide pour éviter aux volontaires abattement et lassitude.

« Le bâtiment où nous étions affectés comprenait un seul étage et se composait de deux salles, une pour les hommes, une pour les femmes, séparées par une cuisine. Dans chacune, des brancards étaient ajustés sur un rail ; ni chaise, ni table, ni meuble. Par terre des carreaux de grès. Au mur, une image du Christ avec un énorme cœur rouge aux rayons sanglants. Et partout une odeur de désinfectant, de Crésyl et de Javel.

« On trouvait là de vieilles femmes au crâne rasé, des jeunes filles déjà fripées comme une peau de lézard, aux côtes en ratelier, des visages bouillis par la saleté et la faim, des troncs couchés à la peau grise, sèche, des larves sans bras ni jambes, des légions d'incubes hallucinants, des débiles bossus, cassés, des doublures au visage caoutchouteux, ignorant le langage articulé et se déplaçant par reptations. Toute l'écume du pays échouait ici, aux derniers stades de l'épuisement, et cela bavait, coassait, glapissait, suffoquait, dans le pêle-mêle d'une foire tératologique. On s'étonnait même que cela pût saigner comme des humains. Quand je voyais les sœurs, avec leurs petites cornettes, secourir tous ces rats, les border, les assister, j'enrageais de ne pas disposer pour mon propre compte d'une organisation semblable, méticuleusement ramifiée. Les pensionnaires de tous âges étaient sous perfusion de sérum et alimentés par des sondes nasogastriques qui leur mangeaient la moitié du visage. La plupart avaient atteint un point de non-retour.

« Il s'agissait seulement de leur ménager une sortie honorable, une fin décente. On les enveloppait dans des couvertures de l'armée qui servaient à les ensevelir. On ne disait d'ailleurs jamais : il est mort, mais : il a pris son billet, il est monté au ciel. Il n'y avait aucune conversion forcée et chacun partait avec le rite correspondant à sa croyance.

« Dans ce tabernacle de l'infortune, chaque cas constituait un exemple déchirant du malheur d'être né indien, ou pire encore bengali. Et l'on éprouvait face à eux ce qu'on éprouve en Inde en général : de la pitié et du découragement, ce sentiment que tous les êtres s'y trouvent sans répit soumis à la douleur.

« Un jour, on amena un adulte affamé : il n'avait pas mangé depuis des semaines, sinon de la terre, des branches d'arbres et quelques déjections d'animaux. Quand on lui apporta son plat de riz, il s'écria : Je n'en ai pas vu depuis des mois, laissez-moi le regarder. Et il mourut en se gavant avec les yeux de cette assiette fumante.

Un battement d'ailes affolé se fit entendre près d'un hangar à locomotives. Les convois immobilisés semblaient des monstres tapis dans le sommeil. Je sentais une espèce de rage fermenter en moi comme du fiel. J'interrompis Victor :

— Écoutez, épargnez-moi ces détails. Dites-moi seulement où je peux trouver Dominique, cela me suffira.

— Ah, taisez-vous, à la fin, vous allez me faire perdre le fil. Partez si vous le voulez, ou laissez-moi finir.

La lune brillait sur la gare, argentant le toit des wagons où sautaient en ombres chinoises les formes mobiles des singes. Puis elle tourna et vint se placer entre nous ; Victor toussa, s'éclaircit la voix, rajusta son pagne et fit quelques pas chancelants.

« Menviel, toujours Menviel! Eh bien, il souffrait de dysenterie amibienne, Menviel, à cette époque-là. Il vomissait tout et on pouvait le suivre à la trace. Qu'il sentait mauvais !

Il cracha de dégoût et se rassit face à moi. Ses yeux vides, immenses, se rivèrent sur les miens comme deux geôliers.

7
Des brassées de squelettes

« Votre Dominique travaillait à la blanchisserie, et Devika dans une annexe où elle soignait les bébés abandonnés. Tatuva et moi, d'abord chargés du ramassage des putrides, fûmes promus ensuite à la garde de nuit dans la salle des hommes. Je faisais équipe avec un médecin anglais de Canterbury, un curieux loustic bourré d'une quantité impressionnante de mauvaise conscience. La haine de l'impérialisme blanc constituait sa raison de vivre. Il passait ses heures de loisir à lire d'épais volumes sur le colonialisme britannique, l'échange inégal, le pillage du tiers monde. Il se grisait de massacres commis par son peuple comme d'autres se grisent de poésie. Sa conversation fourmillait d'anecdotes sur l'impudence et la bêtise des occupants blancs, de statistiques venimeuses sur l'écart entre pays riches et pays pauvres. Ces images le hantaient, lui interdisaient le moindre repos. Il avait le devoir d'éponger une dette sans fin qui se transmettrait de génération en génération.

« Dès notre premier déjeuner commun, il m'attaqua sur la politique de l'administration américaine. J'abondai dans son sens et, faisant acte de mon engagement, d'ailleurs réel à l'époque, contre l'intervention US au Viêt-nam, lui clouai le bec en lui révélant d'autres iniquités commises par mon pays.

« Nous ne rations pas un meeting sur le Maidan, la

grand-place, en faveur de Nicaragua, du Salvador, contre les multinationales, contre le Pakistan. Il y eut un jour je ne sais plus quel scandale révélé par la presse du Congrès ; des militants du parti communiste prosoviétique avaient écrit à la peinture rouge, sur des sacs de froment offerts par les USA et déchargés par les dockers : " Don de l'URSS au peuple indien. " Le Congrès, le parti au pouvoir, convoqua une manifestation pour protester contre les communistes qui appelèrent à une contre-manifestation ; la police tira et chargea. Mon coéquipier fut blessé, piétiné et je l'arrachai à un sikh aux proportions gigantesques qui le tabassait copieusement. Dès ce moment, il me voua un respect et une reconnaissance sans bornes. Je ne désespérais pas de faire encore un disciple.

« Chaque jour je l'endoctrinais, tout en prenant garde de ne pas éveiller ses soupçons. Dans son remords continuel, je reconnaissais un peu de ma passion. Je partageais sa révolte, j'étais même prêt à incriminer le capitalisme, les patrons, pourquoi pas, mais je divergeais sur le diagnostic. Il préconisait des solutions qui avaient déjà fait faillite alors que j'avais trouvé un dénouement absolument inédit. Parfois je l'amenais sur des positions proches des miennes, justifiant avec lui le génocide cambodgien ou la révolution culturelle chinoise. J'exploitais la haine du sous-prolétariat courante chez les communistes et il suffisait que je désigne les faibles, les indignes comme des ennemis du peuple — « l'armée de réserve du fascisme », comme il le disait lui-même — pour qu'il acquiesçât à tout. Mais il résistait à mes vœux d'épuration et repartait sur le Grand Soir, le parti d'avant-garde, les structures néfastes du marché, etc. Cet imbibé de léninisme ne s'enrôlerait jamais sous ma bannière, et j'abandonnai l'idée de le convertir à mes vues.

« Notre travail consistait à nettoyer les malades, à vider les urinaux, à distribuer les médicaments, frictionner, couper les cheveux. Souvent la puanteur était terrible, et certaines plaies grouillaient de vers. Jusqu'à mon arrivée, il mourait en moyenne une personne toutes les vingt-quatre heures dans l'établissement. Sur un pilier était inscrit à la craie le nombre des admis et des partants. Il me suffisait d'accélérer légèrement ce rythme, de hâter les agonies.

« C'était facile : pour ceux qui étaient au goutte-à-goutte, il suffisait de sortir l'aiguille de quelques millimètres, et ils partaient dans la nuit. Doucement, prenant garde que le docteur anglais ne me voie pas, je débranchais les plus atteints, ceux dont les membres, trop frêles, ne supportaient même plus le poids de leur épiderme, les sauterelles humanoïdes qui râlaient et haletaient, les momies aux orbites sèches que les mouches suçaient et les goitreux, les idiots, les hydropiques, les atrophiés. Ces choses boursouflées, ni hommes ni bêtes, ces aberrations de la vie, était-ce un crime de les tuer ? Je ne les tuais pas, d'ailleurs ; je les aidais d'une chiquenaude, conscient d'être chargé d'une tâche qui nous dépassait tous. La naissance les avait voués à la vie comme une infamie ; je leur donnais la mort comme une récompense. L'Inde me remercierait un jour.

Sous la clarté de la lune, il avait pris l'air extatique d'un dément. Le rappel de ses hauts faits le transportait. Il se redressa sur son séant, massif, imposant, regarda vers le ciel comme s'il en attendait une gratification. Il paraissait galvanisé par un bonheur intense.

« Joie, oui joie est le mot. Je les effaçais dans la joie avec la certitude de hâter le règne de la Justice en me concentrant sur les paillasses et les sanies. Et je les admirais, ces sœurs qui travaillaient avec nous, s'exposaient à toutes les maladies, partageaient la même nourriture que leurs patients et souvent connaissaient la même espérance de vie. Mais je ne pouvais suivre leur voie : elles accordaient un sursis à la misère au lieu de l'abattre. Bouleversante mais inutile abnégation ! Je regardais le flanc percé du Crucifié, présent au-dessus de la porte d'entrée. Je brûlais de lui offrir ces sacrifiés, de le convaincre à mon tour que j'avais, seul au monde, su adapter le message des Évangiles à la situation du siècle. Mais avant de continuer, Frédéric, allez me chercher un autre thé. Je meurs de soif, j'ai la gorge desséchée.

Je m'exécutai sans sourciller. J'étais revenu si loin pour devenir le serviteur d'un fou. Une mystérieuse entrave pesait sur mon cœur. J'aurais pu partir et le laisser là ravauder ses souvenirs. Cette fois, il ne m'aurait pas retenu. Mais je restai.

« Et la joie, n'en doutez pas, était réciproque : ces incurables étaient heureux de s'en aller. Ils n'avaient aucune peur du stade final, trop contents de pouvoir terminer leur existence sur un lit. On eût dit qu'ils étaient conscients de s'immoler pour le bonheur des générations futures et que leur sang allait fertiliser l'avenir comme il fertilise les moissons pour certaines castes. Quant à leur mal temporel, ils avaient appris à le supporter ; ils avaient aussi peu pitié d'eux-mêmes qu'on avait eu pitié d'eux de leur vivant.

« La certitude d'échapper bientôt au fardeau de la vie adoucissait l'angoisse du grand passage. Un jour, enfin, l'Anglais tomba malade ; il adorait sa fatigue, son épuisement ; ils le rapprochaient de tous ces misérables auxquels il voulait s'identifier. Sri Tatuva se retrouvait seul avec moi. Devika et le mulâtre travaillaient maintenant aux cuisines et Dominique, en qui j'avais de moins en moins confiance, continuait à blanchir, rincer, essorer. »

« Il y avait eu des litiges que j'avais réglés à l'amiable : certaines religieuses du Sud, nouvelles venues, avaient refusé de vider les bassins des malades, ce qui était le rôle d'une sous-caste, et j'avais su les persuader de mettre la main à tous les travaux. Cela m'avait valu reconnaissance et considération de la part de la mère supérieure. Alors, nous nous en donnâmes à cœur joie. Nous étions mûrs pour cette chasse royale qui nous demandait de verser le sang de nos frères afin de sauver les autres. Dès que nous arrivions dans la salle s'élevait un frémissement dont on ne pouvait dire s'il était lié à la peur ou à l'impatience. Je l'aurais juré : ils savaient et nous attendaient. Beaucoup m'accueillaient d'un signe de la main. Cette fois nous avions les mains libres. Le silence, comme une onde, se rétablissait à notre passage. De leurs brancards souillés, les moribonds se taisaient pour nous suivre de leurs grands yeux sombres. Parfois, l'un d'eux sanglotait doucement. D'abord je m'activais dans la semi-obscurité du mouroir ; je changeais les bandages, distribuais à manger, vérifiais les fioles de sérum. Et, profitant des délestages d'électricité, fréquents au Bengale, j'expédiais ma besogne. Certains étaient si fragiles qu'il me suffisait de placer la main sur leur bouche quelques minutes pour qu'ils étouffent. Le taux de mortalité augmenta brusquement dans le dortoir des hommes. Cela libérait des places pour les autres qui attendaient dehors dans la chaleur et la gadoue.

« Je travaillais dans une sorte d'euphorie silencieuse et désignais d'avance comme morts, en leur dessinant une croix sur le front, ceux que j'avais choisi de terminer ; de sorte que leur fin paraissait toute naturelle. Je me confinais dans ma sombre besogne.

« Souvent, je me surprenais à trahir mon idéal ; je m'attachais tellement à certaines de mes victimes que je ne pouvais plus me résoudre à les tuer. Mon Dieu, comme ces hommes savaient perdre avec dignité ! Il m'arrivait de prendre à bras-le-corps ces horribles choses enveloppées de chiffons et de les laver lentement, doucement ; certains, je les touchais à peine de peur de les briser comme de la porcelaine. Ou bien je leur réchauffais la main dans les miennes et, quand ils avaient encore la force de parler, les laissais raconter leur vie. Oh ! ces mains, comme leur finesse me remuait, cette beauté des doigts propre aux Orientaux et qui convertit le moindre plat en mets luxueux ! C'étaient de minces antennes aux proportions parfaites qui dansaient plus qu'elles ne bougeaient, des doigts de dieux déchus.

« Et quand nous avions fini de les soigner, de les nourrir, nous chantions tous ensemble des chants en hindi, en bengali et même en anglais, et ces voix cassées composaient le concert le plus céleste que j'eusse jamais entendu. J'étais le plus ouvert, le plus tendre des infirmiers. Je finissais par connaître par cœur le nom, les antécédents et l'origine de mes patients. Même ceux qui ne séjournaient là que vingt-quatre heures me devenaient familiers.

« J'étais certain alors que rien ne viendrait à bout de ma patience et je rêvais de rabattre en un seul troupeau les mendiants hagards au milieu desquels j'aurais jeté une bombe. J'imaginais déjà la banqueroute de tout un système d'insanités criminelles où libéraux, chrétiens, sociaux-démocrates, anarchistes, communistes auraient pu s'associer. Je ne doutais pas de faire école et que sous mon impulsion des équipes de justiciers déterminés commenceraient à nettoyer les *favelas* du Brésil, les bidonvilles du Pérou, de Kinshasa, de Manille, les bas-fonds de New York, Londres ou Amsterdam. Même si le remède ne semble pas très philanthropique, on ne peut me contester la pureté de l'intention.

« Je cherchais moi-même un terrain afin d'y bâtir mon propre mouroir. Un marchand marwari, la sueur coulant des paupières, m'avait proposé un merveilleux verger tout proche d'un temple et me consentait un crédit. Je comptais sur des fonds publics et privés surtout en provenance de l'Amérique où, grâce à quelques amis, j'espérais lancer une vaste campagne de collectes. Un sénateur démocrate m'avait rendu visite et je négociai même l'acheminement d'un hôpital entier dès que les travaux d'aménagement seraient terminés.

« Et puis, non, j'ai trop honte, je sens que vous allez me mépriser...

Il s'arrêta de parler. Un tremblement le secoua de la tête aux pieds. Les nuages avaient à nouveau caché la lune. D'invisibles orages tournaient autour de nous, grondant comme des bêtes, prêts à éclater. La gare baignait dans un silence tendu, inquiétant, qui accroissait l'obscurité. Une menace imprécise mais redoutable flottait sur ce périmètre, sur cette population immobile. Tout allait sombrer dans la nuit, une nuit qui ne finissait plus. J'étouffais, mon visage ruisselait. Je souhaitais un énorme coup de tonnerre qui aurait dissipé le malaise.

Pourquoi s'était-il tu ? J'avais peur de couler à mon tour si le son d'une voix ne me repêchait. Au hasard, je risquai une question :

— Vous ne m'aviez pas menti à Delhi ?

Il eut un accès de toux, cracha encore, se caressa la barbe et partit d'un petit rire.

— Mentir, pas mentir... Le plus grave, voyez-vous, c'est de se mentir à soi-même. Je me suis pris pour un bloc au pied duquel viendraient mourir les marées de l'univers. J'ai présumé de mes forces...

8
Poussières d'hommes

Il me regarda longuement, ou plutôt il fixa longuement, à travers moi, un point fantomatique. Il se ressaisit et je crus discerner dans ses yeux un bref éclair meurtrier. Mais une expression résignée revint se poser sur son visage. Il reprit la parole sur un ton las, presque inaudible.

« Doucement, insensiblement, l'apathie de l'Inde a eu raison de ma volonté. En premier lieu, mes amis m'ont lâché. Le meilleur, le plus fidèle d'entre eux, Tatuva, fut le premier à trahir ; il fréquentait depuis quelque temps d'étranges personnages avec qui il s'enfermait le soir, dans sa cellule, en conciliabules secrets. Je pensais qu'il engageait des troupes fraîches pour notre société. Mais un jour, il m'avoua qu'il m'abandonnait : selon lui, nous avions fait fausse route : l'ennemi n'était pas le pauvre mais l'infidèle, le musulman, le sikh, le bouddhiste, le chrétien. Une sorte de brahmanisme militant s'était réveillé en lui. Les conspirateurs qui venaient le retrouver étaient des activistes du Rashtryia Savak Sangh (Union des serviteurs du pays), groupe intégriste hindou d'extrême droite auquel il venait de s'affilier. Avec eux, il entendait lutter pour une Inde hindouiste qui s'étendrait des passes de Khyber aux jungles birmanes. Il me jurait de garder le silence sur nos activités passées et emmenait le mulâtre avec lui.

« Devika, à son tour, me quitta sur un différend. Nous avions un besoin pressant d'argent. Un riche négociant arménien la courtisait depuis des mois, multipliant les donations à l'hôpital pour s'attirer ses faveurs. Je la pressai de se donner à lui. Elle s'emporta. L'animosité qu'elle me vouait depuis Goa se transforma en aversion. Elle voulait ne plus rien avoir à faire avec nous et s'engageait du côté des missionnaires de la Charité : elle n'aurait pas trop d'une vie de travail et de dévouement pour racheter les forfaits commis en notre compagnie.

« Restait ce pauvre invertébré, la punaise, le poltron, celui que vous appelez Dominique. Il était le seul, le dernier qui eût encore confiance en moi ; il n'en finissait pas de chercher son père. Il m'eût suivi au fond de l'Enfer ! Je le chassai comme un malpropre : sa présence me déshonorait. Et je l'avertis que si le moindre mot de notre activité filtrait vers la police je le ferais abattre sans ménagement. Même de prison, je pouvais engager un tueur pour moins de quarante roupies. Il geignait, se lamentait : " Je veux rester avec vous, gardez-moi ! " L'abruti !

Il toussa encore et sa phrase mourut dans un bredouille-ment. Ses deux mains s'étreignirent dans une lutte muette, sauvage et, pour finir, il les jeta de côté comme on sépare deux ivrognes en querelle.

« Je me retrouvai donc seul comme trois ans plus tôt. J'aurais tellement voulu condamner mes anciens parte-naires devant un tribunal révolutionnaire mais je ne disposais même pas d'un greffier. D'abord, j'eus un regain d'énergie. Je tentai de recharger ma colère dans les rues. Je partais le matin, sous un ciel gris et plombé de mousson, par les rues défoncées et m'enivrais du spectacle des parias à demi nus que la sueur polissait comme des bronzes, attelés à des charrettes emplies de pierres qu'ils tiraient sous les quolibets et les moqueries, je voyais des coolies porter des charges énormes et ne plus se relever une fois qu'ils les avaient déposées, je voyais les pousse-pousse, les hommes-chevaux, derniers trotteurs à traction humaine dans le monde, esclaves sans poids ni muscles, inexistants de misère physiologique, la cohorte des tireurs de poubel-les et en dessous les tas noirâtres des zombies pleins de chuintements et de borborygmes, couchés au pied de bosquets d'arbres rabougris par les fumées.

« J'allai même au RG Kar Hospital dont la déplorable situation sanitaire avait été dénoncée par la presse. Dans cet établissement hospitalier, chats et chiens se promenaient en toute liberté sur et sous les lits. Les patients décédés étaient à moitié dévorés par les rats avant que leurs parents puissent venir les chercher pour la crémation. Le jour de la paye, les employés se battaient avec leurs familles anxieuses d'empocher une partie de leur salaire avant qu'il soit dilapidé dans une *liquor shop* ; les enfants frappaient leur père, les femmes leur mari, ne leur laissant que le strict minimum pour survivre. Les infirmiers avaient riposté en installant une distillerie clandestine dans les salles d'opération et beaucoup gisaient par terre en pleine ébriété. L'absentéisme prenait des proportions dramatiques. On élevait également des cochons dans l'enceinte de l'hôpital, destinés aux fêtes religieuses, et les bêtes se nourrissaient des déchets, des ordures jetées par la fenêtre dans un minuscule jardin mitoyen où le tas de pansements, de bouts de coton, d'ouate, de sparadrap, de bandages imbibés de sang, atteignait plusieurs mètres de haut. Une admission grave sur quatre était refusée ; les lits étaient rouillés, les seringues manquaient ou étaient réutilisées plusieurs fois après une vague asepsie au-dessus d'un bec Bunsen, les interventions étaient pratiquées sans anesthésie pour ceux qui ne pouvaient payer les produits, et souvent avec des instruments de cuisine. Ciseaux, forceps, bistouris avaient été volés par les chirurgiens eux-mêmes et revendus au marché noir. Les malades crachaient par terre, les toilettes débordaient régulièrement, le sol n'était jamais balayé. La nourriture donnée aux patients leur arrivait à demi mangée par les infirmières, mal payées, qui se rattrapaient sur les rations. Il fallait acheter chaque lit moyennant rétribution à tout le personnel, en commençant par le directeur lui-même. De faux malades, avec la complicité des employés, se faisaient hospitaliser, recevaient médicaments et drogues qu'ils allaient ensuite revendre. Les donneurs de sang eux-mêmes reversaient à des racoleurs une partie de la paye donnée par la banque du sang. Que pesaient donc mes crimes face à ces abominations ? En Inde, l'horreur, plus que le fruit d'une intention délibérée, est souvent le résultat d'une négligence, d'une affreuse négligence.

Il baissa la tête, se frotta les yeux et je crus qu'il allait avoir une crise de larmes. Il s'essuya le front avec un pan de sa robe et reprit :

« Je n'arrivais plus à me griser d'indignation et de scandale. La ruine systématique de toutes les formes de vie me laissait froid. Calcutta avait banalisé l'infamie à mes yeux. Je m'enfonçais dans une sorte d'abattage routinier. J'avais voulu être le lotus du monde, fleur vénérée parce que, naissant de la vase, elle symbolise la pureté. Je savais que pour établir le ciel il faut commencer par faire régner l'enfer. Et j'en étais arrivé à me battre contre la misère comme une mouche qui se pavane sur un tas d'excréments ; en vain, car le tas d'excréments sera toujours plus grand qu'elle. J'étais la fourmi de l'extermination à côté des fourmis du secourisme et nos turbulences se révélaient aussi vaines.

« Je fis une dernière tentative. J'envoyai une lettre au Chief Minister du Bengale, Jyoti Basu, secrétaire général du parti communiste marxiste, homme de probité et de compétence. Je lui exposai en détail mes plans, lui proposant de mettre les permanents de son parti au service de mon idée. Je me gardai de dévoiler mon identité et lui donnai rendez-vous tous les jours à midi, sur le Maidan, près du champ de courses. Je me tenais à quelques centaines de mètres de là, sur une petite éminence, guettant l'éventuelle souricière qui indiquerait qu'au moins mon message avait été pris au sérieux. Personne ne vint m'arrêter. J'envoyai des messages codés aux différents journaux de langue anglaise de Calcutta. Aucun ne les publia. Un jour, je livrai même mon nom. J'avais si soif de m'expliquer et que le monde entier sache ce que j'avais fait, ce qu'il fallait faire. On m'avertit qu'un calomniateur essayait de me salir. Je n'arrivais pas à devenir l'ennemi public numéro un. Au lieu d'un procès public, je risquais la camisole de force.

« Moi qui étais persuadé que le gouvernement indien me récompenserait en raison des services rendus, je n'avais plus le choix : ou poursuivre dans les activités charitables ou bien, ou bien... j'ai honte de l'avouer, devenir moi-même un de ces hommes-fumiers que je haïssais, oui, devenir mendiant. Tendre la main à mon tour. Vaincu par ceux-là mêmes que je voulais éliminer.

L'aube arrivait. Le lourd trafic d'un train de marchandises bouleversa le calme de la gare. Dans le lointain s'éleva l'appel du muezzin, un angoissant pépiement mélodique qui lançait des notes sanglotantes dans les aigus, propageant aux quatre coins la bonne nouvelle en forme de calembour : Dieu seul est Dieu.

« Dites, vous croyez que l'histoire me fera justice ?

Il me semblait voir des larmes perler au bord de ses yeux.

« Et si j'étais le révélateur d'un séisme qui ne manquera pas d'éclater un jour ? Hein, qu'est-ce que vous en dites ?

— Vous délirez, Victor, voilà ce que j'en dis.

Sa voix se brisa : il semblait à bout de forces.

— Bien sûr, je délire, bien sûr, vous avez raison. J'ai cessé de me reconnaître des droits sur la vie des autres. Les Indiens n'ont qu'à se débrouiller. Après tout, c'est leur affaire.

Il tremblait et tenta en vain d'allumer une cigarette qu'il jeta.

— Frédéric, c'est bien votre nom, n'est-ce pas, Frédéric, je sollicite de vous un suprême service.

Qu'avait-il encore inventé ? Il parlait comme si les anciens dieux de l'Inde étaient là en jurés, écrasant la scène de leur redoutable présence.

— Lequel ?

Il détourna les yeux.

— Tuez-moi.

— Quoi ?

— Tuez-moi, je le mérite. J'ai échoué.

Je reculai, horrifié. Ce n'était pas un acte d'humilité, mais un cri de triomphe. Même seul, puant, voûté, réduit à merci, il se prenait encore pour un roi. Cet homme était une idée, une idée fausse. Il avait jeté les Indiens en pâture à cette idée, dont le despotisme subtil l'avait brisé à son tour. Pourtant, même vaincu, il refusait de se soumettre.

Il s'approcha, me prit les mains, les plaça autour de son cou. J'avais les extrémités des doigts gelées.

« Tenez, serrez là. Je veux sentir l'anneau froid de vos paumes sur ma gorge. Faites vite.

Il souriait maintenant, un large sourire béat. Pourquoi fallait-il toujours que je croise la route de cinglés, de psychopathes ?

« Allons, serrez plus fort, courage !

Soudain, la nuit s'évapora ; la clarté aqueuse du demi-jour dévoila la laideur du décor où avaient lieu ces révélations. Les étoiles pâlissaient, la rosée brillait sur les feuilles d'un palmier tordu. L'ombre encore rampante quittait les rails, les châteaux d'eau, les charbonniers, les fontaines comme un manteau qu'on aurait progressivement soulevé. Et je le vis devant moi. Sa figure grisâtre émergea des ténèbres : immense l'instant d'avant, il se tenait là, dégonflé, usé, frissonnant. La mise en scène de la nuit n'avait tenu que grâce au rideau des ténèbres. Le géant d'autrefois n'était plus qu'un long squelette décharné. Il semblait médusé par l'épouvante : celle d'être démasqué. Et j'éprouvai à le voir le même choc que si j'avais été tiré du sommeil par une explosion.

J'ôtai les mains de son cou, il me laissa faire. Il dit encore, avec une intonation méconnaissable :

« Je vous répugne, n'est-ce pas ? Vous ne voulez même pas m'achever ? Je le sais, je ne suis plus rien. J'ai oublié ma nationalité, ma culture. La boue de ce pays est devenue mon biberon. Je suis un sac d'ordures que l'Amérique a lancé sur les rivages asiatiques avant que les Orientaux eux-mêmes ne le rejettent à la mer.

Sa poitrine se contractait et se soulevait rapidement. Sa robe ouverte découvrait des cicatrices et des ecchymoses sur son torse. Ses chevilles noires étaient enflées. Il produisait une impression déplorable.

« Je vais d'un lieu à l'autre comme une balle qu'on chasse du pied. Les enfants s'accrochent à moi, me jettent des pierres ; mon nom est devenu une sorte de refrain moqueur dans les bouges les plus immondes, un thème à railleries, à sales ritournelles.

Un râle sourd laboura sa gorge.

« J'attends seulement qu'un jour prochain un autre fou,

écœuré par mon aspect, me supprime silencieusement, la nuit, dans une venelle sombre.

Il tituba et finit par choir, sans noblesse, sur le sol.

La gare commençait à être en tumulte. Des voyageurs, empêtrés dans de longues robes, se hâtaient avec des regards inquiets. Les porteurs gesticulaient, assaillaient les passagers, des enfants à peine réveillés se pressaient dans les jupes de leur mère en pleurant. Quelques adultes déféquaient sur les rails en crachant, d'autres se lavaient les dents avec une branche de margousier. Une espèce de rumeur montait des quais. La décrue était amorcée, les express allaient sans doute bientôt redémarrer.

« Partez vite, on va nous voir ensemble.

Deux veines gonflaient sous ses yeux, ses paupières sautaient. Une barbe sale faisait de la gelée blanche autour de ses joues. Ses manières traduisaient une aigreur dédaigneuse qu'il ne faisait aucun effort pour cacher.

« Vous savez que les brahmanes m'évitent de peur que mon ombre ne les souille. Allez, fichez le camp. Je ne suis pas une bonne fréquentation pour vous.

J'étais partagé entre la compassion et la répugnance. Mais je n'allais pas me laisser apitoyer.

— Victor, je ne vous tiens pas pour quitte. Dites-moi enfin, où est Dominique ? Vite, avant que je remonte dans mon train !

Ma propre violence me fit sursauter.

— Oh, je suis fatigué de parler. Vraiment, j'ai tout dit.

— Victor, parlez !

Je l'avais agrippé et le secouais.

— Frappez-moi, je suis prêt.

— Je ne vous veux pas de mal : je veux seulement savoir où est Dominique.

Des rides s'enchevêtraient dans sa peau et deux sillons profonds donnaient à sa bouche une expression de hargne. Brutalement, tout son masque se détendit, il eut un rictus.

— C'est maman qui vous envoie ?

— Vous voulez dire Mme Menviel ?

— Je dis mâââman ! Il n'y a qu'une mâââman.

— Comment le savez-vous ? Oui, elle est dans le train ! Elle cherche son fils depuis un an.

— Alors, si la vieille le demande, je vais parler. Voici ma réponse : Dominique flotte dans les airs, autour de nous, dispersé en cendres.

— En cendres ?

— Réellement, je n'en sais rien. Il est peut-être déjà réincarné.

— Vous voulez dire qu'il...

— C'est pourtant clair, non ?

— Mais comment ?

— De la manière la plus bête qui soit. Lui, vous savez, fonctionnait à faible voltage. Il faisait partie de ces petits Blancs qui veulent rehausser leur médiocrité en s'inventant des patries d'élection. Quand il fut branché sur un réseau supérieur, il sauta.

— Assez d'images, je vous prie, des faits.

— Quelle impatience ! Quelle jeunesse ! C'est beau d'attendre encore quelque chose, même des mauvaises nouvelles ! Voyons, laissez-moi rassembler mes souvenirs. J'y suis. Je l'avais donc chassé. Il resta à Calcutta et travailla pour la léproserie de Dhapa près de la zone industrielle d'Entally. Une dizaine de milliers de personnes contaminées, beaucoup en provenance du Bhoutan, logeaient là dans des baraquements de bambou. On leur apprenait, à ces rognures d'humanité, à tisser, à préparer leurs bandages, à fabriquer leurs médicaments.

« Beaucoup d'entre eux, horriblement défigurés, mendiaient la nuit, le nez caché par un bout de carton attaché à un élastique, tendant des mains rondes comme des croûtons de pain. Certains souffraient tellement qu'ils incisaient leurs plaies avec des lames. Ils pourrissaient vivants, même les bébés de six mois. Dominique, entre autres tâches, était chargé de leur distribuer des chats. Vous savez peut-être que cette maladie insensibilise les nerfs et que beaucoup de lépreux se font dévorer les doigts ou les jambes, la nuit, par des rats, sans rien remarquer, sinon, au réveil, qu'on les a raccourcis de quelques centimètres.

« Menviel ramassait donc les minets errants et en donnait un à chaque famille. Un jour, il y eut un incident d'une certaine drôlerie : il arrivait près de la léproserie en rickshaw, deux paniers bourrés jusqu'à la gueule d'affreux matous pelés. Je suppose que l'un des paniers, mal fermé, glissa sur le sol et que la cargaison des félins s'enfuit.

« Tout près de la léproserie se tient l'un des plus grands abattoirs encore autorisé en Inde. Une tannerie voisine, dirigée par des intouchables, répand sa puanteur à des kilomètres à la ronde. C'est un spectacle étrange que ces longues processions de bovins décharnés, soudain plus du tout sacrés, conduits en longues files chaotiques vers le couteau d'un boucher musulman, certains déjà morts et jetés en vrac dans des carrioles, leurs lourdes carcasses battant à chaque tour de roue, leurs yeux vides contemplant le ciel sale et gris.

« Donc, ce jour-là, passait une colonne de vaches et de taureaux exténués quand les chats filèrent entre leurs pattes. Dominique courut derrière eux et s'infiltra dans le troupeau. Les bêtes durent prendre peur. Un taureau chargea, entraînant les autres. Dominique fut piétiné et encorné. Quand on le releva, il avait la cage thoracique défoncée et une éventration. Lui qui adorait les vaches, quelle fin comique : tué par ce qu'on aime !

Victor se mit à rire à gorge déployée. Durant ce récit, il avait pris un accent étrangement passionné. Un train de passagers fit un bruit infernal sur les aiguilles en entrant dans la gare. Jamais je n'aurais cru me trouver dans pareille situation ; je ne comprenais plus pourquoi j'étais venu.

— C'est à cause de vous qu'il est mort.

— Ne soyez pas injuste, c'était un accident. Et, croyez-moi, j'ai dépensé mes dernières roupies à lui offrir une très belle crémation.

Je me rebiffai, me levai d'un bond. J'étais fou de discuter. Une fureur, couvée depuis le milieu de la nuit, hérissait ma bouche d'insultes.

— C'est un assassinat. Vous êtes un monstre : un assassin doublé d'un malade.

Je cherchais les mots les plus venimeux pour le blesser, l'achever.

— Ne vous trompez pas sur moi...

— Vous me répugnez !

Quelques formes allongées par terre levèrent la tête. Je

380

voulais lui cracher au visage, indifférent au fait qu'il puisse m'écraser la figure à coups de poing.

— Pourquoi m'injurier ? Je n'aurais pas cru cela de vous.

Transi de fureur, l'estomac serré, je continuais à hurler.

— Espèce de salaud, vous nous avez tous menti, roulés, floués. Vous avez du sang sur les mains.

On entendit au loin le grondement du tonnerre et cette voix formidable, menaçante, frappa la mienne de ridicule. Je m'arrêtai, essoufflé. Mes paroles n'étaient pas des projectiles qui tuaient mais des bulles d'air qui retombaient à mes pieds.

« Vous avez raison ; personne ne peut vous offenser. La pire grossièreté est encore trop faible pour vous.

— Allons, il est un peu tard pour se révolter. La bataille est terminée. Vous êtes le seul qui ne m'ait pas trahi. Deux fois, je vous ai révélé ma véritable identité et deux fois vous n'avez rien dit.

— Quoi ? Vous osez...

— Je n'ose rien : je n'ai plus d'ennemis, plus d'amis. Je suis passé de l'autre côté.

Je regardais le frémissement de ces lèvres qui avaient donné des ordres, qui avaient séduit, convaincu, répandu le meurtre, et qui continuaient à parler, en toute impunité, au milieu des autres hommes. Partout il avait perpétré son infernal ouvrage.

— Effectivement, je n'ai rien de commun avec vous.

— Mais si. Nous nous reverrons, je vous l'assure.

— Jamais !

La sueur m'humectait les tempes et la racine des cheveux. Je le considérai avec un mélange d'indignation, de révolte et de regret. Les quelques mots qui auraient pu racheter tant de choses avaient été esquivés sans élégance. A la place d'un sain et douloureux remords, il accusait je ne sais quelle mauvaise étoile et voulait encore que je pleure sur son échec.

Je m'éloignai.

Il se leva, les reins ployés, et dans l'effort eut une quinte de toux. Ses poumons raclaient à la manière d'une forge. Il avança en boitillant, la main tendue. Le regard glissant sans franchise entre les paupières.

— Vous n'auriez pas un peu d'argent?

— De l'argent, vous voulez en plus de l'argent?

Il plaça son mufle hideux tout contre mon nez. Son haleine m'incommodait.

— Un petit pourboire, s'il vous plaît, *bakchich, sahib, bakchich.*

Un vague sourire lui déformait les joues. Il allait avoir sa leçon. Je lançai par terre une poignée de roupies. Il regarda les pièces rondes trouer la poussière, ricana et s'agenouilla pour les ramasser, de ses mains aux grands ongles, les lèvres retroussées. Il rampait comme un ver. Son visage s'arrêta à hauteur de mes talons et il essaya de me baiser les pieds. Je les retirai promptement. Jusqu'au fond de sa fange, il essayait de m'humilier. J'aurais pu le frapper. Au lieu de cela, je lui lançai d'autres pièces qu'il attrapa avec des crispations de singe.

On venait de siffler le départ du train. Les cordes à linge avaient été détachées et partout résonnait le fracas des attelages. Je me frayai un chemin vers mon wagon au milieu des colporteurs, des camelots, des marchands de fruits, des mères qui lavaient leurs enfants, nus, au robinet. Je me répétais : Dominique est mort, et n'arrivais pas à y croire.

Mort! Je courais, bousculais. Dominique est mort. Et alors? Il y a longtemps qu'il n'existait plus. Et brusquement, dans une prémonition anxieuse, je compris : cette nouvelle n'avait plus d'importance, pas plus que n'en avait la confession de Victor. Elle aussi sombrait dans l'irréalité, s'évaporait : des mots soufflés par le vent..De simples mots.

Il ne restait rien de nous : l'Inde avait aiguillé nos destinées vers la zone du malheur, noué l'infortune comme un garrot autour de nos vies.

Je courais, je bousculais. Une inertie surprenante commençait à m'envahir, à me clouer sur place. Fuir, fuir : mais à quoi bon? Fuir pour aller où? Toutes les routes se valaient.

Je pagayais dans la foule et chaque visage, chaque main

paraissait me retenir, gentiment, à la façon dont on retient un parent sur le départ. Le monde d'où je venais était si loin ! Je grimpai sur le marchepied. La longue rame de wagons s'ébranlait au pas.

Alors, elle surgit devant moi ; et ce fut le coup de grâce. Elle m'adressait des signes de hâte, de reproche. Son visage ratatiné faisait penser au trophée grimaçant d'un chasseur de têtes. C'était la figure d'une vaincue, mais opiniâtre et patiente. J'aurais juré qu'elle savait déjà. Elle me tendit son bras.

— Montez, qu'est-ce que vous attendez ?

Elle chevrotait. Et derrière moi l'Inde me tirait, les citernes, les chiens errants, les arbres, les temples, mille voix me chuchotaient : reste, reste donc.

— Montez !
— Reste !
— Montez !
— Reste !

Le désastre l'avait submergée et sa douleur refluait déjà sur moi en un fardeau insupportable. Tout recommencer, travailler, fonder une famille ?

Mes jambes fléchirent au moment de gravir la dernière marche, le train avait pris de la vitesse et je sautai à nouveau sur le quai.

Le wagon passa dans un grincement d'essieux et de boogies et la face de Mme Menviel, penchée par la portière, commença à diminuer comme la buée de l'haleine s'évanouit sur une vitre et disparaît.

La matinée était radieuse, le ciel suspendu au-dessus de nos têtes comme une coupole de clarté. Les mouches elles-mêmes participaient à la bonté du monde. Un petit garçon au teint d'acajou éclatant, qui tenait une vache par la queue, me sourit. Ses dents étincelèrent, une langue rose glissa entre ses lèvres.

Toute l'amertume qui fermentait dans mon cœur se vida d'un coup. Après m'avoir tant troublé, l'Inde me prenait par la main pour faire de moi l'un des siens, me rendre la force qu'elle avait commencé par briser.

Un souffle immense et chaud passa sur la terre assoiffée. Je me sentais transfiguré, je ne sais quel hypnotisme, quelle sensation étourdissante de légèreté me revigoraient.

Je m'agenouillai, baisai le sol. J'étais là chez moi, parmi mes frères, baigné par la lumière qui tombait en cascades. Et je n'avais encore rien vu !

Maintenant, je savais que je n'avais pas oublié Devika, que je tendais vers elle, confusément, depuis des mois.

J'appartenais à cette femme comme elle-même appartenait à ce pays. Et je décidai de partir à sa recherche.

Table

IMPRIMERIE BUSSIÈRE À SAINT-AMAND (6-88)
DÉPÔT LÉGAL FÉVRIER 1987. N° 9478-2 (4477)